Catherine Ryan Hyde

Heimweh

W0388303

TINTE
&
FEDER

Das Buch

Carly und ihre kleine Schwester Jen sind unterwegs – allein und zu Fuß. Etwas Furchtbares ist passiert. Etwas, das Carlys Glauben an die Menschheit zerstört hat und sie zwingt, die Verantwortung für sie beide zu übernehmen. Sie weiß, sie brauchen Hilfe. Aber sie hat Angst, dass sie und ihre Schwester getrennt werden. Sie haben nur einander.

Carly will mit Jen zu der einzigen Person zurück, der sie vertrauen konnte – ihrem Stiefvater. Aber Jen weiß ein Geheimnis über ihn, das sie beide, sollte es wahr sein, in größere Gefahr bringen wird, als sie ahnen können.

So beginnt eine Reise über Hunderte von Meilen, wie sie keines der beiden Mädchen hätte vorhersehen können. Es ist kein einfacher Weg und häufig gefährlich. Aber ihnen begegnet dabei auch unerwartete Freundlichkeit von Fremden. Und schließlich ergeben sich neue Beziehungen, die alles zu ändern vermögen – sollten sie sich denn dafür entscheiden, sich darauf einzulassen.

Die Autorin

Die mehrfach ausgezeichnete amerikanische Autorin Catherine Ryan Hyde hat über 24 Bücher veröffentlicht. »Der lange Weg nach Hause« ist nach »Das Wunder der Unschuld« und »Nur wer die Liebe kennt« ihr dritter ins Deutsche übersetzte Titel.

Ihr bekanntester Roman »Das Wunder der Unschuld« wurde von der American Library Association für deren »Best Books for Young Adults«-Liste ausgewählt, in mehr als 23 Sprachen für den Verkauf in über 30 Ländern übersetzt und unter dem Titel »Das Glücksprinzip« mit Kevin Spacey und Helen Hunt verfilmt.

Neben dem Schreiben hat Catherine Ryan Hyde in den vergangenen Jahren viele Vorträge gehalten. Sie gehörte zum Kreis der Referenten bei der National Conference on Education an der Cornell University und stand dreimal zusammen mit Bill Clinton als Rednerin auf dem Podium. Als »Das Glücksprinzip« im Weißen Haus gezeigt wurde, gehörte sie zu den geladenen Gästen.

CATHERINE RYAN HYDE

Heimweh

ROMAN

Aus dem Amerikanischen Englisch
von Hannah Brosch

TINTE & FEDER

Die Originalausgabe erschien 2013 unter dem Titel
»Walk me Home« bei Lake Union Publishing, Las Vegas.

Deutsche Erstveröffentlichung bei
Tinte & Feder, Amazon Media EU S.à r.l
5 Rue Plaetis, L-2338, Luxembourg
August 2014
Copyright © der Originalausgabe 2013
By Catherine Ryan Hyde
All rights reserved.
Copyright © der deutschsprachigen Ausgabe 2014
By Hannah Brosch

Die Übersetzung dieses Buches wurde durch AmazonCrossing ermöglicht.

Umschlaggestaltung: bürosüd° München, www.buerosued.de
Umschlagmotiv: © Getty Images
Lektorat: Agentur Libelli, GmbH
Satz: Monika Daimer, www.buch-macher.de
Printed in Germany
By Amazon Distribution GmbH
Amazonstraße 1
04347 Leipzig, Germany

ISBN: 978-1-477-82696-6

www.tinte-feder.de

TEIL EINS

Genau jetzt

New Mexico, 1. Mai

In tiefster Dunkelheit schleichen sie vorwärts, schieben ihre Fahrräder an dem großen Haus vorbei. Drinnen brennt kein Licht, doch Carly kann nur daran denken, dass es angehen wird. Ganz plötzlich, wenn sie nicht leise genug sind.

Zu viel steht jetzt auf dem Spiel. Eigentlich alles.

Carly hört die Speichen von Jens Fahrrad klicken. Sie streckt den Arm nach ihr aus und schlägt mit der Hand auf den Lenker, um das Fahrrad – und ihre Schwester – anzuhalten.

»Wir müssen die Räder tragen, bis wir am Haus vorbei sind«, zischt sie Jen ins Ohr.

»Du hast gut reden. Deins ist leicht.«

Carly seufzt, und sie tauschen die Räder. Jens Rad ist ein schwerer alter Beachcruiser. Und es hat kein Licht. Deshalb hat Carly mit Klebeband eine Taschenlampe am Lenker befestigt.

Die Einfahrt führt bergauf, und Carly ringt nach Luft, während sie sich mühsam der Straße und der Freiheit nähert. Es ist eine lange Einfahrt, und langsam tut ihr die Brust weh. Sie fühlt sich, als könne sie nicht mehr weitergehen. Aber sie tut es trotzdem. Weil sie muss.

Jeden Augenblick kann im Haus das Licht angehen. Wenn dann auch noch Wades Bruder am Fenster auftaucht, ist alles vorbei.

Doch nichts passiert. Das Licht bleibt aus.

Plötzlich sind sie auf der Straße und frei.

Wieder tauschen sie die Räder.

Als sie aufsteigen, um den Hügel hinunter in die Nacht zu fahren, schaltet Jen die Taschenlampe ein.

Carly greift wieder hinüber und hält die Hand vor das Licht. »Mach das aus!«

»Aber ich dachte …«

»Erst wenn wir weiter weg sind. Wenn man uns vom Haus aus nicht mehr sieht.«

»Carly …«

»Was?«

»Ich muss dir was sagen.«

»O Gott, Jen. Nicht jetzt.«

»Es muss aber jetzt sein.«

»Jen. Hör zu.« Carly packt Jens Fahrrad und rüttelt einmal kräftig daran. Um ihr die Flausen ein für alle Mal auszutreiben. »Hör zu. Wir müssen hier weg. Sofort. Und du musst aufhören, dich zu benehmen, als hätten wir eine Wahl. Wir haben Teddy. Er ist die einzige Möglichkeit, die uns bleibt. Und es tut mir leid, dass ich das Kommando übernehme, aber ich bin die Ältere, und ich bin jetzt für diese Familie verantwortlich, oder für das, was davon übrig ist. Wir gehen. Und jetzt komm.«

* * *

Sie kommen unglaublich schnell voran, und das, ohne in die Pedale treten zu müssen.

Sie sausen den Berg hinunter auf ein paar vereinzelte Lichter im Tal zu. Im schmalen Schein der Lampen sehen sie die Straße, die vor ihnen liegt. Auf der zweispurigen Schnellstraße unten sind schwach einige Autoscheinwerfer zu erkennen. Die

Straße führt nach Westen. Nun, eigentlich verläuft sie in beide Richtungen, doch Carly konzentriert sich auf den Verkehr in Richtung Westen. Die Richtung, in der Teddy wohnt. Wo ihr Zuhause ist.

Die einzige Herausforderung bei ihrer Fahrt bergab liegt darin, genau richtig zu bremsen und häufig genug, damit sie nicht zu schnell werden und die Kontrolle über die Räder verlieren.

Schon seit einer Ewigkeit ist kein Auto mehr die Straße entlanggekommen, also fahren sie nebeneinander her. Am Straßenrand hätten sie zu viel Angst. Dort geht es steil den Abhang hinunter, und es ist zu dunkel, um zu sehen, wo sie landen würden. Aber Carly ist sich ziemlich sicher, dass es keine gute Landung wäre.

»Was ist das für ein Geräusch?«, fragt sie. »Sind das deine Bremsen?«

»Ja. Ich glaub, meine Bremsbeläge sind fast abgefahren.«

»Dann brems so wenig wie möglich.«

»Ich versuch's.«

Jen wird schneller. Carly geht langsam von der Bremse, um sie einzuholen, doch sie hat Angst, zu schnell zu fahren. Die Straße ist kurvig und der Seitenstreifen zu schmal. Ihr bleibt nicht viel Spielraum.

»Vielleicht solltest du langsamer machen«, ruft sie Jen zu. Dann hört sie ein grässliches Geräusch, Metall auf Metall.

»Scheiße!«, ruft Jen, als sie über den Lenker fliegt und in der Dunkelheit am Straßenrand verschwindet.

Carly lenkt ihr Rad an die Stelle, wo Jen verschwunden ist, und springt ab.

»Jen! Alles in Ordnung?«

»Ich glaub schon.«

»Red weiter, damit ich dich finde.«

»Ich bin hier«, sagt Jen und zupft an Carlys Jeans. »Wo ist

mein Rad?«

»Eigentlich müssten wir das Licht von der Taschenlampe sehen.«

»Die ist bestimmt kaputt.«

»Ich hol mein Rad, dann können wir mit der Fahrradlampe runterleuchten.«

Carly schiebt ihr Rad vorsichtig ein paar Schritte abwärts. Im schmalen Lichtstrahl des Scheinwerfers können sie erkennen, dass Jens Rad seitlich gegen einen kleinen, knorrigen Baum geprallt ist. Vorsichtig tastet sich Jen den Hügel hinab, um es zurückzuholen.

»Das ist hinüber«, ruft sie Carly zu. »Ich fürchte, der Rahmen ist verbogen. Ja, ist er. Es lässt sich nicht mal mehr schieben.«

»Okay … Dann lass es liegen. Setz dich einfach auf meinen Lenker, und weiter geht's. Wir dürfen nicht langsamer werden.«

Jen klettert zurück auf die Straße. »Hmm«, macht sie und schaut sich die Straßenneigung an. »Kann ich stattdessen auf dem Sattel sitzen, und du radelst im Stehen?«

»Klar, wie du willst. Hauptsache, wir kommen weiter.«

»Bevor wir losfahren – darf ich kurz beten, dass deine Bremse funktioniert?«

»Ich bete nicht«, sagt Carly. »Aber wenn du willst, dann mach.«

* * *

Kurz vor Sonnenaufgang schieben sie das Rad durch eine Kleinstadt. Carly weiß nicht, welche es ist.

»Wir brauchen ein Internetcafé«, sagt sie. »Oder eine Bücherei.«

»Büchereien haben so früh noch nicht auf. Was willst du da?«

»Teddys neue Adresse raussuchen. Er hat versprochen, sie mir zu mailen.«

Jen antwortet nicht.

»Egal. Wir gehen einfach weiter. Wenn wir die nächste Stadt erreichen, hat sicher irgendwas offen. Je weiter wir weg sind, desto besser für uns.«

Der Ort, wo sie mit Wade und ihrer Mutter gelebt haben, soll ihr nur noch wie ein schlimmer Traum vorkommen. Aber er wirkt immer noch so echt und real.

Wieder schwingen sie sich aufs Rad und radeln die Hauptstraße entlang bis zur Schnellstraße. Dort werden sie von einem Warnschild begrüßt: »Keine Fahrräder. Keine Elektroräder. Keine Fußgänger.«

»Und jetzt?«, fragt Jen.

»Ach Scheiße, Jen. Keine Ahnung. Am besten bleiben wir einfach hier, bis uns was einfällt.«

Der Gedanke, sich einfach irgendwo hinfallen zu lassen, ist verlockend. Er gefällt ihr, verspricht Erleichterung. Carly bereut es, dass sie diese Möglichkeit schon ausgeschlossen hat.

* * *

Sie sitzen auf der Treppe zur Bücherei und warten ab. Schauen zu, wie die Stadt erwacht. In beide Richtungen eilen Leute an ihnen vorbei, zu Fuß, im Auto, mit dem Rad.

Carlys Rad lehnt an einer Backsteinmauer einige Meter entfernt. Es ist nicht abgeschlossen. Sie haben kein Schloss dabei.

Jen hat einen kleinen Kratzer an der Wange, und ihr Blick wirkt abwesend. Als sei dort drinnen niemand zu Hause. Keine Jen. Als hätte sie ihr Haus zugesperrt und das Grundstück verlassen. Carly fragt sich, ob sie auch so aussieht, und kommt zu dem Schluss, dass es eigentlich keine Rolle spielt.

Ein Junge, der ein bisschen älter als Jen ist, fährt auf einem kaputten alten Fahrrad an ihnen vorbei. Er radelt auf dem Gehweg und schaut zu ihnen herüber. Kurz darauf kommt er wieder vorbei, diesmal aus der anderen Richtung. Er starrt sie immer noch an.

»Der schaut die ganze Zeit mein Fahrrad an«, sagt Carly.

»Glaubst du, er will es klauen?«

»Mir wär's egal. Wir können es eh nicht mehr brauchen. Wahrscheinlich müssen wir es stehen lassen und per Anhalter weiterfahren.«

Als der Junge zum dritten Mal vorbeifährt, ruft Carly ihm zu: »Gefällt dir das Fahrrad?«

Schlitternd kommt er zum Stehen und stützt sich mit seinen offenen Turnschuhen auf dem Gehsteig ab. »Das ist ein nettes Rad. Ist es deins?«

»Ja. Und ich will's verkaufen.«

»Ich kann's mir bestimmt nicht leisten.«

»Ich würde dir einen guten Preis machen.«

»Wie viel?«

»Wie viel hast du?«

Er leert bedächtig seine Taschen, sortiert ein paar Gegenstände aus, die kein Geld sind. Carly sieht nicht genau, was es für Dinge sind, aber eins sieht aus wie ein roter Stein, und ein anderes könnte ein Plektrum sein. Er zählt ein paar Scheine ab und greift wieder in seine Tasche, holt noch eine Handvoll Münzen heraus. Auch die zählt er zusammen, wobei er auf jede Münze zeigt und dazu die Lippen bewegt. »Ich hab nur zwölf Dollar und fünfunddreißig Cent.«

»Verkauft«, erwidert Carly.

* * *

Carly setzt sich als Erste an einen der beiden Bücherei-Computer. Sie ruft ihr E-Mail-Postfach auf, das sie schon ewig nicht mehr gecheckt hat. Elfmal Spam. Eine Mail von ihrer Freundin Marissa in Tulare, in der steht: »Carly, warum hast du mir nicht gesagt, dass ihr umzieht? Wo seid ihr hin? Schreib zurück, ja?«

Und rein gar nichts von Teddy.

* * *

Ihre erste Mitfahrgelegenheit ist eine nette Frau mittleren Alters. Rundlich, mit feinem braunem Haar, das graue Strähnen durchziehen.

»Wo wollt ihr Mädchen denn hin?«, fragt sie, während die beiden auf die Rückbank klettern.

»Nach Westen«, antwortet Carly.

»Ja, das weiß ich. Aber wohin genau?«

»Äh, nach Hause.«

»Wo ist euer Zuhause? Ihr kommt mir arg jung vor, um allein per Anhalter unterwegs zu sein. Normalerweise nehm ich gar keine Anhalter mit, aber ich hab mir Sorgen um euch gemacht. Wie weit habt ihr's denn?«

Carly könnte sich ohrfeigen, dass sie dieses Problem nicht vorausgesehen hat.

»Nur etwa dreißig Kilometer die Straße runter«, sagt sie.

»Weiß eure Mutter, dass ihr hier allein unterwegs seid?«

Aus dem Augenwinkel sieht Carly, wie Jen lautlos zu weinen anfängt.

Du hast jetzt die Verantwortung, sagt sie sich. Es ist sonst keiner übrig. Wenn es ein Problem gibt, gibt es niemanden, an den du dich wenden kannst. Du musst es selbst lösen. Also mach es. Bring euch in Sicherheit.

Sie schielt auf den Tacho, merkt sich die Zahl und addiert dreißig Kilometer drauf.

»Die Sache ist die«, sagt Carly. »Gestern Nacht waren wir mit ein paar Freunden weg. Wir sind weit in die Berge hochgefahren. Wir wussten vorher nicht, dass wir so weit fahren würden. Und wir wollten nicht mit ihnen zurückfahren, weil sie was getrunken hatten. Unsere Mutter würde uns umbringen, wenn sie das wüsste. Deshalb fahren wir per Anhalter heim. Ja, ich weiß. Es ist eine dumme Idee. Wir machen das nie wieder. Es ist unheimlich. Aber wenn Sie uns dreißig Kilometer mitnehmen könnten …«

Die Frau seufzt. »Ich bin nur froh, dass ich euch eingesammelt habe.«

»Ja. Ich auch. Danke. Wir wissen das zu schätzen.«

Dann wird Carly bewusst, dass ihr Plan einen Haken haben könnte. Was, wenn sie dreißig Kilometer fahren und dann mitten im Nirgendwo sind, kein Haus weit und breit?

Sie hockt auf der Kante des Rücksitzes und späht durch die Windschutzscheibe, krampfhaft bemüht, ihre Nervosität zu verbergen. Sie überqueren eine Kreuzung nach der anderen, gepflasterte Straßen, die an der Landstraße enden. Einige wenige Farmhäuser verteilen sich rechts und links der Straße. Wenn sich das ändert, muss Carly so tun, als hätte sie sich in der Entfernung geirrt.

Aber sie hat Glück.

Als der Tacho die magische Zahl anzeigt, sagt sie: »An der nächsten Kreuzung ist es. Wenn Sie uns einfach dort absetzen könnten …«

»Ich kann euch auch bis nach Hause fahren.«

»Nein. Bitte. Wir würden nur Ärger kriegen.«

Ein weiterer Stoßseufzer vom Vordersitz. Die Frau fährt rechts ran und lässt sie raus.

»Von jetzt an passt ihr auf euch auf, Mädels.«

»Machen wir. Danke.«

Sie stehen am Rand der schmalen Schnellstraße und sehen zu, wie die Frau davonfährt.

Jen winkt.

»Scheiße«, sagt Carly. »Das war knapp.«
»Knapp? Sie war doch nett.«
»Zu nett.«
»Wie kann man denn zu nett sein?«
»Sie wollte uns helfen.«
»Wir brauchen Hilfe, Carly.«
»Du weißt, was sie getan hätte. Oder? Wenn sie gewusst hätte, dass wir niemanden haben. Sie hätte beim Jugendamt angerufen. Ich will in keine Pflegefamilie, Jen. Wir wissen noch nicht mal, ob wir dann zusammenbleiben könnten.«
»Gut, und was machen wir jetzt? Fahren wir weiter per Anhalter?«
»Ja. Ich denke schon. Uns bleibt wohl nichts anderes übrig. Aber dieses Mal sollten wir uns vorher überlegen, was wir sagen.«

* * *

Der Mann, der sie als Nächster mitnimmt, scheint sich nicht für ihre Geschichte zu interessieren. Er äußert auch keine Sorge um ihr Wohlbefinden. Er ist um die vierzig, dünn und so blass, als hätte seine Haut noch nie die Sonne gesehen. Er trägt eine dicke Brille mit schwarzem Rand und schaut die ganze Zeit im Rückspiegel zu ihnen.
Sie fahren über eine Stunde, ohne dass er irgendwas wissen will. Er fragt noch nicht mal, wo sie hinwollen.
Als er endlich doch spricht, sagt er nur: »Mit euch komme ich mir ganz einsam vor. So ganz allein hier vorne.«
Carly antwortet nicht, Jen ebenso wenig. Doch Jen wirft ihr einen Blick zu, eine stumme Frage: Stecken wir in Schwierigkeiten? Carly weiß es nicht, aber sie hat ein ungutes Gefühl. Das Ganze hat einen Igitt-Faktor. So hat Teddy das immer genannt. Der Igitt-Faktor liegt schon die ganze Fahrt über in der Luft,

wird Carly klar. Sie hat ihn nur nicht wahrnehmen wollen, bis der Mann etwas gesagt hat.

Sie greift in ihren Rucksack und tastet nach ihrer Haarbürste, eine ovale Bürste mit einem schmalen Metallgriff. Der Griff hat oben eine Plastikkappe, doch Carly schält sie mit dem Daumen ab. Sie kommen jetzt durch eine Stadt. Gott sei Dank.

»Lassen Sie uns hier raus«, sagt Carly. »Bitte.«

Eine Kreuzung kommt in Sicht, mit einer Ampel. Doch die Ampel wird grün, und der Fahrer rauscht hinüber.

Carly schaut Jen an, die wieder wie versteinert aussieht. Carly hat Angst, dass Jen die Nerven verlieren könnte, so wie letzte Nacht. Einen solchen Zusammenbruch können sie sich jetzt nicht leisten.

»Tut mir leid«, sagt der Mann. »Ich wollte rüber, solange noch grün ist.«

»Gut, das sind Sie. Also fahren Sie jetzt rechts ran. Bitte.«

»An der nächsten Ampel. Ihr könnt zu Fuß zurückgehen.«

Carly kneift die Augen zu und betet, dass die nächste Ampel rot ist. Das ist sie, und der Mann muss anhalten. Erst dann fällt ihr ein, dass sie zu Jen gesagt hat, sie würde nicht beten.

Jen sitzt auf der Beifahrerseite, die sichere Seite, wenn man aussteigen will. Sie versucht, die Tür zu öffnen. »Sie ist zu.« Sie will den Riegel hochziehen, aber das geht nicht.

Der Mann beobachtet sie im Rückspiegel. Er wirkt immer unangenehmer. »Ich hab die Kindersicherung drin«, sagt er.

»Dann schalten Sie sie ab!«, ruft Carly fast panisch. »Und lassen Sie uns raus!«

Keine Antwort. Nichts bewegt sich. Carly sieht, wie das Blut aus Jens Gesicht weicht, bis sie so bleich ist wie eine Porzellanpuppe.

»Machen Sie die Tür auf, sonst hol ich die Waffe raus«, droht Carly.

Die Ampel wird grün.

Carly zieht ihre Haarbürste aus dem Rucksack, wobei sie sehr darauf achtet, sie hinter dem Kopf des Mannes versteckt zu halten, damit er sie nicht im Spiegel sehen kann. Sie drückt das runde Metallende des Griffs gegen seinen Hinterkopf.

»Fahren Sie auf keinen Fall weiter«, sagt sie.

Der hintere Türriegel macht »Klick« und springt hoch – ein herrliches Geräusch. Jen stößt die Tür weit auf, und sie stürzen Hals über Kopf aus dem Auto. Die Tür bleibt offen stehen, während der Mann weiterfährt.

»O Gott«, sagt Jen. »O Gott o Gott o Gott.«

»Schon gut, Jen. Beruhig dich. Uns ist nichts passiert.«

»Ich kann das nicht, Carly. Wir können das nicht mehr machen.«

»Okay. Dann lassen wir es. Wir trampen nicht mehr, versprochen.«

»Was machen wir dann?«

»Wir gehen zu Fuß.«

»Bis nach Kalifornien?«

»Nicht den ganzen Weg. Natürlich nicht. Nur von einer Telefonzelle zur nächsten. Und wenn Teddy ans Telefon geht, fährt er los und holt uns ab. Oder er überweist uns Geld für ein Busticket. Aber je mehr wir laufen, desto näher kommen wir unserem Zuhause, und umso schneller kann er uns abholen. Wir bleiben einfach nur kurz an jedem Ort. So kann uns auch niemand in eine Pflegefamilie stecken. Wir laufen einfach, als wüssten wir ganz genau, was wir tun. Und wenn irgendjemand fragen sollte, sagen wir einfach, dass wir auf dem Heimweg sind. Das stimmt ja auch. Oder?«

»Wir gehen nach Hause«, sagt Jen, als ob sie es auswendig lernen müsste.

»Richtig. Wir gehen nach Hause.«

* * *

Sie laufen, bis es dunkel wird. Etwa zehn Stunden lang.

An diesem ersten Tag ruft Carly zehnmal bei Teddy an. Teddy geht nicht dran.

New Mexico, 9. Mai

Carly behält Jen genau im Auge, vielleicht sogar noch mehr als sonst. Sie sieht zu, wie Jen den Seitenstreifen der schmalen, bröckligen Asphaltstraße entlangstreunt, während sie Kieselsteine und kümmerliches Gras beiseitetritt.

Erst weiß Carly selbst nicht so recht, warum sie Jen mit solchen Argusaugen beobachtet. Eigentlich ist dieser Morgen nicht anders als die letzten neun. Ihre neue Normalität.

Sie schaut nach vorn und sieht, wie sich die dunkle Straße in ein Tal absenkt. In diesem Tal gibt es … nichts.

Nur noch mehr mickriges Unkraut und eine niedrige Bergkette am anderen Ende, die sie irgendwann überqueren müssen. Ganz weit entfernt sieht sie ein paar Felsnadeln in verschiedenen Formen und Größen, wie die typischen Wüstenformationen, die sie aus alten Cowboyfilmen kennt. Die Wolken am Himmel bauschen sich über den Bergen, spärlicher über ihren Köpfen, oben weiß und unten kupferfarben, ohne dass sie sich zusammenballen und den stahlblauen Himmel bedecken könnten.

So ein Pech, denkt Carly. Gerade gestern ist ihnen nämlich die Sonnencreme ausgegangen. Die Wolken ziehen mit der Brise. Sie lenzen, denkt Carly. Sie weiß nicht genau, warum oder woher sie dieses seltsame Wort kennt, doch sie ist sich ziemlich sicher, dass es zutrifft.

Jen macht wieder einen schwungvollen Schritt, und nun weiß Carly endlich, was sie stört. Woher nimmt Jen bloß diese ganze Energie? Sie sind beide erschöpft. Zugegeben, sie sind heute noch keine Stunde unterwegs, aber wenn man so viele Kilometer zurücklegt wie sie, und das jeden Tag, wacht man schon müde auf. Man weiß nicht mehr, wie es ist, ausgeruht zu sein. Man kennt keine Erholung.

Jen bleibt stehen und schaut sich um, wobei sie sich einmal um die eigene Achse dreht. Das tut sie schon den ganzen Morgen. Bedächtig, als gäbe es hier draußen irgendwas zu sehen.

»Schön hier«, sagt sie.

»Was soll daran schön sein?«, fragt Carly. An ihrem Ton ist klar erkennbar, dass ihre kleine Schwester dummes Zeug redet.

»Nun«, sagt Jen. Wieder sieht sie sich um und atmet ein Stück Himmel ein. »Das zum Beispiel.«

Sie zeigt auf die Felsformationen, die Sand und Wind zurechtgeschliffen haben, dicht vor den Bergen am Horizont.

»Du spinnst«, sagt Carly. »Das sind Felsen.«

»Schöne Felsen.«

»Gibt's nicht.«

Sie gehen ein paar Schritte weiter, Jen tritt noch einige Male unvermittelt in die Luft. Das Knirschen ihrer Schritte und das Klicken von hochspritzendem Kies ist alles, was sie hören. Das und der Wind in Carlys Ohren.

»Der Himmel«, sagt Jen.

»Daheim gibt's auch Wolken, schon gewusst?«

»Ich meine nicht die Wolken, sondern den Himmel.«

Carly bleibt stehen. Jen geht noch ein Stück, bis sie es merkt und ebenfalls anhält.

»Du bist dumm«, sagt Carly. »Der Himmel ist überall gleich.«

»Nein, ist er nicht. Ich hab noch nie so einen Himmel gesehen.«

»Lernt ihr denn gar nichts in der Schule? Himmel ist Himmel. Überall.«

»Ich weiß. Aber der Himmel hier ist größer.«

»Du siehst bloß mehr davon. Da, wo wir herkommen, kann man einfach nicht so weit schauen.«

»Genau«, sagt Jen. »Das meine ich. Das ist es, was hier anders ist. Besser.«

Carly seufzt und setzt sich wieder in Bewegung. Jen folgt ihr. Offensichtlich hat Carly ihr den Wind aus den Segeln genommen. Und obwohl es ihr Schuldgefühle bereitet, sich das einzugestehen, fühlt sich Carly gleich wohler. Diese Art, die Jen an den Tag legt, stört sie schon den ganzen Morgen. Wie kann ihre Schwester so … glücklich wirken? In ihrer Lage?

* * *

Plötzlich stößt Jen einen Freudenschrei aus und fängt an zu rennen, während ihr Rucksack wild umherschwingt. Carly, die vor Schreck zusammengezuckt ist, versucht zu erkennen, was sie entdeckt hat.

Pferde.

Drei Pferde weiden auf einem Feld hinter einem Zaun, der so schlecht konstruiert ist, dass er fast lächerlich wirkt. Die Pfähle sind Zweige, einige gerade, andere krumm, manche gegabelt. Sie ragen nebeneinander aus der Erde und sind mit drei Drahtsträngen verbunden. Kein Stacheldraht, einfacher Draht, der sich endlos dahinzieht. Zwei der Pferde sind weiß, aber nicht so hübsch, wie man erwarten würde. Schmutzig weiß, mit langen, gelblichen Schweifen. Man kann ihre Rippen sehen.

Doch das dritte ist eine Schönheit. Ein braunweißes Paint

Horse mit braunem Schweif und einer dichten weißen Mähne, die so lang ist, dass sie den ganzen Hals bedeckt. Es ist Carly nie in den Sinn gekommen, einen Schecken als Paint, also gemalt, zu bezeichnen, doch nun sieht sie, warum der Name passt. Es sieht aus, als hätte jemand ein weißes Pferd mit brauner Farbe bemalt, mit großen, unregelmäßigen Klecksen, dann die Lust verloren und mittendrin aufgehört.

Der Schecke sieht jünger aus als die anderen Pferde. Als Jen näher kommt, wird er von ihrer Energie angesteckt. Er läuft am Zaun entlang auf sie zu, macht wieder kehrt und rennt davon. Dabei buckelt er und schlägt aus, als wollte er etwas Unsichtbares abschütteln.

Jen kreischt vor Lachen.

Carly bleibt stehen und schaut zu, während sie versucht, unbeeindruckt zu bleiben.

Dann gerät Jen aus dem Tritt und hüpft auf einem Bein, viermal, ein Hüpfer für jeden Schmerzensschrei.

Sie hüpft zur Seite und stellt sich an den Zaun, hält sich an einem der Äste fest und betrachtet die Sohle ihres schmutzigen weißen Turnschuhs. Das Pferd ist ebenfalls stehengeblieben und scheint mit sich zu ringen, ob es näher kommen soll. Jen lässt ihren Fuß los und beugt sich über den albernen Zaun. Sie will das Pferd herbeilocken, um es zu streicheln.

Carly läuft in ihre Richtung.

»Tu's nicht«, sagt sie. »Vielleicht beißt es.«

»Es wird mich nicht beißen«, ruft Jen ihr über die Schulter zu.

»Woher willst du das wissen?«

»Ich weiß es einfach.«

Als Carly am Zaun ankommt, schnüffelt das Pferd schon in Jens Handflächen herum, spitzt die Lippen und zeigt seine gelben Zähne. Carly steht so nah dran, dass sie ihn riecht, diesen kräftigen, dumpfen, gar nicht unangenehmen Pferdegeruch.

»Du willst was zu fressen, nicht wahr?«, fragt Jen, so wie man mit seinem Hund sprechen würde. »Aber weißt du, wenn ich etwas hätte, würd ich es selbst essen. Du hast Glück. Du kannst Gras fressen. Ich wünschte, wir könnten das auch. Und die ganze Nacht im Stehen schlafen, auf der Weide, ohne dass es uns was ausmacht.«

Carly lässt sich vorsichtig auf einem großen Reifen nieder, der halb in der Erde am Zaun vergraben ist. Er ist ungewöhnlich groß, wie ein Traktorreifen. Sie muss die Hände zu Hilfe nehmen, um sich setzen zu können.

»Wir haben Essen«, sagt sie.

Jen kommt und setzt sich zu ihr.

»Was haben wir?«

»Noch zwei Snickers.«

»Frühstück! Super!«

Carly setzt ihren Rucksack ab und wühlt darin herum, bis sie ganz unten die beiden Schokoriegel findet. Einen gibt sie ihrer Schwester.

»Sorg dafür, dass er eine Weile hält.«

»Ich würd ihn lieber gleich aufessen.«

»Dann tut es dir nachher nur leid.«

»Aber vielleicht kriegen wir nachher noch mehr Essen.«

»Vielleicht auch nicht.«

»Mir egal.«

»Hör zu. Ich bin hier die Erwachsene. Und ich sag dir, dass du nur die Hälfte essen sollst.«

Jen verdreht die Augen, doch sie teilt den Schokoriegel, wickelt die Hälfte, die sie aufheben soll, wieder in die Verpackung und steckt sie sich in die Hemdtasche.

»Du bist genauso schlimm wie Mom«, sagt sie.

Carly spürt die bedrückte Stimmung, die plötzlich zwischen ihnen herrscht, und hat das Gefühl, dass Jen die Worte zurücknehmen würde, wenn sie könnte.

»Was hast du da gerade gesagt?«

»Es tut mir leid. Ich wollte damit nicht sagen, dass …«

»Du wolltest nichts Gutes sagen, oder? Wenn du sagst, dass ich so schlimm bin wie Mom, ist das kein Kompliment an Mom. Du meinst, dass Mom schlimm war.«

»Hey! Du bist diejenige, die …«

»Du hast schlecht über Tote gesprochen. Und das darf man nie tun. Du bist doch diejenige, die immer so abergläubisch ist, deshalb bin ich sehr überrascht, dass du so redest.«

Jen sieht auf und schaut sich um, als gäbe es ein bestimmtes Stück Himmel, das sie finden muss. »Es tut mir leid«, flüstert sie.

Dann nimmt sie einen Bissen von ihrem Frühstück.

Der Schecke streckt den Kopf über den Zaun und wendet seine Nüstern dem Essen zu. Seine Lippen machen ein schmatzendes Geräusch. Jen dreht sich um und lacht laut auf, als sie das Pferd so dastehen sieht.

»Pferde fressen kein Snickers«, sagt sie.

Ein Windstoß streicht durch Jens langes, dunkles Haar, und sie fasst sich an den Kopf, um ihre Locken zu glätten. Das Pferd wittert seine Chance, reckt sich noch etwas weiter über den Zaun und stibitzt mit seinem Maul ein Stück Schokolade.

Wieder quietscht Jen vor Lachen, während sie ihren Schatz fest an die Brust drückt.

»Igitt«, sagt Carly. »Jetzt musst du das Stück wegwerfen.«

»Kommt nicht in Frage. Ich verschwende doch nichts.«

»Du wirst bestimmt krank davon.«

»Pferde stecken keine Menschen an.«

»Woher willst du das wissen?«

Jen hält den Schokoriegel vor sich und beißt noch einmal die Hälfte ab.

»Wenn mein Hals jetzt länger wird«, sagt sie mit vollem Mund, »und meine Füße hart werden, darfst du mir gern einen

Sattel aufbinden und den ganzen Weg nach Kalifornien auf mir reiten.«

»Wir laufen nicht den ganzen Weg. Teddy wird kommen und uns abholen.«

Jen antwortet nicht.

Plötzlich fällt Carly etwas ein. Sie packt Jens Knöchel und zieht ihr Bein hoch, damit sie ihre Schuhsohle untersuchen kann, obwohl sie nicht mehr weiß, welcher Fuß es war.

»Au«, ruft Jen. »Was soll das?«

Die Sohle ist komplett durchgelaufen und hat ein Loch von der Größe einer Fünfundzwanzig-Cent-Münze, durch das man Jens staubigen grünen Strumpf sieht. Carly lässt den Knöchel los und greift nach dem anderen. Auf dieser Seite ist das Loch immerhin so groß wie ein Zehncentstück. Sie gibt Jen ihre Beine zurück.

»Warum hast du mir nicht gesagt, dass deine Sohlen durchgelaufen sind?«

»Weil man nichts dagegen machen kann.«

»Wir könnten Pappe reinlegen oder so was.«

»Oh. Ja. Stimmt.«

Nach kurzer Zeit steht Carly auf und zupft Jen am Ärmel. »Noch ein paar Kilometer.«

»Ja«, sagt Jen. »Ich weiß. Noch mehr. Woher wusste ich das nur? Weil es immer noch ein paar Kilometer sind.« Sie beugt sich über den Zaun und gibt dem Pferd einen Kuss auf die Nase, ehe sie weiterziehen.

Der Schecke trottet ihnen nach, am Zaun entlang, entspannt und mit ausgreifendem, lockerem Schritt, bis die Weide endet. Jen winkt ihm traurig hinterher. »Tschüss, mein Hübscher.«

»War das gerade ein Date?«

»Kann schon sein.« Jen schaut noch dreimal über die Schulter zu dem Pferd hin, ehe die Straße abschüssig wird und ihnen die Sicht versperrt. Dann dreht sie sich ein weiteres Mal um, als wollte sie die Erinnerung festhalten.

* * *

Etwa einen Kilometer weiter kommen sie an einem Hof vorbei. An der Hauswand liegt ein zusammengerollter Gartenschlauch. Es sind keine Autos zu sehen, und auch keine Garage, in der ein Auto verborgen sein könnte. Es sieht aus, als sei niemand zu Hause.

Sie trinken, so viel sie können, ehe sie weitergehen. Heute ist der erste Tag, an dem sie länger als einen halben Tag an keiner Tankstellentoilette vorbeigekommen sind. Es macht Carly Angst, so weit von einer Wasserquelle entfernt zu sein. Und von einem Telefon.

* * *

Sie schaffen es noch am selben Tag, die Berge zu überqueren. Sie steigen hoch bis zum Gipfel und blicken hinunter ins nächste Tal. Carly erwartet, einige vereinzelte Nahrungsquellen zu entdecken und ein paar Orte, wo sie Wasser finden können, ebenso wie den einen oder anderen Unterschlupf, der bislang immer wieder an ihrem Weg aufgetaucht ist. Aber vor ihnen erstreckt sich nur wieder ein großes Nichts.

* * *

Sie stehen auf einem Bürgersteig, und Carly staunt, weil es so lange es her ist, dass es einen Gehweg gab. Sie versucht zu sondieren, was dieser kleine Ort ihnen bietet. Eine Tankstelle mit einem Minimarkt. Einen Secondhandladen. Einen Eiswagen. Einen Baumarkt. Und Indianerdecken, Hopi und Navajo.

»Wie heißt dieser Ort?«, fragt Jen.

»Ich weiß es nicht. Ich hab nirgends ein Ortsschild gesehen. Du?«

»Ich glaub nicht. Aber ich hab auch eher auf die Felsen geachtet. Sie sind hübsch.«

Jenseits dieses Stücks Landstraße, das die Bezeichnung »Zivilisation« kaum verdient, besteht die Landschaft nur aus Geröll. Große und kleine Felsen, von denen einige Felsenhügel bilden, während andere einzeln herumliegen. Alle haben denselben Braunton, der für diese Steine typisch ist.

»Warum stehst du plötzlich so auf Steine?«

»Weiß nicht.«

»Vielleicht ist diese Siedlung so klein, dass sie keinen Namen hat«, meint Carly.

»Alle Orte haben Namen.«

»Woher willst du das wissen? Du bist erst zwölf.«

Jen sagt nichts, und Carly weiß, dass sie zu weit gegangen ist. Dann wird ihr bewusst, dass sie schon seit Tagen zu weit geht und übertrieben gemein zu Jen ist. Aber sie weiß nicht, ob sie die Kraft hat, das jetzt in Ordnung zu bringen. Oder ob sie überhaupt wüsste, wie.

Auf einem Flecken Erde neben dem Bürgersteig steht eine notdürftig zusammengezimmerte Bank – ein Brett über zwei abgesägten Baumstämmen.

Sie humpeln hinüber und legen ihre Rucksäcke ab. Carly nimmt behutsam Platz und schnürt ihre Schuhe auf, zieht sogar einen aus.

Jen plumpst rücklings in den Dreck und legt die Füße auf die Bank.

»Du hast Glück, dass du keine roten Haare hast«, sagt Carly zu ihrer Schwester.

»Lass die Schuhe an. Was soll daran Glück sein?«

»Ich muss sie ausziehen. Meine Füße sind geschwollen.«

»Du kriegst sie nie wieder an.«

»Ich kann nichts dagegen tun. Sie bringen mich fast um.«

»Warum bringt es Unglück, rote Haare zu haben?«

»Weil man so leicht einen Sonnenbrand bekommt. Rothaarige haben so helle Haut und vertragen überhaupt keine Sonne. Wie meine Freundin Marissa. Du kennst sie nicht. Sie war bei mir auf der Highschool.«

»Auf welcher? In New Mexico oder in Kalifornien?«

»Kalifornien. Wir können noch mehr Sonnencreme kaufen.«

»Wovon?«

»Ich finde jemanden, der uns Geld gibt. So wie immer.«

Jen hält sich den Handrücken vors Gesicht. Wahrscheinlich will sie sich so vor der Sonne schützen, doch es wirkt wie eine dramatische Geste. Als wäre sie eine Schauspielerin in einem alten Film, die ihre Furcht zeigen will, obwohl Jen nicht gerade furchtsam ist.

»Carly«, setzt sie an. »Ich hab Hunger. Es ist mir egal, ob ich verbrenne. Von mir aus kann ich brutzeln, bis ich Blasen werfe. Aber du darfst nicht vier Dollar für Sonnencreme ausgeben. Weißt du, wie viel Essen wir für vier Dollar kaufen können? Wenn du willst, dass wir mehr Kilometer schaffen, brauch ich mehr zu essen.«

Die löchrigen Sohlen von Jens Turnschuhen fallen Carly immer wieder ins Auge.

Sie kneift die Augen zu, und als sie sie wieder aufmacht, sieht sie vor sich den Secondhandladen. Genau vor ihrer Nase, als habe sie versucht, etwas herbeizuzaubern, und jetzt ist es da, wie bestellt.

Sie zwängt ihre Füße wieder in die Schuhe, doch sie bekommt sie kaum hinein. Es tut weh. Sie könnte aufschreien, aber sie lässt es. Sie kann sich noch nicht einmal dazu überwinden, die Schuhe wieder zuzubinden. Sie muss einfach aufpassen, dass sie nicht stolpert.

»Komm mit. Lass uns eine Runde drehen.«

»Wir machen Pause!«, heult Jen.

»Nein, das meine ich nicht. Ich will in den Secondhandladen.«

»Warum? Wir haben kein Geld.«

»Halt einfach den Mund und komm mit.«

»Geh du. Ich bin müde.«

»Nein. Du musst mitkommen.«

Jen stößt einen Seufzer aus, rollt sich auf die Seite und stemmt sich hoch. Ein Pärchen spaziert vorbei, beide Mitte zwanzig. Jeder von ihnen hat ein Eis in der Hand, zwei Kugeln in der Waffel. Jen starrt das Eis an, bis sich die beiden entfernt haben.

Zusammen gehen sie über die Straße zum Secondhandladen. Jemand hat die Scheibe bemalt und einen Schriftzug hinzugefügt, der besagt, dass alle Einnahmen an das St. Ignatius Hospital gehen.

Als Carly die Tür aufstößt, klingelt ein Glöckchen.

»Na Mädels, wie geht es euch?«, fragt die Verkäuferin.

Sie mag um die vierzig sein und hat die Nase in einem Buch. Wahrscheinlich ist sie eine Indianerin. Eine amerikanische Ureinwohnerin. Carly sollte sich diese Bezeichnung langsam mal angewöhnen. »Indianerin« könnte kränkend sein. Sie nähern sich dem Navajo-Gebiet, dem großen Reservat, aber sie sind wohl noch nicht ganz dort. Immerhin haben sie endlich die Grenze nach Arizona überquert.

Carly antwortet nicht.

»Sucht ihr was Bestimmtes?«

Carly sieht einen großen Vogelkäfig, der neben dem Kopf der Frau hängt und in dem zwei blaugrüne Sittiche sitzen. Sie zwitschern laut, es klingt fast wie Gesang.

»Schuhe«, sagt sie. »Wir suchen ein Paar Schuhe für meine

Schwester.«

»Den Gang entlang bis ganz nach hinten und dann links. Sie stehen auf dem Boden in der Ecke. Jedes Paar zwei Dollar, außer es hat ein Preisschild, auf dem mehr steht.«

»Danke. Sollen wir unsere Rucksäcke hierlassen?«

Die Leute mögen es nicht, wenn Kinder oder Teenager mit Rucksäcken ihre Läden betreten. Das wissen sie mittlerweile.

»Schon in Ordnung. Ich traue euch. Meldet euch, wenn ihr Hilfe braucht.«

Sofort fühlt sich Carly schuldig. Dass die Frau ihnen vertraut, macht es noch schlimmer.

Jen zupft an ihrem Ärmel, während sie den Gang entlanggehen, doch Carly schlägt ihre Hand weg. Sie wirft Jen einen warnenden Blick zu.

Der Laden ist ziemlich klein. Die Frau sieht sie nicht, wenn sie in der Ecke mit den Schuhen sind. Aber sie könnte etwas hören.

Jen steuert auf ein Paar Laufschuhe zu, die ungefähr ihre Größe haben. Sie hat sie schon angefasst, ehe Carly sie auch nur entdeckt hat. Sie sind ziemlich verdreckt, aber als Jen sie hochhebt und umdreht, sehen die Sohlen gut aus. Kaum abgelaufen. Sie dreht sie wieder richtig herum, damit sie die Oberseite betrachten können. An den Schuhen ist ein Preisschild, auf dem steht, dass sie fünf Dollar kosten, nicht nur zwei.

Carly wirft einen kurzen Blick über die Schulter, dann reißt sie das Preisschild ab. Jen holt zischend Luft, und Carly schaut sie wieder warnend an.

»Probier sie an«, flüstert sie.

Es gibt keinen Hocker, also setzt sich Jen auf den Boden und zieht ihre löchrigen alten Turnschuhe aus. Währenddessen entdeckt Carly ein Paar Schnürstiefel. Sie hebt sie hoch und überlegt. Sie dreht ihren Fuß um und hält den anderen Schuh mit der Sohle dran. Er sieht aus, als würde er einigermaßen passen. Vielleicht ist er ein bisschen zu groß. Aber dann hätte sie zumindest genug Platz, wenn ihre Füße noch weiter anschwellen.

Sie zieht die Stiefel an und schnürt sie fest, damit sie besser sitzen, dann schaut sie auf zu Jen, die angespannt auf dem Boden sitzt, die neuen Schuhe an den Füßen. Sie sieht ängstlich aus. Carly fängt Jens Blick auf, und Jen nickt. Die sollen es sein, alles klar.

Carly hebt ihre und Jens alte Schuhe auf und stellt sie in die Reihe zu den anderen Schuhen auf dem Boden. Ihre sehen nicht viel schlechter aus als einige andere, zumindest wenn man sie nicht umdreht.

»Okay, wir haben wenigstens mal geguckt. Zufrieden?«, fragt Carly in normaler Lautstärke und übertrieben fröhlich.

»Ja, schon«, erwidert Jen. Sie klingt nervös.

Carly streckt die Hand nach Jen aus und zieht sie hoch. Sie schaut hinunter auf ihre neuen Stiefel. Sie sind robust, das wird helfen. Aber sie stellen auch ein Risiko dar, weil sie auffälliger sind als Jens Sportschuhe. Die Frau könnte sie erkennen, wenn sie zur Tür hinausgehen. Noch einmal schaut sie ihre alten Schuhe an und entscheidet sich fast dafür, sie doch wieder anzuziehen. Doch ihre Füße sind inzwischen noch stärker angeschwollen. Wahrscheinlich würde sie in die alten Schuhe gar nicht mehr reinkommen.

»Schau sie nicht an«, flüstert sie Jen ins Ohr. »Red nicht mit ihr. Lass mich das machen.«

Jen ist eine ganz schlechte Lügnerin. Sie ist so ehrlich, dass sie sich jedes Mal verrät.

Carly zupft ihre Schwester am Ärmel ihres T-Shirts, und sie laufen los. Wenn es etwas gibt, was sie inzwischen gelernt haben, dann laufen.

»Trotzdem danke, Ma'am«, ruft sie. Sie will einfach am Ladentisch vorbeigehen, als ihr klar wird, dass das vielleicht nicht die beste Methode ist. Sie sollte stehen bleiben und sich mit der Frau unterhalten. Genau das würde ein Ladendieb nämlich niemals tun.

»Schönen Tag noch, Mädels.«

Carly bleibt dicht an der Theke stehen, wo die Frau ihre Füße nicht sehen kann.

»Wie heißt diese Stadt?«, will sie wissen.

»Ist nicht wirklich eine Stadt. Nur ein Teil von McKinley County. Offiziell sind wir ein Teil von Gallup, obwohl das ziemlich weit südlich von hier liegt.«

Carly sieht zu Jen, froh, dass sie recht behalten hat. Aber Jen starrt den Vogelkäfig über ihnen an und bekommt gar nichts mit. Entweder ist sie von den Vögeln fasziniert oder vor Angst erstarrt. Oder beides.

»Aber das liegt doch in einem anderen Bundesstaat«, sagt Carly.

»Ich verstehe nicht ganz, was du meinst«, erwidert die Frau geduldig.

»Gallup liegt in New Mexico, und wir sind hier in Arizona.«

»Nein, wir sind in New Mexico.«

Ohne hinzuschauen, spürt Carly neben sich Jens Reaktion. Sie hat Jen versichert, dass sie die Grenze nach Arizona schon lange hinter sich hätten.

»Wirklich?« Sie fragt, als könnte sich das Ganze noch als Irrtum herausstellen.

»Habt ihr Mädels euch etwa verirrt?«

Da begreift Carly, dass sie einen Fehler gemacht hat. Sie hat ein Warnsignal gegeben, obwohl sie sich die ganze Zeit darauf gedrillt hat, genau das nicht zu tun.

»Nein, Ma'am, ganz und gar nicht. Wir sind mit unserem Vater unterwegs. Er ist gerade draußen tanken. Er meinte, wir wären schon in Arizona. Der wird sich wundern, wenn ich ihm sage, dass er sich geirrt hat. Wie weit ist es denn noch bis zur

Grenze? Nur damit ich es ihm sagen kann.«

»Ungefähr dreißig Kilometer. Vielleicht noch etwas weiter.«

Carly achtet darauf, Jen nicht anzusehen, weil sie ahnt, wie schwer es ihrer Schwester fällt, diese Neuigkeit zu verdauen. Noch mehr als einen Tagesmarsch, nur um dorthin zu kommen, wo sie längst zu sein glaubten.

»Okay. Danke, Ma'am«, sagt sie.

»Schönen Tag noch, Mädels.«

Dann vertieft sich die Frau wieder in ihr Buch. Sie schaut nicht auf Carlys oder Jens Füße, während sie zur Tür hinausgehen.

* * *

Carly beobachtet Jen, die am Straßenrand entlanggeht und dabei den Rucksack auf ihrem Kopf balanciert, damit ihr Gesicht im Schatten liegt. Ihr Gang wirkt elastischer.

»Jetzt haben wir uns gar nicht lange ausgeruht«, sagt Jen. »Mit diesen Schuhen kann man prima laufen.«

Sie macht noch einen federnden Schritt, wie um ihre Aussage zu betonen, aber vorsichtig, damit ihr Rucksack nicht herunterfällt.

»Ich wollte erst etwas weiter wegkommen«, erklärt Carly. Das ist noch milde ausgedrückt.

Sie hatten eine Heidenangst und konnten sich nur mühsam davon abhalten, zu rennen. Stattdessen sind sie zügig gegangen. Carly hält sich ihre Jacke über den Kopf. Ihr Rucksack ist schwerer als der von Jen.

»Hast du die Adresse?«

»Ja, ich hab mir die Hausnummer gemerkt.«

»Diese Schuhe sind echt viel besser. Können wir jetzt Pause machen?«

Doch sie finden keinen geeigneten Rastplatz. Keine gemütliche Bank, wie sie sie vorhin hatten.

»Da ist ein Felsen«, sagt Jen.

Sie laufen hin und setzen sich.

Die Sonne steht bereits tief, und Jen tut immer noch das, was sie schon die ganze Zeit tut: Sie schaut sich um, als gäbe es hier irgendwas zu sehen.

Carly zieht ihren Rucksack aus und wühlt darin herum, bis sie das kleine Notizbuch mit dem Stift findet. Sie blättert bis zur ersten leeren Seite und schreibt:

Wir schulden dem St.-Ignatius-Secondhandladen, 3397 Route 264, McKinley County, in der Nähe von Gallup, New Mexico, 7,00 $. Postleitzahl nachschlagen.

Sie merkt, dass Jen ihr über die Schulter schielt.

»Wie viel Schulden haben wir mittlerweile?«

»Mehr als dreißig Dollar. Aber das ist schon okay. Teddy gibt uns das Geld.«

»Du tust so, als hätte er Geld. Das hat er nicht.«

»Na ja. Ein bisschen hat er schon. Nicht viel. Aber das macht nichts. Er wird uns geben, was er hat. So ist Teddy. Er wird verstehen, dass es uns wichtig ist, und einen Weg finden.«

»Du tust so, als hätte er in seinem ganzen Leben noch nie was falsch gemacht.«

»Hat er auch nicht. Es war Mom ...«

Sie versucht sich zurückzuhalten. Aber das Wort ist ihr schon herausgerutscht.

Jens Mund formt ein kleines, angespanntes ›O‹.

»Wer spricht jetzt schlecht über die Toten?«

»Tut mir leid.«

Scheiße, denkt Carly. Wir hätten ihn in der letzten Ortschaft besser noch mal angerufen.

O ja. Tatsächlich hätten sie in dieser letzten Ortschaft einiges tun sollen. Sie hätten jemanden dazu bringen sollen, ihnen ein bisschen Geld zu geben, auf diese besondere Art, die sich Carly angeeignet hat, ohne viel Aufmerksamkeit zu erregen. Sie hätten sich etwas zu essen kaufen sollen. Und Sonnencreme. Und sich ausruhen. Und, ja, Teddy anrufen. Teddy wird ihnen nämlich eine Busfahrkarte oder ein Zugticket kaufen. Vielleicht lässt er auch alles stehen und liegen und fährt her, um sie abzuholen. Sie müssen nur so lange laufen, bis Teddy ans Telefon geht. Es war nie geplant, dass das neun Tage dauert.

»Wir rufen ihn noch einmal an. Vom nächsten Telefon aus«, sagt Carly. »Wir müssen weiterlaufen, wenn wir bis Sonnenuntergang irgendwo ankommen wollen.«

Jen beklagt sich nicht einmal. Sie streckt nur ihre dünnen Beine und wischt sich den Schmutz vom Hosenboden.

Dann brechen sie wieder auf, folgen der Straße.

* * *

Zum ersten Mal seit Langem hören sie wieder Motorengeräusch. Carly schaut über die Schulter und entdeckt ein altes Wohnmobil, das laut den Hügel hochtuckert. Als es langsamer wird und schließlich auf der Straße neben ihnen anhält, rutscht ihr das Herz in die Hose. Eine Frau mittleren Alters schaut aus dem Fenster. Carly spürt, wie die kühle Luft der Klimaanlage herausströmt. Es hat etwas seltsam Tröstliches an sich und löst in ihr ein Gefühl aus, das sie ganz vergessen hatte.

Bis jetzt hatten sie Glück mit dem Wetter. Tagsüber war es warm, aber nicht heiß, und nachts war es kalt, aber nicht eisig. Doch es wird allmählich wärmer.

»Kommt ihr Mädchen hier zurecht, so ganz allein? Wollt ihr mitfahren?«

Ganz kurz zieht Carly das Angebot in Erwägung und gibt sich der Vorstellung hin, dass es sicher sein könnte, dieses eine

Mal ihre Regel zu brechen. Diese Frau kann nicht gefährlich sein. Aber Carly kann den Fahrer nicht gut genug sehen.

Dann wird ihr schlagartig bewusst, wie verrückt der Gedanke ist. Sie muss müder sein, als sie dachte. Selbst wenn diese Leute nett und vertrauenswürdig sind, werden sie Fragen stellen. Sie werden wissen wollen, wohin sie beide unterwegs sind. Carly könnte nicht einfach sagen: »Nehmen Sie uns so weit auf dieser Straße mit, wie Sie fahren, und danach laufen wir noch ein bisschen weiter.«

Nein, sie würden sich einmischen. Sie würden helfen wollen. Erwachsene wollten immer helfen.

Diese Reise wäre so viel einfacher ohne all die Erwachsenen, die helfen wollen.

»Nein, danke, Ma'am. Wir wohnen hier in der Nähe.«

»Hier? Wirklich? Ich dachte, bis Arrow Rock käme nichts mehr. Hier gibt's nicht viel.«

»Nun, so scheint es zumindest«, sagt Carly mit einem gezwungenen Lächeln. »Aber unser Haus liegt an einer Schotterstraße nur fünfhundert Meter von hier.«

»Sollen wir euch dorthin mitnehmen?«

»Nochmals danke, Ma'am, aber Sie würden uns das bestimmt nicht anbieten, wenn Sie unsere Straße gesehen hätten. Mit diesem großen Wagen kämen Sie da nie lang. Man braucht Allradantrieb. Wirklich. Wir gehen immer zu Fuß.«

Carly hört, wie der Fahrer mit den Fingern gegen das Lenkrad trommelt. Gut, denkt sie. Er will weiter.

»Solange bei euch alles in Ordnung ist«, sagt die Frau.

Dann kurbelt sie die Scheibe wieder hoch, und das Wohnmobil fährt weiter, den Berg hinauf, mit ächzendem Motor.

Die Mädchen laufen wieder los.

»Du wirst immer besser im Lügen«, sagt Jen.

»Danke.«

»Das sollte kein Kompliment sein.«

Es stellt sich heraus, dass die Frau recht hatte. Bis Arrow Rock kommt nichts mehr. Nicht einmal ein altes Haus mit einem Gartenschlauch daneben. Nicht einmal ein Baum mit wurmigen Holzäpfeln.

»Wir könnten im Stehen schlafen, auf einem Feld«, schlägt Jen vor. »Wie Pferde.«

»Es gibt hier sicher Kojoten und so.«

»Oh.«

Sie halten an und ziehen sich ihre Ersatz-T-Shirts über die, die sie schon anhaben, und ihre Jacken. Jetzt ist Carlys Rucksack leichter, und sie trägt ihn wie einen Hut, so wie Jen, damit die untergehende Sonne ihr nicht in die Augen scheint.

Nach fast einem Kilometer rennt Jen ein paar Meter von der Straße weg, um sich einen Spazierstock zu holen. Mit keinem Wort verrät sie, dass es irgendetwas mit den Kojoten zu tun hat. Aber das muss sie auch gar nicht.

* * *

Es wird schnell dunkel und kühlt ab, deshalb verlassen sie die Straße und gehen zu einem Felshügel, wo sie einen Platz finden, an dem sie schlafen können. So sind sie nur auf einer Seite den Kojoten ausgeliefert, und in dieser kleinen Nische können sie einen Teil ihrer Wärme behalten. Dort schlafen sie.

Das heißt, Jen schläft. Carly bleibt fast die ganze Nacht mit klappernden Zähnen wach und hält den Stock griffbereit. Doch in dieser Einöde scheint außer ihr niemand wach zu sein.

Sie fragt sich, ob man hier draußen erfrieren kann. Wahrscheinlich nicht, aber sie macht sich trotzdem Sorgen.

Das ist die erste Nacht, in der sie keinen Unterschlupf gefunden haben, noch nicht einmal einen Müllcontainer. Sie umarmt Jen fest und legt sich halb auf sie, nur für alle Fälle.

Jen weint fast die ganze Nacht im Schlaf. Carly beschließt, das niemals zu erwähnen, so als wäre es nie geschehen. Als hätte sie es nicht gesehen. Sie würde sich jedenfalls gedemütigt fühlen, wenn jemand mitbekäme, dass sie im Schlaf weint. Diese Schande will sie Jen ersparen.

Dann wird ihr plötzlich klar, dass es schon längst passiert sein könnte. Und sie hätte es gar nicht gemerkt.

Arizona, 10. Mai

»Busbahnhof!«, ruft Jen. »Treffer!«

Es ist nach sieben, und die Sonne ist schon fast untergegangen. Ein Busbahnhof ist das Beste, was ihnen passieren konnte. Tatsächlich ist es das Beste, was ihnen seit Langem passiert ist. Auch wenn es keine von ihnen ausgesprochen hat, war diese eine Nacht draußen in der Kälte etwas, das sie nicht noch einmal erleben möchten.

Nicht dass sie von hier einen Bus nehmen könnten. Bis Teddy ans Telefon geht, haben sie kein Geld und keine andere Möglichkeit, als weiterzulaufen. Manchmal fragt sich Carly, ob Laufen wirklich die einzige Möglichkeit ist, oder ob alle anderen Möglichkeiten ihr nur zu viel Angst machen und sie fürchten lassen, dass man sie erwischen und ans Jugendamt ausliefern könnte. Doch ihr ist, als könne sie sich auf keinen neuen Gedanken verlassen, und deshalb sind sie einfach immer weitergegangen. Bis jetzt hat es geklappt. Beim nächsten Anruf wird Teddy drangehen, und dann wird das alles bald vorbei sein.

Sie treten unter das hölzerne Vordach und lesen das Schild an der Tür, um herauszufinden, wann der Busbahnhof schließt. Um neun. Das ist gut. Früher als viele andere.

»Warte hier«, sagt Carly, denn sie weiß, dass es Jen guttut, am Ende des Tages ein paar Schritte weniger gehen zu müssen. »Ich gehe rein und sehe nach, wann ein Bus ankommt.«

»Vielleicht ist der letzte Bus schon längst da.«

»Dann würden sie früher zumachen.«

Sie stößt die Holztür auf und hat schon den Fahrplan vor Augen. Sie muss noch nicht einmal hineingehen, um ihn lesen zu können.

»Acht Uhr dreißig«, sagt sie. »Der letzte Bus kommt um acht Uhr dreißig.«

Damit bleiben immer noch ein paar logistische Schwierigkeiten. Wenn um acht Uhr dreißig eine große Menschenmenge ankommt, oder auch nur eine kleine, können sie sich daruntermischen. Wenn nicht, geht ihr Plan vielleicht nicht auf. Wie es in letzter Zeit immer der Fall ist, können sie es nur schwer sagen, ehe sie es versucht haben.

Um kurz nach acht gehen sie hinein und warten am Bussteig, als wollten sie jemanden abholen. Sie ruhen sich aus, bis der einzige Mann, der hier zu arbeiten scheint, in einem Hinterzimmer verschwindet. Daraufhin rennt Carly zur Eingangstür und stößt sie auf, sodass sie mit einem Knall zufällt und der Mann denkt, sie wären gegangen.

Sie schlüpfen in die enge Damentoilette, die zwei Kabinen hat, und sitzen dort lange auf den Klos, jede in einer Kabine, mit hochgezogenen Beinen.

Sie hören, wie der Bus dröhnend einfährt, doch anscheinend steigt niemand aus oder geht durch den Bahnhof. Sie bekommen nur mit, wie der Mann, der hier arbeitet, die Tür zum Damenklo aufstößt.

Carly gefriert das Blut in den Adern, weil sie glaubt, dass er hereinkommen und hier nach Feierabend noch putzen könnte. Doch seine Schritte verhallen, und die Tür fällt wieder zu.

Dann hören sie, wie er alles abschließt, wahrscheinlich ein bisschen zu früh.

Es erfüllt Carly mit einem übersteigerten Hochgefühl. Als hätten sie sich gerade in einem Fünf-Sterne-Hotel einschließen lassen, mit Zimmerservice. Ein Teil von ihr registriert, wie traurig das ist, doch wenn sie dem Beachtung schenken würde, wäre sie um diesen Augenblick betrogen. Also gibt sie vor, es nicht zu merken.

* * *

Als Erstes schnürt Carly ihre neuen Stiefel auf und zieht sie ganz vorsichtig aus. Sie hat Blasen an den Fersen, schlimme Blasen. Sie sieht, dass ihre schwarzen Socken hinten durchweicht sind, aber sie weiß nicht, ob es Blut ist oder Blasenflüssigkeit oder beides.

Die Stiefel sind auf jeden Fall ganz gut. Sie geben ihren Füßen viel mehr Halt. Alles in allem fühlen sich ihre Füße besser an als sonst. Doch die Schuhe sind zu groß, sodass sie an den Fersen nicht richtig sitzen. Mit jedem Schritt heben und senken sich ihre Füße in den Schuhen und scheuern gegen das harte Leder. Vielleicht platzen die Blasen bald, und sie bekommt eine schützende Hornhaut. Vielleicht wird der morgige Tagesmarsch aber auch ein Albtraum, und sie kann den Schmerz nicht mehr verbergen. So vieles ist möglich.

Sie schält sich aus ihren dünnen Socken. An ihrer einen Ferse hängt ein großer, hässlicher Hautlappen.

Sie wäscht zuerst den schlimmeren Fuß in einem der uralten Sockelwaschbecken und jault auf, als die Flüssigseife ihre Ferse berührt.

Jen steckt den Kopf zur Tür herein. Sie war draußen in der Wartehalle und hat gegen einen Warenautomaten getreten, ihn angestoßen und dran gerüttelt.

»Hast du was gesagt, Carly?«

»Nee«, antwortet Carly.

Sie wäscht auch ihre andere Ferse und umwickelt dann beide mit Klopapier und zieht ihr sauberes Paar Socken darüber.

Dann geht sie auf die Pirsch.

* * *

»Schau mal, was ich gefunden habe«, sagt Carly und hält den Kleiderbügel aus Draht hinter ihrem Rücken versteckt.

Sie geht hinüber zu Jen, die im Schneidersitz auf dem Boden sitzt und sehnsüchtig den einzigen Warenautomaten anstarrt, in dem sich etwas zu essen befindet. Es gibt auch einen Getränkeautomaten, aber für den hat Carly keinen magischen Schlüssel und auch keine Ideen. Beide Automaten sind an einer Stelle aufgestellt, wo der Linoleumboden ausgespart wurde.

»Geld? Hast du etwa Geld gefunden?«

»Fast.«

Sie zeigt Jen den Kleiderbügel. Es scheint etwas zu dauern, bis bei Jen der Groschen fällt. Carly glaubt, zusehen zu können, wie es in ihrem Kopf arbeitet, doch schließlich begreift Jen.

»Hol die Mais-Chips«, sagt sie.

»Das klappt nicht. Sie sind auf dem obersten Brett. Wir müssen uns wohl mit den Sachen in der untersten Reihe begnügen.«

»Okay, schauen wir mal. Studentenfutter. Erdnüsse. Lakritze. Kartoffelchips. Erdnussbuttercracker. Was sollen wir uns holen?«

»Was? Machst du Witze? Wir holen uns alles, was wir kriegen können.«

Tatsächlich, denkt Carly, kann sie vielleicht von jeder Sorte mehrere Packungen bekommen. Doch als sie den Kleiderbügel zurechtgebogen und die Erdnüsse hinunter in den Ablagekorb gestoßen hat, merkt sie, dass die nächste Packung nicht mechanisch nach vorn geschoben wird, wo sie sie erreichen könnte.

Immerhin, fünf Sachen. Das ist quasi wie Thanksgiving.

Sie schaut auf und durch das hohe, schmutzige Fenster. Der Bahnhof hat auf allen vier Seiten eine Außenbeleuchtung, sodass es angenehm hell ist, während es gleichzeitig drinnen dunkler ist als draußen. Somit können sie sich unbemerkt bewegen. Nicht dass sich draußen auf der Straße irgendetwas oder irgendjemand regen würde.

Kurz fragt sie sich, welcher Wochentag wohl ist.

Ein riesiger brauner Nachtfalter flattert von innen gegen die Scheibe. Sie hört das Tier gegen das Glas pochen. Ihr Verstand weiß, dass es versucht, das Licht zu erreichen, doch sie kann sich nicht vorstellen, hinauszuwollen, wenn sie hier drinnen schlafen kann. Nicht mal dann, wenn sie ein Nachtfalter wäre.

»Wo hast du den Kleiderbügel gefunden?«, fragt Jen, sodass Carly aufschreckt.

Die Erdnussbuttercracker fallen herab, und Jen steckt ihre Hand in das Ablagefach, um sie sich zu holen.

»Dort hinten im Büro. Da gibt es eine Garderobe, wo man seinen Mantel aufhängen kann. Da dran hingen ein Kleiderbügel aus Holz und zwei aus Draht. Das Geld ist wahrscheinlich irgendwo eingeschlossen.«

Jen futtert eine Minute lang schweigend Erdnüsse und greift dann mit einer Hand in das Ablagefach, als das Studentenfutter herunterfällt.

Dann sagt sie: »Hey, Carly. Können wir vielleicht … nur dieses eine Mal … du weißt schon … alles essen, was wir haben? Alles auf einmal?«

»Klar«, meint Carly. »Aber nur dieses eine Mal.«

Die Wahrheit ist, dass auch Carly diesen Moment braucht. Selbst sechzehnjährige Erwachsene müssen manchmal feiern. Vor allem, wenn sie eine schwere Zeit hinter sich haben.

Sie holt ihr Büchlein heraus und steht auf, sieht sich den Automaten genau an, bis sie ein silbern glänzendes Schild findet. Darauf steht, dass der Automat von Harmony Vending, 21900 Navajo Boulevard, Holbrook, AZ 86025 betrieben wird.

Sie schreibt die Adresse ab.

»Kostet jedes fünfundsiebzig Cent?«

»Ja«, erwidert Jen.

Carly hält inne und schreibt eine Weile nichts auf.

»Drei Dollar und fünfundsiebzig Cent«, sagt Jen.

»Das wusste ich«, entgegnet Carly.

Es ist nicht ganz gelogen. Sie hätte es gewusst, wenn sie etwas mehr Zeit gehabt hätte.

»Ich hab noch was anderes gefunden«, sagt Carly. »Da hinten gab es einen Erste-Hilfe-Kasten. Ich hab ihn aufgemacht und zwei große Pflaster rausgenommen. Du weißt schon, falls ich von diesen neuen Stiefeln Blasen bekomme. Nur für den Fall. Meine Fersen fühlen sich ein bisschen wund an.«

»Okay«, sagt Jen.

»Sind deine Füße in Ordnung?«

»Total. Diese Laufschuhe sind der Hammer.«

»Gut. Also …«

»Also … was?«

»Also, soll ich das ins Buch schreiben?«

»Hmm«, meint Jen. Sie hat den Mund voll mit schwarzer Lakritze. »Wir wissen nicht, wie viel sie kosten würden.«

»Ich dachte mir gerade, wenn der Mann hier wäre und ich sagen würde, dass ich Blasen hätte, würde er sie mir wahrscheinlich auch geben. Ich meine, die sind doch eh dazu gedacht, dass man sie verteilt. Nicht zum Verkauf.«

»Ich denke schon.«

»Also, glaubst du, das ist okay?«

»Wahrscheinlich. Ja.«

»Du glaubst nicht, dass wir damit irgendwie … unser Versprechen an uns selbst brechen? Also, dass unser Ehrlichkeitssystem zusammenbricht?«

Jen kaut einen Augenblick schweigend vor sich hin, die Augen geschlossen. Dann sagt sie: »Ein bisschen vielleicht. Aber ich glaube nicht, dass es viel ausmacht.«

Carly nickt ein paarmal. Dann schaut sie hinunter auf den Draht und biegt ihn sorgfältig wieder in eine Kleiderbügelform. Er sieht ein bisschen verzogen aus, aber sie hängt ihn trotzdem wieder an die Garderobe im Büro. Man kann noch immer Mäntel daran hängen, und das ist das Wichtigste. So haben sie nur mit den Pflastern ein wenig ihre Grenze überschritten.

* * *

Carly wählt Teddys Handynummer am Kartentelefon, während sich Jen in der Damentoilette wäscht, mit einer eigenartigen Waschmethode, zu der Papiertücher, Flüssigseife und Wasser gehören. Irgendwie scheint Jen immer eine Möglichkeit zu finden, sich aus dem Staub zu machen, während Carly anruft.

Sie macht sich auf die automatische Ansage gefasst, die verrät, wie viel Geld noch auf der Prepaid-Telefonkarte übrig ist, die sie sich an diesem elenden Weihnachten gekauft hat, das sie mit ihrer Mutter und Wade in New Mexico verbracht haben. Viel kann es nicht mehr sein. Sie sollte nicht jedes Mal eine Nachricht hinterlassen. Sie braucht das Geld zu schnell auf. Ihr bleiben nur noch etwa zwei Minuten. Ihre Zeit läuft ab.

Es klingelt und klingelt und klingelt. So, wie es jedes Mal geklingelt hat, wenn Teddy kein Geld mehr auf seinem Handy hatte. Dann hört Carly ein Klicken, als würde Teddy drangehen.

»Teddy? Teddy, bist du's?«

Stille.

»Teddy?«

Es ist eine Aufnahme. Eine Frau mit einer nervigen roboterartigen Stimme sagt: »Die von Ihnen gewählte Rufnummer ist zurzeit leider nicht vergeben. Es wurde keine neue Nummer hinterlassen.«

Carly legt schnell auf, damit die Frau nicht noch mehr sagen kann.

Jen ist wieder vollständig angezogen und trägt ihr sauberes T-Shirt, als Carly zurück aufs Damenklo kommt. Sie wäscht gerade ihre Strümpfe und ihre Unterwäsche in einem der Waschbecken. Sie sieht auf, offensichtlich erschrocken über das, was sie in Carlys Miene liest.

»Was ist los?«, fragt Jen.

»Nichts. Er war nicht da.«

Carly beugt sich über das andere Waschbecken und trinkt so viel kaltes Wasser, wie sie kann.

»Du siehst aus, als ob irgendwas nicht in Ordnung wäre.«

»Nein, es ist alles in Ordnung«, sagt sie und trocknet sich mit dem Ärmel das Gesicht ab. »Wir versuchen es einfach noch mal. Er hat vielleicht noch einen zweiten Job oder so was. Sicher hat er inzwischen ein eigenes Haus. Und er muss bestimmt sehr viel arbeiten.«

Sie hofft, dass Jen sie nicht fragen wird, warum zwei Jobs Teddy davon abhalten sollten, an das Handy in seiner Tasche zu gehen.

»Vielleicht hat er kein Guthaben mehr und kann sich auch keins mehr leisten.«

»Ja. Vielleicht.«

»Was machen wir dann?«

»Ich könnte morgen bei ihm auf der Arbeit anrufen.«

Erst als sie die Worte ausgesprochen hat, wird ihr klar, wie einfach es ist. Natürlich. Sie kann bei Ralph anrufen, dem Mann, für den Teddy die ganze Zeit gearbeitet hat. Ihn bitten, Teddy eine Nachricht weiterzuleiten. Tatsächlich ist sie ein wenig entsetzt, dass sie bis jetzt nicht auf diese Idee gekommen ist. Sie fühlt sich, als sei eine Last von ihr genommen, die ihr auf den Magen gedrückt hat, und sie fühlt sich wieder leicht und klar im Kopf.

»Haben wir die Nummer von seiner Arbeit?«

»Nein, aber wir wissen, dass die Firma Ralph Martin Construction heißt. Also können wir uns von der Auskunft die Nummer geben lassen.«

»Kostet das nicht einen Dollar? Oder sogar zwei? Wie viel haben wir noch auf der Karte?«

»Ich weiß es nicht, Jen. Irgendwie kriegen wir das schon raus. Soll ich dir die Haare waschen?«

»Ja, unbedingt.«

Sie beugt Jen nach vorn über eines der Waschbecken und macht unter dem Wasserhahn ihr Haar gut nass. Das Bahnhofsgebäude ist so alt, dass aus der Leitung tatsächlich warmes und kaltes Wasser kommt, jeweils aus einem eigenen Hahn, sodass man sich das Wasser so warm oder kalt mischen kann, wie man möchte. Und man kann es laufen lassen. Nicht wie bei diesen neuen Wasserhähnen, die man herunterdrückt und aus denen dann nur kurz Wasser fließt, ehe es von allein aufhört.

Sie seift Jen das Haar mit Flüssigseife ein, weil sie nichts anderes haben.

Während sie die Seife wieder ausspült – es ist kein leichtes Unterfangen, Seife aus Jens dickem, strohigem Haar zu bekommen –, sagt sie: »Warte nur, bis wir daheim sind. Bis wir wieder bei Teddy wohnen. Dann holen wir uns wieder diese Haarspülung, die nach Mango riecht. Und Duschgel.«

»Ich mag dieses Schickimicki-Zeug nicht. Das ist was für Mädchen.«

»Du dumme Nuss. Du bist ein Mädchen.«

»Ich bin nicht so ein Mädchen wie du.«

»Und dann haben wir jede Nacht saubere Bettwäsche ...«

»Wie soll das gehen?«

»Ich wasche sie selbst. Und wir cremen uns jeden Abend

mit Körpermilch ein und werden keine rauen Ellbogen haben und auch keine Schienbeine, an denen sich die Haut abschält.«

»Mir sind meine Ellbogen und Beine ziemlich egal. Ich will einfach nur nie wieder irgendwohin laufen müssen. Wenn du willst, dass ich die Post aus dem Briefkasten vorn an der Straße hole, häng ich mich an so ein Wägelchen dran, wie sie die alten Damen haben. Oder ich hol mir ein Elektrofahrrad. Und wir essen jeden Abend Würstchen mit gebackenen Bohnen. Und Schokoriegel zum Nachtisch, nicht als Hauptgericht.«

»Du wirst die Wiener und die Bohnen bald satthaben.«

»Von Würstchen mit Bohnen kann ich nie genug kriegen.«

»Okay. Ich glaube, ich habe die Seife rausbekommen. Wring dir über dem Waschbecken noch ein bisschen die Haare aus, und dann trockne sie mit Papiertüchern ab, so gut es geht. Ich geh mich jetzt auch waschen. Schau nicht hin.«

»Warum sollte ich hinschauen?«

»Weiß ich nicht. Mach's einfach nicht. Und lass deine Strümpfe und deine Unterwäsche nicht so über den Kabinentüren hängen.«

»Warum nicht?«

»Weil es sein kann, dass wir morgen früh schnell abhauen müssen.«

»Oh. Stimmt.«

Carly zieht sich bis auf die Strümpfe aus und schaut dann durch das Milchglasfenster hinaus auf die Straße.

Die Scheibe hat einen Sprung, und es fehlt ein Stück Glas, ungefähr doppelt so groß wie ein Baseball. Im Licht, das hereinfällt, sieht sie, dass draußen Dunst aufsteigt und leichter Regen fällt.

»Es regnet«, sagt sie.

»Du machst Witze.« Jen kämmt sich das nasse Haar und scheint diese Tätigkeit nicht gleich unterbrechen zu wollen, um es mit eigenen Augen zu sehen.

»Nur ein bisschen Nieselregen.«

»Ich dachte, in der Wüste regnet es nie«, sagt Jen und steht plötzlich neben ihr.

»Natürlich tut es das. Nur nicht so oft.«

Einen Augenblick stehen sie Seite an Seite da und starren hinaus.

Dann spricht Jen das aus, was Carly noch nicht ganz bewusst geworden ist. »Verdammt. Und gerade jetzt können wir uns nicht rausstellen und uns berieseln lassen.«

Sie schauen noch eine Weile zu, dann macht Jen es sich gemütlich – so gemütlich, wie man es sich auf einem Fliesenboden machen kann. Sie rollt sich zusammen wie ein Embryo und benutzt ihren Rucksack als Kopfkissen.

* * *

Carly springt auf, stützt sich auf der Fensterbank ab und reckt ihr Gesicht zu dem Loch in der Scheibe. Sie ist noch immer nackt und spürt einen leichten Regenfilm auf ihrem sonnenverbrannten Gesicht.

Sie ist gerade aufgewacht und weiß, dass sie in der Nacht von Teddy geträumt hat. Aber obwohl sie sich krampfhaft bemüht, kann sie sich nicht erinnern, wovon der Traum handelte. Verzweifelt versucht sie, die Erinnerung festzuhalten wie einen Schatz, der ihr zu entgleiten droht. Doch es ist längst zu spät.

Arizona, 12. Mai

»Hey, eine Tankstelle«, ruft Carly. »Und ein kleiner Laden. Endlich. Endlich können wir uns was zu essen kaufen.«

»Aber es sieht aus, als ob keiner da wäre«, sagt Jen.

Die Strategie, die Carly in den letzten Tagen entwickelt hat, setzt voraus, dass sie Leute findet, denen sie ein bisschen Geld abschwatzen kann. Das Wichtigste dabei ist, ihnen klarzumachen, dass sich ihre Eltern nur verfahren oder verspätet haben. Dass sie sie wiedertreffen werden, genau an dieser Tankstelle, wenn sie einfach nur hierbleiben. Alles, was sie brauchen, ist ein bisschen Essen, während sie warten.

»Es kommt bestimmt gleich jemand.«

Jen schaut sich nervös um. Heute Morgen sind sie ungewöhnlich wenigen Leuten begegnet.

»Was, wenn nicht?«

»Es arbeitet ja auch jemand im Laden. Das ist genauso gut.«

Doch als sie vor dem Laden stehen, ist drinnen niemand zu sehen. Die Ladentür ist abgeschlossen, und innen hängt ein handgeschriebenes Schild: »Leider haben wir am Donnerstag, den 12. Mai, wegen eines privaten Notfalls geschlossen.«

Sie setzen sich auf den Bordstein vor der Tür.

»Zwölfter Mai«, wiederholt Jen. Als sei das etwas, was auf

keinen Fall stimmen könnte. Aber Carly wusste es schon. Sie hat die Tage gezählt.

»Das Kartentelefon ist draußen«, sagt Carly. »Ich rufe jetzt bei Teddy auf der Arbeit an.«

Doch sie weiß, dass das wahrscheinlich nicht klappen wird. Nicht mit dem geringen Guthaben, das sie noch hat.

Sie stapft hinüber zum Telefon, gibt aus dem Kopf die Nummer ihrer Telefonkarte ein und erfährt, dass ihr weniger als eine Minute bleibt. Nicht genug, um bei der Auskunft anzurufen. Sie geht wieder zurück zu Jen, die auf dem Boden sitzt, und bemüht sich dabei, ihre Gefühle, so gut es geht, zu unterdrücken.

»Und?«, fragt Jen.

Carly setzt sich wieder neben sie.

»Ich hab kein Guthaben mehr.«

»Oh.«

Sie sitzen noch eine Weile so da. Die Sonne steht fast im Zenit. Es ist warm für Mai. Nicht zu vergleichen mit der Hitze, die hier im Sommer herrscht. Es hat vielleicht fünfundzwanzig Grad, wirklich nicht zu viel. Aber wenn man den ganzen Tag durch die Sonne läuft, wird man sehr hitzeempfindlich.

Carly schaut hoch, blinzelt und sieht dem gelben Monster zu, wie es seine Strahlen aussendet.

Irgendwo in ihrem Hinterkopf ist ihr bewusst, dass sich die Wüste durch ganz Arizona zieht und von dort aus noch durch halb Kalifornien. Und es dauert nicht mehr lange, bis der Sommer kommt.

Aber vorher kommt Teddy sie abholen. Teddy wird sie retten. Dann müssen sie nicht mehr laufen.

»Weißt du, was mich wirklich aufregt?«, sagt sie zu Jen. »Wenn Wade nicht unbedingt Steak mit Eiern hätte haben müssen, könnte ich jetzt problemlos telefonieren. Man muss schon ein ganz besonderer Arsch sein, um anderen auch dann noch das Leben schwerzumachen, wenn man tot ist.« Sie schielt wieder hinauf in die Sonne. »Glaubst du, es war Absicht?«

Da ist es, das Thema, das noch keine von ihnen angesprochen hat. Bis jetzt. Carly fragt sich, ob Jen denkt, dass sie das Steak meint und die Tatsache, dass ihr deshalb das Geld ausgegangen ist. Aber nein. Natürlich nicht. Jen weiß ganz genau, was sie meint.

»Ich hab versucht, nicht drüber nachzudenken.«

»Oh. Tut mir leid.«

»Ich weiß es nicht, Carly. Ich weiß nicht, was ich glaube.«

»Ist ja auch egal. Wir haben genug andere Probleme.«

Carly steht auf und geht zu der Verkehrsinsel, wo man seine Reifen aufpumpen und Kühlwasser nachfüllen kann. Sie will nachsehen, ob der Wasserschlauch funktioniert. Das tut er. Also winkt sie Jen herbei.

Vielleicht ist es kein Trinkwasser, denkt sie, doch als sie es probiert, schmeckt es ganz normal. Gut eine Minute lang trinkt sie, bis ihr Bauch voll ist. Danach reicht sie den Schlauch an ihre Schwester weiter.

»Ich rufe jetzt bei der Betreiberfirma der Telefonzelle an und sage denen, dass wir in Not sind. Dass ich minderjährig bin und kein Geld habe und dass ich unbedingt telefonieren muss, um Hilfe herbeizurufen.«

Mit anderen Worten, genau das, was sie so sorgsam vor der Welt verborgen hat, seit sie diese Reise angetreten haben.

Sie wartet keine Antwort ab, sondern marschiert einfach zum Telefon, wo sie den Anweisungen folgt. »Hallo?«, fragt sie. »Spreche ich mit dem Betreiber? Ich muss eine Telefonnummer herausfinden und jemanden anrufen, aber ich kann nicht dafür bezahlen. Ich bin erst sechzehn und mit meiner zwölfjährigen Schwester unterwegs, und unsere Mutter ist tot, und ich muss bei meinem …«, sie zögert kurz, weil sie weiß, dass sie lügen muss, »… Vater anrufen, damit er kommt und uns abholt. Ich habe kein Geld, das ich einwerfen kann, aber es ist ein Notfall, verstehen Sie? Wir sind in Schwierigkeiten.«

Zu ihrer Schande bringt sie den letzten Satz nur unter Tränen hervor. Es ist nämlich keine Lüge. Das wird ihr schlagartig klar, kaum dass sie die Worte ausgesprochen hat. Teddy ist nicht ihr Vater. Aber alles andere stimmt.

»Ich muss bei Ralph Martin Construction in Tulare, Kalifornien anrufen.«

Die Telefonistin am anderen Ende der Leitung verbindet sie nicht mit der Auskunft. Stattdessen besorgt sie ihr selbst die Nummer und wählt sogar für sie. Und anscheinend ist es kein R-Gespräch, denn Carly muss ihren Namen nicht nennen. Im nächsten Augenblick ist Ralph in der Leitung. Einfach so. Sie trocknet ihre Tränen. Sie fühlt sich, als sei sie schon fast gerettet.

»Ralph. Ich bin's, Carly. Ist Teddy da?«

Ein langes Schweigen. Zu lang.

»Du bist Jocelyns Tochter, richtig?«

»Ja, genau. Kann ich mit Teddy sprechen? Es ist sehr wichtig.«

»Teddy arbeitet nicht mehr hier.«

»Wo arbeitet er dann?«

»Ich weiß es nicht genau, Kleine. Er ist einfach auf und davon, ein paar Monate nachdem eure Mutter mit euch nach New Mexico gezogen ist. Er meinte, er würde es hier nicht mehr aushalten.«

»Hat er gesagt, wo er hinwollte? Denk nach, Ralph. Bitte. Es ist wirklich sehr wichtig.«

Ralph denkt nicht lange nach.

»Zu mir hat er nichts gesagt. Aber ich kann Jud fragen. Mit dem war er ziemlich dicke. Kannst du kurz dranbleiben?«

»Ich denke schon. Ich bin in einer Telefonzelle.«

»Dauert nicht lange.«

Carly kaut an ihrem Daumen, während sie wartet. Nicht

am Nagel, sondern am ganzen Daumen. Sie schaut hinüber zu Jen, die fasziniert ins Ladenfenster starrt, als würde sie dort irgendwas lesen.

Ralphs Stimme lässt sie zusammenzucken.

»Bist du noch dran, Carly?«

»Ja, Ralph. Bin ich.«

»Jud meint, dass Teddy hoch nach Trinidad ist. Mehr weiß er leider auch nicht.«

»Trinidad? Das hört sich an wie ein anderes Land.«

»Nee, das ist in Nordkalifornien. An der Küste. 'ne Kleinstadt oben in den Redwoods, in der Nähe von Eureka. Schöne Gegend. Da findest du ihn bestimmt, ich glaub nicht, dass es da oben mehr als ein halbes Dutzend Baufirmen geben kann. Leider hat Jud seine Adresse nicht.«

»Oh«, sagt Carly.

»Gut?«

Sie fängt wieder an zu weinen. Nein. Nichts ist gut. Aber es bringt nichts, Ralph das zu sagen, weil er ihr bereits alles gesagt hat, was er weiß.

»Ja, danke«, sagt sie und versucht, nicht durchklingen zu lassen, dass sie weint.

Dann legt sie schnell auf, weil sie weiß, dass sie versagt hat.

Sie geht zurück zu Jen, die noch immer ins Fenster starrt. Innen klebt eine Karte von Nordost-Arizona.

»Schlau, oder?«, fragt Jen. »So brauchen sie den Leuten nicht den Weg erklären. Der Mensch von der Telefongesellschaft hat dich nicht durchgestellt, oder?«

Jen schaut weiterhin auf die Karte und scheint nicht zu merken, dass Carly weint. Diese nutzt die verbliebene Zeit, um sich zusammenzureißen. »Nein«, sagt sie, während sie sich mit dem Ärmel die Augen reibt.

Sie wird es Jen auf jeden Fall noch sagen. Aber gerade bringt sie es nicht fertig. Sie muss das selbst erst einmal sacken lassen.

»Das dachte ich mir schon. Geld regiert die Welt.« Sie schaut Carly an, sieht, wie schlecht es ihr geht. »Mach dir deshalb keinen Kopf. Es ist nicht schlimm. Bald haben wir wieder Geld.«

»Ja.«

»Jetzt schau dir das mal an. Das glaubst du nicht. Die Straße, die wir langgelaufen sind, neigt sich ein Stück nach Norden. Die Hauptrichtung ist Westen, ja. Aber die Straße verläuft auch leicht nordwärts. Eigentlich müssen wir aber nach Westen und Süden. Wir sind wahrscheinlich schon fünfzehn bis dreißig Kilometer vom Weg abgekommen. Und jetzt schau mal hier. Da sind wir.« Jen zeigt auf einen roten Pfeil, der ihren Standort bezeichnet. »Nur ein paar Kilometer weiter macht die Straße einen Bogen und führt noch weiter nordwärts. Und erst nach einer weiteren Biegung geht sie wieder nach Süden. Ich will keinen so großen Umweg machen. Wir sollten eine Abkürzung nehmen. Da, über die kleinen Straßen. Wir müssen von der Landstraße runter und dort entlang.«

Das Telefon klingelt. Sie drehen sich um und schauen es an. Doch keine von ihnen rührt sich. Carly ist verstört. Es ist, als wüsste das Telefon, dass sie da ist. Sie zwingt sich, sich wieder auf die Landkarte zu konzentrieren.

»Aber diese Straßen … sie sind so …« Klein. Dünne Linien, die kreuz und quer verlaufen. Wahrscheinlich sind sie nicht mal gepflastert. Schotterpisten, die ein paar Häuser verbinden. Reservatstraßen für die Anwohner. Nicht eine davon ist gerade oder führt ganz hindurch. Es ist ein Labyrinth.

»Was meinst du?«

»Wir verlaufen uns garantiert.«

Inzwischen hat das Telefon bestimmt schon ein Dutzend Mal geklingelt, obwohl Carly nicht mitgezählt hat.

»Wir halten uns einfach nach Westen«, meint Jen. »Wir richten uns nach der Sonne.«

»Warum klingelt das Telefon?«

»Keine Ahnung. Nimm ab.«

»Nein. Lass uns gehen.«

Doch als sie gerade die Tankstelle verlassen, fällt Carly ein, dass es Ralph oder Jud sein könnte. Vielleicht ist ihnen noch etwas eingefallen. Vielleicht haben sie kurz nach dem Auflegen jemanden gefunden, der mehr weiß.

»Ich geh doch dran«, sagt sie.

Sie hebt ab, ohne Hallo zu sagen. Sie traut sich nicht.

»Bist du das?«, hört sie eine Stimme. »Hallo, ist da jemand?«

Es ist nicht Ralph. Es ist die Telefonistin. Ihr wird flau im Magen.

»Ja ...«

»Hast du Hilfe bekommen, Schätzchen, oder soll ich noch jemanden anrufen?«

»Nein!«, ruft Carly viel zu laut und viel zu abweisend. Sie kann sich nicht gut verstellen. Bestimmt hat die Frau das gemerkt. »Nein, es ist jetzt in Ordnung. Er kommt uns abholen.«

Dann fragt sie sich, ob die Telefonistin ihr Gespräch mit Ralph vielleicht mitgehört hat.

»Schätzchen, gibt es jemanden, an den ihr euch wenden könnt, du und deine Schwester?«

Carly knallt den Hörer auf.

»Komm«, sagt sie zu Jen. »Wir gehen. Schnell.«

»Warum? Was ist passiert?«

»Die Telefonistin will Hilfe holen. Wir machen jetzt genau das, was du gesagt hast. Wir halten uns links. Bei der nächsten Abzweigung schlagen wir uns in die Büsche, damit wir so weit wie möglich von der Landstraße wegkommen.«

»Vielleicht ...«, setzt Jen an.

Carly lässt sie nicht ausreden. Das kann sie sich nicht leisten. Sie ahnt, worauf Jen hinauswill. Also packt sie ihre Schwester am Ärmel und treibt sie an, während sie die Straße entlangeilen.

»Wir sind nicht so weit gekommen, um uns jetzt erwischen zu lassen«, keucht Carly. Inzwischen sind sie in Trab gefallen. »Wenn wir vorhätten, uns zu trennen und in zwei verschiedenen Pflegefamilien zu landen, hätten wir uns gar nicht erst vom Fleck rühren müssen. Sie hätten uns einfach abgeholt, und wir hätten uns das alles sparen können. Wir haben das nicht umsonst durchgemacht.«

Jen antwortet nicht.

Zu ihrer Linken kommt eine Straße in Sicht. Sie haben keine Ahnung, welche es ist oder wo sie hinführt, doch sie folgen ihr.

* * *

Als es schließlich dämmert, könnten sie schon überall sein. Sie steuern auf den Sonnenuntergang zu, doch die Straße macht viele Kurven. Sie könnten ebenso gut im Kreis laufen, ohne es zu merken.

Die Gegend hat sich verändert. Sie sind jetzt im Reservat und durchqueren ein Wohngebiet. Ein Zaun aus alten Reifen und Steinhäuser, vor denen jeweils drei bis vier Pick-ups parken, ducken sich am Straßenrand. Dahinter ragen steinerne Hochebenen in den Himmel. Baracken aus Holz oder Steinen, neben denen alte Wohnmobile oder Wohnwagen stehen, oft mehr als einer, zusätzlicher Wohnraum, der nicht viel kostet. Und obwohl sie niemanden von Nahem sehen – nur die Staubwolken der Fahrzeuge auf den Parallelstraßen und ein paar Menschen, die draußen vor ihren Häusern sitzen, zu weit entfernt, um Carlys Eindruck zu bestätigen –, hat sie das sichere Gefühl, dass sie und Jen hier nicht hingehören. Sie sind Außenseiter. Das spürt sie.

»Vielleicht sollten wir einfach querfeldein gehen«, sagt Jen.

Sie versuchen es, doch der Weg ist mit Gestrüpp überwuchert, und sie kommen nur mühsam voran. Zudem kommt es Carly vor, als wären sie auf einem Privatgrundstück unterwegs, was ihr Unbehagen bereitet.

»Vielleicht können wir da schlafen«, sagt Jen und zeigt auf etwas. Es ist ein alter Schulbus, der fast komplett in einer Abflussrinne liegt. Ohne Reifen, ohne Windschutzscheibe, ohne Kühlergrill.

Es ist kalt, und sie suchen einen sicheren Schlafplatz. Sie haben es nicht laut gesagt, doch das ist auch nicht nötig.

»Vielleicht«, erwidert Carly. Weil es kalt ist, aber auch, weil es immer wichtiger wird, dass sie irgendwo schlafen. Sie haben seit über vierundzwanzig Stunden nichts gegessen, und Carly kann bald nicht mehr. Ohne Straße fällt ihr das Gehen schwer, und sie ist innerlich so erschüttert, dass sie noch weniger Kraft hat. Doch der Schulbus hat etwas an sich, das sie misstrauisch macht. Irgendjemand hat Handtücher oder Laken vor die Heckscheiben gehängt.

»Ich glaube, da wohnt jemand.«

»Wie kann man da drin wohnen?«

»Aus demselben Grund, aus dem wir da schlafen wollen.«

»Lass uns wenigstens mal nachsehen.«

»Aber wenn da jemand ist …«

»Lass nur etwas näher rangehen.«

Carly versucht, sich dem Bus von vorn zu nähern, damit sie durch die fehlende Windschutzscheibe blicken kann, aber in der Dämmerung kann sie kaum etwas erkennen. Sie schleichen ein Stück näher heran.

»Innen hängt auch ein Laken davor. Da muss jemand drin sein.«

»Ich geh fragen.«

»Tu das nicht, Jen.«

Doch Jen formt mit den Händen einen Trichter und ruft:

»Ist da jemand?«

Wie aus dem Nichts bricht ein Hund hervor und stürzt auf sie zu, mit gefletschten Zähnen, knurrend und bellend. Er ist schmutzig weiß mit braunen Flecken und trägt ein rostrotes Halstuch. Er ist nicht allzu groß, aber groß genug. Im Dämmerlicht sieht Carly seine Zähne aufblitzen.

Sie dreht sich um und will wegrennen, bleibt jedoch mit dem Fuß hängen und fällt der Länge nach hin, wobei sie sich auf dem Kies die Handflächen und das Gesicht aufschürft. Die Arme vor dem Kopf, wartet sie darauf, dass der Hund über sie herfällt, während sie betet, dass Jen davongekommen ist. Aber obwohl sie noch immer das wütende Kläffen hört, kommt er nicht näher.

Irgendwann rappelt sie sich auf. Sie sieht Jen, die tapfer die Stellung hält und eine Hand ausgestreckt hat, um den Hund aufzuhalten, während sie auf ihn einredet.

»Ich gehe jetzt«, sagt sie. »Du bleibst hier.« Sie weicht einen Schritt zurück, ohne dabei den Blickkontakt mit dem Hund zu unterbrechen.

Der Hund macht einen Schritt auf sie zu, knurrt und bellt erneut. »Halt!«, ruft Jen und streckt wieder warnend die Hand aus.

Der Hund hält in der Bewegung inne, lässt aber weiterhin wütendes Geheul hören und fletscht dabei die Zähne.

Hilf ihr, sagt sich Carly, doch sie ist wie erstarrt. Sie sitzt einfach nur im Dreck und sieht zu, wie Jen ihnen den Hund vom Leib hält, während sie sich langsam zurückzieht. Wer ist jetzt die Erwachsene?, denkt sie und schämt sich.

Eine laute Männerstimme schallt durchs Halbdunkel. »Chua! Halt's Maul und komm rein!«

Stille.

Der Hund schreckt zurück, dreht sich um und trottet wieder auf den Schulbus zu. Sie rennen den ganzen Weg zurück zur

Straße. Als sie endlich wieder dort angelangt sind, ist es schon fast dunkel, und Carly kann nur noch weinen. Sie ist wirklich zu nichts anderem mehr fähig.

»Es ist okay«, sagt Jen. »Alles gut. Mir geht's gut. Uns ist nichts passiert.«

Doch die Tränen fließen ungehemmt. Solchen Tränen kann man nicht gut zureden. Sie kennen keine Logik.

* * *

Fast eine Stunde nach Sonnenuntergang tasten sie sich vorsichtig durch die Dunkelheit und kommen an einem Gebäude vorbei, das eindeutig leer steht. Dort kann unmöglich jemand wohnen. Das Haus ist eine Ruine, deren Dach eingestürzt ist und den Rest des Gebäudes mitgerissen hat. In dem unkrautüberwucherten Hof steht ein türkisfarbener Pontiac aus der Mitte des letzten Jahrhunderts, eine große alte Karre mit platten Reifen und einem Sprung in der Scheibe.

»Hier könnten wir schlafen«, sagt Jen. »Carly, du musst jetzt nicht mehr weinen. Wann hörst du endlich auf zu weinen?«

»Wir können mal reingucken.«

Doch das sind nur Worte. Carly kann sich nicht überwinden, näher heranzugehen.

Jen marschiert hinüber und wirft einen wachsamen Blick in das Auto, bevor sie Carly bedeutet, heranzukommen.

»Es ist perfekt«, sagt sie. »Große, breite Sitzbänke hinten und vorn.«

Jen öffnet die Hecktür, und Tür und Rahmen schleifen aneinander, ehe die Tür mit einem Knall aufspringt, der durch die Luft hallt wie ein Pistolenschuss.

Carly erschrickt fürchterlich, doch dann beruhigt sie sich wieder und nähert sich dem Auto.

Jen hat sich bereits auf dem Rücksitz ausgestreckt und Carly die Tür offen gelassen. Sie versucht, stattdessen die Fahrertür zu öffnen, doch sie ist verriegelt oder so verrostet, dass sie sich nicht mehr bewegt. Also klettert sie über Jen hinweg nach vorn, rollt sich dort zusammen und lässt alle Dämme brechen. Sie weint, als hätte sie bis jetzt keine einzige Träne vergossen, als sei ihr Weinkrampf nur der Auftakt gewesen.

»Ich mach mir Sorgen um dich«, murmelt Jen.

»Ich brauch nur etwas Schlaf.«

Doch sie glaubt nicht, dass sie viel Schlaf finden wird. Ihr ist kalt, und sie ist zu aufgewühlt, und eine Sprungfeder sticht ihr in die Seite.

Doch sie irrt sich. Sie schläft ein.

Arizona, 13. Mai

Die Sonne scheint durch die verstaubte Windschutzscheibe in Carlys Gesicht. Jemand hat eine der Autotüren geöffnet und sie geweckt. Es muss schon spät sein. Die Sonne steht fast im Zenit, aber sie klappert trotzdem mit den Zähnen.

Ein stechender Schmerz erfüllt ihren leeren Magen, und ihr Mund ist knochentrocken. Als sie die Augen öffnet, schreckt sie zurück.

Auf der Beifahrerseite des alten Pontiac, auf einer ungewöhnlich gut erhaltenen Gummimatte, die den verblichenen Teppichboden schont, liegt eine zusammengerollte Klapperschlange und scheint tief und fest zu schlafen.

Wie in Zeitlupe weicht Carly zurück und lässt sich vorsichtig über den Sitz und auf die Rückbank gleiten. Sie rechnet damit, auf Jen zu stoßen, doch der Rücksitz ist leer, die Hecktür weit offen. Die morgendliche Kühle der Wüste weht ihr ins Gesicht. Im Auto fühlt es sich kälter an als draußen.

Sie springt aus dem Wagen, als schwaches Glockenläuten in ihr Bewusstsein dringt. Ein schepperndes Geräusch. Schnell schlägt sie die Tür zu.

Durchs Fenster schaut sie wieder nach der Klapperschlange. Sie hat sich nicht geregt.

»Hey, Carly!«, hört sie. »Komm und schau dir das an.«

Jen steht auf der Schotterstraße und ist von Schafen umringt. Weiße Schafe mit großen, wolligen Körpern, dürren Beinen und langen Hängeohren. Es müssen mehr als hundert sein, die sich wie ein breiter Strom die Straße entlangbewegen und für Jen, die wie eine Insel in ihrer Mitte steht, auseinandergehen. Etwa jedes fünfte Schaf trägt eine Glocke um den Hals.

Ab und zu bricht ein Teil des Zugs aus, macht einen plötzlichen Satz oder wechselt die Richtung, und dann sieht Carly den Hirtenhund, der ihnen folgt. Ein gelber Hund mit seltsamen gelben Augen. Sie schaut sich nach einem Schäfer um, doch außer dem Hund ist niemand zu sehen.

Als der Hund auf ihrer Höhe ist, bleibt er abrupt stehen, senkt den Kopf und kläfft sie an, wenn auch nicht so böse wie der letzte. Sein Bellen klingt eher anklagend als angriffslustig.

»Warum sind Navajo-Hunde so böse?«, fragt sie Jen.

»Das sind sie nicht. Sie machen nur ihren Job.«

Der Hund schaut nach seinen Schafen und sieht, dass sie zu weit vorausgelaufen sind. Er lässt das Kläffen sein und rennt los, um seine Herde einzuholen.

»Weißt du was? Bei mir auf dem Rücksitz waren Mäuse. Drei Stück. Entweder das, oder ich hab dreimal dieselbe Maus gesehen.«

»Kann ich mir vorstellen.«

»Du hattest vorne bestimmt keine Maus.«

»Das stimmt«, erwidert Carly. »Ich hatte keine Maus.«

Gemeinsam folgen sie der Straße. Carlys Fersen tun weh, und sie fühlt sich, als müsste sie jeden Augenblick ohnmächtig werden. Doch sie sagt nichts, humpelt nicht einmal.

»Weißt du noch, gestern an der Tankstelle?«, fragt Jen.

Carly spürt, wie sich ihr Magen verkrampft, als würde etwas nach oben drängen. Als hätte sie irgendetwas im Magen, das herauskommen könnte.

»Ja …«

»Erinnerst du dich noch an das Türschild?«

Carly hat keine Ahnung, worauf Jen hinauswill.

Die Schafe laufen immer noch scheppernd vor ihnen die Straße entlang. Der gelbe Hund hält hin und wieder an, dreht sich um und wirft ihnen einen missbilligenden Blick zu.

»Was ist damit?«

»Auf dem Schild stand, dass es der zwölfte Mai wäre. Aber stand da nicht auch ein Wochentag?«

Carly beginnt zu ahnen, worauf Jen hinauswill, und sie will es abwenden. Vor allem will sie nicht, dass sich Jen damit befasst.

»Ich kann mich nicht erinnern«, lügt sie.

»War es Donnerstag?«

»Ich weiß es nicht mehr.«

»Wenn es nämlich Donnerstag der Zwölfte war, dann ist heute …«

»Ja. Ich weiß. Freitag der Dreizehnte. Aber ich glaube nicht, dass da Donnerstag stand. Und selbst wenn, können wir sowieso nichts machen.«

»Vielleicht sollten wir zum Auto zurückgehen.«

»Nein!«, ruft Carly barsch, weil sie an die Schlange denkt.

»Dort wären wir sicherer.«

»Jen. Das ist nur dummer Aberglaube.«

»Besser, wir sind auf der sicheren Seite.«

»Das nennst du Sicherheit? Den ganzen Tag ohne Essen und Wasser zu verbringen?«

»Oh«, kommt es von Jen. »Stimmt.«

Carly bemerkt, dass Jen auf ihrer Unterlippe kaut.

Nach etwa fünfhundert Metern fragt Jen: »Wo bekommen wir hier draußen überhaupt Essen und Wasser her?«

»Gute Frage.«

»Ist es nicht komisch, dass mir das mit dem Wochentag

nicht gleich aufgefallen ist?«

»Eigentlich nicht«, erwidert Carly.

Aber das ist es durchaus. Eigentlich ist es überhaupt nicht Jens Art, solche Dinge außer Acht zu lassen.

»Normalerweise würde mich das total beschäftigen.«

»Zurzeit ist eben nichts normal.«

Carly tun die Arme so weh, dass sie das Gefühl hat, sie müssten gleich abfallen. Vielleicht wäre das sogar besser. Dann würden sie weniger wehtun.

Sie gehen jetzt auf die tief stehende Nachmittagssonne zu und halten sich ihre sauberen T-Shirts über den Kopf wie Hüte, um ihre Gesichter vor der Sonne zu schützen. Aufgeplatzte Blasen ziehen sich quer über Jens Stirn und ihren Nasenrücken, von Wangenknochen zu Wangenknochen. Carly kann nur mutmaßen, wie ihr eigenes Gesicht aussieht. Ihre Lippen sind entsetzlich spröde und rissig, und wenn sie sie mit der Zunge befeuchtet, wird es nur noch schlimmer. Das letzte Mal, als sie zum Sprechen den Mund aufgemacht hat, haben ihre Lippen angefangen zu bluten.

Doch der lange Marsch auf dieser Straße, an diesem Nachmittag, hat auch sein Gutes: Die Straße ist gerade und führt direkt nach Westen, genau auf die untergehende Sonne zu.

Zu ihrer Linken verläuft eine Felswand, doch sie spendet keinerlei Schatten, weil sie auf der Südseite liegt. Zu ihrer Rechten gibt es ein paar kleine Gehöfte, etwa drei oder vier pro Kilometer. Weit dahinter erstreckt sich eine lang gezogene Hochebene. Die ihnen zugewandte Seite ist quergestreift und sieht aus, als habe jemand geriffelte, ungleichmäßige Säulen hineingemeißelt, unten dick und nach oben immer dünner werdend.

Jen stolpert und fängt sich wieder.

»Ich kann nicht mehr lange laufen«, sagt sie.

Carly geht es nicht anders, aber sie sagt: »Nur noch ein

bisschen, okay?«

Nur so lange, bis sich ihnen irgendeine Chance bietet, obwohl Carly keine Vorstellung hat, was das sein könnte.

»O Scheiße«, murmelt Jen.

»Was?«

»Schau.«

»Was?«, fragt sie noch mal, doch sie kann es schon erahnen.

»Die Straße endet.«

»Nein.«

»Doch, schau. Sie endet genau da vorn.«

»Das glaub ich nicht«, sagt Carly.

Doch sie weiß längst, dass Jen recht hat. Sie will es nur nicht wahrhaben. Sie will sich den Tatsachen verschließen und dagegen ankämpfen, bis sie aufhören, Tatsachen zu sein.

Sie erreichen das Ende der Straße, und es ist noch immer wahr.

Sie stehen auf der breiten, kiesigen Sackgasse, den Blick nach Westen gerichtet. Sich in die Büsche zu schlagen, scheint fast unmöglich zu sein. Die Landschaft ist von Dornengestrüpp überwuchert und von langen Erdspalten durchzogen, die dort, wo der Boden rissig ist, zu tiefen Rinnen geworden sind, deren Seiten senkrecht abfallen. Wenn man gut in Form ist, könnte man hier gerade so durchkommen. Doch in ihrem derzeitigen Zustand könnten sie ebenso gut vor einer fünfzehn Meter hohen Backsteinmauer stehen.

Jen schwankt heftig, und Carly kann sie gerade noch halten, ehe sie mit dem Gesicht in den Schotter fällt.

»Hoppla«, sagt Jen. »Mir ist ein bisschen schwindelig.«

Carly führt sie beide hinüber zur Felswand und schiebt mit ihrem Stiefel das Geröll beiseite, sodass sie ein Plätzchen zum Sitzen haben. Sie hilft Jen, sich niederzulassen, und beide lehnen sich mit dem Rücken an den Fels.

Sie sind noch immer der Sonne ausgesetzt. Es gibt keine

Möglichkeit, ihr zu entkommen. Sie hängen sich ihre Ersatzhemden auf der linken Seite über den Kopf.

Gegenüber von ihnen, auf der anderen Straßenseite, steht ein kleines, bescheidenes Backsteinhaus mit ein paar verfallenen Außengebäuden und einem großen, metallenen Windrad, das sich quietschend in der leichten Brise dreht. Daneben ein Wohnwagen. Alt und blasenförmig, schreiend pink, mit einem weißen Querstreifen. Er scheint keine Räder zu haben und ruht auch auf keinem Gestell. Stattdessen liegt er direkt auf der Erde. In dieser braunen Landschaft und neben diesen tristen Gebäuden wirkt der pinkfarbene Lack beinahe absurd.

Ein alter Pick-up steht unter einem offenen Wellblechcarport. Das heißt wohl, dass jemand zu Hause ist. Leider. Sonst würde sich Carly auf die Suche nach einem Schlauch machen. Inzwischen ist es ihr sogar gleichgültig, ob sie dabei einem Hund begegnet.

Eine Weile lang sagt keines der Mädchen ein Wort. Eine halbe Stunde, vielleicht auch nur ein paar Minuten.

Carly sieht den Hühnern zu, die im Hof herumscharren. Es sind ein paar Dutzend. Dann gibt es noch ein mageres Zicklein, das gerade eine getigerte Katze ärgert. Es springt umher, als wollte es die Katze dazu verleiten, mit ihm zu spielen. Doch das bringt ihm nur ein übertriebenes Fauchen ein, wie bei diesen Halloween-Katzen, die einen großen Buckel machen und das Fell sträuben.

»Siehst du das?«, fragt sie Jen.

»Ja«, erwidert Jen tonlos.

Diese Antwort erschüttert Carly zutiefst, denn sie drückt aus, dass Jen das Bild zwar wahrnimmt, es sie aber kalt lässt. Sie findet es weder süß noch witzig, und das ist ein ganz schlechtes Zeichen.

Wieder schweigen sie. Dann ergreift Jen plötzlich das Wort.

»Falls wir hier nicht mehr wegkommen, gibt es noch etwas,

das ich dir sagen muss.«

»Hör auf«, sagt Carly und hält Jen sanft den Mund zu. »Wir kommen hier weg. Wir sterben hier nicht.«

Dann wünscht sie sich, das Wort zurückzunehmen.

Sie zieht ihre Hand weg.

»Deine Lippe blutet«, sagt Jen. »Man stirbt, wenn man nichts isst und trinkt.«

»Wir aber nicht.«

»Woher willst du das wissen?«

»Wenn wir dem Tode nah wären, würden wir an die Tür von diesem Haus klopfen und uns den Leuten dort überlassen, und sie würden die Polizei rufen und die würde uns dem Jugendamt übergeben. Aber wir würden nicht sterben.«

Langes Schweigen. Dann sagt Jen: »Ich glaube, es ist an der Zeit.«

»Nein.«

»Was dann?«

»Ich lass mir was einfallen«, sagt Carly. Das soll das Gespräch beenden, tut es aber nicht.

»Vielleicht können wir an die Tür klopfen und den Leuten die Wahrheit sagen. Dass wir verzweifelt sind und ein Glas Wasser und ein bisschen was zu essen brauchen. Vielleicht können wir ihnen trauen, dass sie uns nicht der Polizei melden.«

»Ich traue niemandem«, entgegnet Carly. »Nur Teddy. Teddy vertraue ich voll und ganz.«

Ein Schweigen, das anders ist als alle vorherigen.

»Man sollte niemandem voll und ganz vertrauen«, sagt Jen.

»Warum nicht?«

»Es sind trotz allem nur Menschen. Sie können dich immer noch enttäuschen.«

»Teddy hat mich noch nie enttäuscht.«

»Ich kann nicht mehr laufen.«

»Ich weiß. Lass uns einfach hier schlafen.«

»Nein. Ich kann wirklich nicht mehr laufen.«

Carly holt ein paarmal tief Luft und atmet dann wieder aus. Behutsam. Behutsamkeit ist jetzt ganz wichtig.

»Es wird dir besser gehen, wenn wir etwas gegessen haben. Ich weiß, du fühlst dich elend. Aber wir haben einfach nur Hunger. Wir erholen uns sicher schnell.«

Doch merkwürdigerweise ist Carly gar nicht mehr hungrig. Sie fühlt sich leer. Zittrig. Wie ausgeschabt. Als würde sie kaum noch existieren. Als sei sie schon jenseits von Hunger.

»Und wo sollen wir Essen herkriegen?«

»Von dort«, sagt Carly.

Es wird ihr erst klar, als sie es ausgesprochen hat. Sie zeigt über die Straße.

»Was? Die Hühner?«

»Ja. Die Hühner.«

»Ich würde lieber sterben, als ein Huhn zu töten und roh zu essen.«

»Das meine ich nicht. Hühner legen Eier, richtig?«

»Schon.«

»Also, wenn es dunkel wird, geh ich rüber und hole uns ein paar von den Eiern.«

»Holen? Du meinst stehlen?«

»Wir brauchen sie.«

»Es gibt keine Adresse, Carly. Die Straße hat keinen Namen. Das Haus hat keine Hausnummer. Und du weißt nicht, was die Eier kosten. Also geht das für uns zu weit. Es ist nicht ehrlich.«

»Es geht um Leben und Tod.«

»Wie würden wir sie kochen?«

»Wir könnten sie nicht kochen. Wir müssten sie roh essen.«

»Kann sein, dass ich mich dann übergeben muss.«

»Du könntest sie im Ganzen runterschlucken, ganz schnell.«

»Vielleicht. Aber ...«

»Jen, Eier kosten nur ungefähr drei Dollar das Dutzend.

Das sind nur …«

»Jeweils fünfundzwanzig Cent«, sagt Jen.

»Also, wenn wir jeder zwei nehmen, ist das nur ein Dollar.«

»Vielleicht ist ein Dollar für diese Menschen viel Geld.«

»Aber Hühner legen bestimmt nicht immer gleich viele Eier. Vier Eier … das ist dann eben einfach ein Tag, an dem sie weniger gelegt haben. Es ist ein guter Plan, Jen. Das klappt. Wenn es dunkel ist, geh ich rüber.«

»Ich geh mit dir.«

»Das musst du nicht.«

»Doch, muss ich. Vielleicht haben sie einen Hund. Du kannst nicht gut mit Hunden.«

»Okay. Gut. Komm mit. Wir holen uns jeder zwei Eier, schlucken sie, und morgen früh gehen wir einfach weiter nach Westen und finden die Landstraße wieder. Sie muss ganz nah sein. Wir finden einen Weg, die Erdspalten zu umgehen. Irgendwie. Oder wir springen drüber. Und dann, wenn wir wieder auf der Landstraße sind, finden wir bestimmt irgendwo ein Plätzchen, wo wir uns ein paar Tage lang verkriechen können. Du weißt schon. Uns wirklich ausruhen. Und öfter das Telefon benutzen. Es ist ein guter Plan. Er wird funktionieren.«

»Nicht wenn Freitag der Dreizehnte ist.«

»Es ist nicht Freitag der Dreizehnte. Ich glaube, auf dem Schild stand Dienstag.«

Sie verstummen wieder.

Carly schaut zu, wie die kleine Ziege zu einer kleinen Herde erwachsener Ziegen hinüberstakst, die auf einer stachligen Weide in einem Pferch grast. Sie schlüpft durch den Zaun und findet ihre Mutter, bockt unter ihrem Bauch und stupst sie mit dem Kopf an, als wollte sie gesäugt werden. Das bringt Carly auf den Gedanken, dass sie lernen könnte, die Ziegen zu melken, vorausgesetzt, sie könnte sich ihnen gefahrlos nähern.

Sie hebt das T-Shirt von ihrem Gesicht und schaut nach

Westen, versucht abzuschätzen, wie lange es noch dauert, bis die Sonne untergeht. Sieht aus, als müssten sie noch mindestens zwei Stunden braten.

Sie lehnt sich wieder zurück und schließt die Augen. »Jen«, setzt sie an, ganz ruhig. »Ich muss dir was sagen. Und zwar, dass es mir sehr leidtut, dass ich in der letzten Zeit so gemein zu dir war. Ich hab einfach Angst.«

Sie wartet eine Zeit lang, falls Jen etwas entgegnen möchte. Anscheinend möchte sie das nicht.

»Und ich muss dir auch noch was anderes sagen. Ich hätte es dir schon früher sagen sollen, und es tut mir leid, dass ich das nicht getan hab. Teddy wohnt nicht mehr in Tulare. Er ist oben in den Redwoods in Nordkalifornien. Wir müssen es irgendwie schaffen, bei allen Baufirmen in der Nähe dieser kleinen Stadt namens Trinity anzurufen. Aber wir finden ihn. Ganz sicher.«

Sie wartet. Keine Antwort.

Sie hebt das T-Shirt von Jens Gesicht und sieht, dass ihre kleine Schwester schon eingeschlafen ist. Im Sitzen, mit dem Kopf an der Felswand. Ihr ausgetrockneter Mund steht offen, als hoffte sie auf etwas.

Kurz vor Sonnenuntergang kommt eine alte Indianerfrau aus dem kleinen Haus. Auch sie ist extrem klein. Klein und rund. Sie watschelt langsam über den Hof, einen Eimer in der Hand, und streut etwas für die Hühner aus, irgendein Futter.

Carly weiß, dass die Frau sie hier entdecken wird. Doch ihr fällt nichts ein, was sie dagegen tun könnte. Also versucht sie, sich einfach still zu verhalten.

Die alte Frau folgt beim Streuen einem Muster. Sie führt die Hühner.

Sie lässt ein paar Leckerbissen fallen, wartet darauf, dass sie sie aufpicken, lässt dann ein Stückchen weiter noch mehr fallen. Dabei bewegt sie sich auf eines der Nebengebäude zu. Ein Hühnerstall, wird Carly klar.

Mit sinkendem Mut erfasst sie die Lage. Die Hühner werden über Nacht weggesperrt. Aber vielleicht ist das sogar besser, denkt sie. Denn wie soll sie draußen im Dunkeln die Eier finden?

Nein, das ist schon in Ordnung. Das ist gut. Die Hühner werden die ganze Nacht in ihren Nestern sitzen, die Eier unter sich. Das wird leicht.

Sobald es dunkel ist, wird sie in den Hühnerstall einbrechen. Die Frau dreht den Kopf in alle Richtungen, ehe sie die Hennen einschließt. Carly wird kalt, während sie darauf wartet, dass der Blick der Frau an ihr hängen bleibt. Sie wartet nur darauf. Doch es passiert nicht. Die Frau schaut einfach an ihnen vorbei, als wären sie nicht da, was Carly komisch vorkommt. Dann watschelt sie wieder zurück ins Haus.

Einen Moment lang spielt Carly mit dem Gedanken, dass sie vielleicht wirklich gar nicht da sind.

* * *

Der Mond geht auf, fast voll, fast rund, gelb und atemberaubend groß über der Hochebene. Carly ist sich nicht sicher, ob das starke Mondlicht von Vorteil ist oder nicht. Man sieht mehr, kann aber auch leichter gesehen werden. Obwohl es im Moment ohnehin so scheint, als sei sie unsichtbar. Egal. Vielleicht spielt es gar keine Rolle.

* * *

Sie hat den Hof halb durchquert, als jemand sie am T-Shirt packt. Sie macht einen Satz und stößt einen stummen Schrei aus. Einen tonlosen Luftstoß, mehr nicht.

Sie wirbelt herum und sieht Jen direkt hinter sich stehen.

»Ich hab dir doch gesagt, dass ich mitkomme«, flüstert sie.

»Warum bist du überhaupt wach geworden?«

»Weil du nicht da warst. Du bist sonst immer da. Selbst im Schlaf hab ich gemerkt, dass du weg warst.«

Carly legt einen Finger an die Lippen.

Sie schleichen um den Hühnerstall herum zur Tür, doch die ist mit einem Vorhängeschloss gesichert.

»Scheiße«, zischt Jen.

»Wir finden einen Weg.«

Gebückt und schlurfend begeben sie sich zur Seitenwand des Gebäudes. Carly untersucht die Fenster, um zu sehen, ob sie sie aufbekommt. Doch man scheint sie gar nicht öffnen zu können.

»Schau dir das an«, flüstert Jen.

Sie winkt Carly zu einer Ecke des Hühnerstalls, wo das Holz knapp über dem Boden verrottet ist, ein etwa sechzig Zentimeter hoher und fünfundvierzig Zentimeter breiter, dreieckiger Fleck. Die Stelle ist mit Maschendraht geflickt.

Carly geht in die Hocke und sieht es sich genau an. Der Draht ist mit großen Heftklammern befestigt, wie man sie mit einem Klammergerät abschießt. Sie packt eine Ecke und zieht fest daran. Drei oder vier Klammern springen heraus, und da, wo sie halten, bricht der Draht. Sie zieht erneut, bis der Draht nur noch auf einer Seite fest ist. Nun kann sie ihn aufklappen wie eine Tür.

»Passt du da durch?«, fragt sie Jen flüsternd.

»Klar. Ohne Probleme. Du auch. Da ist jede Menge Platz.«

Jen lässt sich auf den Bauch sinken und schiebt sich hindurch, wobei sie ihren Rucksack draußen auf der Erde stehen lässt. Dann streckt sie die Hand nach Carly aus. Die streift ihren Rucksack ab und legt sich ebenfalls auf den Bauch. Bei dem Gedanken, dass es hier Schlangen geben könnte, schaudert sie. Zentimeter für Zentimeter bewegt sie sich durch das Loch hindurch, doch auf halbem Weg bleibt sie mit der Jeans am Draht hängen. Sie muss rückwärts und wieder ganz hinauskriechen und den Draht noch weiter zur Seite biegen, damit er aus dem Weg ist.

Ihre Hüfte passt nur knapp durch das dreieckige Loch. Jen muss ihre Hände festhalten und ziehen, während sie sich fast auf die Seite rollt.

Nun sind sie beide drinnen, doch Carly ist überhaupt nicht wohl dabei, weil es keinen Fluchtweg gibt. Sie schaut sich um.

Die Hennen dösen in Strohnestern auf zwei Ebenen. Die untere Reihe Nester liegt auf dem gestampften Lehmboden, die zweite auf einem hüfthohen Regalbrett. Die Tiere haben die Augen geschlossen und lassen die Köpfe hängen. Entweder merken sie nicht, dass jemand bei ihnen eingedrungen ist, oder es interessiert sie nicht.

Der große gelbe Mond scheint durch die Fenster, sodass der Raum von Licht durchflutet ist. Es ist beinahe taghell, doch alles wirkt schwarzweiß, wie das Negativ eines alten Fotos. So viel Licht ist nicht gut, denkt Carly. Sie bedeutet Jen, sich zu bücken, damit man sie nicht durchs Fenster sehen kann.

Auf Händen und Knien kriecht sie zu dem ersten Nest und greift dem Vogel unter den warmen, flaumigen Bauch. Die Henne protestiert mit einem schrillen Quäken.

»Pscht«, macht Carly. Sie findet kein Ei und krabbelt zu vier weiteren Nestern. Die Hennen tun nur leise gackernd ihren Unmut kund. Dann entdeckt sie etwas. Ein Ei!

Sie umfasst es und zieht es heraus, betrachtet es im Mondlicht. Es ist braun und von mittlerer Größe. Es ist das Schönste, was sie je erblickt hat. Ihre Rettung.

»Ich hab eins«, zischt sie Jen zu.

»Ich hab auch eins«, flüstert Jen zurück. »Aber es ist ziemlich klein.« Sie begutachtet das kleine Ei in ihrer Hand. »Es ist hellgrün. Ist das normal? Oder bedeutet das, dass es faul ist?«

»Das ist nur die Farbe der Schale, denke ich. Schnell. Noch

zwei, und dann raus hier.«

Kurz fragt sie sich, wie sie sich durch dieses verrottete Dreieck quetschen sollen, ohne dabei die Eier zu zerbrechen. Vielleicht sollten sie sie essen, ehe sie gehen.

Ein lautes, metallisches Klicken sorgt dafür, dass ihr fast das Herz stehen bleibt. Die Tür des Hühnerstalls knarrt schauerlich, als sie sich öffnet. Carly springt auf und fährt herum. Dann starrt sie in den Lauf einer Schrotflinte. Am anderen Ende der Waffe steht die alte Indianerin. Ihre fleckige braune Hand ist im Mondlicht deutlich zu sehen, stark und unnachgiebig, während sie mit einem dumpfen, tödlichen Geräusch ihre Waffe durchlädt. Es hört sich an wie der Tod. Wie das Letzte, was man hört, bevor man stirbt.

Jen stößt einen Laut aus, halb Japser, halb Schrei, und die Frau fährt herum und richtet das Gewehr auf sie. Als hätte sie nicht gemerkt, dass Jen da ist, bis diese gekeucht hat.

»Wer seid ihr?«, fragt sie. Sie spricht sehr deutlich, und ihre Stimme ist kräftig für eine Frau ihres Alters. »Sagt mir, wie ihr heißt! Rückt zusammen!«

Jen rennt so schnell zu Carly, dass sie gegen sie prallt und sie beinahe umwirft.

»Seid ihr Fred Na'akabayos Jungs?«

Carlys Herz pocht so heftig, dass sie glaubt, sterben zu müssen. Im wahrsten Sinne des Wortes. Vielleicht bricht ihr Herz jetzt einfach und bleibt stehen. Sie öffnet den Mund, ist aber zu verängstigt, um zu sprechen. Ihre Stimme bricht, und der erste Laut, den sie herausbringt, ist nur ein halb ersticktes Quieken.

»Redet!«, bellt die Alte.

Sie sieht aus wie eines von ihren Eiern. Dieselbe Form, dieselbe Farbe. Ihre Haut hat genau denselben Braunton wie das Ei in Carlys zitternder Hand. Ihr buschiges weißes Haar ist fest zusammengebunden. Sie hat dicke Hängebacken, und die tiefen Falten zu beiden Seiten ihres Munds werfen im Mondlicht Schatten. Ihre Lider hängen seitlich herab, so weit, dass es ihr schwerfallen muss, etwas zu sehen.

»Nein, Ma'am. Wir sind … nur … zwei Mädchen. Auf der Durchreise.«

»Ich hätt's wissen müssen«, brummt die Alte. »Nicht mal Freds verfluchte Söhne sind so verdorben. Sie haben zu viel Respekt, um nachts in meinen Hühnerstall einzubrechen. Ihr seid Anglos, stimmt's? Hört euch an wie Anglos.«

»Anglos?«

»Weiße.«

»Ja, Ma'am. Wir sind Weiße.«

»Das war zu erwarten. Einige meiner Nachbarn glauben, es gibt keine guten Anglos, aber ich hab immer gesagt, dass man jedem Anglo eine Chance geben soll. Und das hab ich jetzt davon, dass ich so offen bin. Wenn es eines gibt, was auf jeden Anglo zutrifft, der mir bisher begegnet ist, dann das: Sie haben keinen Respekt. Weder vor ihrer Welt noch voreinander. Und erst recht nicht vor den Wakapi!«

Carly atmet abgehackt, doch nun ist sie sicher, dass ihnen nicht der Tod droht. Sie weiß, dass sie in der Tinte sitzen. Sie kann noch nicht genau sagen, wie sehr. Aber sterben werden sie hier nicht. In der Zwischenzeit fragt sie sich, warum sie der Frau in diesem hellen Licht sagen musste, dass sie weiß und keine Jungen sind.

»Wakapi«, sagt Carly. »Ich dachte, das hier wäre ein Navajo-Reservat.«

»Das war es mal. Die Navajo-Nation umschließt das Land der Hopi und der Wakapi wie ein Donut, aber mit zwei Donut-Löchern. Das heißt, egal aus welcher Richtung ihr gekommen seid, ihr habt Navajo-Gebiet durchquert. Aber jetzt seid ihr hier. Jetzt seid ihr auf meinem Land. Jetzt seid ihr in Delores Watakobies privatem Hühnerstall, und kein Recht der Welt erlaubt euch, hier zu sein. Ich hab nichts gegen Anglos, aber ich brauch sie auch nicht. Was ich ganz sicher nicht brauche, ist, dass ihr mir Ärger macht. Ich geh nicht einfach in euer Haus und stehle von euch. Ich hab euch und eurem Volk nie was getan. Und so dankt ihr mir meinen Respekt.«

»Es tut mir leid, Ma'am«, sagt Carly und meint es ehrlich.

Doch Delores Watakobie schnaubt nur. »Natürlich, jetzt tut es dir leid. Das ist nicht schwer. Das macht es nicht besser.«

»Wir sind am Verhungern. Wirklich. Am Verhungern. Wir laufen fünfundzwanzig Kilometer oder mehr am Tag. Manchmal auch dreißig. Wir haben uns hier verlaufen, und wir hatten nichts zu essen oder zu trinken, und wir wollten nicht sterben.«

Delores Watakobie senkt die Flinte nicht. Sie blickt noch immer über den Gewehrlauf, während sie spricht. Carly hört Jen leise neben sich weinen.

»Ihr hattet keine Wahl, willst du damit sagen?«

»Ja, Ma'am. Das wollten wir sagen.«

»Wir? Bis jetzt hab ich nur eine von euch reden hören.«

»Ja, das wollten wir sagen«, quiekt Jen. Es ist deutlich zu hören, dass sie weint.

»Ihr hattet also nicht die Wahl, an meine Tür zu klopfen und mir zu sagen, dass ihr Hunger und Durst leidet und dem Tode nahe seid?«

Carly antwortet nicht. Dafür müsste sie zu viel erklären.

»Wenn ihr das nämlich getan hättet, hätte ich Folgendes gesagt. Ich hätte gesagt: ›Wollt ihr jede zwei Rühreier zu eurem Röstbrot, Mädchen? Oder schafft ihr drei?‹ Aber das ist nicht die Situation, in der wir uns jetzt befinden, nicht wahr? Diese Wahl liegt hinter euch.«

»Wir gehen jetzt einfach, ja?«, fragt Carly und weicht einen Schritt zurück.

»Nein, das tut ihr nicht«, erwidert Delores Watakobie und

hebt die Mündung der Schrotflinte ein Stück höher.

Jetzt fängt auch Carly an zu weinen.

Delores sagt: »Tut mir den Gefallen und versucht, euch so zu verhalten, als wäre es nicht verdammt gemein von mir, dass ich ein Problem damit habe.«

»Wir haben nichts genommen«, sagt Carly halb schluchzend. »Wir haben jede ein Ei in der Hand, aber wir legen sie wieder zurück.«

»Ja, tut das.«

Beide Mädchen legen ihre Eier vorsichtig zurück ins Stroh.

»Also ist nichts passiert«, sagt Carly. »Richtig?«

»Mal nachdenken, okay? Angenommen, ich ziele mit dieser Flinte hier auf eine Stelle direkt zwischen deinen Augen und feure einen Schuss ab. Und angenommen, ich bin nicht so gut mit der Waffe, obwohl ich das bin, daran braucht ihr nicht zu zweifeln, aber nur mal angenommen. Und durch den Rückstoß geht der Schuss nach oben und der Schrot fliegt über deinen Kopf hinweg. Nichts passiert, richtig? Du rufst die Polizei, aber ich sage, dass ich nichts Unrechtes getan habe. Es ist ja nichts passiert. Richtig?«

Carly schluckt nur schwer und sagt nichts.

»Antworte!«, bellt Delores.

Jen schluchzt noch heftiger.

»Nein, Ma'am. Es wäre immer noch versuchter Mord. Aber Eier stehlen zu wollen, ist nicht so schlimm wie ein Mordversuch.«

»Hab ich auch nie behauptet. Aber es ist trotzdem meilenweit entfernt von Respekt und Ehrlichkeit. Und dass ihr aufgeflogen seid, ist nichts, was für euch spricht. Das ist nur meinen guten Ohren zu verdanken. Ihr habt dazu nichts beigetragen.«

Jen meldet sich zum ersten Mal von sich aus zu Wort. »Carly ist wirklich ehrlich«, sagt sie. »Sie führt Buch über alles, was wir uns genommen haben, und schreibt auf, wie viel es kostet und wie die Adresse lautet, an die wir das Geld schicken müssen, sobald wir können.«

»Wirklich?«, fragt Delores. »Und wo wolltet ihr das Geld für meine Eier hinschicken? Wie lautet meine Adresse?«

Als die alte Frau zu Ende gesprochen hat, hat sich Jen schon ganz klein gemacht. Doch die Frau spricht weiterhin zu einem Punkt über Jens Kopf. Sie senkt nicht den Blick.

Plötzlich begreift Carly. Delores Watakobie sieht nichts. Oder jedenfalls nicht viel.

Carly hebt langsam die Arme und beschreibt damit über ihrem Kopf einen großen, weiten Bogen.

»Mhm«, macht Delores. »Das dachte ich mir. Und dazu habt ihr garantiert auch noch den Drahtflicken kaputt gemacht. Nicht wahr? Bestimmt habt ihr ihn verbogen oder abgerissen, um hier reinzukommen. Es gibt nämlich keine andere Stelle, wo man einbrechen könnte. Jetzt werden die Kojoten kommen und sich meine Hennen schnappen, jedenfalls so lange, bis ich Alvin und Virginia dazu kriege, dass sie vorbeikommen und das Loch für mich flicken. Ich könnte die Hälfte meiner Hühner los sein, noch ehe die Sonne aufgeht. Und noch was, Fräulein. Ich mag schlechte Augen haben, aber trotzdem seh ich, dass du gerade wie ein verdammter Idiot mit den Armen wedelst.«

Carly lässt sich auf den Lehmboden sinken. Das war's, denkt sie. Sie weiß nicht genau, was »Das war's« in diesem Fall bedeutet. Doch sie weiß, dass es stimmt.

»Was haben Sie mit uns vor?«, fragt sie die alte Frau.

»Was denkst du, sollte ich mit euch vorhaben?«

»Uns gehen lassen?«

»Kommt nicht infrage.«

»Was dann?«

»Euch bis morgen früh hierbehalten und dann der Stammespolizei übergeben, oder euch ein paar Tage lang hierbehalten, damit ihr eure Schuld abarbeitet.«

»Wir arbeiten«, ruft Jen hoffnungsvoll.

»Dann sagen wir eine Woche.«

»Eine Woche!«, ruft Carly verbittert. »Das ist zu lang. Wir haben nicht so viel Schaden angerichtet, als dass wir hier eine Woche lang arbeiten sollten.«

»Aber das ist der Deal«, entgegnet Delores Watakobie.

TEIL ZWEI

Scheint so lange her

Tulare, 17. Dezember

Jen kam mit einem Geschichtsbuch in Carlys Zimmer, schob einen Kleiderhaufen vom Stuhl, der in der Ecke stand, und ließ sich darauf fallen. Das war mehr als ungewöhnlich.

Carly warf ihr eine Zeit lang giftige Blicke zu und glaubte, das würde reichen. Doch Jen sah nicht einmal auf.

Carly räusperte sich übertrieben laut. Nichts.

»Ähm, entschuldige mal …«

Jen sah auf, schenkte ihr aber keine echte Beachtung. Sie wandte weder vollständig den Blick von ihrem Buch, noch erwiderte sie Carlys Blick. »Ja?«

»Was machst du da?«

»Ich lese.«

»Und warum in meinem Zimmer?«

»Teddy hängt gerade die Weihnachtsbeleuchtung auf.«

»Was hat das damit zu tun?«

»Genau vor meinem Fenster.«

»Und?«

»Und … das lenkt mich ab.«

»Dann schau nicht hin.«

»Er redet die ganze Zeit mit mir.«

»Du Arme.«

»Er versucht ständig, mir blöde Witze zu erzählen.«

»Ich mag seine Witze.«

»Niemand mag seine Witze. Abgesehen davon versuche ich für meine Geschichtsarbeit zu lernen.«

»Es sind Weihnachtsferien.«

»Nicht für immer. Und nicht jeder ist wie du und macht alles auf den letzten Drücker.«

»Warum lernst du nicht unten?«

»Dieses Zimmer war näher.«

»Richtig. Und es gehört mir. Deshalb nennen wir es auch mein Zimmer.«

»Warum muss er fast die ganze Weihnachtsbeleuchtung genau vor meinem Fenster aufhängen?«

»Äh. Vielleicht, weil dein Fenster zur Straße rausgeht? Wo die Leute die Lichter auch sehen können? Und von meinem Zimmer aus schaut man auf einen leeren Parkplatz, wo niemand was sieht?«

»Du willst also, dass ich runtergehe? Okay. Mach ich.«

Doch Jen rührte sich nicht.

»Nein, schon gut. Ist in Ordnung. Ich wollte sowieso mit Teddy reden.«

* * *

Teddy stand auf einer Leiter draußen vor dem Fenster. Er sah Carly nicht ins Zimmer kommen, weil er gerade nach unten blickte und mit gesenktem Kopf eine bunte Lichterkette entwirrte. Carly hatte den Eindruck, dass er das besser auf dem Rasen am Fuß der Leiter getan hätte. Aber so war Teddy. Er wählte immer den direkten Weg, nicht den einfachsten oder sichersten.

Eine halb ausgetrunkene braune Bierflasche stand auf dem Sims des offenen Fensters.

Carly ging näher heran und sah den Ansatz einer Glatze auf seinem Hinterkopf. Sein Haar war immer so zottelig und lang, dass sie die Stelle vorher nie bemerkt hatte. Abgesehen davon war er groß. Wie hätte Carly ihm auf den Kopf gucken sollen?

»Du musst mal wieder zum Friseur«, befand sie.

Teddy fuhr zusammen und hielt sich mit beiden Händen an der Leiter fest, sodass er den Kabelsalat mit den Lichtern fallen ließ.

»Meine Güte, Mädchen! Willst du, dass ich sterbe?«

»Entschuldige. Ich wusste nicht, dass du so schreckhaft bist.«

»Ich dachte, es wäre niemand im Zimmer. Wo ist Jen? Eben war sie noch da.«

»Sie ist geflüchtet. Sie lernt in meinem Zimmer für ihre Geschichtsarbeit. Meinte, du würdest sie ablenken.«

»Ich hab hier nur ein paar Witze erzählt.«

»Jen hasst Witze.«

»Es waren meine besten.«

»Dann verstehe ich, warum sie gegangen ist.«

Teddy schaute sie an. Carly betrachtete die Lachfältchen in seinen Augenwinkeln, die sich vertieften, wenn ihn etwas amüsierte.

»Du wirst mit jedem Tag mehr wie deine Mutter. Und das meine ich nicht positiv. Wie sagt man so schön? Der Apfel fällt nicht weit vom Stamm.«

»Ich werd ihr sagen, dass du schlecht über sie geredet hast.«

»Nur wenn du erleben willst, dass ich blitzschnell meine Sachen packe.«

Nach dieser Bemerkung war plötzlich nichts mehr witzig. Vor einigen Monaten hätte sie vielleicht noch darüber lachen können.

Doch seit Carlys Mutter Überstunden machte, nachts lange wegblieb und sich verhielt, als ob sie Besseres zu tun hätte, als sich mit Teddy zu beschäftigen … seit sie mit diesem Typen rumhing …

»Ich will nicht, dass du gehst, Teddy«, sagte Carly, sodass das Gespräch ein ganz neues Gewicht bekam.

»Es war nur ein Witz. Ich wollte dich ärgern.« Wieder zeigte er dieses breite Lächeln mit den Lachfältchen.

»Ja. Das war mir klar.«

»Ich steig mal runter und hol meine Lichter.«

Carly trat ans Fenster und sah zu, wie er die Leiter herabstieg. Sah, wie das Lächeln auf seinem Gesicht verblasste, sobald er sich unbeobachtet fühlte.

Sie wartete, weil sie dachte, er würde die Lichterkette entwirren, ehe er wieder die Leiter raufstieg. Doch das tat er nicht. Er warf sie sich bloß über die Schulter und kam wieder hoch.

»Du denkst noch an meine Fahrstunde, oder?«

»Fahrstunde. Ja. Hab ich nicht vergessen. Was glaubst du, warum ich schon am frühen Nachmittag Bier trinke? Ich bereite mich vor.«

»Also … heute?«

Ehe er auch nur antworten konnte, rief Jen aus Carlys Zimmer: »Nicht heute!«

»Warum nicht?«, rief Carly zurück.

»Weil ich ein Fußballspiel habe.«

»Oh«, sagte Teddy. »Stimmt. Ich muss Jen zu ihrem Fußballspiel bringen.«

»Und warum ist ihr Fußballspiel wichtiger als meine Fahrstunde?«

»Weil ein Fußballspiel zu einer festen Zeit stattfindet. Ein Fußballer muss zur gleichen Zeit wie die anderen da sein. Fahren kannst du jederzeit.«

»Stimmt«, sagte Carly mit verbittertem Unterton. Es stimmte, doch trotzdem blieb das Gefühl, dass Jen in diesem Haus immer Vorrang hatte. »Aber du solltest sie nicht hinfahren. Du hast schon zu viel getrunken.«

»Ein Bier.«

»Drei.«

Auf dem Küchentisch hatte sie zwei weitere Flaschen stehen sehen. Carly hatte sie für Teddy in die Recycling-Tonne gebracht.

»Ich verneige mich vor der Bierzählerin«, sagte Teddy und machte eine weit ausholende Geste. Die Lämpchen baumelten von seiner Hand und schlugen klirrend gegen die Hauswand.

»Lass mich zum Fußballspiel fahren.«

»Es wird dunkel sein. Mit einem vorläufigen Führerschein darfst du nach Einbruch der Dunkelheit nicht fahren.«

»Auf der Hinfahrt wird es noch nicht dunkel sein. Lass mich hinfahren.«

»Wenn deine Mutter einverstanden ist.«

»Sie ist dann noch auf der Arbeit. Also kriegt sie es nicht mal mit.«

Teddy runzelte die Stirn und presste auf seltsame Art die Lippen zusammen. Dann warf er ihr das eine Ende der Lichterkette zu, indem er es geradewegs durchs offene Fenster schleuderte.

»Hier, hilf mir mal beim Entwirren. Gut, von mir aus, du kannst hinfahren. Aber wenn sie es rauskriegt, musst du ihr sagen, dass das auf deinem Mist gewachsen ist. Und du wirst dafür geradestehen. Ich kann nicht mehr allzu viel Ärger von ihr aushalten. Wenn es noch mehr wird, muss ich hier raus.«

Das brachte das Gespräch zum Erliegen. Sie entwirrten die Lichter ohne ein weiteres Wort.

* * *

»Oh … mein … Gott«, sagte Jen und blieb wie angewurzelt in der Einfahrt stehen. »Sagt mir, dass das nicht wahr ist.«

»Tut mir leid«, meinte Carly und setzte sich ans Lenkrad von Teddys Auto.

Die Beifahrertür stand noch immer weit offen, und der Sitz war nach vorn geklappt, damit Jen hinten einsteigen konnte, doch sie sträubte sich noch.

»Teddy …«, jammerte Jen.

»Das wird schon, Jen. Steig einfach ein.«

»Na toll. Ich kann entweder mein Fußballspiel verpassen oder auf der Fahrt sterben.«

»Du machst aus allem ein Drama«, sagte Carly.

Am Steuer fühlte sich alles anders an. Das Innere des Autos sah anders aus. Was man zu seiner kleinen Schwester sagte, klang anders. Alles veränderte sich, wenn man fahren durfte.

»Teddy …«

»Sie hat nicht ganz unrecht, Jen. Du machst manchmal wirklich ein Drama. Kommst du jetzt endlich? Oder sollen Carly und ich allein zu deinem Fußballspiel fahren und den Rest deiner Mannschaft anfeuern?«

»Bist du nicht Torwart?«, fragte Carly. »Würde die andere Mannschaft ohne dich nicht jede Menge Tore schießen?«

Jen stieß einen übertriebenen Seufzer aus und ließ sich auf den Rücksitz fallen. »Torwartin«, sagte sie.

Sie ließ den Beifahrersitz mit deutlich mehr Wucht als nötig einrasten.

»Mach mein Auto nicht kaputt«, sagte Teddy.

»Torwartin«, wiederholte Carly. »Das meinte ich ja.«

»Du hast die männliche Form benutzt.«

»Ja und?«

»Ich bin ein Mädchen.«

»Das werd ich mir hinter die Ohren schreiben, damit ich in meinem Leben nie wieder einen so folgenschweren Fehler mache.«

Carly startete den Motor, und die Welt war wieder in Ordnung.

»Links blinken«, sagte Teddy. »Und schau in den Seitenspiegel, bevor du vom Bordstein wegfährst.«

»Warte!«, rief Jen. »Ich muss mich noch anschnallen. Der Gurt ist das Einzige, was mir das Leben retten kann.«

»Ich weiß, dass ich blinken muss, Teddy«, sagte Carly. »Ich weiß, dass ich in den Spiegel gucken soll. Denkst du, ich hab in den ersten beiden Stunden nicht aufgepasst?«

»Sieht aus, als würdest du mich nicht brauchen«, erwiderte Teddy. »Dann werd ich eben ein Schläfchen halten. Sei still, Jen. Spar dir die Worte. Es war nur ein Witz.«

»Hmm«, machte Jen. »Das muss ich mir merken. ›Sei still. Spar dir die Worte.‹ Ich glaube, das sag ich das nächste Mal, wenn du wieder dein blödes Comedy-Programm abspulen willst.«

Carly legte den Gang ein und fuhr an, ohne dass das Auto allzu sehr ruckelte.

»Am Ende der Straße ist ein Stoppschild«, sagte Teddy.

»Stimmt. Ich hab ja auch nur drei Jahre in dieser Straße gewohnt. Ich laufe nur jeden Tag an diesem Stoppschild vorbei.«

»Das sind die besten Witze, die ich hab«, meinte Teddy.

* * *

Als Carly auf den Parkplatz der Mittelschule einbog, in der Nähe des Sportplatzes, war es schon fast dunkel. Aber noch nicht ganz. Ein paar Jungs aus ihrer Schule waren da, und zwar die, die ziemlich beliebt waren. Dean Hannish und Jerry DeVries. Das war komisch, schließlich war das hier ein Fußballspiel für Zwölfjährige. Was wollten sie hier? Carly wäre lieber gestorben, als sich auf einer Mittelschulveranstaltung blicken zu lassen, wenn sie nicht dadurch die Chance bekommen hätte, Auto zu fahren.

Dean Hannish schaute sie an, sah genau zu ihr ins Auto. Carly wurde heiß im Gesicht, was wahrscheinlich bedeutete, dass sie knallrot anlief.

Dean winkte.

Carly winkte zurück.

Sie kannte ihn kaum.

Er löste sich von Jerrys Seite und ging schnurstracks in ihre Richtung, während sie das Auto in einer Parklücke abstellte.

Carly gab Teddy einen Klaps auf den Arm, fester als beabsichtigt.

»Wie fährt man die Scheibe runter?«

Teddy sagte nichts, doch sein Gesichtsausdruck verriet alles. Die Andeutung eines selbstzufriedenen Lächelns. Er griff über sie hinweg und drückte einen Knopf, und das Fenster glitt herunter.

»Sei still, Teddy.«

»Ich hab nichts gesagt.«

»Dean«, sagte Carly, zu laut und eindeutig nicht lässig genug. »Hey.«

Er hatte kürzeres Haar als die Jungs, in die sie bisher verknallt gewesen war. Mit dieser Frisur hätte er auch zum Militär gehen können. Blonde Haare, gerade so lang, dass man sie noch kämmen konnte. Das war ein Minuspunkt. Doch die hellblauen Augen und sein durchdringender Blick waren ein Pluspunkt, ebenso wie sein kräftiges, kantiges Kinn.

»Ich wusste nicht, dass du Auto fährst«, sagte Dean.

Carly wurde zum ersten Mal bewusst, dass er beeindruckt war. Von ihr. Beiläufig legte sie den Arm auf die Kante des offenen Fensters. Worte brachte sie allerdings keine heraus, doch vielleicht würde er glauben, dass sie das gar nicht vorgehabt hatte.

»Ist das dein Auto?«

»Ähm …« Vielleicht hätte sie ja gesagt, wenn der Besitzer des Autos nicht einen halben Meter von ihr entfernt gesessen hätte und sie beobachtet hätte, während sich seine Lachfältchen kräuselten. »Nein. Es ist Teddys.«

Es hätte schlimmer sein können. Sie hätte gezwungen sein können zu sagen »das Auto meiner Mutter« oder «das Auto von meinem Vater«. Doch Teddy war einfach Teddy. Sie brauchte nicht einmal sagen, in welchem Verhältnis er zu ihr stand. Soweit Dean wusste, hätte sie auch erwachsene Freunde haben können. Davon abgesehen war das Auto ihrer Mutter was für Spießer. Teddys Auto war zwar beinahe fünfzehn Jahre alt, doch es war ein Firebird, und soweit sie wusste, waren Firebirds immer cool. Je älter sie waren, desto cooler wurden sie.

Dean beugte sich herunter und sah über sie hinweg zu Teddy. »Toller Schlitten, Mann.«

»Danke.«

In diesem Moment trat Jen von hinten gegen Teddys Sitz, fest, mit beiden Füßen, sodass das ganze Auto wackelte.

»Lasst … mich … raus«, sagte sie.

»Okay, wir sehen uns drinnen«, befand Dean.

Er wandte sich ab und schlenderte wieder davon. Carly saß da und schaute ihm nach.

Ehe sie sich‘s versah, stand Jen auch schon vor dem offenen Fahrerfenster und schnipste mit den Fingern, als wollte sie sie aus einer Trance wecken.

»Erde an Carly.«

Carly wies sie nicht an, den Mund zu halten. Sie war so gut gelaunt, dass sie das nicht nötig hatte.

* * *

Das Spiel war schon halb vorbei, und Jen hatte nicht einen Ball durchgelassen. Nun war sie beim vierten Abwehrmanöver, das dramatischste bisher, eines von der Sorte, bei dem sie sich mit vollem Körpereinsatz in die Luft und zur Seite werfen musste, um den Ball abzufangen. Doch es gelang ihr.

Teddy sprang auf und stieß einen Jubelschrei aus. Jen rappelte sich hoch, wischte sich den Staub von der Hose und sah unbehaglich über die Schulter in Teddys Richtung.

»Was war das denn?«, fragte Teddy Carly und ließ sich wieder auf den Tribünensitz fallen.

»Ich glaube, das war Jens überaus taktvolle Art, dir zu sagen, dass du ihr peinlich bist.«

»Man sollte annehmen, sie würde sich über ein bisschen Begeisterung freuen.«

»Ja, sollte man.«

»Sie ist echt total sportlich. So was hab ich noch nicht gesehen.«

»Im Ernst? Du hast noch nie Pelé gesehen? Oder David Beckham?«

»Das meinte ich nicht. Ich meinte, für jemanden in ihrem Alter.«

Dann merkte Carly, wie etwas sie ganz leicht, aber spürbar hinten in den Knöchel stach. Reflexartig zog sie den Fuß hoch und rieb sich die Stelle. Dann, weil sie nicht wusste, was sie sonst tun sollte, stellte sie den Fuß wieder ab.

Keine drei Sekunden später geschah es erneut, dieses Mal hinten an der anderen Wade.

Sie beugte sich vor und spähte unter ihren Sitz, zwischen den Brettern der Tribüne hindurch. Unter ihrer Bank befanden sich Dean, Jerry und noch ein anderer Junge, den sie nicht kannte. Im Halbdunkel, relativ weit hinten, saßen sie, durch den Tribünenschatten vor den Lichtern des Stadions verborgen und rauchten.

Dean holte gerade aus, um sie mit einem weiteren Steinchen zu bewerfen.

Zuerst dachte er sie, er wolle sie piesacken, und ihr Magen krampfte sich zusammen, so wie wenn sie in der Schule von Jungs geärgert wurde. Doch dann krümmte er den Zeigefinger und winkte sie heran. Ihr wurde klar, dass er versucht hatte, ihre Aufmerksamkeit zu erregen. Er wollte, dass sie herunterkam.

»Ich bin gleich wieder da«, sagte sie zu Teddy.

Teddy warf ihr wieder einen dieser Blicke zu. Dann beugte er sich hinab, um zu sehen, was Carly gesehen hatte.

Er richtete sich wieder auf und bedachte sie erneut mit diesem bestimmten Blick. »Versuch, nicht schwanger wiederzukommen.«

»Ha ha.«

»Das war keiner von meinen besten.«

»Das erklärt, warum der hier tatsächlich mal witzig war.«

Carly wartete die Antwort nicht ab. Sie eilte die Stufen der Tribüne hinunter und den Gang entlang, bückte sich und gesellte sich zu den drei Jungen, während sich ein ungewohntes Gefühl in ihr breitmachte. Als könnte sie tatsächlich irgendwo dazugehören.

»Hey«, sagte Dean.

Die anderen beiden Jungen starrten nur vor sich hin und ignorierten sie weitestgehend.

»Hey«, gab Carly zurück. Sie setzte sich im Schneidersitz zu ihnen auf die Erde. Sie bildeten einen etwas misslungenen Kreis. Carly hörte, wie oben plötzlich Beifall laut wurde, und fragte sich, ob Jen erneut außergewöhnliche Sportlichkeit bewiesen hatte.

»Kippe?«, fragte Dean und hielt ihr die Packung hin.

»Nein, danke«, erwiderte Carly. »Davon krieg ich nur Kopfschmerzen.« Dann fiel ihr auf, wie unglaublich doof sich das anhören musste und dass sie sich einfach eine hätte nehmen sollen. Sie hätte sie in ihrer Hand abbrennen lassen können. Oder noch besser, sie hätte einfach sagen sollen, dass sie an Deans Zigarette ziehen wollte. Das wäre … nun … besser gewesen. Sie konnte nicht richtig in Worte fassen, warum. Aber es hätte eher so gewirkt, als würden sie einander gut kennen. Fast so, als wären sie ein Paar. Dann wurde ihr klar, dass es noch nicht zu spät war.

»Ich würde mal an deiner ziehen«, sagte sie und klang dabei selbstbewusster, als sie sich fühlte. »Von einem Zug krieg ich kein Kopfweh.«

Dean lächelte auf eine Art, die sie tief in ihrer Magengrube spürte. Es war ein wenig Furcht einflößend, aber doch irgendwie angenehm.

Er hielt ihr die Zigarette hin. Ihre Hände berührten sich, als sie sie ihm abnahm.

»Danke«, sagte sie. »Versteh mich nicht falsch, aber … was machst du hier?«

»Mein Dad ist der Trainer.«

»Ernsthaft? Dein Dad trainiert meine kleine Schwester?«

»Welche ist deine Schwester?«

»Die, die auf dem Rücksitz saß.«

»Ich meine, wie heißt sie? Auf welcher Position spielt sie?«

»Torwart. Jen.«

Nicht auszudenken, wenn sie Torwartin gesagt hätte. Wie albern sich das angehört hätte. Manchmal liefen die Dinge einfach rund.

»Oh. Jen. Ja. Mein Dad meint, sie wäre seine beste Spielerin.«

»Aha. Gehst du zu allen seinen Spielen?«

Die anderen Jungs kicherten, und Carly verstand nicht, warum. Sie zog an der Zigarette, inhalierte aber kaum, damit sie sich nicht lächerlich machte, wenn sie den Rauch wieder aushustete.

»Nee, fast nie«, sagte Dean. »Aber wir wollen meinen Dad dazu bringen, dass er uns auf die Hütte fahren lässt. Deshalb spiele ich den perfekten Sohn.«

»Genauer gesagt«, erklärte Jerry DeVries, »wollen wir, dass Deans Dad hierbleibt.«

»Versteh ich nicht«, sagte Carly.

Eine erneute Lärmwelle aus der Menge. Klatschen und Jubelrufe. Carly schaute hinunter auf die Zigarette, die im Dämmerlicht glühte, und war etwas überrascht, dass sie sie noch immer in der Hand hielt. »Oh«, meinte sie. »Die willst du bestimmt zurück.«

»Nee, schon gut«, sagte Dean. »Behalt sie.« Er schüttelte eine weitere aus der Packung und zündete sie mit einem teuer aussehenden silbernen Feuerzeug an. »Normalerweise lässt er uns nicht hoch, ohne dass eine Aufsichtsperson dabei ist. Also versuchen wir gerade, ihn zu überzeugen, dass wir alt genug sind.«

Er rutschte ein Stück nach hinten, sodass mehr Licht auf sein Gesicht fiel, Stadionlicht, das durch einen Spalt zwischen den Rängen hindurchfiel. Er fixierte sie, bis sie wieder dieses Brennen in der Magengrube verspürte. Eine seltsame Mischung aus Erregung und Angst.

»Komm doch mit«, sagte er plötzlich, so enthusiastisch, als sei ihm die Idee gerade erst gekommen. Doch irgendwie hatte Carly das Gefühl, dass das nicht der Fall war. »Du solltest unbedingt mitkommen.«

»Ich weiß nicht, ob meine Mutter das erlaubt.«

»Sag ihr, dass Erwachsene dabei sind.«

»Hmm, das wär 'ne Idee.«

»Das wird toll. Drei Jungs und drei Mädels bis jetzt. Siehst du? Wir brauchen dich, damit es perfekt wird. Es ist oben in den Sierras. Eigentlich fährt man gar nicht so lange, aber es ist wie eine andere Welt. Die Hütte liegt direkt an diesem kleinen See. Kann sogar sein, dass es da oben schneit. Vielleicht werden wir den Allradantrieb von meinem Vater brauchen. Hast du schon mal Schnee gesehen?«

Das hatte sie, aber es war lange her. Als ihr Opa gestorben war. Sie beantwortete die Frage nicht.

»Wann fahrt ihr?«

»Übermorgen. Wir kommen einen Tag vor Heiligabend zurück.«

»Ich könnte Teddy fragen. Vielleicht hilft er mir, meine Mutter zu überzeugen. Er ist echt cool.«

»Frag ihn«, meinte Dean. »Und dann ruf mich an. Meine Nummer steht im Telefonbuch.«

Carly saß einen Augenblick still, unsicher, ob das hieß, dass sie sofort zu Teddy gehen und ihn fragen sollte. Niemand sagte etwas.

»Okay«, sagte sie und stand auf. »Ich geh ihn fragen.«

Erst als sie wieder draußen im Stadionlicht stand, fiel Carly auf, dass sie noch immer die Zigarette zwischen den Fingern hielt. Sie schaute hoch und sah, dass Teddy sie beobachtete. Sie ließ die Zigarette auf die Erde fallen und trat sie mit der Ferse aus.

Sie stieg wieder hoch zu Teddys Platz. Die Menge brach erneut in Geschrei und Applaus aus, der fast ohrenbetäubend war. Sie reckte den Kopf, um zu sehen, was Jen oder ihre Mannschaft vollbracht hatte. Doch es war schon zu spät. Das Spiel war vorbei.

Sie ließ sich neben Teddy nieder, so nah, dass ihre Hüfte versehentlich gegen seine stieß.

»Ich wusste nicht, dass du rauchst«, sagte er.

»Tu ich nicht.«

Er beugte sich näher und roch ihren Atem, sagte aber nichts. Sie öffnete den Mund, um ihn wegen dem See und der Blockhütte zu fragen, doch dann verließ sie der Mut. Sie würde zu eifrig wirken, es würde zu wichtig erscheinen, wenn sie ihn jetzt fragte. Sie sollte lieber noch etwas warten, ehe sie das Thema anschnitt, als sei es ihr erst nachträglich eingefallen. Als sei es so nebensächlich, dass sie es beinahe vergessen hätte, keine große Sache, fast unerheblich.

* * *

»Ich will vorne sitzen!«, rief Jen auf dem Weg zum Auto, und schon hatte Carly ihre Chance verpasst. Sie warf Teddy ihren besten Hundeblick zu. »Wirklich? Du lässt mich hinten sitzen?«

»Komm schon. Du bist hergefahren. Abgesehen davon hat sie's zuerst gesagt.«

Er öffnete die Fahrertür und klappte den Sitz nach vorn. Mit einem theatralischen Seufzer stieg Carly ein.

»Ich war gut«, sagte Jen, während sie sich anschnallte.

»Du warst großartig«, erwiderte Teddy.

Carly starrte nur zum Fenster hinaus, während das Auto über den Kies knirschte und vom Parkplatz fuhr. Sie sah Dean in der Ecke stehen und zog den Kopf ein, damit er sie nicht auf dem Rücksitz sah.

»Ich bin am Verhungern«, sagte Jen. »Wie spät ist es?«

Teddy sah auf seine Armbanduhr. Er trug sie am rechten Arm, weil er Linkshänder war.

»Kurz nach halb acht.«

»Das erklärt es. Lass uns irgendwo eine Pizza essen.«

»Nein.«

»Teddy …«

»Ich habe meine weltberühmten Spaghetti mit Fleischklößchen gemacht. Das heißt … die Spaghetti habe ich noch nicht gemacht. Aber die Sauce habe ich gekocht, hausgemacht. Und die Fleischklößchen. Also essen wir das.«

Carly wandte den Blick von der dunklen Straße ab und betrachtete stattdessen Teddys Hinterkopf. In ihrem Kopf bildete sich ein Gedanke. »Moms Lieblingsessen.«

»Jep.«

»Sie wird traurig sein, dass sie Spätschicht hat.«

»Vielleicht kann sie früher gehen.«

Dann fiel bei ihr der Groschen. »O Gott!«, rief Carly. »Ich weiß, welcher Tag heute ist. Heute ist euer Jahrestag.«

»Von was?«, warf Jen ein, den Kopf nach hinten gewandt. »Sie sind nicht verheiratet.«

»Sag du's ihr, Teddy.«

»Es ist nichts.«

»Es ist nicht nichts. Es ist der Jahrestag deines Einzugs. Zwei Jahre ist das jetzt her.«

»Es ist keine große Sache.«

»Ist es wohl. Du hast es mindestens doppelt oder dreimal so lange bei uns ausgehalten wie jeder andere von diesen Losern. Und du bist der Erste, der kein Loser ist. Und ob das eine große Sache ist. Weiß sie, dass du Spaghetti mit Fleischklößchen machst? Mit einer Extraportion Parmesan?«

Carlys Mutter hatte gern viel Parmesan.

Erst gab er lange keine Antwort. Dann sagte Teddy: »Ja.«

Bei ihm klang das Wort kurz, sogar noch kürzer als sonst.

»Wir sollten bei der Bar vorbeifahren und ihr sagen, dass sie sich jemanden suchen soll, der ihre Schicht übernimmt.«

»Sie wird heimkommen, sobald sie kann.«

»Wir sollten sie abholen gehen.«

»Carly. Seit ich wieder Rückenprobleme habe und so lange nicht mehr arbeiten gehen konnte, tut sie uns allen einen Gefallen, indem sie Extraschichten übernimmt. Wir brauchen das Geld.«

»Aber …«

»Lass es, Carly.«

Die Worte lösten ein Brennen in ihrem Magen aus, und auch hinter ihren Lidern. Teddy sprach fast nie in so scharfem Ton mit ihr. Sie beschloss, einfach weiterzureden.

»Glaubst du, Mom würde mich zu einer Blockhütte an einem See oben in den Sierras mitfahren lassen, mit ein paar Schulfreunden? Es sind auch Erwachsene dabei.«

»Männliche Freunde?«

»Jungs und Mädels. Spielt das denn eine Rolle? Wir werden unter Aufsicht sein.«

»Und spielt es eine Rolle, was ich glaube? Inwiefern soll meine Meinung dir bei ihr helfen?«

»Du könntest ein gutes Wort für mich einlegen.«

Er blickte halb über die Schulter zu ihr hin und sah dann wieder auf die Straße.

»Carly … Du bist doch ein kluges Mädchen. Du kannst nicht ernsthaft annehmen, dass ich deine Mutter zu irgendetwas bewegen könnte, das sie nicht will. Wenn ich dazu in der Lage wäre, würden wir heute Abend nicht ohne sie Spaghetti und Fleischklößchen essen.«

Damit war das Gespräch beendet und blieb es auch, bis sie zu Hause ankamen.

* * *

Carly saß vor einem dampfenden Teller Spaghetti mit Fleischklößchen. Auf dem Tisch standen Blumen, jede Menge rosa Röschen und ein Strauß Fuchsien, die Teddy im Vorgarten gepflückt hatte. Daneben zwei lange weiße Kerzen in den alten Silberleuchtern ihrer verstorbenen Großmutter. Der Anblick machte Carly so traurig, dass sie es kaum ertragen konnte.

Jen ließ sich auf ihren Stuhl plumpsen und nahm ihre Gabel, ohne auch nur auf Teddy zu warten, der noch am Herd stand und sich auftat.

»Ich bin so hungrig«, sagte Jen.

Dann stopfte sie sich den Mund mit so viel Essen voll, dass es auch für drei Bissen gereicht hätte.

»Warte nicht auf mich«, meinte Teddy. »Leg ruhig los.«

Sein Sarkasmus entging Jen vollkommen. Sie nickte nur, weil ihr Mund zu voll zum Antworten war. Als sie es geschafft hatte, ihr Essen hinunterzuschlucken, sagte sie: »Das ist besser als Pizza, Teddy. Es tut mir leid, dass ich wegen der Pizza so rumgenörgelt hab.«

Carly beobachtete Teddys Reaktion, seinen Gesichtsausdruck, und wurde das unangenehme Gefühl nicht los, dass sie Teddy noch nie so glücklich gemacht hatte, wie Jen es soeben getan hatte.

Sie rollte Spaghetti auf ihre Gabel und steckte sie sich in den Mund.

»Du bist ein guter Koch, Teddy«, sagte sie noch immer kauend. Teddy lächelte, während er sich setzte. Doch ihre Worte konnten es trotzdem nicht mit dem aufnehmen, was Jen gesagt hatte. Nichts, was Carly sagte, konnte das.

Carly wollte sagen: »Ich kann nicht glauben, dass sich Mom das entgehen lässt.« Fast hätte sie es gesagt, doch sie hielt sich gerade noch zurück. Das Letzte, was sie wollte, war, dass Teddy sie noch einmal anblaffte.

Das Schweigen zog sich in die Länge. Dann sagte Teddy: »Ich wäre bereit, ihr zu sagen, dass ich den Jungen kennengelernt habe und dass er ein netter Kerl zu sein scheint. Obwohl das dezent übertrieben ist.«

Carly sah zu ihm auf, doch sein Blick blieb auf seinen Teller gerichtet.

»Du bist der Beste, Teddy«, sagte sie. Noch nie hatte sie es so ernst gemeint.

»Ich bin nicht mal unter den besten vierzig Prozent«, erwiderte er.

Schweigend aßen sie zu Ende. Carly betrachtete immer noch die Blumen und die Kerzen. Dabei kam ihr eine Idee. Sie schaffte es, ihren Verstand zu umgehen und sich ganz allein zu bilden. Als sie die Gabel ablegte, war die Idee schon vollständig in ihr gereift. Sie kam nicht darum herum.

»Ich gehe noch eine Runde spazieren«, sagte sie und sprang auf.

Sowohl Teddy als auch Jen schauten sie etwas merkwürdig an. Carly war nicht der Typ, der einfach so spazieren ging. Sie wartete darauf, dass einer von ihnen diesen Gedanken aussprach, doch das geschah nicht. Auf dem Weg zur Tür schnappte sich Carly noch eine warme Jacke.

* * *

Von ihrem Haus bis zur Arbeit ihrer Mutter waren es fünfzehn Blocks. Das einzige Problem war, dass sie zwar zu Fuß dort hingehen konnte, aber nicht hineinkam.

Unter dem Neonschild blieb sie stehen. Eigentlich hieß die Bar »Leopard Lounge«, doch das große L und das kleine g waren kaputt, sodass da eher so etwas wie »eopard Loun e« stand.

Carly legte die Finger an die Scheibe, wobei sie kurzzeitig vergaß, dass ihre Mutter sie dafür anschreien würde. Ihre Mutter war diejenige, die die Fenster putzen und alle Fingerabdrücke abwischen musste, wenn sie nicht gerade Getränke servierte.

Im Moment servierte sie keine Getränke. Sie saß mit diesem Typen an einem Tisch. Wade hieß er.

Carly beobachtete, wie die beiden sich zueinander beugten. Nicht völlig unverhohlen, sie küssten oder umarmten sich nicht. Doch in ihrem Austausch lag eine gewisse Intensität, als würde zwischen ihren Augen und Gesichtern eine Stromleitung verlaufen, die sie unmöglich ignorieren konnten.

Desdemona, die andere Cocktail-Kellnerin, hatte gerade Schicht und trug Tabletts hin und her. Sie sah auf und winkte Carly zu. Carly nahm schnell die Finger von der Scheibe. Sie steckte die Hände in die Taschen und wartete, während Desdemona ihrer Mutter auf die Schulter tippte und so den Austausch zwischen ihr und Wade unterbrach. Carlys Mutter fuhr herum und sah sie am Fenster stehen. Sie sah nicht gerade erfreut aus.

Reflexhaft trat Carly zwei Schritte zurück, während ihre Mutter wütend zur Tür kam. Carly schaute wieder hinein zu Wade, dessen Miene düster wirkte. Er hatte etwas Dunkles an sich, etwas Gefährliches. Wie alle Typen, auf die ihre Mutter stand. Außer natürlich Teddy. Teddy war ein Lieber.

Carlys Mutter stürmte in die kühle Nacht des Tals. Sie trug nur ein tief ausgeschnittenes Trägertop.

»Willst du mir sagen, was du hier zu suchen hast?«

Sie war sehr groß, was einer der Gründe dafür hätte sein können, dass Carly sie einschüchternd fand. Doch es gab noch mehr Gründe, falls ihre Größe überhaupt ein Faktor war. Jeden Monat hatte sie eine andere Haarfarbe. Im Moment war es eine Art Mahagonibraun, das nicht gerade natürlich aussah. Ihre Wimpern waren lang und dicht, mit Mascaraklümpchen darin. Sie trug sehr viel Make-up. Zu viel, dachte Carly, doch sie hütete sich, das laut zu sagen.

»Ich dachte, du müsstest heute lange arbeiten«, sagte Carly.

Das war mutig von ihr, und sie war sich dessen bewusst. Doch es war etwas, das Teddy nicht sagen konnte. Jedenfalls glaubte er, es nicht zu können, also würde Carly es für ihn tun.

Carlys Mutter warf den Kopf ein wenig in den Nacken, eine trotzige Geste. Sie verschränkte die Arme vor ihrem mächtigen Busen.

»Ich bin hier«, sagte sie.

»Aber du arbeitest nicht. Desdemona arbeitet.«

»Wir arbeiten beide.«

»Aber ihr arbeitet nie beide zur selben Zeit. Außerdem arbeitest du nicht, sondern sitzt rum und flirtest mit diesem Kerl, den ich so hasse.«

Ihre Mutter hob die Hand, und Carly schreckte zurück, weil sie eine Ohrfeige erwartete. Stattdessen sah sie nur einen langen Fingernagel, dicht vor ihrer Nase.

»Du lehnst dich gerade sehr weit aus dem Fenster, Fräulein. An deiner Stelle würde ich das bleiben lassen.«

Doch Carly konnte nicht aufhören. Sie konnte etwas behutsamer vorgehen, aber sie konnte die Sache nicht auf sich beruhen lassen. Dafür war es zu spät.

»Heute ist euer Jahrestag.«

»Von was? Ich bin nicht verheiratet.«

»Es ist zwei Jahre her, dass Teddy bei uns eingezogen ist. Hast du das gewusst?«

»Das ist kein echter Jahrestag.«

»Für ihn schon.«

»Ich komme heim, wenn ich kann.«

»Er hat dein Lieblingsessen gekocht. Spaghetti mit Fleischklößchen und einer Extraportion Parmesan. Und er hat Blumen gepflückt und auf den Tisch gestellt und weiße Kerzen in die silbernen Leuchter von Oma getan. Dann hast du angerufen und gesagt, du müsstest arbeiten. Dabei arbeitest du nicht mal.«

»Ich hab Pause.«

Wenn sie sich auch nur annähernd so schuldig fühlte, wie Carly beabsichtigte, dann verbarg sie es gut.

»Vielleicht würde Desdemona für dich einspringen.«

»Genug jetzt, Carly. Du steckst deine Nase in Angelegenheiten, die nur mich etwas angehen. Ab nach Hause mit dir. Und wehe, du tauchst noch einmal hier auf, während ich arbeite. Das lässt du schön sein. Ich brauche keine Spionin in meiner Familie. Und kein Wort zu Teddy, oder du bekommst es mit mir zu tun.«

Einen Augenblick stand Carly einfach nur da. Ihr war ein wenig schwindlig, wahrscheinlich aus Angst vor dem, was sie vorhatte. Sie war im Begriff, etwas sehr Gewagtes zu sagen.

Etwas, das ihr Schläge einbringen könnte oder eine noch schlimmere Strafe, die sie sich nicht einmal vorstellen konnte. Doch ehe sie sprechen konnte, drehte sich ihre Mutter auf ihren hohen Absätzen um und stapfte zurück in die Bar. Carly sah, wie sie sich wieder zu Wade an den Tisch setzte. Mühelos schien sie das Gespräch wieder aufzunehmen.

Carly begriff nicht, wie sie das tun konnte oder warum sie es wollte.

Sie ging nach Hause, überrascht, wie lang ihr der Weg jetzt vorkam.

* * *

Als Carly die Wohnzimmertür öffnete, saßen Teddy und Jen zusammen auf dem Sofa und schauten sich einen alten Schwarz-Weiß-Film über eine Mumie an. Nur dass Jen nicht fernsah, sondern tief und fest schlief, behaglich unter Teddys linkem Arm.

Carly kam sich ausgeschlossen vor, ein unangenehmes Gefühl tief in ihrer Magengrube. Ihr Gesicht hatte dieses Gefühl wohl widergespiegelt, denn Teddy sagte: »Ich hab noch einen Arm frei.«

Er hob den rechten Arm. Carly stürzte hinein und setzte sich neben ihn, spürte, wie er sie in Wärme einhüllte. Sie machte sich nicht einmal die Mühe, vorher ihre Jacke auszuziehen.

»›Die Mumie‹?«

»Hey«, sagte er. »Das ist ein Klassiker.«

»Wenn du das sagst.«

»Wo warst du?«

»Ich wollte nur einen Spaziergang machen.«

»Nein. Sei ehrlich. Wo warst du?«

»Ich war spazieren, Teddy.«

Eigentlich hatte sie sagen wollen: »Ich war nur spazieren.«

Aber das stimmte nicht. Sie hatte mehr getan, als nur spazieren zu gehen. Doch spazieren gegangen war sie, also blieb sie dabei.

»Hat es etwas mit diesem Jungen zu tun?«

Es erleichterte Carly, dass er falsch riet.

»Ich hab ihn nicht getroffen.« Sie hoffte, er würde annehmen, dass sie es versucht hatte.

»Vielleicht hast du nächstes Mal mehr Glück.«

Eine Zeit lang saßen sie da und schauten sich den schrecklichen Film an. Wie lange, hätte Carly nicht sagen können. Es hätten fünf bis zehn Minuten sein können, oder auch eine halbe Stunde.

Dann ging die Haustür auf, und ihre Mutter kam herein. Carly fiel ein großer Stein vom Herzen. Vielleicht hatte sie doch etwas bewirkt. Vielleicht war es wirklich möglich, sich für das Richtige einzusetzen und am Ende Recht zu bekommen. Der Miene ihrer Mutter war schwer zu deuten.

Sie kam zu ihnen und stand über sie gebeugt, die Hände in die Hüften gestemmt.

»Ihr drei habt es euch schön gemütlich gemacht.«

»Das haben wir«, erwiderte Teddy. »Ich hoffe, du hast Hunger. Ich hab dein Lieblingsessen gekocht.«

Carly sah, wie sich der Gesichtsausdruck ihrer Mutter veränderte, weicher wurde. Sie glaubte nicht, dass es an den Spaghetti mit Fleischbällchen lag, obwohl sie ein Faktor sein mochten. Ihr wurde klar, dass ihre Mutter abgewartet hatte, ob Carly sie verpfiffen hatte.

»Du bist ein Schatz, Ted«, sagte sie. »Ich bin halb verhungert.«

»Oh, gut. Ich hatte schon befürchtet, du hättest vielleicht auf der Arbeit gegessen.«

»Ich hab nur den ganzen Abend lang Pommes genascht. Aber viel hat das nicht gebracht. Carly, weck deine Schwester auf und bring sie ins Bett. Wenn du noch nicht schlafen willst, kannst du oben noch ein bisschen lesen. Mein Liebster und ich haben was zu feiern. Also lass uns allein.«

Teddy nahm seinen Arm weg und rückte von ihr ab. Carly weckte Jen behutsam auf und zog sie die Treppe hinauf. Dann schlich sie noch einmal zurück zum Treppenabsatz, um von dort aus einen Augenblick lang zuzusehen. Durch die offene Küchentür beobachtete sie, wie Teddy ihrer Mutter ein Glas Rotwein einschenkte, ehe er wieder verschwand.

Sie hörte das tiefe, kehlige Lachen, das er nur hören ließ, wenn ihre Mutter da war. Hörte ihre Mutter sagen: »Wir haben keine Musik, du Dummkopf.« Wenig später hielten sie einander in den Armen und tanzten Walzer durchs Wohnzimmer, wobei sie an der Tür vorbeikamen, während Teddy ein Liedchen summte. Carly ging wieder hoch und zog sich zurück. In dieser Nacht schlief sie tief und fest, zum ersten Mal seit Langem.

Tulare, 18. Dezember

»Natürlich darfst du«, sagte Carlys Mutter. »Aber klar doch.«

Irgendwas stimmte nicht. Es war zu einfach.

Sie saßen zu zweit am Frühstückstisch, Carly und ihre Mutter. Jen war mit dem Fahrrad zu ihrer Freundin Krista gefahren, und Teddy war noch nicht aufgestanden. Carlys Mutter hielt ihre Kaffeetasse fest in der Hand, als wäre darin irgendein lebensrettendes Serum gegen eine Krankheit, die sie fast umbrachte. Ohne Make-up sah ihr Gesicht verhärmt und müde aus.

»Wirklich? Du lässt mich fahren?«

»Na sicher. Das ist die beste Idee, die mir je untergekommen ist. Achte einfach immer auf die Wettervorhersage, und sag mir Bescheid, wenn die Hölle zufriert.«

Carly empfing die Botschaft wie einen Schlag ins Gesicht. Sie stand auf und rannte aus dem Zimmer. Ein Dutzend Erwiderungen schossen ihr durch den Kopf, doch sie war außerstande, sich auf eine davon festzulegen. Außerdem würde es sowieso nichts bringen. Der Vorwurf, dass ihre Mutter ungerecht war, würde nicht bewirken, dass sie sich fairer verhielt. Wut war sinnlos, weil ihre Mutter noch viel wütender werden konnte als Carly selbst. In ihrer Wut konnte sie es mit absolut jedem aufnehmen. Sie konnte sogar Teddy tyrannisieren, und

Teddy war ein großer, starker Mann.

Carly stampfte nach oben in ihr Zimmer und schlug die Tür hinter sich zu. Sie nahm das Telefon, merkte dann aber, dass das Telefonbuch unten lag. Anstatt das Risiko einzugehen, es zu holen, rief sie lieber bei der Auskunft an.

»Welche Stadt, bitte?«, fragte die Frau am Telefon.

»Tulare.«

»Der Name?«

»Hannish. Mit zwei n. Glaube ich. Den Vornamen weiß ich nicht.«

»Ich habe hier einen Dean Hannish Senior, an der West San Joaquin Avenue.«

»Das ist er. Danke.«

Sie schrieb sich die Nummer rot auf die Handfläche. Dabei hatte sie ein bisschen Herzklopfen. Die Tinte, die von ihrer Haut aufgenommen wurde, gab ihr den Eindruck eines bedeutsamen Rituals, so als hätte sie sich den Namen eines Jungen eintätowiert. Der Rotstift ließ es wie etwas Verbotenes aussehen. Das war es auch, und so viel mehr. Sie wusste nicht genau, was dieses »Mehr« sein sollte. Doch sie war fest entschlossen, es herauszufinden.

Sie wählte die Nummer, und Dean – ihr Dean, nicht Dean Senior – nahm beim zweiten Klingeln ab.

»Höchste Zeit, dass du anrufst, Arschloch«, meinte er, anstatt Hallo zu sagen.

»Äh …«

»Oh. Sie sind nicht Jerry. O nein. Sorry. Vor allem, wenn Sie für meine Mutter anrufen. Ganz großes Sorry.«

»Nein, ich wollte dich sprechen.«

»Carly?«

»Ja.«

»Hey. Carly. Hey. Schön, dass du anrufst. Ich war mir nicht sicher, ob du dich melden würdest.«

Ein langes, betretenes Schweigen.

Dann fragte er: »Kommst du morgen mit zur Blockhütte?«

»Ja«, sagte Carly. »Und ob.«

»Super. Wir fahren um elf. Wir kommen vorbei und holen dich ab.«

»Nein!«, sagte sie in viel zu scharfem Ton. Fast hätte sie sich verraten. »Nein, schon okay. Ich komm zu dir. Deine Adresse steht doch im Telefonbuch, oder?«

»Bist du sicher, dass du nicht abgeholt werden willst? Eltern mögen so was.«

»Ja.«

»Dann gibt es ein kleines Problem. Mein Vater lässt uns nur deshalb allein fahren, weil er glaubt, dass keine Mädchen dabei sind. Weißt du was? Wir sammeln dich einfach auf dem Parkplatz bei der Mittelschule ein.«

»Okay.«

»Bis morgen.«

Carly legte auf. Sachte, als sei das Telefon eine Handgranate.

In ihrem Kopf sah die Sache ganz einfach aus. Entweder würde sich Teddy auf ihre Seite schlagen, sich bei ihrer Mutter für sie einsetzen und sie dazu bringen, dass sie ihre Meinung änderte. Oder Carly würde am nächsten Morgen einfach aufbrechen und einen Zettel zurücklassen. Ihre Mutter würde den Zettel erst finden, wenn sie von der Arbeit heimkam, und zu diesem Zeitpunkt wäre Carly schon längst über alle Berge. Auf dem Zettel könnte stehen: »Wenn ich zurück bin, kannst du mich bis ans Ende aller Tage bestrafen. Aber jetzt bin einmal in meinem Leben ich die, die dabei ist.«

Als Carly gegen Mittag herunterkam, hatte Teddy drei seiner Kumpels zu Besuch, die üblichen Verdächtigen: Ernie, Paul und Javier. Sie saßen in der Küche und spielten Poker.

Teddy hatte Schüsseln mit Tortilla-Chips und Salsa hingestellt, mitten zwischen die Pokerchips. Carly steckte gerade rechtzeitig den Kopf in die Küche, um zu sehen, wie Paul erhöhte und einen blauen Pokerchip direkt in die Salsa warf. Die vier Männer verliehen ihrem Ekel hörbar Ausdruck. Ernie hätte beinahe in die Salsa gegriffen, um den Chip wieder herauszuholen, doch Teddy zog hastig die Schüssel beiseite, ehe es zu dieser Katastrophe kommen konnte. Als er die Schüssel zur Spüle brachte, sah er Carly hinter sich.

»Hey, du«, sagte er.

Er warf Paul ein Geschirrtuch zu, damit er die aufgestapelten Pokerchips abwischen und die Salsaspritzer entfernen konnte.

Teddy nahm eine Gabel aus der Besteckschublade und fischte den Pokerchip aus der Salsa, ehe er Gabel und Chip unter dem Wasserhahn abwusch.

»Und das schon mittags?«, fragte Carly.

»Gibt es eine bessere Zeit für Chips und Salsa?«

»Ich meine, dass ihr Poker spielt. Ist es mit dem Pokern nicht so ähnlich wie mit dem Biertrinken? Tun normale Leute das nicht erst nach fünf?«

Ihr Blick wanderte erneut hinüber zum Tisch, wo, wie ihr auffiel, jeder der Männer eine offene Bierflasche vor sich stehen hatte.

»Wenn man arbeitslos ist«, sagte Teddy, »ist es immer nach fünf.«

Die drei anderen nickten. Ernie und Javier stießen miteinander an und tranken auf Teddys weise Worte.

Teddy setzte sich wieder zu ihnen und schob einige Sachen auf dem Tisch hin und her, sodass die Tortilla-Chips und die Salsa zwischen ihm und Paul standen, wo sie sicherer waren. Javier nahm eine Zigarette aus der Tasche und klemmte sie sich zwischen die Zähne. Teddy legte seine Karten verdeckt auf den Tisch.

»Ich werde dich eigenhändig erwürgen«, sagte er und musterte Javier mit strengem Blick. Dieser suchte in seiner Tasche nach einem Feuerzeug, ohne Teddys Reaktion wahrzunehmen. Schließlich stieß Paul ihn in die Rippen.

»Oh. Wen? Mich?«, fragte Javier und begegnete Teddys Blick.

»Du bist der mit der Kippe, also ja. Ich werde dich eigenhändig erwürgen, wenn du in diesem Haus so ein Ding anzündest. Und ich muss noch nicht einmal mit richterlicher Verfolgung rechnen, weil meine liebe Freundin mich kaltblütig ermorden wird, sobald sie einen Fuß in dieses Haus setzt und riecht, was du angestellt hast.«

Carly lehnte im Türrahmen und verbiss sich ein Lächeln. Es machte ihr Spaß, den Männern zuzusehen, wenn sie unter sich waren. Vor allem, wenn ihre Mutter trotz ihrer Abwesenheit die Rolle der schönen bösen Zauberin spielte.

»Teddy«, setzte Javier an.

»Ab in den Hinterhof mit dir.«

»Ich will keine Runde verpassen.«

»Na toll«, meinte Teddy. »Was du für Prioritäten setzt. Deine Kippe ist es dir nicht wert, dass du eine Runde verpasst, aber du hast kein Problem damit, mein Todesurteil zu unterzeichnen. Dafür wird mein Geist dich heimsuchen, wenn ich tot bin. Jetzt pack dieses stinkende Ding weg.«

Javier seufzte und schob die noch nicht angezündete Zigarette in seine Brusttasche.

»Teddy«, sagte Carly plötzlich. Sie war von sich selbst überrascht.

»Ja, Maus?«

»Ich muss mit dir über was reden.«

»Okay, aber erst wenn das Spiel fertig ist.«

»Es ist aber wichtig.«

»Ich hab echtes Geld im Spiel, Carly. Du weißt, dass ich

nicht viel echtes Geld hab, oder?«

»Ich wollte nur … Hast du wegen Dean mit Mom gesprochen?«

»Tut mir leid, Maus, aber gestern Nacht war nicht der richtige Zeitpunkt.«

»Also … sprichst du dann heute mit ihr?«

»Äh … nun ja … Als ich dir dieses Angebot gemacht habe, war die Lage besser. Im Moment habe ich bei deiner Mutter ziemlich schlechte Karten.«

Carly stand einen Moment lang sprachlos da und staunte, dass Teddy und ihre Mutter so schnell wieder Ärger haben konnten. Letzte Nacht waren sie ein Herz und eine Seele gewesen, genau wie früher. Trotzdem kam auch Carly nicht umhin zu bemerken, dass ihre Mutter sich Teddy sehr plötzlich wieder zugewandt hatte, selbst für ihre Verhältnisse. Sie neigte dazu, sehr plötzlich ihre Meinung zu ändern, ohne Vorwarnung oder Anzeichen. Und wenn die Anzahl der Städte und Häuser, in denen Carly in den letzten sechzehn Jahren gelebt hatte, ein Indikator war, blieb ihre Mutter nirgends lange.

»Du hast es mir versprochen, Teddy«, sagte sie ruhig, ohne allzu deutlich zu zeigen, was sie empfand. Doch innerlich war sie schrecklich aufgewühlt.

»Wenn ich bei ihr gerade unbeliebt bin, könnte es mehr schaden als nützen, Carly. Wenn sie sauer auf mich ist und ich ihr sage, dass ich der Meinung bin, du solltest fahren, wird sie umso mehr davon überzeugt sein, dass du das nicht solltest.«

Das stimmte, und Carly war sich dessen bewusst. Auf der anderen Seite konnte ihre Mutter wohl kaum noch ablehnender werden. »Wenn die Hölle zufriert« war schon eine ziemlich harte Bedingung.

Carly löste sich vom Türrahmen und setzte sich auf den großen Polstersessel am Fenster. Sie schaute hinaus auf die verlassene Straße. Hin und wieder fuhr ein Auto vorbei, dessen Bässe so laut aus der Stereoanlage wummerten, dass sie es in ihrem Magen spüren konnte. Teddy hatte einen falschen Schneemann auf dem Rasen aufgestellt und mit einer Lichterkette behängt. Sie fühlte sich wie ein kleines Kind, weil sie ihn anstarrte und gern hatte. Und weil sie sich davon getröstet fühlte.

Vielleicht war sie wirklich ein Kind. Sie war sich nicht mehr sicher. Sie war sich auch nicht sicher, ob sie zur Blockhütte mitfahren würde.

Zu sehen, wie Teddy schon bei der bloßen Vorstellung, dass ihre Mutter zornig werden könnte, gezittert hatte, war erschütternd gewesen. Es hatte ihren Verstand wachgerüttelt. War sie wirklich so mutig, dass sie etwas tun würde, das ihre Mutter ihr ausdrücklich verboten hatte?

Sie stellte sich vor, wie ihre Mutter hinüber zu Dean Seniors Haus marschierte, um herauszufinden, wo sich die Hütte befand. Oder wie sie die Polizei verständigte, damit die die Fragen stellte. Dean würde nie wieder ein Wort mit ihr reden, geschweige denn ihr verzeihen. Keiner von ihnen würde das. Es würde die Runde machen. Keiner ihrer Mitschüler würde ihr jemals wieder Vertrauen schenken. Dean hatte seinen Vater vielleicht endlich davon überzeugt, dass sie reif genug waren, allein dort oben hinzufahren. Carly konnte alles verderben.

Sie konnte nicht mit. Eine andere Antwort gab es nicht. Sie konnte einfach nicht. Doch sie hatte Dean erzählt, dass sie könnte. Vielleicht sollte sie eine Krankheit vorschützen. Ihr Magen krampfte sich so fest zusammen, so unerträglich, dass ihr der Gedanke kam, dass sie vielleicht noch nicht einmal etwas vortäuschen müsste. Sich vor diesen drei so beliebten Jungs zum Narren zu machen, könnte ausreichen, um sie tatsächlich krank werden zu lassen.

* * *

Etwa eine Stunde später kam Teddy herein und setzte sich auf dem Teppich neben ihrem Sessel, die Arme um die Knie geschlungen. Er schaute mit ihr zum Fenster hinaus.

Carly lauschte und stellte fest, dass sie Teddys drei Kumpels nicht mehr in der Küche hörte. Konnte es wirklich sein, dass sie mitten durchs Wohnzimmer gelaufen waren und zur Haustür hinaus, ohne dass sie es bemerkt hatte? Und warum hatte sie es nicht bemerkt, als die Stimmen, das Klatschen der Karten, das Klackern der Chips verstummt waren? Sie versuchte zurückzuverfolgen, wo sie mit ihren Gedanken gewesen war, und kam nicht mehr drauf. Sie wusste es wirklich nicht.

»Sind die Jungs weg?«, fragte sie. Ihre Stimme hörte sich an, als hätte sie sie seit Tagen nicht benutzt.

»Jep.«

»Ich hab sie nicht gehen hören.«

»Sie sind zur Küchentür raus.«

»Oh. Wie ist das Spiel gelaufen?«

»Schlecht.«

»Wie viel hast du verloren?«

»Nun … Alles, was ich zu verlieren hatte, und dann noch mehr.«

»Autsch.«

»Ich darf mich bei deiner Mutter nicht noch weiter aus dem Fenster lehnen.«

»Ich weiß. Das sagtest du schon. Das waren ihre Worte, nicht wahr? Sie hat das zu dir gesagt, stimmt's? Hat mit ihrem Fingernagel auf deine Nase gezeigt und gesagt: ›Lehn dich bei mir lieber nicht noch weiter aus dem Fenster, Ted.‹ Stimmt's?«

»So ziemlich.«

Dann starrten sie eine Zeit lang schweigend zum Fenster hinaus.

Da war sie, direkt vor ihnen, die beängstigende Vorstellung, dass Teddy ausziehen musste. Der Gedanke kreiste in Carlys

Kopf wie ein Schreckgespenst. Doch sie weigerte sich, ihm Raum zu geben. Sie würde nicht beiseiterücken und zulassen, dass er sich breitmachte.

»Gefällt dir der Schneemann?«, fragte Teddy nach einer Weile. Carly schreckte hoch.

»Er ist ein bisschen kitschig.«

»Danke. Ich wusste, dass er dir gefallen würde.«

»Tatsächlich tut er das irgendwie«, sagte sie. »Ich hab das Gefühl, dass du der Einzige bist, dem ich etwas bedeute.«

Einen langen Augenblick – länger, als ihr angenehm war – lauschte Carly nur seinem Atem. Übertrieben laut, wie eine Reihe von Seufzern.

Dann sagte er: »Du hast gar keine Vorstellung davon, wie sehr deine Mutter dich liebt.«

»Du hast recht. Die hab ich wirklich nicht.«

»Sie würde alles tun, um euch zu beschützen. Warum denkst du, dass sie dich nicht mitfahren lässt? Sie will nicht, dass dir was passiert. Ihre Liebe zu euch Mädchen ist einfach nur … wie sagt man? Von der harten Sorte.«

»Ja. Hart. Die Härte kann ich spüren. Es ist ein bisschen schwerer, auch die Liebe zu merken.«

Erneute Seufzer. Teddy stemmte sich hoch und stand auf.

»Ich geh ein bisschen raus. Ist es in Ordnung für dich, allein zu bleiben?«

»Klar.«

Sie war enttäuscht, sagte es aber nicht.

»Bist du eine Weile hier? Falls Jen nach Hause kommt?«

»Ja. Ich werde hier sein.«

Sie hatte kaum noch genügend Energie oder Enthusiasmus, irgendwo anders hinzugehen.

Gegen fünf kam Jen hereingestürmt. Carly starrte noch immer zum Fenster hinaus, oder besser gesagt, wieder. Sie hatte sich ein Thunfischsandwich gemacht und es gegessen. War aufs

Klo gegangen. Dann war sie wieder dazu übergangen, vor sich hin zu starren.

»Wo ist Teddy?«, fragte Jen, während sie ihre Jacke aufhängte.

»Draußen.«

»Wo ist er hingegangen?«

»Hat er nicht gesagt.«

»Das ist komisch. Er sagt doch sonst immer, wo er hingeht. O Gott«, entfuhr es ihr, und sie sah in die Küche. »War Pokerabend? Ich meine, Pokernachmittag? Haben sie mitten am Tag Poker gespielt? Wie lief's bei ihm?«

»Nicht gut.«

»Vielleicht hat er dir deshalb nicht gesagt, wo er hin ist. Vielleicht musste er weg, um sich Geld zu leihen. Oder zu klauen. Oder für irgendjemanden was ganz Schlimmes tun, um seine Spielschulden zu bezahlen.«

»Könnt ihr Teddy nicht mal in Ruhe lassen?«, rief Carly. Sie hatte vorgehabt, es in normal verärgertem Ton vorzubringen, dann aber die Kontrolle verloren. »Mann, Jen! Er ist der netteste Typ, den Mom je mit nach Hause gebracht hat. Du hast doch ein paar von den Losern gesehen, die hier durchspaziert sind. Teddy ist der liebste Kerl der Welt. Und dafür machen ihn alle runter. Ich hab's echt satt!«

Sie starrte noch ein paar Sekunden länger aus dem Fenster, um sich zu beruhigen, dann riskierte sie einen Blick zu Jen. Die Kleine wirkte erschüttert. Carly sah wieder zum Fenster hinaus.

Wenig später tauchte Jen hinter ihrem Sessel auf. Carly spürte, wie der harte Knochen von Jens Kinn auf ihrem Kopf ruhte.

»Es tut mir leid, Carly. Ich hab eigentlich nur Spaß gemacht.«

Carly seufzte.

»Ich weiß. Es tut mir leid, dass ich so ausgeflippt bin. Ich bin grad echt mies drauf.«

»Was ist los?«

»Nichts. Nichts ist los. Genau das ist das Problem. Hier ist nie irgendwas los.«

* * *

Um sechs kam Teddy mit einer Salamipizza durch die Tür.

»Eure Mutter hat wieder Spätschicht.«

Carly kam in diesem Moment überhaupt nicht auf den Gedanken, ihn zu fragen, woher er das wusste. Ihre Mutter hätte zu Hause angerufen, ehe sie es auf Teddys Handy versucht hätte. Und Carly hatte den ganzen Nachmittag drei Meter vom Telefon entfernt gesessen. Wenn das Telefon geklingelt hätte, hätte sie es früher gehört als jeder andere.

* * *

Tief im Schlaf, im Traumland, befand sich Carly irgendwo in den Bergen – mythische, unwirkliche Berge –, zusammen mit Dean. Sie spürte seine Anwesenheit neben sich, doch die Einzelheiten fühlten sich undeutlich und unbestimmt an. Dann spürte sie seine Hand auf ihrer Stirn. Wie sie darüberfuhr, das Haar beiseite strich und mit kräftigen, ruhigen Bewegungen ihre warme Haut massierte. Sie wurde schlagartig wach, weil sie plötzlich merkte, dass es eine echte Hand war, die wirklich ihre Stirn berührte. In ihrem Bett, mitten in der Nacht. Instinktiv schlug sie die Hand weg, setzte sich auf und schnappte nach Luft.

Es war nur ihre Mutter. Carly konnte ihren grellen Lippenstift erkennen, im schwachen Mondlicht, das durch den dünnen Schlafzimmervorhang fiel.

»Tut mir leid, Schatz«, sagte ihre Mutter. »Ich hätte nicht

gedacht, dass dich das erschrecken würde. Als du klein warst, hab ich dich immer so aufgeweckt. So bist du immer ganz sanft wach geworden. Ich muss mir wohl merken, dass du kein kleines Mädchen mehr bist.«

Die Stimme ihrer Mutter war heiser und dunkel vom Rauchen, obwohl sie schon vor Jahren aufgehört hatte. Carly atmete ein paarmal tief durch, dann legte sie den Kopf wieder aufs Kissen und schaute im Dämmerlicht zu ihrer Mutter hoch. Es kam ihr seltsam vor, dass ihre Mutter hier in ihrem Zimmer war. Der Raum wirkte so anders. Entweder hatte sie ihre Aura nie wahrgenommen oder sie längst vergessen.

Ihre Mutter strich ihr wieder über die Stirn, und Carly schloss die Augen.

»Weißt du, wo Teddy heute zwischen drei und sechs war?«

Die Frage hätte Carly nervös machen sollen, doch der sanfte Ton ließ das nicht zu.

»Nein. Wo?«

»Er saß bei mir im Lokal. Ich hab ihm ein Stück Kuchen ausgegeben, und er hat sich den ganzen Nachmittag an derselben Kaffeetasse festgehalten und sich immer wieder nachgeschenkt. Er hat bestimmt sieben Tassen getrunken. Wahrscheinlich tut er heute Nacht kein Auge zu. Gott, vielleicht schläft er nie wieder. Und jedes Mal, wenn ich zwischen den Bestellungen einen Augenblick Luft hatte, hat er mir neue Gründe genannt, warum ich darüber nachdenken sollte, dich fahren zu lassen. Zum Beispiel hat er mich daran erinnert, wie es war, als wir selbst sechzehn waren. Nicht dass wir zusammen sechzehn gewesen wären. Aber trotzdem. Er hat mir Geschichten erzählt, wie viel verrückten Sch… Mist er angestellt hat, und dann hat er mich nach einigen Dingen gefragt, die mir selbst passiert sind, die deine Oma und dein Opa – Gott hab sie selig – nie erfahren haben. Er wollte mich wohl daran erinnern, dass Kinder nun mal … wie sagt man? … Abenteuer erleben. In Abenteuer reingezogen werden. Manchmal ist alles okay, und manchmal nicht, aber man steht es durch und hat danach etwas zu erzählen, und so lernt man wohl, erwachsen zu werden.«

Kurzes Schweigen.

»Also …«, begann Carly, fast im Flüsterton, weil sie fürchtete, den Bann zu brechen, »lässt du mich fahren?«

»Ted hat mir gesagt, du müsstest deutlicher spüren, dass ich dich liebe.«

Ihre Stimme brach ein wenig, als sie das sagte, und Carly hatte ebenfalls einen Kloß im Hals und Tränen in den Augen. Ihre Mutter weinte so gut wie nie. Nicht seitdem sie Carlys Oma beerdigt hatten, und dann zwei Monate später ihren Opa. Die Lage musste ziemlich schlimm sein, wenn ihre Mutter den Tränen nahe war.

»Ich hätte das nicht sagen sollen«, murmelte Carly. »Es tut mir leid.«

»Nein, das ist schon in Ordnung. Es muss dir nicht leidtun. Es hat mich verletzt, aber vielleicht musste ich es hören. Ich arbeite so hart, zwei Vollzeitjobs, damit wir was zu beißen und zum Anziehen haben. Und ich übernehme Extraschichten, damit ich euch Mädchen ein paar von den Sachen spendieren kann, die ihr haben möchtet, selbst wenn es Sachen sind, auf die man verzichten kann. Aber eure Freunde haben sie, und ich weiß, was das für ein Gefühl ist. Und ich sage Nein zu Sachen wie diese Fahrt an den See, weil ich weiß, was einem Mädchen in deinem Alter passieren kann, und ich will, dass du in Sicherheit bist. Und es kommt mir vor, als wären das alles Liebesbeweise, verstehst du? Warum würde ich all diese Dinge tun, wenn ich meine Mädchen nicht mehr liebhätte als alles andere? Aber dann hat Ted etwas gesagt, das mich beschäftigt. Er meinte, dass es vielleicht mehr Liebe ausdrückt, wenn man seinem Kind vertraut, als wenn man es in einen Käfig sperrt, nur um es in Sicherheit zu wissen. Vielleicht bin ich es einfach gewöhnt, kleine Kinder zu haben. Kleine Mädchen. Eine typische alte Mama Bär zu sein. Das andere kann ich noch nicht so gut. Das, was danach kommt. Euch älter werden lassen und damit klarkommen, dass ihr mich nicht mehr braucht. Euch loslassen, damit ihr euch um euch selbst kümmern könnt.«

»Ich werde ganz vernünftig sein, wenn du mich fahren lässt.«

»Unter einer Bedingung. Wenn sich alles in eine Richtung entwickelt, die dir unangenehm ist … wenn irgendwas passiert, womit du nicht umgehen kannst … dann ruf an. Sofort. Ich komme und hole dich ab, oder Ted wird es tun, falls ich gerade auf der Arbeit bin.«

»Es werden Erwachsene dabei sein«, sagte Carly, obwohl sie sich ziemlich sicher war, dass das nicht stimmte.

»Die können auch nicht überall gleichzeitig sein. Sei einfach vorsichtig.«

Ehe sich Carly auch nur so weit sammeln konnte, dass sie zu einer Antwort fähig war, hatte ihre Mutter sie auf die Stirn geküsst und war zur Tür gegangen. Im Licht, das aus dem Flur hereinschien, konnte Carly ihre Silhouette sehen. Es war eine schöne Silhouette. Das fanden auch fast alle Männer, die sie kannten.

»Du magst diesen Typ wirklich, oder?«, fragte ihre Mutter.

»Ich kenne ihn nicht so gut. Noch nicht. Aber er möchte mich näher kennenlernen. Und das ist doch schon mal was. Oder?«

»Wenn er nett ist, dann ja. Dann ist das viel.«

»Und wenn nicht?«

»Dann … bringe ich ihn um.«

Sie schlüpfte aus dem Zimmer und schloss hinter sich die Tür.

Cradle Lake, in den High Sierras, 19. Dezember

Dean parkte den SUV direkt hinter einer winzigen Siedlung mit dem bemerkenswerten Namen Fish Fork vor einem kleinen Laden an der Straße, die durch den Wald hoch zur Blockhütte führte. Der Laden hieß »Ned's Bait & Tackle«, wie ein Neonschild verkündete, das nicht so recht zu dem grauweißen Granitgebirge und den hohen Nadelbäumen voller Tannenzapfen passen wollte. »Ned's« wies außerdem in knalliger Schrift darauf hin, dass er kaltes Bier und Knabberzeug im Angebot hatte.

Carly warf einen Blick über die Schulter auf das Anglergerät, das sie im Kofferraum verstaut hatten. Die langen, federnden Angeln ragten aus dem Heckfenster. Doch sie sah nicht lange hin. Auf der Rückbank saß Jerry mit zwei Mädchen aus ihrer Schule. Alle drei erwiderten ihren Blick, als habe sie um etwas Unangemessenes gebeten und als sei dieses Etwas eine Zumutung, ganz gleich, worum es sich handelte. Also streckte sie sich und starrte wieder durchs vordere Fenster. Sie saß vorn, zwischen Dean und dem anderen Jungen, den sie nicht kannte. Den Gesprächen hatte sie entnommen, dass er Hunter hieß und in seinem Senior-Jahr war. Nicht dass sie selbst mit irgendjemandem gesprochen hätte. Während der ganzen anderthalbstündigen Fahrt hatte sie nur geschwiegen und zugehört.

»Wir sind gleich da«, sagte Dean zu ihr. Es war das zweite Mal, dass er das Wort an sie richtete. Das erste Mal hatte er »Hey« gesagt, als sie bei der Mittelschule eingestiegen war. »Es dauert nicht mehr lange.«

Dean wandte seine Aufmerksamkeit wieder Hunter zu, beugte sich dabei über Carly und redete über ihren Kopf hinweg mit ihm, sodass sie sich unbeholfen und unbehaglich fühlte.

»Zwei Kästen«, sagte er. »Heineken. Und drei Kartons mit Regenwürmern. Sag Ned, er soll vorher einen Blick hineinwerfen. Damit sie schön fett und fit sind. Sonst verkauft er dir die alten, halb toten Dinger. Und … warte mal … hast du Klemmbleie?«

»Nicht viele.« Hunter schien immer so wenig zu reden wie nur möglich.

»Dann bring noch ein paar mit.«

Hunter knurrte, stieß die Tür auf und stieg aus. Carly war erleichtert, endlich wieder Raum zum Atmen zu haben.

»Hunter ist einundzwanzig?«, fragte sie Dean.

Auf der Rückbank erklang ein vielstimmiges Kichern. Carly hätte sich am liebsten geohrfeigt. Warum musste sie immer genau das Falsche sagen?

»Das steht zumindest in seinem Ausweis«, erwiderte Dean.

»Ned schaut nicht so genau hin, was?«

Statt einer Antwort wandte sich Dean an das Grüppchen hinter ihnen. »Was meint ihr, Leute? Wenn ihr zwei Kästen Bier wollt, wie genau würde Ned hinschauen?«

»Kommt drauf an«, meinte Jerry, »ob man genug Geld dabeihat.«

* * *

Aus dem kurzen Zwischenhalt wurde schnell ein längerer Aufenthalt. Anscheinend hatte niemand damit gerechnet, dass ein Auto – ein großer SUV sogar – mit sechs Leuten, dem Gepäck von sechs Leuten, zwei Zelten, zwei Kühlboxen und jeder Menge Anglergerät nicht auch noch zwei Kästen Bier fassen würde. Hunter musste sich von Ned ein Seil ausleihen und die Bierkästen auf dem Autodach festbinden, wobei er das Seil durch die Dachreling zog. Als sie endlich wieder unterwegs waren, machte Dean eine offizielle Ansage.

»Hört zu, Leute. Wir haben da oben zwei Nachbarn in Sicht- und Hörweite – das hängt davon ab, ob wir uns drinnen oder draußen aufhalten und wie laut wir sind. Mein Dad hat mir versichert, dass er bei ihnen nachfragen würde, ob wir uns gut benommen haben. Deshalb müsst ihr alles, was mich in Schwierigkeiten bringen könnte, leise erledigen. Keine Bierflaschen rumliegen lassen. Die gehören wieder in die Kästen, und auf der Heimfahrt laden wir sie dann bei irgendeinem Müllcontainer ab. Ich will, dass die Nachbarn Folgendes sagen: ›Mr Hannish, ihr Sohn ist ein wahrer Engel, und seine Freunde sind unglaublich ruhig und rücksichtsvoll. Sie haben mir den Glauben an die Jugend zurückgegeben.‹ Ihr Mädels schlaft nicht in der Hütte, soweit die Nachbarn informiert sind. Ihr wohnt in einer anderen Hütte am gegenüberliegenden Ufer des Sees und seid nur zu Besuch da. Wenn ihr mir das hier versaut, habt ihr bei mir auf ewig verschissen.«

»Vielleicht sind die Nachbarn auch gar nicht da«, warf Jerry ein.

»In den Weihnachtsferien? Die sind garantiert da. Hab ich euch schon erzählt, dass es heute Nacht schneien soll?«, fragte Dean.

Das hatte er ihr erzählt. Oder besser gesagt, der Gruppe. Und zwar ganze drei Mal.

»Das wär cool«, sagte Carly.

* * *

Sie saßen nun schon seit über einer Stunde am See. Carly, Hunter und Dean. Carly und Dean kauerten nah beieinander, während Hunter ein paar Meter entfernt hockte. Die Jungen angelten, allerdings ohne etwas zu fangen. Die anderen waren oben in der Hütte. Oder sonst wo.

»Heute beißt einfach nichts an«, beschwerte sich Dean. Er sprang auf, ließ seine Angel fallen und fing an, sein Flanelloberteil auszuziehen. Carly fand diese Reaktion mehr als eigenartig. Es hatte vielleicht gerade mal fünf Grad.

»Wär's nicht cool, wenn wir hier einschneien würden?« Dean zog sein T-Shirt aus. »Wir müssten über Weihnachten hierbleiben. So lange, bis die Straße geräumt würde.«

Carly warf einen verstohlenen Blick auf seinen nackten Oberkörper und sah schnell wieder weg. Er war kräftiger und athletischer gebaut, als sie gedacht hatte. Es war aufregend und einschüchternd zugleich.

»Meine Mom würde ausrasten.«

»Nee, das wär cool. Ich würd die Schneeschuhe aus dem Schuppen holen und runter zu ›Ned's‹ laufen und von der Telefonzelle aus bei allen Eltern anrufen. Dann würd ich sagen: ›Uns geht's gut, aber wir sitzen hier fest, bis die Straße geräumt wird. Wir können nichts dafür. Höhere Gewalt.‹«

Er öffnete den Reißverschluss seiner Jeans und ließ die Hosen herunter. Darunter trug er etwas, was nach Boxershorts aussah, aber ebenso gut eine Badehose hätte sein können. Carly konnte es nicht genau sagen. Seine Beine waren fast haarlos – das, oder die blonden Härchen waren kaum zu sehen – und kräftig. Er streifte seine Schuhe ab und stieg aus den Jeans. Er hatte doch nicht etwa vor, ins Wasser zu gehen? Es war mit Sicherheit kalt genug, um ihn umzubringen.

»Was machst du da?«, fragte Carly schließlich.

Er ergriff wieder seine Angel.

»Siehst du diesen Felsen?« Dean zeigte mit der Angel darauf.

Ein gewölbter Fels bildete eine kleine Insel, etwa dreißig Meter vom Ufer entfernt. »Da ist das Wasser viel tiefer. Von dort aus könnte ich wahrscheinlich meinen Köder fast bis in die Mitte des Sees auswerfen. Wenn es so kalt ist wie jetzt, ist das der Ort, wo sich die Fische sammeln. Im Tiefen.«

Dean ging los und rannte, verrückt, wie er war, ein paar Dutzend Schritte in den See hinein. Als er bis zu den Knien im Wasser war, sprang er kopfüber hinein und tauchte vollständig unter. Dann waren sein Kopf und seine Schultern wieder zu sehen. Er stieß ein markerschütterndes Gebrüll aus, wie Carly es noch nie gehört hatte, nicht einmal in Horrorfilmen.

»O Scheiße, ist das kalt!«

Carly fragte sich, ob die Nachbarn ihn hörten. Wahrscheinlich nicht. Es war ein gutes Stück von der Hütte bis zum See.

Dean schwamm weiter. Carly sah hinüber zu Hunter.

»Hat er … ist das überhaupt …« Doch dann wusste sie nicht, wie sie den Satz beenden sollte.

»Du fragst dich, ob er noch alle Tassen im Schrank hat? Nicht wirklich.«

»Ich glaube, ich wollte fragen, ob das sicher ist.«

»Nein. Das auch nicht.«

»Denkst du, er kommt zurecht?«

»Vielleicht. Vielleicht ist er auch schon total unterkühlt, ehe er den Felsen erreicht, was bedeutet, dass er sofort untergeht und ertrinkt.«

Das waren mehr zusammenhängende Worte, als Carly Hunter jemals hatte sagen hören, und keines von ihnen drückte viel Gefühl aus.

»Und noch was«, sagte Hunter. »Er hat es genau falsch verstanden. Wenn es heiß ist und der See warm ist, schwimmen die Fische ins tiefere Wasser. Wenn es abgekühlt ist, halten sie sich in der Nähe des Ufers auf, wo es wärmer wird. Da haben es die Sonnenstrahlen nicht so weit, verstehst du?«

»Aber in Ufernähe habt ihr nichts gefangen.«

Hunter zuckte die Achseln. »Nur weil sie da sind, heißt das nicht, dass man sie auch fängt. Und das weiß er auch. Keine Frage, Dean hat sie nicht mehr alle.«

Wie um Hunters Worte zu bestätigen, tauchte Dean jetzt am Felsen auf und kletterte barfuß hinauf, bis er ganz oben stand.

»Hmm«, machte Hunter. »Er hat's geschafft. Das überrascht mich.«

Carly sah zu, wie Dean die Angel zwischen seine Knie klemmte und sich kräftig über die Arme rieb. Selbst vom Ufer aus sah sie, wie er zitterte.

Dann schickte er sich an, seinen Köder auszuwerfen. Bog die Angelspitze nach hinten und ließ sie mit erstaunlicher Kraft nach vorn schießen, wobei er versuchte, mit dem Haken zur Mitte des Sees zu zielen. Der Köder fiel ab und flog davon, landete gute fünf Meter hinter der Stelle, an der der leere Haken auf dem Wasser aufkam.

Hunter ließ ein spöttisches Lachen hören. »Wie viel Bier muss man intus haben, um das nicht vorauszusehen? Und natürlich hat er auch keine Ersatzköder mitgenommen. Wie hätte er die tragen sollen. Dieser Vollidiot.«

Dean hechtete wieder ins Wasser und schwamm zu ihnen zurück. Er stieg aus dem See, sein Hautton eine Mischung aus Grau und Blau. Er schaute sich um, als habe er die Orientierung verloren. Seine Zähne klapperten unaufhörlich.

»Jetzt müssen wir zurück«, sagte Hunter. »Dich erst mal aufwärmen. Du Vollidiot.«

* * *

»Es ist gerade mal halb sechs«, sagte eines der Mädchen. Carly kannte sie nur vom Sehen, und ihre Namen waren bislang nicht genannt worden. »Und es ist stockdunkel. Das ist echt komisch.«

»Es ist der drittkürzeste Tag des Jahres«, sagte Dean zu ihr. »Übermorgen ist Wintersonnenwende.«

Dann diskutierten sie darüber, ob die Wintersonnenwende am Einundzwanzigsten oder am Zweiundzwanzigsten stattfand. Alle bis auf Carly. Sie hörte schweigend zu.

Sie saßen um ein Lagerfeuer herum, ein paar Meter unterhalb der Blockhütte. Von dieser Stelle aus hätte man eine herrliche Aussicht auf den See gehabt, doch nun war es stockdunkel, wie das Mädchen gesagt hatte, und der Himmel war bewölkt. Weder die Sterne noch der Mond waren zu sehen, also sahen sie auch den See nicht.

Carly lehnte mit dem Rücken an Deans Brust. Sie hatten sich zusammen in eine Decke gewickelt. Es fühlte sich gut an, dass er so mit ihr dasaß, vor allen anderen. Dass sie zusammen waren und kein Geheimnis daraus machten.

Vor Kurzem hatte er noch gezittert.

Die beiden anderen Mädchen waren damit beschäftigt, Würstchen an Stöcken zu braten und sie dann in Brötchen zu packen und herumzureichen. Ohne Ketchup oder Senf, ohne alles. Nur heiße Wurst mit Brötchen, und außer Bier gab es nichts zu trinken.

Carly hatte bereits ein Bier gehabt, sie brauchte nicht noch eins.

Jerry sagte: »Hot Dogs sind ja schon okay, aber nicht, wenn du uns vorher den Mund wässrig gemacht hast, dass es gegrillte Forelle geben würde.«

»Gut«, zischte Dean, fast direkt in Carlys Ohr, »dann geh doch ein paar Forellen fangen.«

»Vergiss es«, gab Jerry zurück. »Hab ich schon erwähnt, wie lecker diese Hot Dogs sind?«

Dean fischte eine Packung Zigaretten aus irgendeiner

Tasche – Carly spürte nur, wie er hin und her rutschte – und bot ihr eine an.

»Nein, danke«, sagte sie.

»Kopfweh?«

»Richtig.«

»Hier«, sagte Hunter und reichte ihr einen halb gerauchten Joint. Carly hatte ihn nicht herumgehen sehen und den Rauch auch nicht gerochen. »Davon kriegst du kein Kopfweh. Im Gegenteil, wenn du schon Kopfweh hast, geht es davon garantiert weg.«

Sie nahm den Joint. Zog lange daran und atmete sehr viel Rauch ein, der kräftiger und würziger und teerhaltiger war, als sie erwartet hatte. Sie hatte schon mal gekifft, mit vierzehn. Emilio, mit dem sie damals mehr oder weniger zusammen gewesen war, hatte immer ein bisschen Gras gehabt. Billigen, wilden Hanf, der kaum nach etwas schmeckte und nicht viel Wirkung zeigte. Sie hatte davon nur Hunger auf Pommes und Eis bekommen.

Sie reichte den Joint an Dean weiter, der sich gerade eine Zigarette anzündete und dabei beide Hände unter der Decke hervorgenommen hatte. So war auch Carly teilweise aufgedeckt, was sie frösteln ließ. Sie vermisste die Wärme sofort. Wärme war immer schwer zu bekommen. Jede Art von Wärme.

Dann wickelte er sie so weit wieder ein, dass nur noch seine Hand mit der Zigarette hinausschaute. Carly sah die Spitze der Kippe im Dunkeln glühen. Sie hörte die anderen reden, doch die Worte drangen nicht zu ihr durch, so als hätte sie die Fähigkeit verloren, etwas zu hören oder zu verstehen. Sie war auch nicht mehr in der Lage, den Unterschied zu erkennen. Dann kam der Joint wieder bei ihr an, und sie nahm einen weiteren Zug.

Einige Augenblicke später drohte ihre Schädeldecke plötzlich aufzuspringen. Ihre Sinneswahrnehmung schien gesteigert, so sehr, dass es sie erschreckte und die Empfindungen unerträglich wurden. Plötzlich war das alles viel zu viel für sie.

Sie saß so still da, wie sie nur konnte, und konzentrierte sich darauf, wieder zur Ruhe zu kommen. Immer wieder fragte sie sich: Wie lässt sich das abstellen? Wie kann ich wieder normal werden? Aber unterschwellig war ihr bewusst, dass sie nichts tun konnte. Es musste von selbst abklingen. Noch wurde der Rausch immer stärker.

Sie öffnete den Mund, um etwas zu sagen, brachte jedoch kein Wort heraus. Sie wand sich aus der Decke und stand mühsam auf, aber währenddessen hielt die Welt nicht still. Der Boden schwankte, und sie ebenso.

»Hey, hey«, sagte Dean. »Wo willst du hin?«

Sie hörte jemanden aus weiter Ferne sagen: »Mir geht's nicht gut. Muss mich hinlegen.«

Erst als sie schon einige Schritte zurückgelegt hatte, dämmerte Carly, dass dieser Jemand sie selbst gewesen war.

»Ich komme mit«, sagte Dean. Er holte sie ein und legte den Arm und die Decke um ihre Schultern, wickelte sie wieder ein und stützte sie, während sie ging. Das fühlte sich besser an.

»Alles in Ordnung mit dir?«

»Ich muss mich hinlegen.«

»Kein Problem. Ich zeig dir, wo wir schlafen. Es gibt in der Hütte nur ein Schlafzimmer. Rate mal, wer das bekommt?«

Sie standen vor den drei Stufen, die zur Terrasse hinter der Hütte führten. Carly betrachtete die kleine Treppe und wusste nicht so recht, wie man ein solches Hindernis überwand.

»Wer?«, fragte sie. Der Rausch traf sie immer härter. Sie war dem nicht gewachsen.

»Wessen Dad gehört die Hütte?«

»Oh«, sagte sie. Dankbar für ein Rätsel, das sie lösen konnte. »Du kriegst das Schlafzimmer.«

»Wir kriegen es«, korrigierte er. »Und die anderen müssen

sehen, wo sie bleiben.«

Ein paar leichte, trockene Schneeflocken wirbelten um sie herum. Carly betrachtete sie fasziniert und fragte sich, wie sie feststellen konnte, ob sie echt waren oder nur Einbildung.

»Oh, cool«, meinte Dean. »Vielleicht werden wir jetzt eingeschneit.«

Er ging mit ihr die Stufen hoch. Es war leicht. Es ging gut. Carly dachte: Ich hab jetzt einen Freund, der mir hilft, solche schweren Sachen hinzukriegen. Vielleicht wird jetzt alles gut.

Er führte sie ins Schlafzimmer, wo sie die Decke losließ, die sie sich teilten, und sich auf die Bettkante setzte. Sie wusste nicht, wie lange sie dasaß, aber als sie sich umdrehte, war Dean schon fast vollständig ausgezogen. Er hatte die Daumen in den Bund seiner Boxershorts – oder Badehosen – gehängt und war im Begriff, sie herunterzuziehen.

»Oh«, sagte Carly. »Warte. Nicht so schnell.«

Die Worte klangen seltsam in ihren Ohren. Sie fragte sich, ob Dean sie auch seltsam fand. Er kam herüber und setzte sich zu ihr auf die Bettkante, legte den Arm um sie und brachte den Mund nah an ihr Ohr.

»Was? Was ist?«

Sie schien unfähig, bewusst irgendwelche Worte hervorzubringen. Wenn sie die Carly aus der Ferne sprechen ließ, klappte es besser. Also wartete sie darauf, was die andere Carly sagen würde.

»Wir kennen uns doch noch nicht mal«, sagte jemand. »Wir haben vielleicht zehn Sätze miteinander gesprochen, ehe du mich gefragt hast, ob ich mit hierherkommen will. Und vielleicht noch mal zehn Sätze heute …« Sie konnte aus all dem keinen Schluss ziehen, hoffte aber, dass er es tun würde.

Langes Schweigen. Es kam ihr vor wie mehr Zeit, als es auf der Welt geben sollte. Oder zumindest mehr, als es jemals gegeben hatte. Und ihr Rausch wurde immer noch stärker.

»Du hast recht«, meinte Dean.

»Ja?«

»Absolut. Du hast vollkommen recht. Wir sind noch tagelang hier oben, und ich setze dich unter Druck. Warum mach ich das nur?«

Er umfasste sanft ihre Schultern und hob sie auf die Füße, dann zog er die Decke zurück und legte sie ins Bett, immer noch vollständig angezogen.

»Sollte ich nicht … ich weiß nicht … irgendwo schlafen?«

»Ja«, meinte er. »Du solltest irgendwo schlafen. Hier. Ich mach auch nichts. Nicht wenn du nicht willst.«

Er stieg ebenfalls ins Bett und legte sich dicht neben sie. Noch immer trug er nur seine Shorts. Doch sein Oberkörper war näher an ihr dran als sein Unterkörper. Sie spürte, wie er mit dem Unterkörper noch weiter wegrutschte.

»Ja, das wird nichts«, sagte er. »Das ist überhaupt keine gute Idee.«

Er rollte sich auf den Rücken und legte eine Hand beiläufig auf ihre Hüfte. Carly wurde klar, dass es zum Schlafengehen wahrscheinlich noch viel zu früh war. Dennoch lagen sie hier, und Dean war binnen Minuten eingeschlafen oder hatte zumindest das Bewusstsein verloren. Sie merkte es an seinem Atemgeräusch.

Sie lag fast die ganze Nacht zusammengekrümmt da, auf der Seite und in der Nähe der Bettkante, hellwach. Die dünne Matratze ließ ihre Hüfte schmerzen, doch sie drehte sich nicht um, weil es ihr vorkam, als ob sie nicht das Recht hätte, Deans Hand wegzuschieben.

* * *

Stunden später, als ihr Rausch endlich abgeklungen war und sie fast wieder das Gefühl hatte, sie selbst zu sein, wenn auch unruhig und nervös, sah sie im Dunkeln zu ihm hinüber und dachte: *So ist es also, wenn man einen Freund hat. Einen richtigen Freund. Keinen, bei dem man sich nicht sicher ist.*

Es hatte schon ein paar andere gegeben. Doch keiner von ihnen schien so recht gewusst zu haben, wie diese Sache mit der Beziehung funktionierte. Dean schon.

Cradle Lake, High Sierras, 20. Dezember

Carly erwachte, überrascht, dass sie überhaupt geschlafen hatte. Sie nahm an, dass sie nicht länger als eine Dreiviertelstunde weggedämmert war. Deans Hand war verschwunden. Sie rollte sich herum, damit der Druck auf ihrer schmerzenden Hüfte nachließ. Die Matratze war in etwa so bequem wie der nackte Boden.

Dean lag nicht mehr mit ihr im Bett.

»Hey, du«, sagte er.

Sie setzte sich auf. Er stand in der Ecke und zog sich an, im Dunkeln.

»Wie spät ist es?«, fragte sie, überrascht, wie erschöpft sie sich anhörte.

»Vier.«

»Wo willst du hin?«

»Hunter und ich gehen jagen. Witzig, oder? Hunter, der Jäger. Er meint, er wäre dafür geboren.«

»Wann kommst du wieder?«

»Wenn wir ein Reh haben, das wir uns auf die Motorhaube binden können.«

»Oh«, meinte Carly. Dann, ohne es zu merken, musste sie wieder eingeschlafen sein, denn als sie die Augen öffnete, war es hell und Dean fort.

Carly trat hinaus in den Hauptraum der Hütte, noch immer blinzelnd, und entdeckte, dass zwei Mädchen in der Kochnische saßen. Es waren nicht dieselben wie am Abend zuvor, die die ganze Zeit mit ihnen unterwegs gewesen waren. Nein, es waren Janie und Heather, zwei Mädchen, mit denen zusammen sie mehrere Kurse besuchte und die sie tatsächlich ein bisschen kannte. Allerdings nicht besonders gut.

»Da ist Kaffee«, sagte Janie.

Es klang recht freundlich, also ging Carly hinüber und setzte sich zu ihnen an den Tisch. Doch als sie das tat, sprang Heather auf und rannte davon.

»Sorry«, meinte Janie, sobald Heather außer Hörweite war.

»Was hat sie?«

Normalerweise hätte Carly diese Frage nicht gestellt, sondern sie nur gedacht. Doch da Janie tatsächlich mit ihr sprach, wagte sie das Experiment, ihr zu antworten.

»Sie dachte, Dean wäre allein hier oben, bis wir ankamen und hörten, dass du auch da bist.«

»Oh.« Das brachte Carly wieder darauf, dass die beiden gestern noch nicht dagewesen waren. »Wann seid ihr angekommen?«

»Gestern Nacht. Spät. Wir sind mit Heathers Auto gekommen und haben uns total verfahren. Fass das bitte nicht falsch auf. Ich steh nicht wegen dir auf oder so. Aber ich will Hunter suchen. Weißt du, wo er ist?«

»Er ist mit Dean jagen gegangen.«

»Lustig. Hunter auf der Jagd.«

»Er ist dafür geboren«, ergänzte Carly.

»Ja, nicht wahr? Trotzdem blöd. Ich werd sie nie finden.«

»Und wenn doch, könnte es sein, dass sie dich aus Versehen erschießen.«

»Dann geh ich eben mit Heather runter zum See. Im Kühlschrank sind Waffeln.«

Sie stand vom Tisch auf, streckte sich, als sei sie gerade erst aufgewacht, und entblößte dabei ihren nackten Bauch mit einem silbernen Piercing. Dann schlenderte sie davon.

Carly aß zwei Waffeln mit künstlich aromatisiertem Ahornsirup und trank zwei Tassen Kaffee. Niemand kam vorbei. Sie hatte die Hütte für sich, was sie erleichterte.

* * *

Sie suchte sich einen Platz, wo sie in der Sonne sitzen konnte, um warm zu bleiben und den See im Blick zu behalten, ebenso wie die Straße, die zur Blockhütte führte. So würde sie Dean sehen, wenn er zurückkam.

Das Problem war, dass die Sonne bis zum höchsten Punkt stieg und sich dann merklich gen Westen neigte, ohne dass er wiederkam. Carly saß noch immer da. Etwas Besseres fiel ihr nicht ein.

Erst als es nur noch etwa eine Stunde bis zur Abenddämmerung war, gestand sie sich ein, dass sie sich in ihrem ganzen Leben noch nie so sehr gelangweilt hatte.

* * *

Dean und Hunter kamen bei Einbruch der Dämmerung zurück. Carly sah zu, wie sie einbogen und wie der SUV in der langen, nicht asphaltierten Einfahrt eine Staubwolke aufwirbelte. Kein Reh lag auf der Motorhaube. Carly verspürte deutliche Erleichterung.

Sie stand auf, wischte sich den Hosenboden ab und stieg den Hügel hinauf.

Jerry stand in der Einfahrt, als sie ankam, und beschwerte sich gerade darüber, dass sie mit leeren Händen zurückkehrten.

»Schon wieder Hot Dogs«, maulte er.

Dean hielt ihm den Autoschlüssel hin. »Schieß du uns doch ein Reh, Jerry.«

»Hab ich schon erwähnt, wie lecker die Hot Dogs sind?«

Carly bewegte sich ein wenig und erregte dadurch Deans Aufmerksamkeit. »Da bist du ja«, sagte er. »Genau die Person, die ich nach einem so miesen Tag sehen wollte.« Er griff in den Kofferraum des SUV und holte eine steife, hellbraune Decke heraus. »Du bist heute mein Lichtblick. Komm, gehen wir am See spazieren.«

* * *

Auf dem Weg nach unten hielt Dean Carlys Hand. Es fühlte sich gut an. Dann ließ er los, ohne dass Carly wusste, warum, und sie konnte sich nicht dazu überwinden, ihn zu fragen. Einen Augenblick später fühlte sie, wie seine Hand in ihre Gesäßtasche glitt. Sie lächelte in sich hinein und erwiderte die Geste.

Als sie ein nettes Plätzchen gefunden hatten, wo sie Pause machen konnten – nicht einsehbar und zwischen den Bäumen versteckt –, erwartete Carly, dass er sie beide in die Decke hüllen würde, so wie er es in der Nacht zuvor getan hatte. Stattdessen breitete er sie auf dem Boden aus.

»Was machen wir?«, fragte sie.

»Was glaubst du, das wir machen? Wir legen uns hin.«

»Oh. Okay.«

Sie ließ sich auf der Decke nieder und kam zur Ruhe. Zumindest äußerlich. Innerlich war sie alles andere als ruhig.

Dean legte sich neben sie, doch nach weniger als einer halben Minute rollte er sich auch schon auf sie, sodass er sie mit seinem vollen Gewicht niederdrückte. Er küsste sie vorher nicht einmal. Er hatte sie noch nie geküsst.

»Warte. Moment«, sagte sie und fragte sich, ob das laut genug gewesen war, um von ihm beachtet zu werden. Sie konnte nur schwer sprechen, wenn ein so großer Kerl auf ihrer Brust lag. Carly spürte, wie er sich ein wenig abstützte, und dann hörte sie, wie er seinen Hosenstall aufmachte.

»Warte!«, rief sie.

Dieses Mal hatte sie ihre Lungen wieder, und ihre Stimme war laut. Zu laut. Carly fragte sich, ob ein vorbeikommender Nachbar etwas gehört haben könnte.

Dean stieg von ihr herunter und setzte sich hin. Sie setzte sich neben ihn und betrachtete sein Gesicht im Dämmerlicht. Seine Augen waren dunkel und halb geschlossen.

»Was ist dein Problem, Carly?«

Sie nahm seine Worte genauso auf wie sonst die Standpauken ihrer Mutter. Wie eine Ohrfeige. Sie hatte nicht das Bedürfnis zu weinen, weil es eher wie ein körperlicher Schmerz war, so als hätte er ihr einen Schlag in die Magengrube verpasst und mit einem Messer hinterhergestochen.

»Ich dachte, wir wären uns einig, dass wir uns noch gar nicht richtig kennen.«

»Das war gestern«, sagte Dean, und sein Ton hatte nichts Freundliches mehr an sich. Nicht das kleinste bisschen Wärme.

»Ja. Genau. Das war gestern. Ich hab gesagt, dass wir kaum zwanzig Sätze miteinander gesprochen haben. Du dachtest, ich hätte gemeint, dass ich noch einen Tag warten wollte? Ich hab dich heute nicht mal gesehen.«

»Ich hätte nicht gedacht, dass du so schwer zufriedenzustellen bist.«

Carly saß da und atmete eine Minute lang vor sich hin. Überlegte, ob sie sich irgendwie nach Hause zaubern konnte. Doch dann war die Minute um, und sie war noch immer mit Dean am See. Und sie musste etwas sagen. Also sagte sie: »Ich dachte immer, es würde etwas … du weißt schon … Besonderes sein.«

Dean schaute sie an, als würde sie plötzlich Chinesisch reden.

»Du bist noch Jungfrau? Willst du mir damit sagen, dass du noch nie Sex hattest?«

»Ja und nein«, sagte Carly. Sie hatte es eigentlich nicht aussprechen wollen. Ja, sie war noch Jungfrau. Nein, sie hatte nicht vorgehabt, ihm das zu sagen.

»Eigentlich schon.« Es war ziemlich eindeutig. Aber »eigentlich schon« klang besser als »ja«. »Es ist einfach so, dass … ich mich noch nicht bereit fühle. Verstehst du? Ich bin einfach noch nicht bereit dafür.«

»Du bist sechzehn, nicht wahr?« Eine Pauschalanklage, und Dean war Richter, Geschworene und Henker in einer Person.

»Ja. Aber … ist das wirklich so seltsam?«

Eine lange Pause. Carly wusste bereits, dass die Antwort ihr nicht gefallen würde.

»Das ist total seltsam. Fast wie … ein Freak.« Er stemmte sich hoch und stand auf. »Ich kann nicht glauben, dass ich so viel Zeit mit dir verschwendet habe. Scheiße. Heute geht einfach alles schief. Scheißtag.«

Noch ein Messerstich in den Bauch, aber jetzt war Carly darauf vorbereitet. Sie hatte alle Nervenenden betäubt, und der Stich traf ins Nichts und verlor sich in der Dunkelheit.

Dean ging davon.

»Wo willst du hin?«

Ihre Stimme klang so dünn und erbärmlich, dass sie am liebsten das ganze Universum ausgelöscht hätte, nur um diesen einen Satz zurückzunehmen.

Er blieb stehen. Sah über die Schulter auf sie herab, im wahrsten Sinne des Wortes. »Ich gehe jetzt mit einem Mädchen weg, das nicht auf der Suche nach etwas … Besonderem ist.« Dabei imitierte er ihre Stimme.

Die letzte Beleidigung.
Das dachte Carly wenigstens.

* * *

Auf halbem Weg zurück zur Hütte kam sie an Dean und Heather vorbei, wie sie Hand in Hand zum See hinuntergingen. Dean zog Carly die Decke von der Schulter.

»Die brauchen wir«, sagte er. Heather zeigte Carly ein selbstzufriedenes Lächeln. Sieg auf ganzer Linie.

Carly beschleunigte ihre Schritte und lief doppelt so schnell wie sonst zur Hütte hinauf.

Dort angekommen, schnappte sie sich ihren Koffer, der in einer Ecke des Schlafzimmers auf dem Boden lag, und warf alle ihre Kleider hinein, die sie herumliegen sah. Ließ den Koffer zuschnappen, obwohl der Ärmel eines Langarmshirts noch heraushing.

Sie marschierte zur Vordertür der Hütte hinaus und die Einfahrt entlang, wobei sie den schweren Koffer von einer Hand in die andere verlagerte, während sie die Straße hinunterging, irgendwohin, Hauptsache weg vom See.

Es war schon fast völlig dunkel.

* * *

Das Neonschild von »Ned's Bait & Tackle« strahlte in die Nacht hinaus, das einzige Anzeichen von Zivilisation auf mehr als einem Kilometer. Vor dem Gebäude stand eine Telefonzelle, genau wie sie es in Erinnerung gehabt hatte. Genau wie Dean gesagt hatte. Sie fühlte sich gerettet.

Sie befolgte die Anweisungen auf dem Telefon, um ein R-Gespräch zu führen, und rief bei sich zu Hause an. Als eine automatische Ansage sie aufforderte, ihren Namen zu nennen, sagte sie: »Ich bin's, Carly«, wobei ihre Stimme ein wenig zitterte. Dann entschied sie, dass sie immer noch behaupten konnte, ihr sei nur kalt gewesen. Dass es sich vielleicht so angehört hatte, als ob sie mit den Tränen kämpfte, doch in Wirklichkeit hatte sie nur leicht mit den Zähnen geklappert.

Das Telefon klingelte sechsmal. Dann meldete sich der Anrufbeantworter.

Carly legte auf, drückte die Stirn gegen das Telefon und schloss die Augen. Um sie herum begann Schnee zu wirbeln, große Flocken, die plötzlich vom Himmel rieselten. Sie warf einen Blick über die Schulter und sah, wie sich die Schneeflocken im Neonlicht auf ihrer Jacke sammelten. Sie durchsuchte ihre Tasche nach Fünfundzwanzig-Cent-Münzen und fand sechs davon. Wenn sie keine gehabt hätte, hätte sie sich nicht zu helfen gewusst. Selbst Dollars wären nutzlos gewesen. Sie wählte Teddys Handynummer, die sie auswendig wusste.

Beim zweiten Klingeln ging er dran.

Sie sagte seinen Namen, doch es war laut dort, wo Teddy war. Sie konnte ihn kaum verstehen.

»Ich bin's, Carly«, rief sie ins Telefon, obwohl er sie wahrscheinlich trotzdem nicht hörte. Sie hatte nicht viel Zeit. Ihre wenigen Münzen waren bald aufgebraucht.

»Warte«, sagte er. »Ich nehm dich mit raus.«

Die Geräuschkulisse wurde leiser und verstummte dann abrupt. Nun herrschte fast völlige Stille.

»Teddy, ich bin's. Carly.«

»Carly. Von wo rufst du an?«

Da erst wurde ihr klar, dass sie kurz davor gewesen war, die Nerven zu verlieren.

»Ich bin in Schwierigkeiten, Teddy. Ich muss heim. Kannst du mich abholen kommen?«

Noch ehe sie den Satz zu Ende gesprochen hatte, kamen ihr die Tränen, die sie die ganze Zeit unterdrückt hatte.

»Wie schlimme Schwierigkeiten? Und was für welche? Muss ich einen Krankenwagen rufen?«

»Zuerst musst du mich zurückrufen, ehe ich weg bin. Ich geb dir die Nummer der Telefonzelle.«

»Warte. Lass mich nachsehen, ob sie auf meinem Handy angezeigt wird. Ja. Ich hab sie. Ich ruf dich sofort zurück.«

Carly legte den Hörer vorsichtig auf und drückte wieder die Stirn dagegen. Als es klingelte, ließ die Vibration sie aufschrecken. Sie hob ab.

»So, wo waren wir stehen geblieben?«, fragte Teddy. »Wie schlimm ist es? Soll ich einen Krankenwagen rufen?«

»Nein. So schlimm ist es nicht. Ich konnte nur nicht da bleiben. Ich bin einfach weggegangen. Und jetzt steh ich hier vor diesem kleinen Laden, der geschlossen hat, und es schneit, und ich kann nicht wieder zurückgehen, und ich muss irgendwie nach Hause kommen. Zu Hause geht keiner dran. Warum geht zu Hause keiner ans Telefon? Wo bist du? Wo steckt ihr alle?«

Langes Schweigen. Dann sagte Teddy: »Wenn es Ärger gibt, dann kommt er geballt.«

»Was soll das heißen?«

»Das heißt, dass wir uns hier ganz schön was eingebrockt haben.«

»Ich kann dir immer noch nicht folgen.«

»Okay, dann sag ich es deutlicher. Meine Welt bricht gerade zusammen, Carly. Deine auch, obwohl du's noch nicht weißt. Unser aller Welt. Und bis eben dachte ich, es könnte nicht schlimmer kommen. Aber wenn du heim musst, gut. Natürlich komm ich dich abholen. Wo bist du?«

»Ich weiß es nicht.«

Erneutes Schweigen.

»Dir ist klar, dass das unsere Situation nicht verbessert.«

»Ich weiß nicht, wie diese Straße heißt. Aber ich stehe vor

einem kleinen Laden namens Ned's Bait & Tackle. In der Nähe ist eine Stadt namens Fish Fork, kaum eine richtige Stadt, wirklich winzig, aber der Laden befindet sich quasi gegenüber. Wir haben nur anderthalb Stunden gebraucht, um von Tulare aus hier hochzufahren.«

»Fish Fork? Nie gehört. Egal. Jetzt ist keine Zeit für Witze. Abgesehen davon war das auch kein guter. Ned's Bait & Tackle. Okay, geht klar. Ich schaue nach. Ich versuche, die Adresse zu bekommen. Und ich habe die Nummer der Telefonzelle, für den Fall, dass ich dich nicht finde. Halt durch, okay? Ich komme, so schnell ich kann.«

»Teddy? Was ist daheim los?«

»Bitte, Carly. Eine Katastrophe nach der anderen.«

* * *

Nachdem er aufgelegt hatte, setzte sich Carly auf ihren Koffer und lehnte sich mit dem Rücken an die Scheibe des Anglerlädchens. Dort wartete sie. Sie stellte ihre innere Uhr, um sich auf eine lange Wartezeit gefasst zu machen.

Schnee rieselte herab und bedeckte sie mit einer dünnen Schicht, während sie dasaß.

Es mochten zehn Minuten in der Kälte verstrichen sein oder eine Stunde, als der allradbetriebene SUV von Deans Vater vor ihr anhielt. Er fuhr von der Straße ab und auf den Schotterparkplatz von »Ned's Bait & Tackle«. Carly glaubte nicht, dass sie damit klarkommen würde, Dean zu sehen, ehe sie wusste, warum er hier war. Vielleicht wollte er sich entschuldigen.

Vielleicht wollte er ihr aber auch noch deutlicher sagen, was für ein Freak und Loser sie war, deshalb schaute sie weiterhin hoch in den fallenden Schnee. Das war eine Welt, in der es sich fast leben ließ. Wenn sie nur niemals wieder den Blick senkte.

Der Motor ging aus. Für eine kurze Weile war er das einzige Geräusch in ihrer Welt gewesen. Es war gut, wieder in Ruhe den Schnee betrachten zu können.

In der vollkommenen Stille hörte Carly, wie das Fenster heruntergefahren wurde.

»Alles okay mit dir?«

Es war nicht Deans Stimme. Es war nicht einmal die Stimme eines Jungen.

Carly schaute hinunter.

Es war Janie. Janie war irgendwie an die Schlüssel gekommen und den ganzen Weg hier heruntergefahren, um sie zu finden. Um nachzusehen, ob mit ihr alles in Ordnung war.

»Mir geht's gut«, sagte Carly und wandte wieder das Gesicht gen Himmel.

»Brauchst du eine Mitfahrgelegenheit? Soll ich dich zurück nach Tulare bringen?«

»Das ist nett von dir«, sagte Carly, den Blick noch immer nach oben gerichtet. »Aber ich hab meinen Freund Teddy angerufen, und er ist schon auf dem Weg hier hoch, um mich abzuholen.«

Langes Schweigen. Carly lauschte bedächtig der Stille.

Dann sagte Janie: »Weißt du, ich war dreimal mit Dean aus. Im zweiten Jahr der Highschool. Er ist ein echter Arsch.«

Lange Zeit antwortete Carly nicht, bis sie schließlich sagte: »Danke«, ohne selbst gewusst zu haben, dass sie das vorhatte. »Warum bist du dann überhaupt auf die Hütte gekommen?«

Wahrscheinlich hatte sie kein Recht, diese Frage zu stellen, aber jetzt war es zu spät.

»Weil Hunter hier ist.«

»Oh. Hunter ist also netter?«

»Nein. Hunter ist auch ein Arsch. Aber was macht das schon? Er sieht gut aus. Bist du sicher, dass mit dir alles in Ordnung ist? Du kannst gern im Auto sitzen, bis deine Mitfahrgelegenheit hier ist. Frierst du?«

Ja und nein, dachte sie. Sie hatte sich schon beinahe an die Kälte gewöhnt und empfand sie inzwischen fast als normal. Sie dachte daran, wie sie auf der Hinfahrt in Deans Auto gesessen hatten. Schon da hätte sie wissen müssen, dass sie nicht dazugehörte. Da war ihr kalt gewesen. Dagegen war das hier angenehm.

Carly hatte nicht das geringste Bedürfnis, in die Welt der anderen zurückzukehren. Und Janies Mitgefühl bewirkte, dass sie sich unbehaglich fühlte und sich noch dümmer vorkam.

»Nein, mir geht's gut«, sagte sie. »Trotzdem danke.«

Sie saß noch etwas länger im Schneegestöber, das ihr Gesicht einhüllte. Sekunden oder Minuten, Carly wusste es nicht. Sie hatte jegliches Zeitgefühl verloren. Die wirbelnden Schneeflocken vor dem schwarzen Himmel nahmen ihr die Orientierung. Es gab in ihrem Leben keine Begrenzungen mehr.

Der Motor des SUV sprang an.

»Frohe Weihnachten«, sagte Janie. Dann ließ sie die Scheibe wieder hochfahren, bog rückwärts auf die verschneite Straße ein und verschwand um eine scharfe Kurve.

Carly sah kurz hinunter und schaute ihr nach.

Ja, frohe Weihnachten, dachte sie. Leise rieselt der Schnee. Die Zeit der Freude. O du fröhliche, o du selige.

Sie lehnte sich noch weiter zurück, sodass ihr Hinterkopf an der kalten Scheibe des Anglerladens ruhte.

Irgendwann musste sie eingeschlafen sein, ohne es zu merken.

* * *

Das Zuschlagen einer Autotür ließ Carly hochfahren. Ihr Nacken tat höllisch weh, als sie ihn plötzlich wieder gerade halten musste. Doch sie gab keinen Laut von sich. Teddy stand direkt vor ihr.

Eine Weile schaute sie hoch in sein Gesicht, sah zu, wie sich die Schneeflocken in seinem zottligen Haar verfingen. Die Zeit kam ihr sehr lang vor. Sie konnte sein Gesicht nicht gut genug erkennen, um den Ausdruck in seinen Augen zu deuten.

»Jetzt weißt du, warum deine Mom nicht wollte, dass du fährst«, sagte er.

Es kostete sie einige Mühe, ihren steifen Körper hochzustemmen und Teddy in die Arme zu schließen. Er seufzte, hüllte sie in Wärme ein. Nicht nur körperliche Wärme, sondern jede Art von Wärme, die es auf der Welt gab.

Kurz darauf ergriff er ihre Schultern und hielt sie eine Armeslänge von sich weg.

»Frage eins. Sollen wir bei einem Polizeirevier vorbeifahren? Oder im Krankenhaus?«

Carly schüttelte den Kopf.

»Es ist nichts passiert, was du nicht wolltest?«

Sie sammelte sich, um sprechen zu können. Es fiel ihr nicht leicht.

»Er hat aufgehört, als ich es ihm gesagt hab. Aber dann hat er … Er hat mich einfach total runtergemacht.«

Teddy seufzte und zog sie wieder an sich. Carly ließ ihren Tränen freien Lauf. Sie spürte, wie ihre Zähne klapperten, und konnte nicht begreifen, warum ihr jetzt kälter sein sollte, da Teddy sie so fest im Arm hielt. Vielleicht lag es daran, dass sie sich wieder der Wahrheit stellen musste.

Teddy hielt sie erneut von sich weg.

»Ich sag dir jetzt mal was über Jungs. Das ist ein Thema, mit dem ich mich ein bisschen auskenne, weil ich auch mal einer war. Manche Leute meinen sogar, ich wäre immer noch einer. Also lass es dir von einem Experten gesagt sein. Überraschend viele Jungs sind Arschlöcher. Nicht alle, aber viele. Totale Arschlöcher. Obwohl, das stimmt nicht. Keine Totalärsche. Arschlöcher, aber nicht durch und durch. Das ist es, was ich dir sagen will. Sie versuchen tatsächlich, keine Arschlöcher zu sein. Sie versuchen herauszufinden, wie man ein Mann ist. Und glaub mir, das ist nicht so leicht, wie es von Weitem aussieht. All diese verschiedenen Arten von Männlichkeit, die ihnen vorgelebt werden … nun, die sind nicht gerade hilfreich. Ich will damit nicht sagen, dass du sie deshalb nicht verantwortlich machen darfst oder dass es nicht ihre Schuld ist. Ja. Denn wenn es nicht ihre Schuld ist, wessen Schuld sollte es dann sein? Ich sage nur, dass sie versuchen, etwas Schwieriges zu lernen. Man lernt nur schwer, ein Mann zu sein, wenn man dabei auf sich allein gestellt ist.«

Carly schniefte. Durch die Schneeflocken, die sich in ihren Wimpern verfangen hatten, konnte sie Teddy kaum sehen. Carly hatte die dichten Wimpern ihrer Mutter geerbt.

»Wie alt warst du, als du herausgefunden hast, wie man ein Mann ist?«

»Ich sag's dir, wenn ich so weit bin. Und jetzt komm. Ich hab weder Winterreifen noch Schneeketten und auch keinen Allradantrieb. Mein Auto liegt ziemlich tief, und der Schnee wird immer mehr. Wir müssen hier weg, solange wir noch können.«

* * *

»Mir gefällt das nicht«, befand Teddy. »Mir gefällt das kein bisschen.«

Er fuhr nur etwa acht Kilometer pro Stunde und manövrierte das Auto dabei um mehrere enge Kurven. Immer wieder schlingerte es gefährlich auf der eisüberzogenen Straße. Dabei wurde Carly ganz flau im Magen, wie bei einem abrupten Sturz auf der Achterbahn.

»Ich kann weder aufs Gas noch auf die Bremse treten, sonst

geraten wir ins Schleudern. Und es ist steil hier. Ich schalte noch einen Gang runter.«

Teddy betätigte die Automatikschaltung. Carly hörte das tiefe Surren des Motors und fühlte es auch. »Wir sind bald unten«, sagte sie.

Sie wusste intuitiv, dass sie jeden Augenblick in eine angenehmere Höhenlage zurückkehren würden. In eine Welt, die ihr vertraut war. Dann würde dieser Albtraum ein Ende finden. Leider erinnerte dieser Gedanke sie auch daran, dass da unten vielleicht noch weitere Albträume auf sie warteten.

»Was war los, als ich angerufen habe, Teddy?«

»O Gott«, sagte er.

Während sich der Moment in die Länge zog und immer drückender wurde, glaubte sie schon, er würde nichts mehr sagen.

»Weißt du«, sagte er schließlich, »ich war kurz davor, dir anzubieten, diesen Kerl zu finden und für dich zusammenzuschlagen. Falls dir das in deiner Lage helfen würde. Es ist mir auch egal, ob ich dafür neunzig Tage in den Knast muss oder Sozialstunden ableiste oder was auch immer das Gesetz vorsieht. Das nehm ich gern in Kauf. Nur dass es dir nicht helfen würde. Wir beide wissen das. Es würde sich herumsprechen, und dann würde sich dir kein Junge auf deiner Schule – ach was, in der ganzen Stadt – jemals wieder nähern.«

»Warum wechselst du das Thema?«

»Das tu ich nicht. Ich versuche dir etwas zu sagen, Carly. Ich dachte mir gerade … weißt du … nun, das, was ich eben gesagt habe. Und dann wurde mir schlagartig klar, dass du eigentlich überhaupt kein Problem hast. Jedenfalls kein dauerhaftes. Weil du diesen Kerl niemals wiedersehen wirst. Weil deine Mom zu Hause ist und gerade eure Sachen packt. Sie zieht mit euch nicht nur in eine andere Stadt, sondern redet davon, gleich auch noch den Bundesstaat zu wechseln. Ich glaube, sie sagte was von

New Mexico.«

Carly wartete darauf, dass sich bei ihr eine emotionale Reaktion einstellte, doch in ihrem Innern war alles ruhig und still. Wahrscheinlich, weil sie kein Wort von dem glaubte, was sie da hörte.

»New Mexico?«

»Es hat wohl was mit diesem Typen zu tun.«

»Welchem Typen?«

»Du musst mir nichts mehr vormachen, Carly. Ich weiß es schon lange.«

»Wade.«

»Ja. Der.«

»Sie wird ihre Meinung ändern.«

»Diesmal nicht.«

»Sie ändert ständig ihre Meinung.«

»Diesmal nicht, Carly. Das hier ist ein ganz anderes Kaliber.«

»Was ist passiert, während ich weg war?«

In diesem Moment drehten sich die Hinterräder mit einem schleifenden Geräusch und entwickelten ein Eigenleben, wodurch das Auto zum Straßenrand hin ausbrach. Im Licht der Scheinwerfer sahen sie den steilen Hang, der jenseits der Straße verlief.

»Scheiße«, sagte Teddy und nahm den Fuß vom Gas.

Carly stützte sich instinktiv mit den Händen am Armaturenbrett ab. Das Auto fing sich wieder, vielleicht noch dreißig Zentimeter von der Schlucht entfernt.

»Ich sollte mich wohl lieber aufs Fahren konzentrieren«, sagte Teddy.

Einige Minuten lang fuhren sie schweigend die kurvenreiche Gebirgsstraße entlang. Das Auto rutschte nicht mehr. Der Schneefall ließ ein wenig nach. Immer weniger Flocken sammelten sich auf der Windschutzscheibe, und die Schneedecke, die sich auf der Straße vor ihnen gebildet hatte, wurde immer dünner. Langsam erreichten sie das Tal.

»Es waren keine Erwachsenen dabei«, sagte Carly.

»Das schockt mich jetzt aber«, meinte Teddy ruhig. »Das hätte wohl niemand erwartet.«

»Denkst du, meine Mutter wusste das?«

»Es wird ihr zumindest in den Sinn gekommen sein.«

Sie schwiegen erneut, bis die Straße wieder vertraut aussah.

»Es gibt noch etwas, das ich dir sagen wollte«, fuhr Teddy fort, was Carly in Alarmbereitschaft versetzte.

»Du bist sicher klug genug, nicht alles zu glauben, was du über mich hörst. Oder über irgendjemand anderen. Nicht wahr?«

Sie wartete, weil sie nicht recht verstand, worauf er hinauswollte. Doch er sagte nichts weiter.

»Nur das?«

»Jep. Nur das. Glaub einfach nicht alles, was du hörst. Versprich mir, dass du nicht alles für bare Münze nehmen wirst, was man über mich sagt. Das ist das Einzige, worum ich dich bitte, Carly. Dafür, dass ich dich abgeholt habe, ist das wohl nicht zu viel verlangt.«

* * *

Teddy hielt vor dem Haus und schob den Automatikhebel in die Parkposition. Doch er bog weder in die Einfahrt ein, noch schaltete er den Motor aus.

»Tu mir einen Gefallen«, sagte er. »Tu's für uns beide. Für die ganze Welt. Steig schnell aus, ehe sie mich sieht. Und sag ihr nicht, dass ich dich nach Hause gefahren hab. Sag, dass es einer von den Jungs war, oder dass ihr alle früher zurückgekommen seid.«

Carly starrte ihn nur an. Nichts von alledem ergab irgendeinen Sinn.

»Du kommst nicht mit rein?«

»Nein«, sagte Teddy. Das Wort war gleichzeitig ein klägliches Lachen und ein Stoßseufzer.

»Wann seh ich dich wieder?«

»Nun, das ist ein Problem.«

»Du kommst nie wieder zu uns ins Haus?«

»Wenn ihr alle ausgezogen seid … der Mietvertrag läuft noch bis zum Monatsende.«

»Ich gehe nicht weg. Ich will bei dir bleiben.«

»Das geht nicht, Carly. Sie würde es niemals erlauben. Unter keinen Umständen. Abgesehen davon kann ich mich im Moment kaum um mich selbst kümmern.«

Carly spürte, wie ihr wieder die Tränen in die Augen stiegen. Sie drängte sie gewaltsam zurück.

»Das heißt, ich seh dich jetzt einfach nie wieder?«

»Wenn ihr euch eingelebt habt, ruf mich auf meinem Handy an und lass mich wissen, wo ihr seid. Dann kann ich dir Bescheid sagen, wenn ich wieder eine Wohnung gefunden habe. Aber sie darf nicht merken, dass wir Kontakt haben, sonst ist die Hölle los. Und jetzt raus mit dir. Schnell, Carly. Es gibt Ärger, wenn sie uns durchs Fenster sieht.«

»Es kann unmöglich so schlimm sein, wie du sagst.«

»Kind«, sagte er. Er hatte sie noch nie so genannt. »Du hast nicht die leiseste Ahnung, wie schlimm es ist. Jetzt geh. Und glaub nicht alles, was du hörst.«

Carly stieg aus und sah zu, wie Teddys Firebird davonrauschte. Ein Teil von ihr glaubte, dass sie ihn vielleicht nie wiedersehen würde, aber ein anderer Teil war fest davon überzeugt, dass die Welt am nächsten Tag schon wieder ganz anders aussehen würde. Bei ihrer Mutter wurde immer heißer gekocht als gegessen. Es gab ständig irgendein Drama, das sich letztlich in

Wohlgefallen auflöste. Also würde auch das hier vorübergehen.
Was auch immer »das hier« sein mochte.

* * *

Als sie hineinging, war Wade da und mit ihrer Mutter in der Küche. Sie waren gerade damit beschäftigt, Geschirr einzupacken. Ihre Mutter stand auf einem Tritthocker, holte das gute Geschirr ihrer Großmutter herunter und wickelte es in Zeitungspapier, ehe sie es an Wade weiterreichte, damit er es in einen Karton packte.

Da erst wurde Carly klar, wie unwirklich ihr das alles bis dahin vorgekommen war. Und dass ihre Probleme Wirklichkeit waren. Dass sie die ganze Zeit über real gewesen waren.

Sie stand im Eingangsbereich der Küche, die Schulter an den Türrahmen gelehnt.

Wade und ihre Mutter sahen auf.

»Was hat er hier verloren?«, fragte Carly.

Wades starrer Blick verfinsterte sich.

»Wir ziehen aus«, sagte Carlys Mutter.

»Das sehe ich. Aber warum?«

»Sag ich dir später.«

»Sag's mir jetzt.«

»Gut, von mir aus«, sagte ihre Mutter. Als wäre es Carly, auf die sie wütend war. Als hätte sie all diesen Ärger verursacht, obwohl sie vor einer Minute noch nicht da gewesen war und eigentlich gar nicht hätte da sein sollen. »Du willst es wissen? Du willst jetzt darüber reden? Gut. Wir ziehen aus, weil Teddy versucht hat, Jen zu vergewaltigen.«

Carly spürte, wie ihr Kopf ein Stück zurückzuckte. Teddys Stimme hallte in ihren Gedanken wider. Glaub nicht alles, was du über mich hörst. Musste ihre Mutter wirklich eine solche Lüge erfinden, um Teddy vor die Tür zu setzen und Wade in ihr

Leben zu holen? Und niemand würde ihr deshalb den leisesten Vorwurf machen. Sie war die Heldin. Mama Bär. Carly fragte sich, warum sie das nicht hatte kommen sehen.

»Du bist unglaublich«, sagte sie.

»Ich verstehe nicht ganz, was das jetzt heißen soll, aber geh packen.«

»Ich gehe nicht.«

»Und ob du gehst. Pack deine Sachen.«

Ihre Mutter stieg vom Hocker und hob einen Geschirrkarton hoch. Wade hatte ihn gerade erst zugeklebt. Das Paketband war noch nicht einmal von der Rolle abgerissen, als sie den Karton plötzlich wegnahm. Sie hielt kurz inne, damit Wade seine Arbeit beenden konnte, dann trug sie das Geschirr in die Garage.

Wade starrte Carly in die Augen, auf eine Art, die ihr unangenehm war. Sie wandte den Blick ab.

»Wenn ich so mit meiner Mutter gesprochen hätte, hätte mir das bald sehr leidgetan.«

»Mir doch egal«, sagte sie und gab sich unbekümmert.

»Wenn du mein Kind wärst, würd ich dir mal ordentlich Respekt beibringen.«

»Bin ich aber nicht.«

Carly löste sich vom Türrahmen und stampfte die Treppe hoch.

Als sie schon halb oben war, fiel ihr plötzlich ein, was sie hätte sagen sollen. Du kannst niemandem Respekt beibringen. Wer ihn will, muss ihn sich verdienen. Das wären die richtigen Worte gewesen. Doch jetzt war es zu spät.

Sie betrat Jens Zimmer. Jen packte gerade ihre Kleider und Schuhe aus dem Schrank in Pappkartons.

»Tu das nicht«, sagte Carly.

»Warum bist du schon wieder da?«

»Hör auf zu packen.«

»Ich muss packen. Wir ziehen um.«

»Ich ziehe nicht um.«

»Du musst, Carly. Wir können nicht ohne dich umziehen.«

Jens Augen waren geweitet wie bei einem verängstigten Tier. Carly versuchte sich zu erinnern, ob sie Jen jemals verängstigt erlebt hatte. Ihr fiel keine Situation ein.

Sie ließ sich auf Jens Bett fallen.

»Kannst du das glauben? Das ist so was von mies.«

»Ich weiß«, sagte Jen. Sie unterbrach das Packen und setzte sich auf die Bettkante, rückte nah an Carly heran. »Alle meine Freunde sind hier.«

»Sie ist unmöglich. Ich kann nicht glauben, dass sie das getan hat. Wade kommt mit uns, oder? Das wäre nicht nötig gewesen. Sie hätte einfach die Wahrheit sagen sollen. Wenn sie mit Wade zusammen sein will, hätte sie das sagen können. Aber doch nicht so. Nichts könnte schlimmer sein als das hier. Sie will, dass Teddy der Böse ist, nicht sie. Teddy könnte nie der Böse sein. Er ist einfach viel zu lieb dafür. Niemand wird ihr das jemals glauben, deshalb verstehe ich nicht, warum sie es überhaupt versucht.«

Jen öffnete den Mund, um etwas zu sagen.

In diesem Augenblick erschien ihre Mutter im Türrahmen.

»Nicht reden. Packen.«

»Ich gehe nicht mit«, sagte Carly.

»Jetzt hör mal zu, Carly. Du gehst auf jeden Fall mit. Das ist gesetzlich vorgeschrieben. Ich kann dich zwingen. Die einzige Frage ist, ob du deine Sachen mitnimmst oder nicht. Wenn Jen und Wade und ich alles zusammengepackt haben und abmarschbereit sind, bleiben alle deine Sachen, die noch nicht eingepackt sind, hier. Dann gehören sie dir nicht mehr. Spornt dich das an?«

Carly richtete sich auf und schaute ihrer Mutter direkt in die Augen. Sie war nicht bereit, klein beizugeben, sie hatte einen Entschluss gefasst. Doch der Blick ihrer Mutter war dem ihren ebenbürtig, übertraf ihn sogar noch. Carly hätte es wissen müssen. Sie konnte es nicht mit dem Zorn ihrer Mutter aufnehmen. Niemand konnte das.

Der Moment zog sich in die Länge.

»Du bist eine Lügnerin«, sagte Carly. »Und ich hasse dich dafür. Ich glaub dir niemals wieder ein Wort. Und ich verzeih dir das nicht, solange wir beide leben. Ich werde dir nie, niemals verzeihen.«

Tulare, 21. Dezember

Erst am Abend des nächsten Tages betrachtete Carlys Mutter sie, als sei sie eine außerirdische Lebensform, und fragte: »Solltest du nicht eigentlich noch am See sein?«

Carly erzählte ihr, dass sie alle früher heimgefahren wären, damit sie über Weihnachten nicht eingeschneit wurden.

Das war das erste Mal, dass sie wieder mit ihrer Mutter sprach.

Es war das letzte Mal für mehrere Monate.

Im Grunde genommen war es das letzte Mal überhaupt, dass sie mit ihr sprach.

TEIL DREI

Wieder im Jetzt

Wakapi-Gebiet, Freitag, 13. Mai

»Eure erste Aufgabe …«, beginnt Delores, während sie wie eine kleine Sträflingskolonne nacheinander aus dem Hühnerstall treten, aber Carly lässt ihr noch nicht einmal Zeit, den Satz zu beenden.

»Jetzt? Wir dürfen nicht mal bis morgen früh warten?«

»Nein. Nicht in diesem Fall. Ihr geht jetzt rüber zu diesem Steinhaufen und holt ein paar große Steine und legt sie an die Ecke des Hühnerstalls. Türmt sie ordentlich auf, damit nichts durch die Öffnung kommt, die dank euch jetzt dort klafft. Ansonsten muss ich euch für jede Henne, die mir gestohlen wird, eine Woche länger dabehalten. Aber vorher zeig ich euch noch, wo ihr schlaft.«

Carly schaut Jen an, die den Blick panisch erwidert. Sie waren schon am Rande des Zusammenbruchs, ehe sie diese Hölle hier auch nur betreten hatten. Und nun, da ihr Adrenalinspiegel wieder gesunken ist, zittert Carly am ganzen Leib. Sie hat das Gefühl, dass sie nicht einmal ein Ei hochheben könnte. Wie sollen sie da schwere Steine hieven?

Jen seufzt.

Carly seufzt ebenfalls.

* * *

Die Tür des pinken Wohnwagens quietscht, als Delores sie öffnet. Sie müssen kaum eine Stufe hoch, um ihn zu betreten.

»Geht und richtet euch ein. Ich gehe Roscoe holen.«

Carlys Bauch kribbelt vor Angst. Es gibt hier also doch einen Mann. Sie betet, dass der Mann älter ist als Delores und möglichst gebrechlich. Sie schaut durch das kleine Bullauge in der Tür des Wohnwagens hinaus und wartet darauf, dass er auftaucht.

Doch als Delores Watakobie wieder erscheint, hat sie keinen Mann bei sich. Die alte Frau führt nur einen uralten Hund am Halsband. Er ist leberfarben und weiß, mit leberfarbenen Flecken an den weißen Beinen und einem runden Bauch.

Das kleine, schlitzartige Seitenfenster des Wohnwagens hat keine Scheibe, nur ein Fliegengitter, sodass Carly hinübergehen und durch das Fenster mit der alten Frau sprechen kann.

»Wie kommt es, dass Ihr Hund nicht gebellt hat?«

»Roscoe ist stocktaub. Was sind wir doch für ein Paar. Ich kann kaum sehen, und Roscoe kann kaum hören. Wir müssen uns zusammentun, um die Welt wahrzunehmen. Unser Schöpfer meint wohl, dass wir einander verdient haben. Du da, Kleine. Komm mit mir zum Brunnen hinter dem Haus. Wir holen euch Mädels einen Eimer Wasser und ein paar Tassen. Ihr müsst jetzt viel trinken, sonst sterbt ihr.«

Jen huscht hinaus in die Nacht.

Delores führt den alten Hund an eine Stelle vor der Tür des Wohnwagens, wo er zufrieden sein Hinterteil ablegt. Dann hebt sie eines von Roscoes schweren Hängeohren an und ruft hinein: »Pass auf den Wohnwagen auf, Roscoe!«

Der Hund rollt sich zusammen und schläft wieder ein.

Delores Watakobie watschelt davon, gefolgt von Jen.

* * *

Carly lässt Jen zuerst trinken, bis sie ihren Durst gestillt hat, obwohl es ewig zu dauern scheint. Dann füllt sie selbst ihren Magen mit Wasser. Das Wasser ist lauwarm und hat einen metallischen Nachgeschmack. Dennoch ist es das willkommenste Gefühl, das sich ihr Körper vorstellen kann.

Am anderen Ende des Wohnwagens liegt eine nackte Matratze, die aussieht, als sei sie gerade groß genug für sie beide, und Jen ist schon dabei, es sich darauf gemütlich zu machen.

»Wir hauen gleich wieder ab«, flüstert Carly.

Nun, da sie genug getrunken haben, haben sie eine gewisse Chance. Aber reicht das? Was, wenn jemand sie schnappt?

»Es ist vielleicht ganz schön, eine ganze Woche lang irgendwo zu bleiben«, sagt Jen.

»Ja. Irgendwo. Aber nicht hier.«

»Aber jetzt sind wir hier. Also ist dieser Ort doch so gut wie jeder andere.«

»Machst du Witze? Wir sollen hier schuften.«

»Aber vielleicht gibt sie uns wenigstens was zu essen.«

»Still. Ich glaube, sie kommt zurück.«

Carly beugt sich zum Fenster und sieht zu, wie die alte Frau über den unasphaltierten Hof zum Wohnwagen hinübergewatschelt kommt. Sie hält irgendwas in Händen, in jeder Hand einen anderen Gegenstand, doch sie hat den Mond im Rücken, sodass sie einen Schatten wirft und Carly nichts erkennen kann. Allerdings sieht sie deutlich den Lauf der Schrotflinte, der aus Delores Watakobies rechter Armbeuge ragt.

Es klopft an der Tür.

»Was ist?«, fragt Carly.

»Macht auf. Zur Seite, Roscoe!«, ruft Delores und stupst den Hund mit dem Fuß an.

Carly tut, wie ihr geheißen. Roscoe auch.

Delores reicht ihr einen Weidenkorb, in dem etwas liegt, doch es ist in ein Leinentuch eingeschlagen, und Carly kann nicht erkennen, was es ist. Dann gibt sie ihr noch eine weiße Glasflasche, beziehungsweise eine durchsichtige Glasflasche, in der etwas Weißes ist.

»Ich fand es nicht ganz angemessen, Eier zu kochen, nachdem ihr versucht habt, euch selbst daran zu bedienen. Aber dann dachte ich mir … selbst der schlimmste Gefängniswärter gibt seinen Gefangenen Wasser und Brot. Und ich bin nicht die schlimmste Wärterin … also gebe ich euch gebratenes Brot und Ziegenmilch.«

»Danke, Ma'am«, sagt Carly.

»Danke, Ma'am«, wiederholt Jen.

»Gern geschehen. Ich tu das nicht aus reiner Menschenfreundlichkeit, sondern auch aus Eigennutz. Ich muss ja erst was in euch Mädels reinstecken, damit ihr gute Arbeit leisten könnt. Jetzt esst schnell und kommt dann raus. Ihr habt noch viel zu tun.«

Ehe sie wieder ganz zurück ins Haus humpeln kann, rennt Jen zum Fenstergitter.

»Ma'am?«

»Ja?«

»Wissen Sie, welcher Wochentag heute ist?«

»Freitag, glaube ich.« Sie wackelt bedächtig mit dem Kopf. »Ich bin mir zu fünfundneunzig Prozent sicher, dass heute Freitag ist.«

»Ich wusste es«, sagt Jen verhalten. »Ich hab's die ganze Zeit gewusst.«

* * *

Keine zehn Minuten, nachdem sie das Essen hinuntergeschlungen haben, sind sie wieder draußen und schleppen im Mondschein Steine. Delores Watakobie passt auf, und ihre Schrotflinte tut das auch.

* * *

Etwa eine Stunde nachdem Jen leise zu schnarchen begonnen hat und als sie sich ziemlich sicher ist, dass auch Delores Watakobie schläft, versucht Carly, die Wohnwagentür zu öffnen, um herauszufinden, ob sie eingesperrt sind. Die Tür öffnet sich quietschend ein paar Zentimeter weit, dann trifft sie auf ein Hindernis. Sie steckt den Kopf halb hindurch, um zu sehen, was ihnen im Weg ist. Es ist Roscoe. Er schläft vor der Tür, die an seinem Hinterteil hängen geblieben ist.

Er hebt den Kopf und knurrt sie an, ein leises, eindringliches Knurren, das tief aus seiner Kehle aufsteigt.

Carly lässt alle Hoffnung fahren, die sie in diese Reise, ihr Leben und alles andere gesetzt hat. Sie rollt sich neben Jen zusammen und versucht, ein wenig Schlaf zu finden.

Wakapi-Gebiet, 14. Mai

Ein Klopfen an der Wohnwagentür reißt Carly aus dem Tiefschlaf und mitten aus einem Traum. Doch sie weiß nicht mehr, was sie geträumt hat. Das Klopfen sorgt dafür, dass es sich in alle Winde zerstreut. Sie merkt, dass sie kerzengerade dasitzt, und schaut sich um, ohne den blassesten Schimmer, wo sie sich befindet oder warum sie hier ist. Und es fällt ihr auch nicht ein. Es ist fast so, als würde sie noch immer schlafen, nur mit weit geöffneten Augen. Diese Situation lässt sie beinahe in Panik verfallen.

Einige Sekunden später fällt es ihr wieder ein, wie eine Welle, die nur kurz von der Küste zurückgerollt ist. Es fühlt sich schwer und unangenehm an, ein Knoten in ihrem Bauch.

Sie sieht sich nach Jen um, aber Jen ist fort. Dafür klopft es erneut, und sie erschrickt ebenso sehr wie beim ersten Mal.

Sie geht zur Wohnwagentür und öffnet sie, wobei die Tür wieder dieses scheußliche Kreischen von sich gibt. Dann blickt sie in das Gesicht der schrecklichen Frau, die sie gefangen hält.

»Was?«, fragt Carly, sofort in Verteidigungshaltung. »Arbeite ich etwa nicht hart genug?«

Sie bemerkt, dass Delores Watakobie keine Schrotflinte mehr in der Armbeuge hat. Carly könnte einfach weglaufen.

Doch im nächsten Moment wird ihr klar, dass das nicht geht, weil sie nicht weiß, wo Jen ist. Ohne Jen kann sie nicht gehen.

»Komm ins Haus, es gibt Frühstück«, sagte die alte Frau, ehe sie sich wieder abwendet und davonwatschelt.

Carly hält nach Roscoe Ausschau, doch er ist nirgends in Sicht. Sie überquert den schmutzigen Hof und duckt sich, als sie das kleine Haus betritt. Der Türrahmen ist sehr niedrig. Zwar müsste sie nicht unbedingt den Kopf einziehen, aber der Türbalken hängt tiefer, als sie gewohnt ist, sodass sie es trotzdem tut.

Jen sitzt auf einem verblichenen alten Sofa, über das jemand eine bunte Tagesdecke gebreitet hat. Sie hält einen Weidenkorb in der Hand und begutachtet ihn aufmerksam. Mit der anderen Hand krault sie Roscoe hinter den Ohren. So ein schmutziger, stinkender Köter. Carly dreht es fast den Magen um, wenn sie sich das nur anschaut. Vielleicht ist das auch nicht der wahre Grund. Vielleicht liegt es eher daran, dass Jen so entspannt aussieht, als würde sie sich hier zu Hause fühlen. Beinahe … zufrieden. Die seltsamen Dinge, die Jen glücklich machen, lassen Carly manchmal glauben, dass sie ihre Schwester gar nicht wirklich kennt. Dabei ist ihre Schwester alles, was ihr geblieben ist. Zumindest, bis sie zu Teddy nach Hause kommen.

Jen schaut hoch, und Carly sieht es in ihren Augen. Eine Art Schuldgefühl, weil Carly sie dabei erwischt hat, wie sie sich in dieser armseligen Umgebung wohlfühlt. Ich muss Geduld mit ihr haben, denkt Carly. Wir sind wirklich nur knapp dem … sie will das schreckliche Wort mit T noch immer nicht denken. Wir waren kurz davor, im Nirgendwo zu enden. Niemals wieder gefunden zu werden. Jedenfalls nicht rechtzeitig. Jen ist wahrscheinlich einfach nur froh, dass sie noch am Leben ist und das brutzelnde Frühstück riecht.

Carly setzt sich in die Küche – obwohl es keine klare Trennung zwischen der Küche und dem Wohnzimmer gibt – an einen alten Resopal-Tisch, der aussieht, als würde er aus der Zeit stammen, als ihre Mutter noch ein Kind gewesen ist. Ach was, eher ihre Großmutter. Jen setzt sich ebenfalls, ohne ein Wort zu sagen.

Delores stellt einen schweren Tonteller vor sie hin, mit drei kleinen Spiegeleiern und einer Scheibe von demselben Brot, das sie auch letzte Nacht bekommen haben.

»Ich dachte, wir hätten keine Eier verdient«, sagt Carly. »Sie wissen schon. Weil wir versucht haben, uns selbst welche zu besorgen.«

Delores nimmt den Teller wieder weg. »Na schön. Dann iss sie eben nicht. Du hast Roscoe gerade den Tag versüßt.«

»Moment!«, ruft Carly.

Die alte Frau hält inne, während sie den Teller auf Brusthöhe hält, was in der Welt durchschnittlich großer Menschen nicht sehr hoch ist.

»Es tut mir leid. Ich möchte sie wirklich gern. Entschuldigung.«

Klappernd stellt die alte Frau den Teller wieder vor sie hin.

»Danke«, sagt Carly. »Danke, dass Sie uns Eier gemacht haben.«

Delores kräuselt ihre bereits faltigen Augenbrauen. »Du hast Mumm, weißt du das? Zu schade, dass dabei nichts Besseres rauskommt.«

»Meine Einstellung ist nicht schlechter als Ihre.« Die Worte sind schon heraus, ehe sich Carly zurückhalten kann. Sie schaut auf die Spiegeleier und wartet darauf, dass sie erneut verschwinden. Kurz betrauert sie den Verlust.

Dann blickt sie wieder ins Gesicht der alten Frau und sieht, wie Delores den Kopf in den Nacken wirft und sich vor Lachen schüttelt. Sogar ihre Knochen scheinen zu beben. Das Lachen klingt seltsam.

»Da sagst du was«, meint Delores. »Das lässt sich nicht

bestreiten.«

Sie holt einen zweiten Teller mit Eiern und Brot und stellt ihn Jen hin, sanfter diesmal. Jen lächelt zu der alten Frau hoch, als habe sie bereits eine gewisse Zuneigung zu ihr gefasst. Zuerst denkt Carly: Du brauchst dich gar nicht bei ihr einschleimen, sie sieht es wahrscheinlich nicht mal. Doch dann fragt sie sich, was passiert ist, während sie geschlafen hat. Wie lange war Jen bei dieser schrecklichen alten Frau im Haus? Kennen sie sich etwa schon? Und wenn ja, gibt es dann einen Anlass zu lächeln?

Carly wartet darauf, dass sich die alte Frau hinsetzt, damit sie anfangen kann zu essen. Delores hantiert noch auf der Keramikarbeitsplatte herum. Einen Augenblick später wendet sie den Kopf, als lausche sie auf etwas.

»Kommt, lasst es nicht kalt werden«, sagt sie. »Esst.«

Carly ergreift ihre Gabel und lässt sich das nicht zweimal sagen.

* * *

Um den Hühnerstall richtig und dauerhaft instand zu setzen, müssen sie zunächst alle Steine wegräumen, die sie letzte Nacht so mühsam aufgehäuft haben. Es ist recht früh am Morgen, die Sonne steht noch tief, doch Carly spürt schon, wie ihr der Schweiß in den Kragen tropft, während sie arbeitet. Ihre Arme und Beine sind extrem zittrig, und sie kann nicht sagen, ob das eine körperliche oder eine seelische Reaktion ist.

Delores sitzt im Schatten und beobachtet sie oder folgt ihnen zumindest mit Blicken. Carly hat keine Ahnung, wie schlecht die alte Frau sieht. Sie kann sich nie ganz sicher sein, wie viel ihren Augen entgeht, wie viel sich Carly bei ihr herausnehmen kann. Wahrscheinlich macht Delores' ausgezeichnetes Gehör alles wieder wett.

Roscoe sitzt ebenfalls im Schatten und lehnt sich gegen das

Bein der alten Frau, während er freundlich hechelt.

Je mehr sich Carly auf dem Grundstück bewegt, desto klarer wird ihr, dass es nicht so sauber und ordentlich ist, wie es von der Straße aussieht. Im Gegenteil, es ist geradezu verwahrlost. Hinter dem Haus lagert ein Haufen Gerümpel, und hinter dem Hühnerstall befindet sich noch eine weitere Ladung. Da sind alte Bettfedern und zusammengerollter Maschendraht, verrostete Farbdosen, und hinter dem kleinen Schuppen sieht es aus, als hätte jemand mit bloßen Händen irgendein Fahrzeug zerlegt.

Es kommt Carly falsch vor, dieses ganze Zeug einfach irgendwo zu verstecken oder hinter etwas anderem zu stapeln. Als würde man so das Problem lösen. Aus den Augen, aus dem Sinn.

Sie ist keine Ordnungsfanatikerin, aber das hier ist selbst ihr zu viel.

Eines Tages, denkt sie, werde ich auch ein nettes kleines Grundstück haben. Aber nicht hier, sondern ganz woanders. Wo es nicht so heiß ist. Und so trocken. Und so leer und so trostlos. Und ich werde es schön ordentlich haben, nicht so wie hier.

»Was ist mit deinen Füßen los?«, fragt Delores plötzlich und reißt Carly damit aus ihren Gedanken. Sie hält inne und lässt den Stein fallen, den sie gerade in der Hand hatte, wobei sie darauf achtet, dass er ihr nicht auf den Fuß fällt. Jen schleppt weiterhin Steine.

»Wer, ich? Oder Jen?«

»Du.«

»Meine Füße sind in Ordnung. Warum fragen Sie mich so was?«

Ihre Blasen bringen sie fast um. Doch das will sie nicht zugeben. Sie fühlt sich wie ein verletzter Hund, der gerade von zwei Kojoten belauert wird. Ich kann laufen. Ich kann immer noch laufen.

»Komm mal kurz her«, sagt Delores.

Carly nähert sich ihr widerwillig.

Die alte Frau streckt blitzartig ihre Hand aus und packt sie an der Wade, zieht ihren Fuß hoch und näher zu sich heran. Für ihr Alter und ihre Statur ist sie überraschend stark. Carly hält gerade noch das Gleichgewicht. Sie glaubt, dass die alte Frau ihren Fuß aus nächster Nähe betrachten will, um ihn besser zu sehen. Stattdessen schüttelte Delores den Fuß. Carly spürt, wie der zu große Stiefel hin und her rutscht.

»Diese Stiefel sind dir zu groß.«

»Ich weiß.«

»Bekommst du darin keine Blasen?«

»Vielleicht. Was kümmert es Sie?«

»Es kümmert mich nicht«, gibt Delores zurück. »Kein bisschen. Du willst Blasen haben? Gut. Dann behalt sie.«

Sie lässt Carlys Fuß los, und mit einem dumpfen Aufprall berührt er die Erde, wobei er eine kleine Staubwolke aufwirbelt.

»Was bleibt mir denn anderes übrig?«

»Ich wollte dir anbieten, dich zu verarzten und die Schuhe passend zu machen, aber mit deiner Einstellung …«

»Wie können Sie sie passend machen? Sie sind einfach zu groß. Sie können sie weder kleiner machen, noch meine Füße vergrößern.«

»Willst du darüber diskutieren? Oder soll ich's dir zeigen?«

Carly schaut über die Schulter zu Jen, die offensichtlich lauscht.

»Du hast mir nicht gesagt, dass du Blasen hast«, sagt sie.

»Natürlich hab ich das. Weißt du nicht mehr, an diesem Busbahnhof? Da hab ich die Pflaster gen…«, sie wollte »genommen« sagen und besinnt sich eines Besseren, »… bekommen.«

»Du hast gesagt, das wäre ›nur für den Fall‹, dass du dir die Fersen wund reibst.«

»Ja, und das ist dann auch passiert.«

Delores Watakobie erhebt sich schwerfällig. Es dauert eine Weile, bis sie steht.

»Komm mit ins Haus«, sagt sie zu Carly. »Kleine«, ruft sie Jen zu, »magst du 'ne Pause machen?«

»Nee, ich mach hier weiter«, antwortet Jen.

Carly kommt das komisch vor. Steine zu schleppen, wenn man die Chance hat, damit aufzuhören. Das passt nicht in ihr Bild von der Welt.

Sie folgt der alten Frau ins Haus und setzt sich aufs Sofa, während Delores einige Kisten im Wandschrank durchstöbert, wobei sie vor allem nach Gefühl vorgeht. Die meisten davon sind ungefähr so groß wie Schuhkartons.

»Wie haben Sie gemerkt, dass ich Blasen habe?«

Zuerst bekommt sie keine Antwort, als habe sie die Aufmerksamkeit nicht verdient. Als seien Antworten so was wie Spiegeleier und würden ihr nicht zustehen.

Dann lässt die alte Frau ein tiefes Knurren hören und streckt sich, wobei sie einen Schuhkarton an ihre Brust drückt. Sie durchquert das Zimmer und kommt in die Küche, wo sie geräuschvoll eine Schublade durchwühlt.

»Ich hab's gehört«, sagt sie.

Carly lacht laut auf, aber nicht belustigt. Es ist ein kritisches, geringschätziges Lachen.

»Man hört nicht, ob jemand Blasen hat. Sie machen keine Geräusche.«

»Bei gesunden Menschen hören sich die Schritte anders an als bei Leuten, die Schmerzen haben. Man läuft anders, wenn einem was wehtut. Es ist schwer zu erklären, aber ich erkenne es, wenn ich es höre.« Sie setzt sich neben Carly aufs Sofa.

»Zieh sie aus«, sagt sie.

Carly schnürt ihre Stiefel auf und stößt einen leisen Seufzer aus, während sie sie abstreift. Es ist wunderbar, keinen Druck mehr auf dem blutigen Schlachtfeld zu spüren, das an ihren Fersen entstanden ist.

Delores öffnet den Karton. Darin sieht Carly schmale Streifen aus einem Material, das aussieht wie dickes Schafleder. Keiner der Streifen scheint breit genug zu sein, um einen Schuh damit zu füttern.

Die alte Frau legt den Kartondeckel auf dem Teppich ab und legt eine große Schere darauf. Sie fährt mit der Hand durch die Lederreste, bis sie den größten und breitesten Lederstreifen findet. Dann hält sie ihn an die Sohle von Carlys Stiefel und fängt an, den Streifen zurechtzuschneiden, wobei sie den Rand der Stiefelsohle ertastet. Es sieht aus, als würde diese Prozedur eine Weile dauern. Carly hat keine Ahnung, was sie währenddessen machen soll. Wo sie hinschauen, was sie sagen soll.

Sie will etwas sagen, das einigermaßen freundlich ist.

»Heute mal ohne Flinte.«

Das war die falsche Bemerkung.

Die alte Frau knurrt nur.

»Wie wollen Sie sichergehen, dass wir nicht einfach abhauen?«

»Das ist eure Entscheidung.«

Einen Moment lang klingen die Worte zwischen ihnen nach. Carly hat keine Ahnung, was sie damit anfangen soll.

»Was meinen Sie damit, es ist unsere Entscheidung? Sie zwingen uns doch, eine Woche hierzubleiben.«

»Nein.«

»Wie meinen Sie das?«

»Weißt du nicht, was ›Nein‹ bedeutet?«

»Wir sind nicht freiwillig hier.«

Allmählich wird Carly wütend. Die alte Frau hat irgendetwas an sich, das ihren Widerspruchsgeist weckt.

»Euer Ehrlichkeitssystem. Ihr zwei behauptet, dass Ehrlichkeit euch über alles geht. Wenn das so ist, werdet ihr tun, was ihr versprochen habt. Wenn nicht, haut ihr eben ab.«

Delores hat eine Einlegesohle aus Schaffell zurechtgeschnitten. Am Fersenende ist ein Zipfel von etwa zwei Zentimetern Länge. Carly fragt sich, wann die alte Frau ihn abschneiden will.

»Letzte Nacht haben Sie uns mit vorgehaltener Waffe festgehalten.«

»Wenn ihr letzte Nacht abgehauen wärt, wärt ihr jetzt tot. In der Richtung, in die ihr unterwegs war, gibt es nichts als Wildnis, bis man nach Arkoba Village kommt. Und auch das gilt nur, wenn man den Weg kennt.«

»So ein Quatsch. Sie wissen doch noch nicht mal, wo wir hinwollten.«

»Doch. Deine Schwester hat's mir erzählt. Außerdem ist es egal. Einen ganzen Tagesmarsch führt der Weg nur durch die Pampa, egal, in welche Richtung man geht. Wenn ich euch nicht mit Essen und Trinken abgefüllt hätte, hättet ihr keine Chance gehabt. Auch jetzt habt ihr kaum eine Chance, aber das ist eure Sache. Du bist dickköpfig genug, es drauf ankommen zu lassen. Deine Schwester hat mehr Verstand.«

Carly spürt, dass ihr Mund offen steht. Sie weiß nicht, wo sie sich zuerst einklinken soll, um ihren Widerspruch vorzubringen. Was Delores über Jen gesagt hat, geht zu weit. Also sagt sie nichts dazu.

»Aber klar doch. Sie tun das also alles nur für uns. Nicht für sich selbst. Sie wollen einfach nur helfen. Und das soll ich glauben?«

»Glaub, was du willst«, gibt Delores zurück. »Das tut sowieso jeder.«

* * *

Carly steht am Spülbecken, während ihr linkes Bein in einem seltsamen Winkel nach oben gebogen ist, und sieht zu, wie die halb blinde Frau eine ihrer Blasen abwäscht. Sie zuckt ein wenig zusammen. Teilweise vor Schmerz, teilweise aus Zimperlichkeit, weil diese fleckigen, faltigen Hände sie anfassen.

Delores verwendet ein Stück grobe Seife, das nicht gerade aussieht wie die Seife, die man im Laden kaufen kann. Sie brennt viel stärker, als man es bei Seife in einer Wunde erwarten würde. Zudem geht Delores nicht gerade sanft mit ihr um, und als die alte Frau den Hautlappen ertastet, der an Carlys Ferse hängt, reißt sie ihn tatsächlich mit einer raschen Bewegung ab. Ganz wie man einen Verband abnehmen würde, der in einer Wunde festklebt: das ganze Stück auf einmal, um es schnell hinter sich zu bringen.

»Au!«, ruft Carly, ein bisschen lauter als nötig. »Wie wäre es, wenn Sie mich fragen würden, ehe Sie mich auseinandernehmen? Vielleicht wollte ich dieses Stück Haut ja gern behalten.«

»Das willst du nicht.«

»Nein? Und warum nicht?«

»Weil es entzündet ist. Das Letzte, was du willst, ist ein Hautlappen, der sich wieder auf eine Entzündung legt.«

»Oh. Okay. Trotzdem hätten Sie mich vorwarnen können.«

»Stell deinen Fuß hin und gib mir den anderen.«

»Okay«, sagt Carly. »Klar doch. Ganz, wie Sie wollen. Danke, dass Sie meine Frage beantwortet haben.«

Sie nimmt ihren noch immer feuchten linken Fuß aus dem Spülbecken und stellt ihn auf den Küchenfußboden, dann zeigt sie Delores und dem Spülbecken das nächste Schlachtfeld.

Delores wäscht wieder nach Gefühl, den Kopf ein wenig geneigt.

Dann sagt sie: »Ich denke drüber nach, auch diesen Hautlappen abzureißen, also solltest du dich darauf einstellen.«

Ohne eine Antwort abzuwarten, zieht Delores. Diesmal verkneift sich Carly einen Schmerzenslaut.

* * *

»Was ist hiermit?«, fragt sie und zeigt auf den langen Schaffellstreifen, der oben aus beiden Stiefeln herausschaut. »Schneiden Sie die nicht ab?«

»Warum? Willst du, dass ich das tue?«

»Nun ja. Wenn ich meinen Fuß da hineinstecke, trete ich damit das Fell in den Stiefel und laufe den ganzen Tag darauf herum.«

Delores schüttelt nur den Kopf, als hätte Carly so viel Dummheit mit ins Haus gebracht, dass es nicht einmal ihre Beachtung verdient hat. Stattdessen packt sie Carly an den Schultern und drückt sie aufs Sofa.

»Sitz«, sagt sie, als Carly schon auf dem Sofa ist.

»Ich bin kein Hund.«

»Das hab ich gemerkt.«

»Bei Ihnen klingt das nicht so, als wäre es was Gutes.«

»Wenn du ein Hund wärst, könntest du nur ›Wau‹ zu mir sagen. Das wäre auf jeden Fall ein Fortschritt.«

Carly beschließt, die Lage nicht noch weiter eskalieren zu lassen.

Delores hebt Carlys Füße hoch, einen nach dem anderen, und schmiert ihre Fersen mit einer dickflüssigen, stinkenden Salbe ein. Carly erwartet, dass es höllisch brennt, und macht sich auf Schmerzen gefasst. Stattdessen lindert die Salbe den Schmerz, was sie ganz sprachlos macht und ihr aus irgendeinem unerklärlichen Grund das Gefühl gibt, den Tränen nah zu sein.

Delores reißt sauberen weißen Baumwollstoff in Streifen und wickelt sie zweimal um jeden Fuß, wie einen Verband. Dann erhebt sie sich schwerfällig wieder.

»Diese Socken, die du da hast, taugen rein gar nichts.«

Sie humpelt zu einer Kommode hinüber.

Carly schaut sich um und fragt sich, wo die alte Frau eigentlich schläft. Das ganze Haus besteht aus einem einzigen großen Raum, und es ist kein Bett zu sehen. Vielleicht kann man das Sofa ausziehen.

Delores kommt mit einem Paar dicker grauer Socken zurück. Sie sind ungewöhnlich dick, wie Winterstrümpfe oder Wandersocken. Anders als alle, die Carly bisher getragen hat.

Sie wirft sie ihr in den Schoß. Carly starrt die Socken nur an, als wüsste sie nicht, was sie sind oder wie man sie verwendet. Tatsächlich weiß sie nicht, ob sie geliehen oder geschenkt sind, und sie kann weder das eine noch das andere von dieser schrecklichen alten Frau annehmen, ohne dazu verpflichtet zu sein, ihren Hass und ihre Feindseligkeit abzumildern. Wenigstens ein bisschen.

Delores fragt: »Willst du eine Gebrauchsanweisung?«

»Warum tun Sie so, als würden Sie mich mögen? Ich weiß genau, dass es nicht so ist.«

»Ach so … wenn du jemanden nicht magst … und siehst, wie diese Person leidet … dann lässt du sie einfach leiden?«

Carly muss kurz darüber nachdenken. Wenn es eine fremde Person wäre … dann vielleicht schon. Sie hat das Leid anderer Leute immer als etwas betrachtet, auf das sie keinen Einfluss hat, weniger als unterlassene Hilfeleistung. Eher so, als befände sie sich auf einem ganz anderen Stern als der Leidende.

Als hätte ich in meinem eigenen Leben nicht genug Probleme, denkt sie. Was könnte ich denn für einen Fremden tun? Was hab ich denn schon, womit ich irgendjemanden retten könnte? Ich kann doch noch nicht mal Jen retten. Oder mich selbst.

»Also geben Sie zu, dass Sie mich nicht leiden können.«

»Ich mag deine Schwester«, antwortet Delores ohne Zögern.

Der Satz hängt in der Luft und macht Carly verlegen. Sie weiß nicht, was sie fühlen soll, doch kurz darauf bricht etwas in ihr durch. Etwas, das wehtut. Jeder mag Jen lieber. Warum mag jeder Jen lieber? Was hat Carly getan, das so schlimm war? Sie strengt sich so sehr an, damit alles klappt, und Jen lässt sich einfach durch die Welt treiben, durchs Leben, und die Leute sind von ihr begeistert. Einfach so. Auch Teddy mochte Jen lieber.

Der Gedanke fährt durch ihren Magen wie ein rostiger Dosenöffner. Sie hat es schon immer gewusst, es aber nie in Worte gefasst. Nicht einmal in ihrem Kopf, wo sie doch eigentlich allein ist und denken kann, was sie will.

»Deine Schwester denkt wie eine Wakapi«, sagt Delores. »Hat ein Gefühl für das Land. Das Erste, was sie heute Morgen gemacht hat, als sie aus dem Wohnwagen kam, war, stillzuhalten und sich umzusehen. Sie meinte, sie schaue sich an, wie die Sonne auf die große Hochebene hinter dem Haus scheint, und dann hat sie die Luft geschnuppert. Hat den Morgen gerochen, um den Tag einzuschätzen. Sie weiß, wo sie ist. Sie achtet darauf.«

»Sie glaubt, dass sie hier irgendwo angekommen ist«, sagt Carly. Ihr Herz ist so kalt und dunkel wie gefrorene Erde. »Ich weiß es besser.«

Delores erhebt sich wieder, dieses Mal etwas schneller.

»Zieh deine Stiefel an und geh wieder an die Arbeit.«

Sie watschelt aus dem Haus.

Carly schaut hinab auf ihre Stiefel, und plötzlich versteht sie. Das Futter aus Schafleder ist so zurechtgeschnitten, dass es bis nach oben über ihre ganze Ferse reicht. Es ist sogar genug, damit man es oben über den Stiefelschaft schlagen kann, ein kleiner Streifen, an dem man es festhalten kann, damit es nicht verrutscht, wenn man den Fuß hineinschiebt. Dieses neue Futter sorgt nicht nur dafür, dass die Stiefel ihr besser passen, es bildet auch noch ein weiches Kissen für ihre verletzten Fersen.

Einen Moment lang will sie Delores folgen und etwas zu ihr sagen. Irgendetwas, das ein besseres Ende für das Gespräch wäre. Doch stattdessen bleibt sie einfach sitzen. Ihre Unterhaltung heute Morgen ist wie das Leid anderer Leute – weit außerhalb ihres Einflussbereichs. Noch immer ist das Leben etwas, das ihr einfach zustößt. Wenn es eine Möglichkeit gäbe, dafür zu sorgen, dass alles rund läuft, hätte sie diesen Weg schon längst gewählt.

* * *

Jen mischt mit einer Hacke Gipsmörtel und rührt ihn in einer flachen Metallwanne. Ganz so, als würde sie das jeden Tag machen.

Carly läuft hin und her, legt die letzten Steine wieder auf den Haufen. Sie spürt den Unterschied, weil sie jetzt wieder ohne Schmerzen laufen kann. Zwar tun die aufgeplatzten Blasen noch immer ein bisschen weh, doch die Stiefel scheuern nicht mehr dagegen – sie passen jetzt ganz normal und haben hinten auch noch ein Extrapolster.

Als die Steine alle aufgestapelt sind, geht Carly neben der Wanne in die Hocke und schaut hinein. Als gäbe es nichts Spannenderes, als zuzusehen, wie jemand Mörtel mischt.

»Wie viel hast du mit ihr gesprochen, während ich geschlafen hab?«, fragt sie Jen.

»Nur ein bisschen«, sagt Jen, sofort in Verteidigungshaltung. Sie scheint zu wissen, was Carly hören will. Anscheinend ist es nicht das, was sie zu sagen hat.

»Was hast du ihr erzählt?«

»Weiß ich nicht.«

»Wie kannst du das nicht wissen, Jen? Du warst doch dabei, oder?«

»Ich kann mich nicht erinnern. Sie kann Körbe flechten. Ich hab mir ihre Körbe angeschaut. Wir haben uns darüber unterhalten, wie sie all die Dinge bekommt, die sie braucht, wo sie doch keine Stadt in der Nähe hat. Nichts Besonderes, wirklich.«

»Sie hat schon entschieden, dass sie dich mag.«

Jens Miene hellt sich auf. »Ja?« Dann bemerkt sie Carlys Blick, der sie fast erdolcht, und zwar mit voller Absicht. Jen macht ein langes Gesicht. »Nun, das ist dumm. Wir kennen uns doch noch nicht mal.«

»Halt dich von ihr fern, Jen.«

»Warum?«

»Weil ich sie nicht mag, deshalb.«

»Ich mag sie aber.«

»Ich dachte, ihr kennt euch nicht mal.«

Kurz bewegen sich Jens Lippen, doch es sind keine Worte zu hören.

Dann ist die alte Frau auf einmal wieder da. Sie trägt zwei Strohhüte über den staubigen Hof. Der eine ist ein Cowboyhut mit gebogener Krempe. Er ist alt und verbeult. Und klein. Der andere hat eine weiche, herabhängende Krempe, wie der Gartenhut einer alten Dame, und genau das ist er wahrscheinlich auch.

Delores sagt: »Wie ihr beide so dumm sein konntet, ohne irgendeinen Sonnenschutz so weit zu wandern, werde ich nie verstehen. Tollwütige Hunde, wisst ihr? Wie in diesem alten Lied über tollwütige Hunde. Und Anglos. Das sagt einem doch schon der gesunde Menschenverstand, dass man aus der Sonne raus muss.«

Inzwischen nähert sich die Sonne dem Zenit, und Carly kommt es vor, als würde sie jeden Wassertropfen ausschwitzen, den sie letzte Nacht aus dem Eimer getrunken hat. Dennoch will sie der alten Frau sagen, wo sie sich ihren alten Schlapphut hinstecken kann. Sie weiß schon jetzt, dass dieser Hut für sie ist. Der alberne. Sie weiß, dass Jen den guten Hut bekommt. Die Tatsache, dass ihr der wahrscheinlich ohnehin zu klein wäre, verringert ihre Wut kein bisschen.

Sie will den Hut nicht, weil sie weiß, dass sie sich damit dämlich vorkommen wird. Aber noch wichtiger ist, dass sie keine Hilfe mehr von ihrer Feindin annehmen will.

»Danke«, sagt Jen und schnappt sich den guten Hut. Den Cowboyhut.

Delores sagt: »Der gehört meinem Urenkel. Er ist außer euch der Einzige, der so unvernünftig ist, ohne Hut herzukommen. Er könnte dir passen. Vielleicht ist er auch ein bisschen zu groß, weil ihn sonst ein Junge trägt.«

Jen setzt den Hut auf, und er fällt ihr in die Stirn, sodass er fast ihre Augen verdeckt. Der Hut mag klein sein, aber Jen ist noch kleiner.

»Okay, okay, halt einfach still«, sagt Delores. »Ich hol dir ein Tuch, das du dir um den Kopf binden kannst. Das saugt den Schweiß auf und sorgt dafür, dass das Ding ein bisschen weiter oben sitzt.«

»Danke, Delores«, sagt Jen fast fröhlich.

Delores wendet sich Carly zu, mit finsterer Miene, und hält ihr wortlos den Schlapphut hin.

Carlys Kopf füllt sich mit Bildern von gestern, den letzten Tagen, die sie draußen in der Sonne verbracht haben. Wie die heißen Sonnenstrahlen sich direkt durch ihr zweites T-Shirt zu brennen schienen, als sie es sich als Schattenspender über den Kopf gezogen hatte. Wie ihre Lippen beim Sprechen rissig und spröde wurden und bluteten. Die vertrockneten Blasen, die sich schälen und die sie auf ihrer Stirn spürt, wenn sie mit der Hand darüberfährt. Sie nimmt den Hut.

»Danke, Ma'am«, sagt sie.

Delores knurrt nur. Dann watschelt sie wieder ins Haus, um das Tuch für Jen zu holen.

Mit dem Hut kommt sich Carly wie eine Idiotin vor. Doch das ist wirklich keine Überraschung. Das ist wahrscheinlich genau das, was die alte Frau beabsichtigt hat.

* * *

»Wir müssen Ihr Telefon benutzen«, sagt Carly, laut und in scharfem Ton, als die alte Frau wieder herauskommt.

»Das sehe ich anders«, sagt Delores.

»Das ist nun wirklich nicht fair. Wenn ich meinen Stiefvater anrufen könnte, würde er herfahren und uns holen. Und er würde Ihnen genug zahlen, um das auszugleichen, für das wir hier die ganze Woche arbeiten sollen. Dann könnten wir nach Hause. Sie tun so, als würden Sie sich Sorgen um uns machen, aber ich weiß, dass Sie das nicht wirklich tun. Wenn Sie es täten, würden Sie uns helfen, nach Hause zu kommen.«

Es gibt noch andere Hindernisse, doch Carly will im Moment nicht darüber nachdenken. Sie wird bei der Auskunft anrufen müssen. Vielleicht mehrere Male, um die Nummern aller Baufirmen zu bekommen, die in Trinity ansässig sind. Und dann wird sie bei jeder von ihnen anrufen müssen. Vielleicht hat sie auch Glück und erwischt schon beim ersten oder zweiten Versuch die richtige, doch es könnte trotzdem teuer werden. Aber eine ganze Woche harter Arbeit muss doch irgendwas wert sein. Mehr als zwei Eier jedenfalls.

Delores öffnet den Mund, um etwas zu sagen, doch Carly schneidet ihr das Wort ab.

»Gut, wenn Sie sich Sorgen ums Geld machen, arbeiten wir eben noch härter. Wir arbeiten mehr Stunden am Tag. Oder mein Stiefvater gibt Ihnen das Geld für die Anrufe, wenn er hierherkommt, um uns abzuholen. Wenn Sie sich um das verdammte Geld Sorgen machen.«

Delores wartet einen Augenblick ab, als wollte sie sichergehen, dass Carly nun wirklich fertig ist.

Dann sagt sie: »Es geht mir nicht um das verdammte Geld.

Ich mach mir nie Sorgen um Geld. Hier draußen brauch ich davon eh nicht viel. Für die meisten Sachen, die ich brauche, tausche ich Eier oder Milch ein, und wenn ich nichts habe, das ich eintauschen kann, bekomme ich trotzdem, was ich brauche, weil ich zu den Ältesten gehöre, und die Wakapi kümmern sich um ihre Ältesten. Abgesehen davon ist Geld ein Geschenk des Schöpfers, so wie alles andere auch. Es hat keinen Sinn, sich um etwas Sorgen zu machen, das man umsonst bekommt.«

»Können wir dann Ihr Telefon benutzen?«

»Tut mir leid …«, sagt Delores.

Carly unterbricht sie erneut. »Ich glaube Ihnen nicht! Sie wollen uns nur das Leben schwermachen! Sie wollen jemanden, der für Sie Sklavenarbeit erledigt. Wir sind Ihnen völlig gleichgültig. Das hier ist garantiert illegal. Ich sollte die Polizei anrufen.«

Dann wird ihr klar, wie absurd ihre Drohung ist. Um die Polizei anzurufen, bräuchte sie erst einmal Zugang zu einem Telefon. Und wenn sie es sich leisten könnten, der Polizei in die Quere zu kommen, wären sie gar nicht erst hier gelandet. Sie sitzen wirklich fest. Jeder Weg, der sie in die Freiheit führen soll, bringt sie an ihren Ausgangspunkt zurück, lässt sie genau hier wieder ankommen. In der Hölle.

Zu ihrer Linken spürt sie, wie Jen sich versteift. Anspannung umgibt sie wie ein elektrisches Feld. Doch Carly kann ihre eigene Aufregung nicht unterdrücken. Sie fühlt sich wie ein Tier in der Falle. Sie ist in Panik und würde alles tun, um freizukommen, selbst wenn sie dafür ihr eigenes Bein durchnagen müsste.

Aus dem Augenwinkel sieht sie eine Staubwolke und nimmt beiläufig ein Motorengeräusch wahr. Ein Pick-up kommt in die Einfahrt der alten Frau gefahren, doch Carly ist zu wütend und zu panisch, um ihn wirklich zu beachten.

Warum hat sich die Welt so gegen sie verschworen? Warum

will jeder sie davon abhalten, zu Teddy zurückzukommen? Sie erwartet doch gar nicht viel vom Leben.

Delores steht da, eine Hand in die Hüfte gestemmt – eine Haltung, die Carly wohl daran erinnern soll, dass sie es nicht einmal annähernd mit der alten Frau aufnehmen kann. In ihrem langen Leben hat Delores wahrscheinlich schon mehr Empörung empfunden, als Carly es jemals könnte.

»Erstens«, sagt Delores, »hab ich es dir schon einmal gesagt. Ehrlichkeitssystem. Du kannst gehen oder bleiben. Ich halte dich nicht mit vorgehaltener Waffe fest. Zweitens, du hast Glück. Du willst die Polizei anrufen? Dafür brauchst du kein Telefon. Er ist hier. Ruf einfach nach Alvin, und zwar schön laut. Warte aber, bis sein Auto aus ist, damit er dich auch hört.«

Carly wendet ihre volle Aufmerksamkeit dem Pick-up zu. Er ist etwa zehn Jahre alt und in gutem Zustand. Dunkelblau. Er hält vor dem Hühnerstall, und der Fahrer schaltet den Motor aus. Carly hört, wie die Handbremse einrastet.

Der Mann, der aussteigt, ist indianischer Abstammung, wahrscheinlich ein Wakapi wie die alte Frau. Er ist vielleicht Ende zwanzig und gut aussehend, mit glänzendem schwarzen Haar, das er hinten ordentlich zu einem Pferdeschwanz zusammengebunden hat, unter einem Hut mit breiter Krempe. Er lächelt Delores an und zeigt strahlend weiße Zähne.

Carly reißt sich den albernen Hut vom Kopf. Sie will nicht, dass ein Mann sie so sieht.

Er ist kein Polizist. Er ist nur ein Typ mit einem Pick-up. Bestimmt ist das wieder eins von Delores' Spielchen.

»Das soll ein Polizist sein?«, fragt Carly in sarkastischem Ton.

Sie will die alte Frau kränken, doch ihr fällt zu spät auf, dass sie damit auch den Mann beleidigt, obwohl sie ihn gar nicht kennt. Vielleicht ist er ja nett. Vielleicht ist er sogar ihre Rettung. Wenn sie Glück hat, schreit er Delores gleich an, weil sie Zwangsarbeiter beschäftigt, und bringt sie dann zu einem Telefon, das sie benutzen können.

»Ich freu mich auch, dich kennenzulernen«, sagt Alvin. »Wer sind denn deine Freundinnen, Delores?«

»Nun, die mit dem losen Mundwerk nennt sich Carly. Diese nette Kleine hier ist Jen.«

»Und was führt diese reizenden Damen in unsere Gegend?«

»Sie sind nur auf der Durchreise«, erwidert Delores. »Fräulein Vorlaut hier glaubt nicht, dass du zur Polizei gehörst.«

Alvin wendet sich an Carly: »Wie, darf sich ein Polizist nicht mal einen Tag freinehmen?«

Carly glaubt den beiden kein Wort. Das ist nur irgendein Mann. Ein Nachbar, Freund oder Enkel. Sie wollen, dass sie ihn für einen Bullen hält, damit sie Angst vor ihm hat und nicht mehr aufmuckt.

Carly sagt nichts. Niemand sagt etwas.

Schließlich meint die alte Frau: »Alvin, sag dem kleinen Fräulein Vorlaut, warum sie hier nicht telefonieren kann.«

»Oh, ganz einfach«, sagt Alvin. Er schaut hinüber zum Dach des kleinen Hauses. »Wie viele Leitungen siehst du da oben?«

Carly schaut hoch. Ein dicker Draht spannt sich schräg von einem einzigen Mast hinunter. Auf der Hinterseite des Hauses, wo Carly ihn nicht mehr sieht, führt er ins Gebäude hinein.

»Nur eine«, räumt sie ein.

Da wird ihr plötzlich klar, dass die alte Delores kein Telefon hat. Strom schon, aber keine Telefonleitung.

»Das ist doch verrückt«, sagt Carly. »Was, wenn Sie jemanden anrufen müssen?«

»Wen denn?«, fragt Delores.

»Wenn Sie zum Beispiel Hilfe brauchen oder so.«

Sie verzichtet darauf, Delores' Alter zu erwähnen. Dass eine so alte Frau hier allein nicht sicher ist, versteht sich wohl von selbst.

»Alvin kommt jeden Morgen vorbei, um zu schauen, ob bei mir alles in Ordnung ist oder ob ich irgendwas brauche. Jeden Morgen, komme, was wolle, ganz gleich, ob er Dienst hat oder nicht. Man kann die Uhr nach Alvin stellen.«

»Ich kann euch Mädels zu einem Telefon fahren, wenn ihr jemanden anrufen müsst«, meint Alvin.

»Oder sie könnte dein Handy benutzen«, schaltet sich Delores ein.

»Das ist leider nur für berufliche Telefonate. Aber ich kann sie ins Dorf bringen.«

Delores sagt: »Ja, es gibt eine Telefonzelle neben unserem Lädchen.«

Carly ist drauf und dran, in den Pick-up zu steigen und diesem Albtraum ein Ende zu setzen. Dann dämmert es ihr. Für ein Münztelefon braucht man Münzen.

»Äh, danke. Vielleicht morgen.«

Sie merkt, dass Jen versucht, ihren Blick auf sich zu ziehen, doch sie weigert sich, sie zu beachten.

Alvin wechselt noch ein paar Worte mit der alten Frau, direkt vor ihren Augen, aber in einer Indianersprache, die Carly nicht einmal ansatzweise versteht. Dann steigt er wieder in seinen Pick-up und winkt ihnen noch einmal zu. Jen winkt zurück.

Carly winkt nicht. Ihr Arm ist zu schwer, zu trostlos.

Alvin wirft den Pick-up an und fährt in einer Staubwolke rückwärts auf die Straße hinaus.

Delores watschelt wieder ins Haus.

»Du hättest mit ihm gehen sollen«, sagt Jen.

»Ich? Warum nicht wir?«

»Mir geht es hier gut. Aber du hättest das Münztelefon benutzen sollen. Ich will nicht mehr zu Fuß gehen, Carly. Ich laufe nicht die ganze Strecke nach Kalifornien. Wenn wir hier fertig sind, will ich, dass mich jemand fährt. Selbst wenn …«

Sie beendet den Satz nicht.

»Selbst wenn was, Jen?«

Es kommt keine Antwort.

Es ist seltsam, wie Jen ihre Grenzen setzt. Sie sind wie unsichtbare Mauern. Man sieht sie nie kommen, bis man dagegenprallt. Und dann kommt man einfach nicht mehr weiter. Es ist, als hätte ihre kleine Schwester zwei Persönlichkeiten: die, die sie kennt, seit sie vier ist, und dann diese. Diese völlig andere Person.

»Du weißt, warum ich das Münztelefon nicht benutzen kann, Jen. Das weißt du doch, oder?«

»Vielleicht hätte er uns das Geld geliehen. Du weißt schon. Wenn er wüsste, was wir für Probleme haben.«

»Jen. Wenn er wüsste, was wir für Probleme haben, würde er sofort beim Jugendamt anrufen. Dann würden sie uns abholen kommen, und wir hätten nichts mehr zu sagen.«

»Oh«, macht Jen. »Stimmt. Daran hab ich nicht gedacht.«

»Ja. Du denkst nämlich nie an solche Sachen. Du denkst überhaupt nie an irgendwas Wichtiges. Ich muss an alles denken. Deshalb ist es gut, dass ich diejenige bin, die das Sagen hat.«

Jen seufzt und macht sich wieder an die Arbeit. Sie schneidet ein Stück Maschendraht ab, um es als Grundlage für den Mörtel zu benutzen, so wie Delores es ihr gezeigt hat.

Dann fragt Jen: »Glaubst du, dass dieser Alvin wirklich bei der Polizei ist?«

»Nein. Sah er für dich wie ein Polizist aus?«

»Ich weiß nicht. Wie sieht ein Polizist denn aus?«

»Nun, er hat zumindest mal eine Uniform an.«

Carly hört sich selbst zu, wie sie mit Jen spricht, als wäre diese geistig zurückgeblieben. Ihr Ton gefällt ihr selbst nicht, aber sie weiß auch nicht, wie sie ihn ändern soll.

»Er meinte, er hätte heute frei.«

»Die wollen uns doch nur Angst machen, Jen.«

»Wahrscheinlich.«

Sie arbeiten noch mindestens eine Stunde lang am Hühnerstall, ohne zu reden und ohne irgendeine Unterbrechung. Es ist fast eine Wohltat. Ihr Leben mag armselig sein, doch einen wundervollen Augenblick hält das verdammte Ding wenigstens einmal still.

* * *

Als die alte Frau wieder aus dem Haus kommt, steht die Sonne direkt über ihnen.

»Macht eine Pause«, sagt sie. »Geht raus aus der Mittagssonne. Nachher könnt ihr weiterarbeiten. Nach dem Mittagessen. Nach vier. Jetzt ist es zu heiß.«

Carly richtet sich auf und stützt sich auf ihre Gartenhacke. Sie sieht sich auf dem Grundstück um, als wollte sie Klagegründe sammeln und im Geiste eine Liste der Dinge anlegen, die sie kritisieren kann.

Das Gerümpel. Sie hat nicht übel Lust, wegen des Gerümpels eine Riesenszene zu machen. Die rostigen Bettfedern und Farbdosen und die Maschendrahtrollen. Die ganzen alten Autoteile.

»Ich versteh nicht, wie Sie es aushalten, von diesem ganzen Müll umgeben zu sein«, sagt sie. »Es sieht hier aus wie auf einem Schrottplatz.«

Es ist hart, aber es fühlt sich gut an. Carly will austeilen. Sie will, dass noch jemand anders auf dieser Welt auch nur ein Prozent ihres eigenen Schmerzes fühlt. Vor allem, wenn dieser Jemand Delores ist.

Doch die alte Frau lacht nur wieder ihr seltsames Lachen.

»Es hilft, wenn man den Müll kaum sieht«, sagt sie.

»Andere sehen ihn aber.«

»Nun, das ist deren Problem. Oder? Stört es dich?«

»Ja. Tut es.«

Das stimmt nur halb. Carly hat nicht viel Bezug zu diesem Ort. In kaum mehr als sechs Tagen wird sie hier weg sein, und noch früher, wenn sie Teddy anrufen kann. Was interessiert es sie, wie es hier aussieht, solange sie bald wegkommt?

»Dann ist das eure nächste Aufgabe. Sobald ihr die Stallwand geflickt habt, befördert ihr dieses ganze Zeug hinüber auf meinen Pick-up und schafft, so viel ihr könnt, auf die Ladefläche. Kannst du fahren?«

»Ja, kann ich.«

»Okay. Trotzdem komm ich mit dir mit. Ich lass dich nicht mit meinem Pick-up allein. Aber ungefähr fünf Kilometer westlich von hier gibt es einen Händler. Jemanden, der Altmetall aufkauft und auch jede Menge anderen Kram. Viel zahlt er nicht, nur ein paar Cent pro Kilo, glaube ich, aber du kannst das Geld behalten. Das sollte zumindest genug sein, damit du telefonieren kannst.« Sie verschwindet wieder im Haus.

Carly fängt an, den Maschendraht aufzusammeln. Er ist schwerer, als er aussieht. Sie schaut hoch zu Jen, die an der Haustür steht.

»Komm schon«, sagt Jen. »Wir haben jetzt Pause.«

»Geh du. Je schneller ich das hier erledigt bekomme, desto schneller kommen wir hier weg.«

Jen zuckt die Achseln und geht hinein.

Doch nachdem sie ungefähr zehn Minuten damit verbracht hat, sich in der Mittagssonne mit schweren Maschendrahtrollen abzumühen, freundet sie sich immer mehr mit dem Gedanken an, Pause zu machen. Außerdem will sie Jen nicht mehr mit der alten Frau allein lassen. Jedenfalls nicht allzu lange. Nicht, wenn es nach ihr geht.

Irgendwie schafft es Delores, Jen in ihren Bann zu ziehen. Carly ist bereits von einer unbestimmten Furcht erfüllt, wenn sie über die Situation nachdenkt, und über diese ganz neue Verbindung, die Jen mit Delores zu haben scheint. Es kommt ihr vor, als hätte sie der alten Frau ihre Schwester ausgeliehen, und zwar gegen ihren Willen, und irgendwie kann sie sich jetzt nicht mehr völlig sicher sein, ob sie Jen am Ende der Woche wirklich zurückbekommt.

Das stimmt nicht. Eigentlich ist es sogar ein ziemlich dummer Gedanke.

Aber so fühlt es sich an.

* * *

»Hey. Jen. Bist du wach?«

»Mist«, nuschelt Jen. Sie ist kaum zu verstehen. »Jetzt schon, glaube ich.«

Carly liegt schon seit Stunden in dem alten pinken Wohnwagen wach und kann nicht einschlafen. Je länger sie wach liegt, desto größer werden ihre Ängste und Sorgen. Als hätte sie sie mit Super-Sorgen-Dünger eingesprüht, während sie sich gequält im Bett herumwälzt. Die Sorgen saugen den Dünger auf wie ein Schwamm, und er zeigt durchschlagende Wirkung.

Sie macht sich sogar Sorgen wegen der Arbeit, die sie am nächsten Morgen erledigen muss. Wie sie sich dabei fühlen wird, wenn sie nicht geschlafen hat. Je mehr sie sich selbst dazu zwingen will einzuschlafen, desto mehr Druck baut sich in ihr auf und hält sie wach.

Ehe sie Jen geweckt hat, hat sie versucht, sich einzureden, dass sie das nicht tut, weil sie ihr Leid mit jemandem teilen will. Sie hofft, dass das die Wahrheit war.

»Ich muss dir was sagen.«

»Hoffentlich nichts Schlimmes.«

»Es ist … nicht allzu schlimm. Es lässt sich regeln. Es ist nur etwas lästig. Du musst mir vertrauen, dass ich das wieder hinkriege.«

Carly wartet. Doch Jen lässt nur einen Seufzer hören.

»Ich hab schon mal versucht, es dir zu sagen. Schon bevor wir im Hühnerstall erwischt wurden. Aber da hast du geschlafen, oder vielleicht warst du sogar bewusstlos, und ich hab mein Sprüchlein heruntergebetet, und jetzt weiß ich nicht, ob du auch nur ein Wort davon mitbekommen hast. Sag mir, wenn dir irgendwas davon bekannt vorkommt.«

»Erzähl's mir einfach, Carly. Sag mir, was los ist.«

Der Mond ist schon zu mehr als drei Vierteln voll. Durch das kleine Fenster des Wohnwagens kann Carly ihn nicht sehen, doch sie hat ihn vor weniger als einer Stunde zu Gesicht bekommen. Und sie sieht den Mondschatten, den der Hühnerstall wirft, und das gespenstische Licht, in das der Mond die Hochebene taucht.

»Teddy wohnt nicht mehr in Tulare.«

»Das hab ich noch nicht gehört«, sagt Jen.

»Er ist in einen kleinen Ort namens Trinity in Nordkalifornien gezogen.«

»Hast du seine Nummer?«

»Nein. Aber ich werde sie bekommen. Ich finde ihn. Du wirst schon sehen.«

Langes Schweigen tritt ein. Jen reibt sich die Augen und gähnt.

Dann sagt sie: »Vielleicht sollten wir das mit Teddy einfach vergessen.«

Sie hätte Carly ebenso gut den Ellbogen in den Bauch rammen und sie zu Boden stoßen können, ohne Vorwarnung und ohne Grund. Carly hätte nicht entsetzter sein können.

»Was hast du gerade gesagt?«

»Hast du es nicht gehört?«

»Jen. Teddy ist alles, was wir haben. Wer sonst würde sich um uns kümmern?«

»Vielleicht würde Delores es tun.«

Heftig schlägt Carly die grobe Decke zurück, springt auf und läuft barfuß auf dem kalten Linoleum hin und her. Sie hat geahnt, dass das hier passieren würde, hat es irgendwie kommen sehen, ehe es sich vollständig gezeigt hat, doch sie hat sich die ganze Zeit über eingeredet, dass es unmöglich so weit kommen könnte. Dass sie albern und überängstlich ist. Was sagt das über ihre anderen Sorgen? Sind sie vielleicht alle gar nicht so unrealistisch?

»Wir kennen sie gerade mal einen Tag, Jen.«

»Trotzdem gefällt es mir hier. Es gefällt mir hier richtig gut.«

»Sie wird sich nicht um dich kümmern.«

»Woher willst du das wissen? Sie mag mich.«

»Jedenfalls wird sie sich nicht um mich kümmern. Mich mag sie nicht. Außerdem erlaub ich das nicht. Ich würde es nicht zulassen. Und du willst doch, dass wir zusammenbleiben, oder?«

Jen setzt sich auf. »Sicher, Carly. Ja. Natürlich tu ich das. Ich hab's nicht so gemeint. Ich bin einfach ein bisschen müde, okay? Du hast mich gerade aus dem Schlaf gerissen, und ich wusste nicht, was ich sage. Komm wieder ins Bett, Carly. Bitte. Ich hab's nicht so gemeint.«

Carly setzt sich auf die Bettkante, und Jen deckt sich wieder zu.

Als sie sich endlich etwas beruhigt hat, steigt auch Carly wieder ins Bett und legt sich unter die Decke. Dennoch dauert es Stunden, bis sie wieder einschläft.

Jen hingegen schnarcht schon nach wenigen Minuten leise vor sich hin.

Wakapi-Gebiet, 15. Mai

Delores Watakobie braucht lange, um auf den Beifahrersitz ihres eigenen Pick-ups zu kommen. Die Autotüren stehen offen, und Carly sitzt im Schatten des Carports am Steuer. Zum ersten Mal seit Langem empfindet sie wieder ein gewisses Gefühl von Macht. Das hat sie immer, wenn sie Auto fährt. Sie sieht zu, wie die alte Frau nach oben greift, nach einem Griff über dem Türrahmen. Delores steigt auf das Trittbrett des Pick-ups und gibt eine Reihe seltsamer, knurrender Laute von sich, während sie versucht, sich hineinzuziehen.

Carly ist drauf und dran auszusteigen, ums Auto herumzugehen und ihr zu helfen. Sie hochzuheben oder so. Doch sie hat sich kaum gerührt, als Delores ihr Einhalt gebietet.

»Wag es ja nicht.« Sie spricht leise, erhebt nicht die Stimme, doch in ihren Worten liegt viel Kraft. Sie sind eine strenge Warnung. »An dem Tag, an dem ich nicht mehr in meinen eigenen Wagen steigen kann, lass ich mich von meinem Schöpfer beerdigen. Das Dasein hat keinen Zweck, wenn man nicht mal mehr für sich selbst sorgen kann.«

Mit einem letzten Knurren lässt sie sich auf den Beifahrersitz fallen.

Carly schaut in den Rückspiegel und überprüft noch einmal, ob sie und Jen die erste Schrottladung richtig auf der Ladefläche aufgestapelt haben.

»Sind Sie sicher, dass wir das Zeug nicht festbinden sollten?«

»Auf den Straßen hier kann man eh nicht schnell fahren. Sollte kein Problem sein. Hast du das Ladegerät herausgezogen?«

Einen Augenblick lang sagt Carly nichts. Sie weiß nicht einmal, was für ein Ladegerät Delores meint, geschweige denn, wie man es herauszieht.

Delores stößt einen tiefen Seufzer aus. »Wenn du glaubst, dass ich jetzt noch mal aussteige, dann irrst du dich gewaltig. Das kannst du machen. Steig aus. Mach die Motorhaube auf. Sie ist nicht verriegelt. Da siehst du zwei Drähte, die hineinführen. Der eine ist an die Autobatterie geklemmt, der andere an eine Strebe. Klemm erst den einen und dann den anderen ab. Sie dürfen sich aber auf keinen Fall berühren. Mach die Motorhaube wieder gut zu, und lass das Ladegerät dort, wo es ist.«

Carly klettert hinaus, umkreist den Pick-up, bis sie auf der Vorderseite ankommt, und nähert sich dem Ladegerät, als sei es eine Giftschlange. Es liegt auf der Erde und ist ungefähr so groß wie eine Autobatterie, vielleicht ein bisschen größer, mit einem großen schwarzen Plastikgriff.

Sie öffnet die Motorhaube des alten Pritschenwagens. Das Kreischen der Scharniere klingt genauso wie die Tür des pinken Wohnwagens. Vielleicht ein bisschen tiefer, mit mehr Bass, aber nah dran.

Sie greift nach der Klammer an der Batterie und drückt sie. Als sie sie abzieht, sprühen Funken, und sie erschrickt. Sie lässt die Klammer in den Motorraum fallen.

»Das Ding beißt nicht«, ruft Delores. »Achte nur drauf, dass sich die Klammern nicht berühren, hörst du.«

Was für eine widersprüchliche Botschaft. Es wird dir nicht

wehtun. Pass nur auf, dass es dir nicht wehtut.

Sie packt das isolierte Kabel und zieht vorsichtig die Klammer wieder aus dem Motorraum. Schweiß rinnt ihr über die Stirn, und sie weiß nicht, wie viel davon der Hitze geschuldet ist und wie viel ihrer Nervosität. Sie fühlt sich, als wollte sie eine Bombe entschärfen.

Sie wirft die Klammer auf den Boden, dann merkt sie, dass die andere jetzt wahrscheinlich keine Ladung mehr hat. Also zieht sie sie ebenfalls ab und lässt sie auch auf den Boden fallen, in die Nähe der anderen. Als sie hinunterfällt, fällt es ihr wieder ein: Sie dürfen sich nicht berühren. Eine halbe Sekunde lang setzt ihr Herz aus, während die Klammer auf dem Boden aufkommt. Fünf Zentimeter weiter, und es hätte eine Katastrophe gegeben. Sie stößt einen Seufzer aus.

Im Geiste gibt sie sich eine Ohrfeige. Warum bist du immer so ängstlich, Carly? Verdammt noch mal. Warum kannst du die Sachen nicht einfach machen? Warum kommst du mit diesen einfachen Kleinigkeiten nicht klar, mit denen andere Leute überhaupt keine Probleme haben?

Sie schaut über den Hof zu Jen, die fröhlich die Ziegen füttert. Jen hätte das Ladegerät abklemmen können. Mühelos, ohne Angst. Carly schlägt die Motorhaube fest zu, vielleicht zu fest. Dann steigt sie wieder in den Pick-up. Sie schaut hinunter auf die Gangschaltung und sieht einen Schaltknüppel.

Carly kann keine manuelle Gangschaltung bedienen. Teddys Auto hatte eine Automatikschaltung. Sie kann nur Automatik fahren. Unglaublich, dass dies jetzt erst in ihren Verstand durchdringt, als sie gerade bereit ist, den Motor zu starten und loszufahren. Der Moment zieht sich hin.

»Was ist?«, krächzt Delores.

Carly antwortet nicht.

»Mach den Mund auf, Mädchen. Was ist jetzt los?«

»Wie viel schwerer ist es, mit einer manuellen Gangschaltung zu fahren als mit einer automatischen?«

Schweigen.

Delores wirft den Kopf in den Nacken, als flehe sie um göttlichen Beistand, der durchs Dach des alten Pick-ups auf sie herunterkommen soll. Dann legt sie den Kopf in die fleckigen Hände und schüttelt ihn – und die Hände – drei oder vier Mal hin und her, langsam.

»Lass uns die Plätze tauschen«, sagt sie und lässt die Hände hart in ihren Schoß fallen.

Carly klitzekleines bisschen Macht ist dahin, wie zu erwarten war. Das ist ihr Schicksal, solange sie zurückdenken kann.

»Vielleicht kann ich es lernen.«

»O nein. Nein, nein, nein. Nicht mit meinem Auto, kommt nicht in Frage. Nicht mit meiner Kupplung. Diese Kupplung verrichtet ihren Dienst seit 1973 und muss so lange halten wie dieser ganze Pick-up. So lange wie ich. Du kannst mir nicht meine Gangschaltung kaputt machen. Wir tauschen die Plätze.«

»Sehen Sie denn gut genug, um zu fahren?«

»Nein. Du wirst mir deine Augen leihen müssen.«

Einen Augenblick rührt sich Carly nicht und lässt die Worte auf sich wirken. Sie wurde gerade aufgefordert, mit einer Blinden am Steuer eine Schotterstraße entlangzufahren. Ja, sie muss dringend telefonieren. Doch sie muss auch lange genug am Leben bleiben, um zu Teddy zurückzukommen.

»Das klingt ziemlich … gefährlich.«

»Entweder machen wir's so, oder wir bleiben daheim und vergessen das Ganze.«

Carly schaut wieder zu Jen. Jen krault der Ziege die Stirn, zwischen den Augen. Die Ziege versucht, ihren Kopf an Jen zu reiben. Sie scheint keine Angst vor den Hörnern zu haben, sondern lacht.

Carly hört es nicht, aber sie sieht es. Jens lachendes Gesicht.

Sie werden langsam fahren, und selbst wenn sie irgendwo

reinfahren, wird es bestimmt nicht so schlimm werden.

Carly seufzt und steigt aus dem Pick-up. Als sie um die voll beladene Ladefläche herumgeht, ist Delores schon auf den Fahrersitz geklettert und hat den alten Motor wieder zum Leben erweckt.

* * *

»Vorsicht, der Graben!«, ruft Carly.

Sie fahren nicht in den Graben rechts von der rostfarbenen Schotterpiste, noch nicht. Doch das wird passieren, wenn Delores weiter in diese Richtung steuert.

Delores lenkt leicht nach rechts, wodurch sie noch näher am Graben sind.

»Andere Seite!«

Delores tritt fest auf die Bremse, sodass Carly gegen ihren Schultergurt fällt. Sie prallt wieder zurück und schlägt gegen den löchrigen Vinylsitz. Eine freiliegende Sprungfeder sticht in ihren Rücken.

»Lass mich etwas klarstellen«, sagt Delores. »Es gibt zwei Straßengräben. Einen rechts und einen links. Wenn du mich anschreist, dass ich einem davon zu nahe komme, meinst du nicht, dass es klug wäre, dich klarer auszudrücken?«

»Entschuldigung. Sie waren zu weit rechts.«

»Das ist schon besser.«

»Es tut mir leid.«

Delores sitzt da, als wollte sie sich noch einmal in Geduld üben. Dann streckt sie den Arm aus und tastet in Carlys Nähe herum, packt ihr linkes Handgelenk und zieht ihre Hand zum Lenkrad.

»Du steuerst«, befiehlt sie trocken. »Du sagst mir, ob es irgendetwas gibt, gegen das ich fahren könnte, und dann fahre ich langsamer.«

Delores schaltet vom zweiten in den ersten Gang, tritt aufs Gaspedal und beschleunigt auf acht oder zehn Stundenkilometer. Zuerst macht das Carly nervös, weil sie noch nie ein Lenkrad bedient hat, ohne direkt davor zu sitzen. Es ist gewöhnungsbedürftig.

Doch nach ein paar Minuten findet sie es sehr viel weniger nervenaufreibend als zuzusehen, wie der Wagen, in dem sie fährt, geradewegs auf einen Graben zusteuert.

Delores streckt beim Fahren ihren linken Ellenbogen zum Fenster hinaus und hat die rechte Hand in ihrem Schoß liegen. Carly lernt schnell, nicht hinzusehen. Es ist beunruhigend, einer Fahrerin zuzusehen, die die Hände nicht am Lenkrad hat, selbst wenn der Verstand weiß, dass man es selbst festhält.

Gleich werden sie an zwei kleinen Häusern vorbeifahren, eines auf jeder Seite der Straße. Das erste an Anzeichen von Zivilisation, das in Sicht kommt.

»Da vorn ist ein Hund«, sagt Carly, »und drei kleine Kinder.«

»Ich weiß.«

»Sie können so weit sehen?«

»Ich hab nicht gesagt, dass ich sie sehe. Ich sagte, ich weiß. Das sind die drei kleinen Mädchen von Hal und Velma. Ich weiß, wie weit die Straße runter sie wohnen, und ich weiß, wann sie am Wochenende auf ihren Vater warten, damit er sie abholt.«

»Wofür brauchen Sie dann mich?«

»Nun ja. Wenn du eines von ihnen mitten auf der Straße siehst, gib Bescheid.«

Als sie näher heranfahren, sieht Carly die Gesichter der drei kleinen Wakapi-Mädchen. Sie sehen aus, als seien sie jeweils ein oder zwei Jahre voneinander entfernt, was Alter und Körpergröße betrifft. Sie winken. Die Kleinste lächelt breit und entblößt eine große Zahnlücke.

»Hallo Delores«, ruft die Älteste und legt die Hände an den Mund. »Pass auf, Delores.«

Die alte Frau lehnt sich halb aus dem Fenster, während sie vorbeirollen.

»Mach dir um mich keine Sorgen, Hannie«, sagt sie, als sie auf gleicher Höhe sind. Der schmutzig weiße Hund steht auf und wedelt mit dem Schwanz. »Ich hab mir ein Paar Augen ausgeliehen.«

»Wer ist deine Freundin?«, fragt das kleine Mädchen.

»Ist egal«, sagt Delores und zieht dann wieder Kopf und Oberkörper ins Innere.

Schweigend fahren sie weiter.

Carly schaut zurück zu den Kindern und dem Hund und hat plötzlich das Gefühl, dass alles in ihrem Leben in Ordnung hätte kommen können, wenn sie nur einen Hund gehabt hätte, der jeden Morgen mit ihr auf den Bus gewartet hätte. Zumindest wäre ihr Leben dann besser als das hier.

Die letzten Worte der alten Frau hallen in ihren Ohren nach, eine verspätete Reaktion.

»Ich bin also egal?«

»Hab ich nicht gesagt. Ich hab gesagt, dass ›es‹ egal ist.«

»Was ist daran anders?«

»Hör zu. Wie viel von dieser Geschichte soll ich aus dem Fenster eines fahrenden Autos erzählen? Und wie viel von dieser Geschichte weiß ich überhaupt? Ich denke die ganze Zeit, du wirst schon noch auftauen, wenn ich dir nur genügend Zeit lasse. Langsam fang ich aber an, das zu bezweifeln.«

Carly verstummt. Sie taut nicht auf.

Außerdem wird sie das Gefühl nicht los, dass Delores genau das meinte, was sie gesagt hat. Carly ist niemand. Carly ist es nicht wert, dass man ihre Anwesenheit erklärt. Carly spielt überhaupt keine Rolle. Vielleicht denkt jeder so über sie. Vielleicht fängt Carly sogar langsam an, es selbst so zu sehen.

»Noch ein kleines Stück, und wir sollten bei Chesters Haus ankommen. Siehst du irgendwo ein blaues Schild?«

»Ich sehe ein Schild«, sagt Carly, »aber es ist zu weit weg, um die Farbe zu erkennen.«

»So langsam müssten wir da sein.«

»Da sind drei große Hunde, die auf die Straße rennen.«

»Ja. Das ist Chesters Haus.«

»Fahren Sie langsamer! Sonst erwischen Sie die Hunde!«

Die drei Hunde, einer von ihnen eine hässliche gelbe Promenadenmischung und zwei, die mehr wie Deutsche Schäferhunde aussehen, kommen direkt auf den Kühler des Pick-ups zugerannt und bellen sich die Seele aus dem Leib. Blöde Köter. Delores wird nicht langsamer.

»Sag mir Bescheid, wenn wir die Einfahrt erreichen. Dann bremse ich ab, und du lenkst uns hinein.«

»Sie erwischen gleich die Hunde!«

»Ich erwische keinen einzigen Hund. Chesters Hunde wissen, wie man ausweicht. Wenn sie das nicht wüssten, wären sie längst tot.«

Ehe sie den Satz beendet hat, schießen die Hunde auseinander wie Wasser, das den Pick-up umspült. Die beiden Schäferhunde fließen zur Fahrerseite hin. Der gelbe Köter taucht genau unter Carlys offenem Fenster auf, springt hoch und schnappt nach ihr.

Carly kurbelt das Fenster hoch, während ihr Herz heftig klopft. Warum sind Navajo-Hunde so gemein? Dabei sind sie das gar nicht, sie tun nur ihre Arbeit. Es hallt in Carly Kopf wider, eine Szene von ihrer langen Reise. Sie hat nicht viel über diese Reise nachgedacht, die sie zu Fuß unternommen haben. Stattdessen hat sie versucht, sich auf die Zukunft zu konzentrieren. Tun die Wakapi-Hunde wirklich nur ihre Arbeit? Sind sie dabei nicht etwas übereifrig? Warum können sie keinem Passanten diese Begrüßung ersparen?

»Bremsen Sie. Genau hier. Ich meine, biegen Sie rechts ab. Hier.«

Carly muss das Lenkrad fast bis zum Anschlag drehen und sich daran entlanghangeln. Dann korrigiert sie zu schnell und steuert sie beinahe in den Zaun neben der Einfahrt.

»Sag mir, wann ich anhalten soll«, sagt Delores und fährt geradewegs auf einen grob gezimmerten Schuppen zu.

»Jetzt.«

Sie sind noch gute zehn Meter vom Schuppen entfernt, doch etwas Spielraum kann nicht schaden.

Ein alter Mann kommt aus dem Schuppen geschlendert und wischt sich dabei die Hände an einem blauen Tuch ab. Er ist nicht so alt wie Delores. Mittelalt. Vielleicht in den Fünfzigern. Das Haar reicht ihm bis zur Taille und ist zu einem Pferdeschwanz zusammengebunden, und er hat einen wirklich gigantischen Bauch, den größten, den Carly je gesehen hat. Er trägt nichts als Jeans und ein weißes Unterhemd.

»Sieh mal einer an«, sagt er. »Delores Watakobie. Du hast es schon länger nicht mehr bis hierher geschafft.«

»Dieser Tage ist es am besten, wenn ich nicht zu viel Auto fahre. Sei einfach froh, dass ich es dieses Mal geschafft habe. Hab mir ein Paar Augen ausgeliehen.«

Die Hunde umkreisen sie noch immer, bellend und zähnefletschend.

Chester kommt ums Auto herum zur Beifahrerseite und starrt durchs Fenster Carly an, die sich dabei überraschend unwohl fühlt. Sie lächelt schmallippig und schaut dann weg. Er starrt sie einfach weiter an.

»Ist das eine von deinen Urenkelinnen?«, fragt er Delores. Als sei Carly taub oder könne nicht für sich selbst sprechen.

Delores ist gerade dabei, sich vorsichtig aus dem Fahrersitz gleiten zu lassen, scheinbar direkt in die klaffenden Mäuler zweier bösartiger Killerhunde. Mit dem Knie schiebt sie einen von ihnen beiseite.

»Chester, du warst zu lange in der Sonne. Sieht dieses Mädchen für dich aus, als hätte sie auch nur einen Tropfen Indianerblut in sich, irgendwo, in irgendeiner Faser ihres Körpers?«

»Nun, ich weiß nicht«, entgegnet Chester. »Eher nicht. Aber man weiß ja nie.«

Carly beugt sich hinüber und zieht die Fahrertür hinter der alten Frau zu. Schnell, damit die Killerhunde nicht reinkommen können, um sie anzufallen.

»Wer ist sie dann?«

»Das weiß ich nicht«, antwortet Delores. »Ich warte immer noch darauf, dass sie es mir erzählt.«

»Aha«, knurrt er, als sei das ein Rätsel, das er nicht unbedingt lösen müsste.

Er fängt an, die Ladefläche zu durchstöbern. Carly spürt, wie der Wagen wackelt, während er die Sachen hinten hin und her schiebt.

»Da ist nichts allzu Wertvolles bei«, sagt Delores. »Vielleicht etwas Altmetall, das man einschmelzen kann. Was gibst du mir für die Ladung? Wir wollen nichts davon wieder nach Hause schleppen.«

»Ist das alles, was ihr habt?«

»Wir haben noch ungefähr zwei weitere Ladungen.«

»Verstehe. Hmm. Wenn sie auch so sind, dann vielleicht zehn, zwölf Dollar für alles. Ich muss die Sachen aber erst mal runterholen und durchgehen.«

Delores klopft an die Heckscheibe und schreckt Carly auf.

»Komm raus und hilf dem Mann abladen«, ruft sie.

Carly schluckt schwer. »Nicht solange diese Hunde frei rumlaufen. Ich will nicht gefressen werden.«

Delores und Chester lachen. Sie lachen über sie. Schon beim bloßen Zuhören wird deutlich, dass sie sich über Carly lustig machen.

Chester stößt einen schrillen Pfiff aus, und die Hunde verstummen. Carly war nicht bewusst, wie viel Lärm sie tatsächlich veranstaltet haben, bis er aufgehört hat. So klingt die die Welt gleich ganz anders.

»Schuppen!«, schreit Chester.

Die Hunde stehlen sich davon.

Vorsichtig steigt Carly aus. Sie hätte wirklich gern gehört, wie sich eine Tür hinter diesen Hunden schließt, doch das ist anscheinend mehr, als sie erwarten kann, deshalb schaut sie nur über die Schulter zum Schuppen und zuckt dann zusammen, als habe sie einen Schuss gehört, weil Chester sich räuspert. Wieder lachen die beiden ausgiebig auf Carlys Kosten.

Sie verbringt gute zwanzig Minuten damit, beim Entladen des Pick-ups zu helfen, den sie zuvor zwei Stunden lang beladen hat.

Für ihre Mühe zahlt Chester ihr ganze drei Dollar fünfundzwanzig. Das ist die schlechte Nachricht. Die gute Nachricht ist, dass er ihrer Bitte nachkommt und ihr die gesamte Summe in Fünfundzwanzig-Cent-Münzen gibt.

* * *

Als sie den Wagen schließlich wieder zurück zu Delores' Haus lenkt, fühlt sich Carly, als habe sie einen kleinen Krieg hinter sich. Ihre Beine zittern. Als sie aussteigt, muss sie sie kurz testen, um zu sehen, ob sie sie noch tragen.

Jen arbeitet an dem Pferch, in dem die Ziegen gehalten werden. Sie nagelt einige beschädigte Latten fest, die zuvor mit Seilen befestigt waren.

»Geh wieder einladen«, ruft Delores. »Ich glaube, eine Fahrt schaffe ich heute noch.« Sie humpelt ins Haus.

»Du hast mich nicht gefragt, ob ich das auch schaffe«, murmelt Carly verhalten.

Langsam und vorsichtig geht sie zu Jen hinüber, die vor sich hin hämmert.

Jen sieht auf, hält inne und sagt: »Du hast es überlebt.«

Dann zieht sie sich Ohrstöpsel aus den Ohren. Das Kabel führt in ihre Hemdtasche, als hätte sie mit einem MP3-Player Musik gehört. Aber Jen hat keinen MP3-Player.

»Mit Ach und Krach.«

Jen lässt den Hammer fallen, zieht ihren Cowboyhut ab und wischt sich mit dem Ärmel übers Gesicht. Ihr Gesicht ist rot und nass geschwitzt. Das leuchtend rote Kopftuch, das Delores ihr gegeben hat, hat sie zu einem dicken Haarband zusammengerollt und sich über die Stirn gebunden, damit es den Schweiß aufsaugt und ein Hindernis bildet, sodass ihr der Hut nicht über die Augen rutscht.

»Ziemlich mutig von dir, mit einer Blinden Auto zu fahren. Warum bist du nicht selbst gefahren?«

»Es hat eine Handschaltung. Wo hast du das her?«

Sie deutet auf die Kabel, die in Jens Tasche führen. Jen zieht daran und bringt tatsächlich einen MP3-Player zum Vorschein. Einen schönen neuen mit viel Speicherplatz, mindestens hundert Gigabyte.

»Wollt ich dir gerade erzählen«, antwortet Jen. »Rate mal, was passiert ist, während ihr weg wart?«

»Ein MP3-Player ist vom Himmel gefallen und in deinen Ohren gelandet.«

»Fast. Dieser Typ ist wiedergekommen.«

»Alvin?«

»Ja. Alvin. Und weißt du was? Er ist wirklich Polizist. Bei der Wakapi-Polizei.«

Ein leichter Schauer überzieht Carlys Bauch und Brust. Das Letzte, was sie brauchen können, ist ein Polizist, der hier jeden Morgen vorbeikommt und Fragen stellt.

»Woher weißt du das? Ist er in einem Polizeiauto gekommen?«

»So ähnlich.«

»Okay, Jen. Was sieht ›so ähnlich‹ wie ein Polizeiauto aus?«

»Nun ja. Es war ein Pick-up. Ziemlich hoch und so. Aber nicht der Pick-up, den er neulich gefahren ist, sondern ein hellblauer, größerer. Höhergelegt.«

»Stand da drauf irgendwas von Wakapi-Polizei?«

»Ich glaub nicht. Aber obendrauf war dieses Ding. Du weißt schon, dieser Leuchtbalken, mit dem man die Leute dazu bringt, rechts ranzufahren. Und er hatte eine Uniform an.«

Das mit der Uniform gibt Carly zu denken. Plötzlich kommt ihr alles ganz wirklich vor. Also wendet sie eine andere Taktik an.

»Ich wette, es gibt überhaupt keine Wakapi-Polizei. Tatsächlich glaube ich, dass es auch keine Wakapi gibt. Ich hab noch nie von so einem Stamm gehört. Du etwa?«

»Nein, noch nie, und das hab ich auch Delores gesagt, und da hat sie gelacht. Sie meinte, die meisten Leute hätten nicht viel von ihnen gehört, und dass ihnen das gerade recht wäre. Sie meinte, auf jeden Wakapi kämen mehr als zehntausend Navajo. Schon das Volk der Hopi würde immer kleiner werden und Land verlieren, und dennoch wäre es ein Dutzend Mal so groß und viel bekannter. Sie hat mir erzählt, dass die Wakapi jede Menge Kinder haben, aber alle in die Städte ziehen und dann nicht mehr zurückkommen. Deshalb gibt es nicht mehr viele von ihnen.«

»Kannst du mal einen Augenblick still sein, Jen? Das alles interessiert mich nicht die Bohne.«

»Nun, du hast gesagt, du glaubst nicht, dass es die Wakapi gibt. Aber es muss sie geben, weil sie eine Polizei haben, zu der Alvin gehört, und ich hab seine Uniform mit dem Abzeichen drauf gesehen.«

Da ist sie wieder. Die Uniform. Der Uniform kann man

nicht ausweichen.

»Was für eine Uniform?«

Carly ist fest entschlossen, Jens Beobachtung, dass Alvin ein Cop ist, zu widerlegen. Doch ihre Waffen nutzen sich langsam ab.

»Ich weiß es nicht. Eine Uniform eben. Kurzärmlig. Ich glaube, er hatte Jeans an, keine Uniformhosen. Aber es war ein Uniformhemd. Darauf war ein Aufnäher, auf dem ›Wakapi-Polizei‹ stand und dazu dieses … ich weiß nicht … Logo.«

»Was für ein Logo?«

»Weiß ich nicht. Ich weiß es nicht, Carly. Mann. Warum stellst du mir so viele Fragen? Ich hab es mir ziemlich lange angeschaut, aber ich konnte nicht erkennen, was es war. Es war einfach ein Logo. Ein Paar Kreise und Linien, und … was spielt das überhaupt für eine Rolle? Was, wenn ich dir sagen würde, es war ein Adler oder ein Pferd? Würdest du dann sagen: ›Ja, das ist tatsächlich die Wakapi-Polizei.‹ Du weißt doch gar nichts über die. Also warum fragst du überhaupt?«

Carly schaut über die Schulter nach der alten Frau. Sie sieht sie durchs Fenster im Haus an der Spüle herumwerkeln. Aber Delores hat Ohren wie ein Luchs. Nur um sicherzugehen, nimmt sie Jen beim Arm und geht mit hier hinter den Hühnerstall.

»Autsch. Was soll das?«

»Hast du ihm irgendwas erzählt?«, fragt sie, mit einer unheilvollen Betonung auf dem vorletzten Wort. »Irgendwas über unsere Situation?«

»Nein. Er hat mich nichts gefragt. Das Einzige, was er wissen wollte, war, ob du immer noch telefonieren müsstest, und ich hab Nein gesagt. Delores würde dich zu einem Schrotthändler fahren, und wenn du ein paar Fahrten gemacht hättest und genug Geld beisammen hättest, würdest du beim Dorfladen halten, also wäre es okay. Und er hat gefragt: ›Delores fährt?‹, und ich hab gesagt: ›Ja, aber es ist okay, weil Carly dabei ist, um auf die Straße zu schauen.‹ Und er meinte: ›Gut, dass ich das nicht gehört hab‹, also hab ich es wiederholt, aber er hat nur noch mal dasselbe geantwortet. ›Gut, dass ich das nicht gehört hab.‹ Da hab ich verstanden, was er meinte. Dass er nur so getan hat, als würde er es nicht hören. Dann haben wir noch über Delores gesprochen und was für eine Persönlichkeit sie ist, und dann ist er gegangen. Das ist alles.«

»Erzähl ihm nichts über uns, Jen.«

»Was, wenn er fragt? Was soll ich dann sagen?«

»Nichts. Tu so, als wärst du doof oder irgendwas in der Art.«

»Er weiß aber schon, dass ich nicht doof bin. Na ja, du wirst sowieso meistens hier sein, wenn er kommt. Wie viel Geld hast du verdient?«

»Nur drei fünfundzwanzig. Aber wir haben noch ein paar Ladungen, die wir hinbringen können. Wenn ich so lange überlebe.«

»Er scheint wirklich nett zu sein, Carly. Ich hab den MP3-Player gesehen, der auf seinem Armaturenbrett lag, und gesagt: ›Ich wünschte, ich hätte so einen, während ich hier draußen arbeite‹, und er fragte: ›Wie lange bleibst du bei Delores?‹, und ich hab gesagt: ›Noch sechs Tage.‹ Also hat er ihn mir geliehen. Er ist echt nett. Es ist zwar nicht ganz das, was ich sonst so höre, eher New-Age-mäßig, aber das ist okay. Man gewöhnt sich dran.« Sie hält inne, wartet einen Moment und wagt es dann, Carly ins Gesicht zu sehen. »Er ist nett.«

»Er ist Polizist!«, blafft Carly sie an, viel zu laut. Delores könnte das gehört haben, obwohl sie so weit weg im Haus ist. Sie senkt die Stimme. »Wahrscheinlich hat er irgendeinen Eid geschworen, dass er uns ausliefern muss. Er ist Polizist, verdammt.«

So. Sie hat es zugegeben. Sie wollte nicht, dass es stimmt. Sie wollte, dass er nicht zur Polizei gehört. Doch das tut er.

Manchmal muss sogar Carly sich der Wirklichkeit beugen.

* * *

Nach dem Mittagessen geht Carly sofort wieder an die Arbeit, um die zweite Ladung zu verstauen.

»Es ist immer noch Siesta«, sagt Jen. Sie liegt auf dem Rücken auf der Couch, den Cowboyhut übers Gesicht gezogen.

»Tollwütige Hunde und Anglos«, sagt Delores aus der Kochnische.

»Ich will einfach fertig werden. Hey, Jen. Kann ich den MP3-Player haben?«

Carly will sich ein Bild von diesem Polizisten machen. Wenn er hier wäre, würde sie ihn beobachten. Heimlich, wenn er gerade nicht hinschaut. Stattdessen will sie etwas in Händen halten, das ihm gehört, und sich anhören, was er gern hört. Sie hat keine Ahnung, was sie daraus lernen kann. Doch es gibt ihr das Gefühl, die Kontrolle zu haben. Über irgendwas. Als hätte sie einen Plan.

* * *

Sie ist jetzt schon seit über einer Stunde mit dem Beladen des Pick-ups fertig. Jen und Delores sind immer noch drinnen und halten Mittagsruhe.

Carly hockt sich in den Schatten des Hühnerstalls, hört Musik und starrt auf die weite Hochebene. Sieht zu, wie Hitzewellen von der Erde aufsteigen und den Horizont verschwimmen lassen, wie etwas, das nur so lange Gültigkeit hat, bis man die Hand bewegt und es zerstreut. Wie Wasser, wenn man es aufwühlt. Es zerstört alles, was man für gegeben gehalten hat. Nichts ist so, wie es scheint.

Aus dem Augenwinkel sieht sie Delores' weiße Küchengardine, die durchs offene Fenster nach draußen weht und leicht im Nachmittagswind flattert.

Die Musik ist interessant. Wie eine Meditation oder so was. Kein Text, nur eine Melodie, die auf Instrumenten gespielt wird, die sie sich nicht mal vorstellen kann.

Etwas berührt sie an der Schulter. Erschrocken holt Carly Luft und fällt mit dem Gesicht voran auf den steinigen Boden, wobei sie sich gerade noch mit den Händen abstützt. Dabei schürft sie sich ziemlich die Haut auf.

Weil sie fürchtet, von einem wütenden Hund oder von Skorpionen angegriffen zu werden, schnellt sie herum und weicht gleichzeitig zurück.

Es ist nur Alvin. Er hat die Hand ausgestreckt, als wollte er ihr höflich auf die Schulter tippen. Was er gerade getan hat, wie ihr jetzt klar wird.

»Du bist ganz schön schreckhaft«, sagt er.

»Ich hab Angst vor Schlangen und Hunden.«

»Ich bin weder das eine noch das andere.«

Sie zieht sich wieder in die Hocke und lehnt sich gegen den Hühnerstall, während ihr Herz noch immer wild schlägt. Sie gibt sich alle Mühe, ruhig und gleichmäßig zu atmen.

Alvin kauert sich auf den Boden, in respektvollem Abstand, gut anderthalb Meter von ihr entfernt.

»Gefällt dir die Musik?«

»Sie ist okay«, meint Carly.

Dann sagt eine Weile keiner von ihnen ein Wort, aber ihr Herz pocht noch immer heftig. Sie wickelt das Kopfhörerkabel sorgfältig um den MP3-Player und schiebt ihn in ihre Hemdtasche.

»Komm«, sagt Alvin, »lass uns gehen.«

Carly rutscht das Herz in die Hose. Jetzt wird er sie einsperren. Sie und Jen, es sei denn, Jen ist schon davongelaufen. Dann wird er die Behörden einschalten …

»Wohin?«, versucht sie sich ahnungslos zu geben. Sie kann schlecht schauspielern, das merkt sie selbst.

»Die zweite Schrottladung rüber zu Chester fahren.«

»Du? Warum nicht Delores?«

»Du bist doch ein kluges Mädchen. Muss ich dir diese Frage wirklich beantworten? Willst du etwa mit mir darüber diskutieren, ob es vernünftig ist, eine fast blinde Person ans Steuer zu lassen?«

Er sitzt in der Hocke und hat die Arme um die Knie geschlungen. Seine Füße liegen flach auf. Sie fragt sich, wie er das macht. Sie könnte niemals die Fersen auf den Boden aufsetzen, während sie in der Hocke sitzt. Er trägt Jeans und ein kurzärmliges Uniformhemd. Sie schaut sich den bestickten Aufnäher an, auf dem tatsächlich »Wakapi-Polizei« steht. Carly kann das Logo auch nicht beschreiben.

An der linken Hand trägt er einen glänzenden goldenen Ehering. Carly fragt sich, warum sie überhaupt danach geschaut hat.

»Muss ich wirklich mitkommen?«, fragt sie. »Ich meine, Sie können die Straße doch auch ohne mich sehen.«

»Ich bin nur der Fahrer. Du musst mitkommen und mit dem Mann feilschen. Es ist nicht meine Ladung, sondern deine.«

»Seine Hunde werden mich fressen.«

»Chesters Hunde würden nicht mal ihre eigenen Flöhe beißen.«

»So wie die bellen, hört sich das anders an.«

Alvin schaut ihr direkt ins Gesicht, und sie wendet den Blick ab.

»Du hast selbst eine ziemlich harte Schale, Kleine. Aber ich hab keine Angst, dass du mich beißt. Ich lebe schon lange genug, um den Unterschied zwischen Bellen und Beißen zu erkennen.«

Carly starrt nur zum wogenden Horizont. Wenn der trügerisch ist, gilt das vielleicht auch für alles andere hier.

Alvin erhebt sich, ohne die Hände zu benutzen.

»Komm«, sagt er und tritt leicht gegen ihre Stiefelspitze.

»Ich bin nicht klein.«

»Nein? Wie alt bist du denn?«

»Achtzehn.«

»Mhm. Weißt du, wie alt du aussiehst? Wie vierzehn.«

»Ich bin nicht vierzehn! Auf keinen Fall! Ich …«

Sie wollte noch etwas anfügen, kann sich aber gerade noch zurückhalten.

»Fast hätt' ich dich gehabt, was? Komm. Mein Dienst fängt bald an. Lass uns die Sache hinter uns bringen.«

Langsam und ernst geht sie hinter Alvin her, als würde sie einem Henker zum Galgen folgen. Sie steigen in Delores' voll beladenen Pick-up, in dem er sie alles fragen kann, was er will, alles, was ihm einfällt. Alles, was er wissen muss, um seine Neugier zu befriedigen.

Falls es noch einen Ausweg gibt, fällt er ihr nicht rechtzeitig ein.

* * *

Alvin rast mit sagenhaften dreißig Stundenkilometern die Straße entlang. Vor ein paar Wochen wäre ihr das noch langsam vorgekommen, aber wenn man genug Tage damit verbracht hat, vier Kilometer pro Stunde zu Fuß zurückzulegen oder acht im Auto …

Beide Fenster sind offen, damit es in der Fahrerkabine nicht zu heiß wird. Carly muss ihr Haar festhalten, damit es ihr nicht in die Augen und in den Mund weht oder verfilzt.

»Weißt du«, sagt Alvin, »Delores ist ziemlich stolz auf ihren Stromanschluss, also gib ihr nicht das Gefühl, dass das nichts

Besonderes ist. So weit, wie sie vom Dorf entfernt wohnt, ist es bemerkenswert, dass sie überhaupt Elektrizität hat, und sie hat sie auch erst seit vier Jahren.«

»Was hatte sie denn vorher?«, fragt Carly, obwohl es sie eigentlich gar nicht interessiert.

»Oh, wir haben ihr schon vor langer Zeit das Windrad gebaut. Damals war das das Nonplusultra. Sie erlaubt uns immer noch nicht, es abzureißen. Sie meint, sie könnte es noch mal brauchen, wenn der Strom ausfällt. Tatsächlich passiert das manchmal. Aber ein Telefon, so weit außerhalb? Das ist schon ganz schön viel verlangt.«

Carly gibt einen unverbindlichen Laut von sich.

»Du scheinst nicht zu verstehen, was ich sagen will. Ich will damit sagen, dass Stromleitungen und ein Brunnen eine ziemlich gute Sache sind. Früher hatte sie einen Wassertank, aus dem man das Wasser mit dem Eimer holen musste. Den Brunnen haben wir für sie graben lassen, weil sie langsam älter wurde. Und es wäre nett, wenn du dich nicht so verhalten würdest, als wäre das alles nichts wert. Als gäbe es das Einzige, was ihr fehlt, nur deshalb nicht, um dir Unannehmlichkeiten zu bereiten.«

»So hab ich das nicht gemeint«, erwidert Carly. »Es tut mir leid. Ich hab nur noch nie jemanden kennengelernt, der so altmodisch ist.«

»Altmodisch? Kleine, du weißt gar nicht, was altmodisch ist. Wenn Delores eine traditionelle Wakapi wäre, hätte sie keinen Strom und würde alles über einem Feuer kochen. Sie gehört zu den modernsten Alten, die ich kenne.«

Carly hat keine Ahnung, wie sie sich in dieser ihr völlig fremden Gedankenwelt zurechtfinden soll, also sagt sie nur: »Ich hab mir nichts dabei gedacht, es tut mir leid. Es ist einfach nur so, dass die meisten Leute, die ich kenne, ein Telefon haben.«

Danach fahren sie fast die halbe Strecke, ohne zu reden.

Schließlich fragt Alvin: »Möchtest du auf dem Rückweg beim Dorfladen halten, um zu telefonieren?«

»Wenn ich genug Geld habe.«

»Zwei volle Ladungen sollten dir genug einbringen, damit du telefonieren kannst. Du willst doch in Kalifornien anrufen, oder? Nicht in Sri Lanka.«

»Ja, aber ich weiß nicht, wie oft ich vorher bei der Auskunft anrufen muss.«

Erst als sich wieder Schweigen breitmacht, wird Carly klar, dass sie zu viel gesagt hat.

»Du weißt die Telefonnummer von deinem Stiefvater nicht?«

Carly wendet das Gesicht ab und schaut zum Fenster hinaus. Sie wird einfach nicht antworten. Sie sieht zu, wie die Pfähle einer Pferdekoppel vorbeiziehen und dabei in regelmäßigen Abständen neben ihrem Auto aufblitzen.

Dann fällt ihr plötzlich etwas auf. »Woher wissen Sie, dass es um meinen Stiefvater geht? Woher wissen Sie, dass er in Kalifornien ist?«

»Man muss nur die richtigen Fragen stellen.«

Nun, da Carly darüber nachdenkt, fällt ihr ein, dass sie Delores erzählt hat, sie müsse ihren Stiefvater anrufen. Hat sie auch gesagt, dass er in Kalifornien lebt? Sie glaubt es nicht. Vielleicht hat Jen mehr erzählt, als sie zugeben wollte.

Plötzlich sind Chesters Hunde auf der Straße und bellen sie an. Alvin fährt mitten zwischen ihnen hindurch, und natürlich weichen sie aus. Er biegt nach links, nicht nach rechts in Chesters Einfahrt ein. Sie sind einen anderen Weg gekommen.

Er fährt bis auf wenige Zentimeter an den Schuppen heran und schaltet den dröhnenden Motor aus. Sie schaut zu ihm hinüber. Er fixiert sie.

»Sei ehrlich, Kleine. Wie schlimm ist es? Bist du in großen Schwierigkeiten?«

»Überhaupt nicht schlimm«, gibt sie zurück. Ihr Herz klopft schon wieder heftig, und ihr Magen krampft sich zusammen. »Nicht, wenn ich meinen Stiefvater finde. Er ist umgezogen, kurz nachdem meine Mutter uns mitgenommen hat und mit uns weg ist. Er weiß einfach nicht, dass wir nach ihm suchen, das ist alles. Wenn er es wüsste, wäre er so schnell hier, wie er fahren kann. Aber er weiß nicht, dass wir ihn brauchen.«

»Okay«, sagt Alvin.

»Okay?«

»Klar. Okay. Ich weiß, dass du noch nicht achtzehn bist, aber lass uns einfach mal davon ausgehen, dass er euch bei sich aufnimmt. Versuchen wir es so. Wenn das nicht klappen sollte, lassen wir uns was anderes einfallen.«

Ehe sie auch nur antworten kann, kommt Chester wieder aus seinem Schuppen geschlendert.

»Maul halten!«, schreit er den Hunden zu, die wieder in den Schuppen schleichen, ohne dass er weitere Kommandos geben muss.

Alvin steigt aus dem Pick-up. Carly bleibt sitzen, wie erstarrt.

»Ich helfe dir ausladen«, sagt Alvin zu Chester. »Wir haben das gleich erledigt.«

»Interessant«, sagt Chester.

»Was meinst du?«

»Du scheinst diesen kleinen Störenfried ebenfalls zu kennen.«

»Du meinst, diese nette junge Dame?«

»Ja«, sagt Chester. »Die meine ich. Genau die.«

Sie hört, wie sie noch mehr Worte wechseln, während sie einen Großteil der Autoteile ausladen und danach die Bettfedern. Doch bei dem ganzen Lärm, den das Metall verursacht, versteht sie sie nicht richtig.

* * *

Während der Fahrt zum Dorfladen schweigt Carly fast die ganze Zeit. In ihr staut sich etwas auf, doch sie will es unter Verschluss halten. Aber dann überwältigt es sie plötzlich, wie ein Hund, der durch die Tür nach draußen rennt, sobald er einen Blick auf den blauen Himmel erhascht.

»Warum ist er so sicher, dass ich ein Störenfried bin? Warum kann ich nicht einfach nur zu Besuch hier sein?«

Alvin kaut einige Sekunden auf der Innenseite seiner Wange herum und sagt dann: »Nun, ›Störenfried‹ bedeutet nur …«

»Ich weiß, was es bedeutet«, sagt sie, schroffer als beabsichtigt. »Und er redet nie mit mir. Er schaut mich an, als wäre ich ein Möbelstück. Als würde ich nicht mal merken, dass er mich anschaut. Und nie redet er mit mir. Bei der ersten Fahrt hat er mit Delores geredet, bei der zweiten mit dir. Er behandelt mich, als wäre ich Luft.«

Sie erwähnt nicht, wie viele Menschen das tun, und dass sie sich langsam fragt, ob sie vielleicht recht haben.

Alvin seufzt. »Chester ist ein bisschen voreingenommen. Etwas festgefahren.«

Carly wendet sich ab und schaut zum Fenster hinaus. Die Sonne neigt sich langsam dem Horizont zu. Sie weiß nicht, wie spät es ist, hofft aber, dass es noch früh genug ist, um bei einer Firma in Kalifornien anzurufen. Wenn ein Anrufbeantworter oder eine Mailbox drangeht, verliert sie das Geld, das sie für den Anruf bezahlt hat. Sie hat nur acht Dollar in Fünfundzwanzig-Cent-Münzen. Es kann sein, dass sie damit nicht weit kommt.

»Okay, ich will ehrlich zu dir sein«, sagt Alvin, obwohl sie noch immer wegschaut. »Beim Thema Anglos ist Chester ziemlich empfindlich.«

Sie dreht sich wieder um und schaut ihn an. Auf einmal

wirkt er fast zerknirscht.

»Ich bin kein Thema. Ich bin ein Mensch.«

»Das bist du. Hör zu, ich will nicht sagen, dass es richtig ist, aber ich werde mich auch nicht für ihn entschuldigen. Es ist immer falsch, einen Menschen anhand der Taten zu beurteilen, die sein Volk begangen hat, aber … diejenigen hier, die so empfinden … nun, in der Regel haben sie ihre Gründe. Jede Geschichte hat zwei Seiten. Das wollte ich sagen.«

Er tritt auf die Bremse, und Carly sieht auf und erblickt ein schlichtes, weiß getünchtes Backsteinhäuschen, in dem ein kleiner Laden untergebracht ist. Vor dem Laden parken zwei Pick-ups und drei Motorräder. Auf dem Schild über der Tür – ein Holzbrett, in das man etwas eingebrannt hat – steht ein Name, den Carly niemals lesen, geschweige denn aussprechen könnte. Sie zählt die Silben, es sind sieben. Sieben. An den Ladenfenstern befinden sich feine Metallgitter. Vor dem Laden und links davon stehen zwei altmodische Telefonzellen mit Türen, die man hinter sich zuziehen kann. Einige der Scheiben sind noch heil, ein paar sind zerbrochen. Das verbliebene Glas ist zerkratzt und milchig. Es sieht aus, als hätte es schon den einen oder anderen Sandsturm hinter sich.

»Bin gleich wieder da«, sagt sie.

Sie steigt aus dem Pick-up und geht auf die Telefonzelle zu. In diesem Moment kommen drei kräftige Männer aus dem Laden und schwingen sich auf ihre Motorräder. Einer von ihnen lächelt ihr zu, und sie versucht, zurückzulächeln, obwohl sie nicht sicher ist, ob man das erkennen kann.

Sie betritt die Telefonzelle und schließt die Tür hinter sich, obwohl sie keine Scheibe hat. Viel bringt es also nicht.

Sie weiß, dass man die Vorwahl wissen muss, um Auskünfte für Ferngespräche zu bekommen, und die Vorwahl von Trinity ist ihr nicht bekannt. Also ruft sie zunächst bei der Firma an, die das Telefon betreibt. »Ich brauche die Vorwahl für Trinity,

Kalifornien«, sagt sie.

Doch in genau diesem Moment springen die drei Motorräder an und veranstalten einen Höllenlärm. Die Telefonistin sagt etwas, das sie nicht versteht.

»Können Sie kurz warten?«, schreit sie ins Telefon. »Nur kurz. Okay? Bis diese Motorräder weg sind. Damit ich Sie hören kann.«

Sie legt die Hand auf die Sprechmuschel und sieht zu, wie die Männer ihre Helme aufsetzen und ihre Handschuhe anziehen. Irgendwann fällt ihnen auf, dass sie wartet, und sie legen den Gang ein und fahren dröhnend davon, die Straße entlang. Sie kann nicht begreifen, wie sie diesen Lärm aushalten, der sie überallhin begleitet.

»Entschuldigung«, sagt sie zu der Frau am anderen Ende der Leitung. »Tut mir leid. So, wie war nochmal die Vorwahl?«

»Ich hab hier nichts zu Trinity, Kalifornien.«

Carly weiß einen Moment lang nicht, ob sie richtig gehört hat oder was das alles bedeuten soll. »Aber jeder Ort hat doch eine Vorwahl«, sagt sie.

»Das schon. Aber ich habe hier eine Liste aller Städte und Ortschaften in Kalifornien, und da gibt es kein Trinity. Es gibt nur eine Rangerstation im Trinity-Nationalforst …«

»Oh.« Carly spürt, wie sich ihr die Kehle zuschnürt. »Könnten Sie noch mal nachsehen?«

»Ich kann nirgendwo anders nachsehen, Kleines.«

»Okay. Danke.«

Sie legt auf, öffnet die nutzlose Tür der Telefonzelle und kehrt wieder zum Pick-up zurück. Und es geht ihr gut. Sie bekommt alles gut hin. Sie macht die Beifahrertür auf, als sei alles völlig in Ordnung. Rutscht auf den Sitz, zieht die Knie an und hält sie mit den Armen fest. Sie schnallt sich nicht an.

»Hast du bekommen, was du brauchst?«, fragt Alvin.

Sie öffnet den Mund, und dann bricht der Damm. Die Tränen kommen und lassen sich nicht mehr stoppen. Nichts auf der Welt kann sie noch aufhalten.

Alvin sitzt einfach schweigend da und lässt sie weinen.

Kurz darauf reicht er ihr ein Stofftaschentuch aus seiner Jeanstasche.

Eine weitere Minute später sagt er: »Das heißt dann wohl nein.«

* * *

Dieselbe leichte Berührung lässt sie fast wieder zusammenzucken, obwohl klar ist, dass es Alvin sein muss, der ihr auf die Schulter tippt. Sie hat die Augen geschlossen und fest gegen ihre Knie gedrückt. Als sie aufsieht, lässt das Licht sie zurückschrecken, und schwarze Punkte tanzen vor ihren Augen.

Sie stehen wieder in Delores' Einfahrt. Carly weiß, dass sich der Pick-up bewegt und irgendwann angehalten hat. Aber sie hat nicht weiter darüber nachgedacht. Sie konnte diese simplen Sinnesreize nicht verarbeiten, und nun ist sie ein wenig verblüfft, hier zu sein.

Die Tränen laufen ihr übers Gesicht, doch sie schluchzt nicht mehr so ungehemmt. Nicht, weil irgendetwas besser geworden wäre, sondern eher, weil sie das Weinen leid ist. Sie hat keine Kraft mehr. Sie bemüht sich, Alvins Blick auszuweichen. Doch aus dem Augenwinkel sieht sie, wie er etwas über den Sitz in ihre Richtung schiebt. Sie schaut hinunter.

Es ist ein gelber Notizblock mit liniertem Papier, an dem ein Kugelschreiber steckt.

»Schreib mir den Namen und den Beruf deines Stiefvaters auf, und auch wie die Stadt heißt, in der er wohnen soll. Morgen früh hol ich ein paar Erkundigungen ein und schaue, ob ich Näheres herausfinden kann.«

Carly schnieft heftig und wischt sich mit dem Ärmel die

Nase ab. Sie weiß, dass das eklig ist, und sie will das eigentlich nicht vor Alvin tun. Aber ihre Nase einfach laufen zu lassen, kommt ihr noch schlimmer vor. Dann schaut sie wieder runter und bemerkt, dass sie Alvins Taschentuch in der Hand hält. Als wüsste sie nicht einmal, wozu es gut ist.

Sie will den Mund öffnen und etwas sagen. Danke oder so was. Doch sie bekommt es einfach nicht heraus, also nickt sie einfach nur. Sie nimmt den Block und schreibt:

> Theodore Thacker. Trinity, Kalifornien, nur dass die Frau von der Telefongesellschaft meinte, diesen Ort gäbe es nicht. Aber er soll an der Küste sein, in der Nähe von Eureka. Arbeitet auf dem Bau.

Sie öffnet die Tür des Pick-ups und rutscht hinaus, wobei sie das saubere Taschentuch auf dem Sitz liegen lässt. Sie geht drei Schritte auf den Wohnwagen zu, dreht sich um und winkt.

Im nächsten Moment wünscht sie sich, sie hätte sein Gesicht nicht gesehen. Mann, tut sie ihm leid. Sie muss total erbärmlich sein. Nicht, dass sie das nicht gewusst hat. Dennoch ist es ein Schock für sie, wie sein Gesicht das schiere Ausmaß ihrer Erbärmlichkeit widerspiegelt.

Er winkt zurück. Sogar die Art, wie er winkt, hat etwas Trauriges an sich.

Sie geht nichts ins Haus, noch nicht einmal in die Nähe. Auch von Jen, die am anderen Ende des Grundstücks Wäsche aufhängt, hält sie sich fern. Sie ist zu weit entfernt, um zu sehen, ob es ihrer beider Wäsche ist oder etwas, das Jen für Delores erledigen muss. Allerdings würde sie schon gern wissen, ob die alte Frau eine Waschmaschine besitzt oder ob Jen die Sachen mit der Hand gewaschen hat. Dann fällt ihr ein, dass Delores nur einen Brunnen und keine Wasserleitung hat. Das beantwortet die Frage.

Sie öffnet die Tür zum Wohnwagen und erschrickt erneut, als das laute Quietschen ertönt. Eigentlich müsste sie sich inzwischen daran gewöhnt haben, doch es hat sie wieder einmal kalt erwischt.

Durch das Wohnzimmerfenster sieht sie Delores und wendet schnell den Blick ab, damit die alte Frau nicht merkt, dass sie geweint hat. Als sie eilig den Wohnwagen betritt und die Tür hinter sich schließt, fällt ihr ein, dass Delores gar nicht gut genug sieht, um etwas zu merken.

Sie liegt auf dem schmalen Bett und schaut die Wand an, ohne zu weinen, ohne überhaupt noch irgendwas zu tun. Nach einer Weile steckt sie sich wieder die Kopfhörer in die Ohren und schaltet Alvins Musik ein, nur um ihren Kopf mit irgendwas zu füllen. Mit etwas Besserem als dem, was drin ist. Alles ist besser als das, was ihr im Kopf herumgeht.

* * *

Nachdem vielleicht ein paar Stunden vergangen sind – Carly hat kein Zeitgefühl mehr, doch die Playlist ist zu Ende und hat wieder von vorn begonnen –, spürt sie, wie der Wohnwagen ruckelt. Als ob irgendetwas immer wieder dagegen schlägt. Sie zieht die Ohrstöpsel heraus und wartet ab. Erst hört sie nichts, dann geht es wieder los. Ohne die Kopfhörer merkt sie sofort, dass jemand an die Tür klopft.

»Herein, Delores.«

»Ich würde reinkommen, wenn ich Delores wäre, aber Gott weiß, dass es nur eine Delores gibt.« Alvin. »Hast du was an?«

»Ja.«

»Dann komm raus.«

Carly streckt sich. Ihre Muskeln fühlen sich merkwürdig an, als hätte sie sie seit Monaten nicht benutzt. Wahrscheinlich weil sie so viel arbeiten musste. Es kommt ihr vor, als hätte dieser Tag ein ganzes Jahr gedauert. Heute Morgen fühlt sich an wie letzte Woche.

Steifbeinig geht sie zur Tür und stößt sie auf, wobei das Geräusch sie erneut zusammenzucken lässt.

»Ja?«, fragt sie und blinzelt ins Licht.

Alvin hat sich umgezogen und trägt nun nicht mehr seine Uniform, sondern ein Karohemd. Die Sonne steht tief, und es ist kühler geworden. Es muss schon fast Zeit fürs Abendessen sein. Carly spürt einen dumpfen Hunger im Magen.

In der Hand hält Alvin einen großen Autoatlas der Vereinigten Staaten, der auf einer Seite aufgeschlagen ist. Er dreht ihn um, damit sie ihn sehen kann.

»Schau dir das mal an«, sagt er.

Er zeigt ihr eine Karte von Nordkalifornien, auf der zwei kleine Post-its kleben. Eins an der Küste und eins etwas weiter südlich und viel weiter östlich, näher am Zentrum.

»Es gibt ein Trinity County.« Alvin zeigt auf die Markierung in der Mitte des Bundesstaats. »Und einen Fluss namens Trinity. Und einen Trinity-Nationalforst. Und wenn man ›Trinity, Kalifornien‹ in eine Kartensuche eingibt, bekommt man auch ein Ergebnis. Einen Ort am Wald. Aber wenn man näher heranzoomt, sieht man, dass das eigentlich kein richtiger Ort ist.«

Carly schaut sich die Karte aufmerksam an und schüttelt dann den Kopf.

»Ralph hat gesagt, es wäre an der Küste. Auf der Höhe von Eureka.«

»Okay. Wie wär's dann hiermit?«

Er zeigt auf die andere Markierung, die an der Küste klebt. Darauf ist ein kleiner Pfeil eingezeichnet, der auf eine winzige Ortschaft namens Trinidad zeigt.

»Trinidad!«, sagt sie. Tatsächlich ruft sie es eher. »Das hat er gemeint! Trinidad!«

»Ich dachte mir, dass es so sein könnte, weil Eureka direkt darunter liegt. Also kannst du heute Nacht deine Tränen trocknen, auch wenn es schon zu spät ist, um noch bei irgendwelchen Firmen anzurufen. Ich hab es schon bei der Telefonauskunft versucht, und er ist dort nirgends verzeichnet. Aber morgen früh kann ich bei ein paar Bauunternehmern anrufen. Die Stadt ist ziemlich klein. Ich denke, irgendjemand wird ihn kennen, wenn er dort ist.«

Carly stürzt auf ihn zu und fällt ihm um den Hals, sodass er den Atlas fallen lässt. Dann, entsetzt über ihre Reaktion, lässt sie ihn los und weicht abrupt zurück.

»Entschuldige.«

Alvin lacht nur und hebt den Atlas auf. »Nicht nötig. Schön zu sehen, dass es dir besser geht. Ich hoffe, du hast Hunger. In der Küche riecht es gut.«

Er tippt sich an den Hut und geht zurück zu seinem Auto. Sie schaut ihm nach, bis der Wohnwagen ihr die Sicht versperrt, und hat dabei ein ähnliches Gefühl wie das letzte Mal, als sie Teddy gesehen hat. Fast so etwas wie Liebe.

* * *

Carly wäscht gerade das Gesicht am Waschbecken, als Jen hereinstürmt.

»Alles in Ordnung?«, fragt sie und hält abrupt inne.

»Ja. Alles gut.«

»Oh. Gut. Du, ich muss dir was erzählen. Während du weg warst, ist eine Frau vorbeigekommen. Sie heißt Virginia, und sie ist eine Wakapi. Sie ist erwachsen. Aber nicht alt. Also, älter als Alvin. Aber trotzdem nicht alt. Und sie ist hübsch. Sie hat lange schwarze Haare, die ihr bis über den Po reichen. So was hast du noch nicht gesehen. Wahrscheinlich muss sie sie erst mal hochhalten, bevor sie sich hinsetzen kann. Kannst du dir vorstellen, wie es wäre, solche Haare zu haben? Egal. Weißt du was? Sie hat sechs Pferde, und drei davon sind Schecken. Drei! Und das alte, sagt sie, ist ganz lieb, und wenn ich vorbeikomme, darf ich sogar mal drauf reiten. Und sie hat Fleisch mitgebracht.«

»Fleisch? Was für Fleisch?«

Eigentlich will Carly lieber übers Reiten sprechen. Was glaubt Jen, wann sie Zeit haben wird, auf dem Pferd von irgendeiner Wakapi-Frau zu reiten? Sie müssen die ganze Woche schuften, und danach werden sie so schnell von hier verschwinden, wie ihre Füße sie tragen. Doch sie will jetzt nicht davon anfangen. Also konzentriert sie sich auf etwas so Simples wie Fleisch.

»Es ist Lammfleisch.«

»Oh.« Dann fragt sie sich, warum es sie überhaupt kümmert, welche Fleischsorte es ist.

»Sie hat es Delores mitgebracht und gegen ein paar Eier eingetauscht, und Delores hat Lammeintopf mit Kartoffeln und Zwiebeln gekocht. Und Rüben. Wegen der Rüben bin ich mir nicht so sicher. Aber es riecht gut. Du sollst ins Haus kommen. Es ist fast fertig.«

»Ich bin gleich da.«

Jen hüpft wieder hinaus, wie ein Spielzeug zum Aufziehen, das man nicht kaputtkriegt. Wie ein ganz normales Mädchen, das … es gibt wirklich nur ein Wort, um es zu beschreiben … glücklich ist.

* * *

Als Carly schließlich in die Küche kommt, stehen drei Schüsseln mit Eintopf auf dem Tisch. Sie muss nur noch davor Platz nehmen. Der Duft steigt auf, dringt ihr in die Nase und scheint ihr sogar das Gehirn zu vernebeln. Sie fühlt sich, als hätte sie seit Tagen nichts mehr gegessen und als hätte sie noch nie etwas so Verlockendes vor sich stehen gehabt.

Jen hat sich schon hingesetzt.

Delores steht vor dem offenen Kühlschrank und gießt Ziegenmilch in Tassen. Carly spürt, wie die kühle Luft zu ihr herüberweht. Es fühlt sich gut an. Alles fühlt sich gut an. Plötzlich hat sie das Gefühl, dass alles wieder in Ordnung ist.

Carly holt den MP3-Player aus ihrer Hemdtasche und schiebt ihn hinüber zu Jen.

»Hier. Danke.«

»Er gehört mir ja nicht mal«, erwidert Jen.

»Aber er hat ihn dir geliehen.«

Vielleicht mag er Jen lieber. Oder vielleicht … vielleicht ist Jen einfach besser darin, nach den Dingen zu fragen, die sie haben möchte.

»Esst«, sagt Delores. »Lasst es nicht kalt werden.«

Carly ergreift einen Löffel und rührt den Eintopf um, schaut sich die Farben an. Es schwimmen frische Tomatenstücke darin und Möhren von einem so intensiven Orange, wie sie es noch nie gesehen hat, und die Kartoffeln sind nicht weiß, sondern golden. Eine der Gemüsesorten erkennt sie nicht. Das müssen die Rüben sein.

»Wo kommen die Tomaten her?«, fragt sie Delores gedankenverloren.

Im Geiste hat sie Freude daran, sich auszumalen, wie das Gemüse mit der Gießkanne von Hand gegossen wird. Wie kann in dieser trockenen, sandigen roten Erde etwas so Köstliches wachsen?

»Wo sie herkommen?«

»Ja. Wo sind sie gewachsen?«

»Woher soll ich das wissen?«

»Entschuldigung. Ich dachte, Sie wüssten, wo sie her sind.«

Delores legt eine Hand an ihre breite Hüfte. »Sie sind von meiner Nachbarin Virginia, die drei Tage die Woche in Flagstaff arbeitet, wo es Supermärkte gibt. Da kommen sie her. Aus dem Supermarkt. Der hat sie von irgendjemandem geliefert bekommen. Du kannst gern nach Flagstaff gehen und dort nachfragen.«

»Oh«, sagt Carly, »aus dem Supermarkt.« Sie ist seltsam enttäuscht.

Sie schaut hoch zu Delores, die sie aufmerksam betrachtet.

»Du glaubst, dass wir hier alle irgendwie total drollig sind, was, Mädchen?«

»Äh. Nein, Ma'am. So hab ich das gar nicht gemeint. Es hat mich einfach nur interessiert.«

Sie schaut weg. Nimmt ein Stück Gemüse auf ihren Löffel und schaut wieder hoch zu Delores, die sie immer noch beobachtet, als sei sie dabei, etwas Entscheidendes herauszufinden.

»Ist das eine Rübe?«

Delores scheint die Frage als mögliche Herausforderung zu verstehen. »Jaaa …«, sagt sie und zieht dabei das Wort in die Länge, als wappne sie sich bereits gegen das nächste Argument, das Carly vorbringen wird.

Carly steckt sich die Rübe in den Mund und beißt zu. Sie ist ein bisschen scharf, aber auch würzig, wegen der Fleischbrühe, in der sie zusammen mit dem Fleisch gekocht wurde. Unwillkürlich schließt sie die Augen, um sich besser auf den Geschmack konzentrieren zu können.

»Sie schmeckt gut.« Sie öffnet die Augen. Delores sieht überrascht aus. »Danke«, fügt Carly hinzu.

Die buschigen weißen Augenbrauen der alten Frau heben sich noch ein Stück. »Okay …«, fängt sie an, als wollte sie noch etwas hinzufügen. Doch sie lässt es sein.

»Und danke, dass Sie meine Stiefel repariert haben. Sie fühlen sich jetzt viel besser an. Und dass Sie gestern noch mehr von dieser Salbe in den Wohnwagen gebracht haben, als ich arbeiten war. Die hilft wirklich gut. Und das Öl, das Sie dazugelegt haben. Wir haben es für unsere Lippen und für unseren Sonnenbrand benutzt. Das hat bei beiden gut geholfen. Das war nett von Ihnen. Danke.«

Delores macht den Mund zu, ebenso wie die Kühlschranktür.

»Gern geschehen«, sagt sie, als hätte sie nie erwartet, das jemals sagen zu müssen.

Sie setzt sich an den Tisch und steckt sich eine Serviette in den Kragen ihres sackartigen Kleids. Carly schaut hinunter und sieht Roscoe, der in freudiger Erwartung zu ihr hinaufstarrt, während sein Schwanz über den Boden fegt.

»Roscoe!«, bellt Delores. »Weg mit dir. Wir starren dich auch nicht an, während du frisst.«

Carly findet, das sollte laut genug sein, selbst für Roscoe. Doch er wedelt nur weiter mit dem Schwanz und scheint Delores' Rüge nicht zur Kenntnis zu nehmen.

Delores wendet sich an Jen. »Sag du's ihm, Kleine.« Wahrscheinlich, weil Jen näher bei dem Hund ist. Sie streckt den Arm aus und hebt eines von Roscoes riesigen Ohren hoch, legt den Mund genau unter den großen, weichen Ohrlappen. »Roscoe! Geh und leg dich hin!«

Der Hund senkt den Kopf und schlurft ins Wohnzimmer, wo er sich sechsmal im Kreis dreht, ehe er sich auf dem gewebten Teppich niederlässt. Eine seltsame Stille kehrt ein.

Sie essen zusammen, schweigend, als seien sie zu verblüfft, um zu reden. Irgendwie scheint es zu gehen, ohne dass eine von ihnen den Grund dafür weiß.

Wakapi-Gebiet, 16. Mai

»Es gibt doch gar nichts mehr für uns zu tun«, sagt Carly. »Was sollen wir den Rest der Woche denn noch machen?«

Sie steht stolz neben dem voll beladenen Pick-up, einen Ellbogen auf den Rand der Ladefläche gestützt. Auf Delores' Grundstück gibt es kein Gerümpel mehr. Carly kann sich in alle Richtungen umsehen, ohne dass irgendetwas ihren angeborenen Ordnungssinn stört.

»Ha!« Delores spuckt das Wort förmlich aus, während sie im Schatten sitzt, in einem Gartenstuhl mit einer Sitzfläche aus Nylonschnüren. Sie scheint eher damit beschäftigt zu, den Tag auf sich wirken zu lassen, als sie zu beaufsichtigen. »Ihr habt noch nicht in den Schuppen geschaut.«

Carly seufzt und schaut hinüber zu Jen, die gerade die Ziegen melkt, fast völlig verdeckt von dem viel zu großen Cowboyhut, während das Kopfhörerkabel vor ihrer Brust baumelt.

»Was glauben Sie, wie spät es ist?«, fragt sie Delores.

»Das ist jetzt schon das dritte Mal, dass du mich das fragst. Hast du einen wichtigen Termin? Ein heißes Date? Oder was?«

»Ich wollt's einfach nur wissen.«

Inzwischen weiß sie, dass Delores keine Armbanduhr trägt. Wahrscheinlich sieht sie ohnehin nicht genug, um die Zeit abzulesen. Doch die alte Frau hat schon zweimal eine gute Schätzung abgegeben, indem sie sich in die Sonne gestellt hat, um ein Gefühl dafür zu bekommen, wo am Himmel sie sich gerade befindet.

»Es könnte auf elf Uhr zugehen.«

»Ist das nicht ziemlich spät für Alvin?«

»Oh. Darauf wartest du also. Warum hast du es plötzlich so eilig, Alvin zu sehen?«

»Nur so. Ich meine … er hat nur gesagt, er würde versuchen, etwas für mich herauszufinden, das ist alles.«

»Wahrscheinlich musste er sich noch um irgendwelche offiziellen Angelegenheiten kümmern«, sagt Delores. »Magst du ein bisschen kaltes Wasser?«

»Ja. Sicher. Gern.«

Während Carly wartet, schlendert sie hinüber zum Schuppen und öffnet die Tür. Irgendetwas kommt herausgehuscht, aus dem totalen Chaos von ineinander verkeiltem Gerümpel, das dort drinnen herrscht. Carly sieht nicht mal, was es ist, weil es sich so schnell bewegt. Sie will es auch gar nicht wissen.

Sie macht die Tür wieder zu und ist bereit, vorerst so zu tun, als habe sie nie einen Blick hineingeworfen. Dieses Problem schiebt sie nur zu gern auf die lange Bank.

* * *

Ungefähr zu dem Zeitpunkt, als sie und Jen ihr Wasser ausgetrunken haben, biegt Alvins Auto in die Einfahrt ein. Sein privates Auto.

Carly spürt, wie die Anspannung in ihrem Magen nachlässt und der Knoten sich auflöst. Sie ist entsetzt, wie groß er war. Bis zu diesem Moment hat sie nicht darauf geachtet und geleugnet, was es für eine Belastung war, noch nicht Bescheid zu wissen. Doch die Last weicht rasch der Furcht, es gleich herauszufinden. In vielerlei Hinsicht ist das noch schlimmer. Auf jeden Fall ist es akuter und noch schwerer zu ignorieren.

Der Wagen hält im Staub in der Nähe des Hühnerstalls an, und eine Frau steigt aus. Carlys Herz sinkt wieder.

»Wer ist das?«, fragt sie Delores.

»Wenn es nicht Alvin ist, könnte es Pam oder Leo sein«, sagt Delores, als sei keine weitere Erklärung nötig.

Es ist nicht die Frau, die gestern das Lammfleisch vorbeigebracht hat. Sie hieß … Carly weiß es nicht mehr. Aber ihr Name war nicht Pam, er war länger. Das dicke schwarze Haar dieser Frau ist nur etwa schulterlang und reicht nicht einmal annähernd über ihren Hintern.

Die Frau beugt sich wieder in das Fahrerhäuschen des Pickups, als gäbe es etwas auf der Sitzbank, das sie abschnallen muss. Wenig später hebt sie einen kleinen Jungen heraus und stellt ihn auf den Boden. Er ist zwischen zwei und drei Jahren alt, soweit Carly das sagen kann. Dann holt die Frau einen Korb aus dem Auto, der an einem Henkel hängt und voll und schwer aussieht.

Der Junge rennt geradewegs auf Delores zu, umklammert ihre Knie und hält sie ziemlich lange fest. »Na, Leo«, sagt Delores und tätschelt ihm den Kopf – so fest, dass Carly glaubt, es müsste Leo wehtun. Doch das tut es anscheinend nicht.

»Alvin hat heute Morgen einen Anruf bekommen«, sagt die Frau. »Er und Ray mussten in die Siedlung fahren und sich dort um einen … Notfall kümmern. Du weißt schon. Das Übliche. Hier, ich hab dir einen Korb Äpfel mitgebracht. Dachte mir, du hast jetzt schließlich mehr Mäuler zu stopfen.«

Carly fragt sich sofort, ob das bedeutet, dass Alvin keine Zeit hatte, sich um ihren Notfall zu kümmern. Pam stellt den Korb mit den Äpfeln neben Delores' Stuhl ab.

»Vielen Dank. Vielleicht back ich uns damit einen Kuchen. Du meinst den Notfall namens Rodney?«

»Genau den«, sagt Pam.

Sie ist hübsch, befindet Carly, aber auf eine vollkommen natürliche Art. Beinahe zufällig. Pam wirkt wie eine Frau, die es nicht im Geringsten kümmert, ob sie hübsch ist oder nicht. Aber zufälligerweise ist sie es eben.

Leo lässt Delores' Knie los und geht mit großen Schritten auf Jen zu, wie ein Revolverheld, der versucht, sein Halfter oben zu halten. Wie diese alten Karikaturen von o-beinigen Cowboys.

»Wer bist du?«

»Jen«, antwortet sie.

»Jen.« Er wiederholt das Wort, als würde es nach etwas schmecken. »Ich bin Leo.«

Mit dem Daumen deutet er auf sich selbst, als könnte Jen nicht wissen, welchen Leo er meint, wenn er es ihr nicht zeigt.

»Freut mich, dich kennenzulernen, Leo.«

»Sicher«, sagt er. So wie man »Gern geschehen« sagen würde, nachdem man etwas Nettes getan hat. Dann stolziert er auf Carly zu. »Wer bist du?«

»Ich bin Carly. Und du bist Leo.«

Er schaut ihr genau in die Augen, ohne jede Zurückhaltung. In diesem merkwürdigen Augenblick ist Carly plötzlich sicher, dass sie ein eigenes Kind haben will. Nicht jetzt, nicht so bald. Aber sie will eins, und vorher wusste sie das nicht. Sein rabenschwarzes Haar sieht so weich aus und glänzt in der Sonne. Sie kann sich gerade noch zurückhalten, um nicht die Hand auszustrecken und seinen Kopf zu streicheln.

»Woher weißt du, dass ich Leo bin?«, fragt er, halb überrascht, halb herausfordernd.

»Ich hab gehört, wie du es ihr erzählt hast.«

»Oh. Stimmt.«

Dann flitzt er davon, rennt hinter seine Mutter und guckt zwischen ihren in Jeans steckenden Beinen hindurch, einen Arm um je einen ihrer Schenkel geschlungen. Er lächelt schüchtern, und als Carly zurücklächelt, vergräbt er sein Gesicht hinten am

Bein seiner Mutter.

Es kommt Carly komisch vor, dass sich ein Wesen innerhalb so kurzer Zeit erst so selbstsicher und dann so scheu verhalten kann.

»Alvin hat mich gebeten, vorbeizukommen und nach dir zu sehen«, sagt Pam zu Delores. »Und er wollte, dass ich deine beiden neuen Freundinnen kennenlerne, was ich jetzt wohl gleich tun werde. Oder vielleicht gerade tue. Ich soll auch noch die letzte Ladung zu Chester fahren, falls sie schon eingeladen und abfahrbereit ist.«

»Oh, und ob sie eingeladen ist«, sagt Delores, als wollte sie andeuten, dass das noch untertrieben ist. »Das hat sie heute Morgen als Allererstes erledigt, ehe ich sie auch nur dazu kriegen konnte, etwas zu frühstücken. Wenn es eines gibt, was dieses Mädchen nicht aufschiebt …«, sie deutet mit dem Kinn auf Carly, » … dann das, was ihr hilft, von hier wegzukommen.«

»Nun, das kannst du ihr nicht vorwerfen«, meint Pam. »Oder? Jeder will nach Hause. Die Mädchen haben bestimmt Heimweh wie verrückt.«

»Nein«, meldet sich Jen zu Wort. »Nur Carly. Mir gefällt's hier.«

Das sorgt dafür, dass das Gespräch unangenehm lange stockt. Plötzlich spürt Carly ein Brennen in der Brust, wo ein Groll, der dort bereits schwelt, plötzlich neue Nahrung erhält. Doch sie unterdrückt ihn und sagt nichts. Sie tut ihr Bestes, um ihn wieder wegzupacken. Sie hat keine Ahnung, was sie anderes damit tun soll, als ihn immer wieder notdürftig irgendwo unterzubringen.

»Oh, und noch was«, sagt Pam. »Ich hab einen Brief für Carly. Das bist du, nicht wahr? Die, die solches Heimweh hat?«

»Ja, Ma'am. Einen Brief? Von Alvin? Wo?«

»Er liegt auf dem Armaturenbrett im Wagen.«

Carly geht nicht, sondern rennt. Öffnet die Tür des Pickups weit und zerknüllt den Briefumschlag, während sie ihn aufreißt, ohne vorher auch nur die Autotür zu schließen. Im

Umschlag ist ein Zettel von einem alten gelben Notizblock, der viermal gefaltet ist.

Die Nachricht beginnt mit dem Namen eines Bauunternehmers: Mel VanNess. Dazu eine Adresse und eine Telefonnummer. Carlys Herz verwandelt sich in einen Vogelschwarm. Vor Schreck fliegen alle Vögel gleichzeitig auf und stoßen gegen die Gitterstäbe ihres Käfigs.

Vielleicht nimmt Pam sie auf der Heimfahrt mit zur Telefonzelle. Doch bei der nächsten Zeile zieht ihr Herz die Flügel wieder ein.

> *Carly,*
> *mach dir bitte keine allzu großen Hoffnungen, wenn du den ersten Teil über Mel gelesen hast. Ich konnte nicht herausfinden, wo dein Stiefvater arbeitet. Dieser Name und die Adresse gehören nur zu einer Firma, wo er mal gearbeitet hat, aber dort ist er nicht mehr. Der Mann sagt, Teddy habe sich den Rücken verletzt, und soweit er weiß, arbeitet er im Moment gar nicht.*
> *Ich hatte gehofft, es könnte sich um einen Arbeitsunfall handeln, aber Mel sagt, er hätte sich die Verletzung in seiner Freizeit geholt. Ich hab versucht, ihn über die Arbeitsunfähigkeitsversicherung aufzuspüren, doch es sieht so aus, als habe er nicht lange genug gearbeitet, um darauf Anspruch zu haben. Sein Auto ist auf eine Adresse in Tulare registriert. Ist das der Ort, von dem ihr alle weggezogen seid? Wenn ja, hilft uns das wahrscheinlich nicht weiter.*
> *Mel sagt, er weiß, dass Teddy noch immer in der Stadt ist, weil er ihn manchmal auf dem Markt sieht. Er ist dort immer mit einer Frau namens Linda unterwegs, die Mel vom Sehen kennt. Aber er kennt ihren Nachnamen nicht und weiß auch nicht, wo sie wohnt oder sonst irgendwas über sie. Aber er sagt, dass er Teddy in den letzten zwei*

Wochen gesehen hat, deshalb nehme ich an, dass er noch immer in der Stadt ist. Ich weiß nur nicht, wo. Tut mir leid, Kleine. Ich wollte das für dich gern besser hinkriegen.
Oh. Und Mel sagt auch, wir sollten in der Bar nach ihm schauen. Das bedeutet wohl, dass es nur eine gibt. Vielleicht kannst du damit was anfangen.
– Alvin.

Carly lehnt ein paar Minuten am Wagen, um das alles zu verdauen. Sie sieht, wie Jen, Pam, Delores und Leo miteinander reden, aber sie ist zu weit weg, um sie zu hören. Es ist, als schaue man einen Film ohne Ton.

Teddy hat wieder eine Frau?

Überraschenderweise versetzt ihr das einen Stich. Es sollte nicht so sein. Er sollte sie vermissen. Sie alle. Nichts sollte sie ersetzen können. Oder zumindest … nicht so schnell. Dann beschließt sie, dass diese Linda wahrscheinlich nur eine Freundin von ihm ist. Teddy hat sich immer gut mit Frauen verstanden. Ja. Das kommt der Wahrheit näher. Das fühlt sich besser an.

Sie faltet den Zettel zusammen und steckt ihn sich in die Hemdtasche.

Ein starker Gedanke voller Gewissheit steigt aus dem Haufen widerstreitender Gefühle auf. Er kommt direkt aus ihrem Innern und breitet sich in ihr aus, als wollte er dort heimisch werden.

»Eigentlich ist das alles, was ich gebraucht hab«, sagt sie. Sie spricht den Gedanken aus, aber sie senkt dabei die Stimme. »Damit kann ich ihn finden.«

* * *

Pam fährt schneller auf der Schotterpiste als Alvin und drosselt den Motor selbst dann nicht, wenn sie auf Schlaglöcher stoßen.

Stattdessen fährt sie mit vierzig bis fünfzig Stundenkilometern darüber hinweg und gibt den Stoßdämpfern des Wagens richtig was zu tun. Leo, der zwischen ihnen angeschnallt ist, fängt jedes Mal an zu kichern. Carly versteift sich und verzieht das Gesicht, weil sie bei jeder Landung damit rechnet, dass Delores' rostiger alter Pick-up in tausend Stücke zerschellt.

Als sie einen besonders zerfurchten, waschbrettartigen Straßenabschnitt entlangfahren, wird Pam etwas langsamer, und Leo stimmt ein leises Summen an, nur um es wackeln zu hören, während sich das Auto schaukelnd fortbewegt. Er verkneift sich das Lachen, bis die Straße wieder ebener wird.

Carly hat bis jetzt kein Wort zu Alvins Frau gesagt und diese auch keines zu ihr.

Es ist Pam, die schließlich das Schweigen bricht.

»Ich weiß nicht, ob ich Alvin jemals so untröstlich erlebt habe wie heute Morgen, als er zur Tür hinaus ist. Es war ihm so wichtig, deinen Stiefvater zu finden. Er weiß, dass du eine Lösung für dein Problem brauchst, und er hält es einfach nicht aus, dass er sie noch nicht gefunden hat.«

»Es ist egal«, sagt Carly.

Sie lauscht den Worten nach, während sie aus ihrem Mund kommen, und dann noch einmal, als sie im Fahrerhäuschen des Pick-ups widerhallen und einen Eindruck hinterlassen, als wären sie noch nicht zum Fenster hinausgeweht. Sie hören sich entsetzlich falsch an.

»Wie kann es egal sein?«, fragt Pam schließlich. »Ich dachte, es sei wichtig für euch Mädchen.«

»Es ist wichtig für mich, ihn zu finden. Und ich werde ihn finden. Ich habe jetzt genügend Informationen, auf die ich mich stützen kann. Ich finde ihn. Sie werden sehen. Ich habe alles, was ich brauche.«

Carly starrt zum Fenster hinaus und schaut einer Staubwolke hinterher, die einem Fahrzeug folgt, das sie nicht einmal sehen kann, auf einem weit entfernten Feld, auf dem es wahrscheinlich gar keine Straße gibt. Sie fahren an zwei Mädchen vorbei, die ohne Sattel zusammen auf einem feinknochigen grauen Pferd reiten.

»Wie?«, fragt Pam.

»Wir gehen einfach dorthin. Wir gehen hin und finden ihn. Gehen zum Markt oder fragen alle Leute in der Stadt. Die Stadt ist klein. Wir finden ihn.«

»Für zwei junge Mädchen, die allein unterwegs sind, ist das ein ziemlich weiter Weg.«

»Wir haben schon den ganzen langen Weg hierher allein zurückgelegt.«

»Und wie ich höre, seid ihr dabei fast gestorben.«

Carly beschließt, nicht mehr mit Pam zu reden. Sie redet einfach gar nicht mehr, und fertig. Nirgendwo in ihrem Arbeitsvertrag steht, dass sie jedem ihre Geschichte erzählen muss, ihren Standpunkt gegenüber irgendjemandem zu verteidigen braucht. Oder dass sie eine Erlaubnis benötigt, um das zu tun, was sie will.

Sie schaut hoch und sieht Chesters Hunde auf der Straße umherrennen.

»Ich geh da nicht rein«, sagt sie zu Pam. »Lassen Sie mich hier raus.«

Pam bremst mitten auf der ansonsten verlassenen Wüstenstraße. Im rechten Seitenspiegel sieht Carly, wie der Wagen eine rote Staubwolke aufwirbelt und sich der Staub hinter ihnen wieder legt.

»Hier?«

»Irgendwo, mir egal. Nur nicht da drinnen bei diesem schrecklichen Mann und diesen schrecklichen Hunden. Lassen Sie mich so weit entfernt raus, dass sich die Hunde nicht mit mir anlegen.«

»Chester ist einfach nur …«

Carly unterbricht sie mitten im Satz, indem sie ihre Tür aufstößt. Sie steigt hinunter auf die Straße und fühlt sich gleich viel freier. Sie schlägt die Tür hinter sich zu.

»Was soll ich sagen, wie viel du für dieses ganze Zeug haben willst?«, fragt Pam durchs offene Fenster.

»Ist mir gleich. So viel, wie er bezahlen will. Mir egal. Ich warte hier.«

Eine lange Pause, dann bewegt sich der Pick-up wieder vorwärts, langsam, als wollte Pam, dass Carly möglichst wenig Staub abbekommt.

Sie bekommt trotzdem jede Menge ab. Er umgibt sie in einer roten Wolke. Sie streicht ihn sich vom Hemd und wischt sich dann mit dem Ärmel übers Gesicht.

Chesters Hunde folgen dem Wagen in die Einfahrt und bellen dabei vor sich hin. Carly schaut ihnen kurz hinterher, doch sie kommen nicht wieder heraus. Sie stützt sich auf einen Zaunpfahl und starrt in die Ferne, auf die lange Bergkette. Am Rande der Berge sieht der Himmel viel blauer aus als über ihrem Kopf. Es ist ein Blauton, den sie noch nie am Himmel gesehen hat, fast schon ein Königs- oder Marineblau. Sie muss an Jens Worte denken, dass der Himmel hier irgendwie besser sei, und weist sie wieder von sich.

Noch immer ist sie erstaunlich wütend, obwohl sie nicht einmal genau benennen könnte, was Pam falsch gemacht hat.

Ein erdfarbenes Pferd grast auf einer struppigen Weide, auf halber Strecke zwischen dem Zaun und den Bergen. Carly wendet sich ihm halb zu und sagt: »Wenn hier irgendjemand glaubt, er könnte mich davon abhalten, nach Kalifornien zu gehen und ihn zu finden, dann irrt er sich gewaltig.«

* * *

Auf der Heimfahrt herrscht völlige Stille. Erst als sie vor Delores' Hühnerstall anhält, spricht Pam wieder mit ihr.

»Versprich mir, dass du keine Entscheidungen triffst, bis Alvin vorbeikommt, um mit dir zu reden. Bitte halt die Füße still. Er wird dich nicht ohne einen Cent in der Tasche von hier weggehen lassen und ohne dass irgendjemand auf dich aufpasst. Das ist nicht seine Art. Abgesehen davon hat er jetzt die Verantwortung für dich übernommen. Er will, dass es dir gut geht.«

Einen Moment lang atmet Carly nur vor sich hin, ohne etwas zu sagen, während ihr bewusst wird, was für einen Riesenfehler sie da begangen hat. Alvin gehört zur Polizei. Sie hat gerade der Frau des Polizisten erzählt, dass sie und Jen allein weiterziehen wollen, bis nach Kalifornien. Sie hätte es besser wissen müssen. Sie hätte wissen müssen, dass Alvin sie nicht gehen lassen würde. Ohne zu antworten, steigt sie aus dem Auto.

Delores ist nirgends in Sicht. Jen spielt mit dem Zicklein, das sie vor einigen Tagen dabei beobachtet haben, wie es die Katze geärgert hat, die im Schuppen lebt. Als sie noch auf der anderen Straßenseite saßen. Ehe sie auch nur einen Fuß auf dieses Grundstück gesetzt hatten. Bei diesem Gedanken fühlt sich Carly in die Zeit zurückversetzt, als sie noch allein waren, ungebunden. Irgendwie kommt es ihr vor, als hätte sie damals weniger Sorgen gehabt.

Sie geht hinüber zu Jen und der Ziege, die beide eine Weile brauchen, um sich ihrer Anwesenheit bewusst zu werden. Als sie sie bemerkt, erschrickt die Ziege, macht einen Satz und springt dann drei oder vier Schritte von ihr weg. Dort bleibt sie stehen und schaut über die Schulter zu Carly. Offenbar ist Carly ziemlich Furcht einflößend. Mit Jen kann man spielen, aber vor Carly muss man davonrennen.

»Wir haben keine Zeit für Spielchen«, sagt sie.

Jen bleibt der Mund offen stehen, als sie hört, was Carly für einen Ton anschlägt.

»Gibt es denn noch was zu tun?«

»Wir müssen den Schuppen leer räumen.«

»Okay, okay. Lass uns den Schuppen ausräumen. Mann. Warum hast du so miese Laune?«

»Nichts. Ich meine, ich hab keine schlechte Laune. Ich will nur endlich alles erledigt haben und weiterziehen. Ich hab diesen Ort hier so satt.«

Jen folgt ihr zum Schuppen, ohne etwas dazu zu sagen.

»Pass auf, wenn du die Tür aufmachst«, sagt Carly.

»Warum?«

»Ich weiß nicht. Da könnte irgendwas drin sein.«

»Zum Beispiel?«

»Ich weiß es nicht, Jen. Sei einfach nur vorsichtig, okay?«

Jen öffnet die Schuppentür, doch es kommt nichts herausgerannt.

Im Innern sehen sie Gartengeräte, Transportpaletten, einen handbetriebenen Rasenmäher, Milchkästen aus Plastik, Benzinkanister aus Metall, Glasflaschen, noch mehr Farbdosen sowie Dutzende Gegenstände, die Carly nicht einmal einordnen kann.

»Verdammt«, meint Jen. »Das wird viel Arbeit.«

»Was glaubst du denn, warum ich schnell anfangen wollte?«

Jen schaut auf und sieht zu, wie das Zicklein zurück ins Gehege stakst. Es versucht, bei seiner Mutter zu saugen, wobei es sie von unten hart mit den Hörnern anstößt.

»Du kriegst nichts mehr von ihr«, ruft Jen. »Ich hab heute Morgen alles geholt. Außerdem bist du zu alt zum Nuckeln. Werd erwachsen.«

Sie machen sich daran, die Sachen hinaus ans Licht zu befördern.

Carly fragt: »Woher weißt du, in welchem Alter eine Ziege nicht mehr gesäugt werden muss?«

»Delores hat es mir gesagt. Sie meinte, sie hätte erst angefangen, die Ziege zu melken, als es höchste Zeit für ihr Kleines war, mit dem Saugen aufzuhören.«

Jen steckt den Kopf wieder in den Schuppen. »Hey. Guck mal. Arbeitshandschuhe!«

Sie wirft dreieinhalb Paar schwere Lederhandschuhe heraus. Das ist gut, weil nicht alles in diesem Schuppen so aussieht, als ob man es mit bloßen Händen anfassen wollte. Es steht alles schon sehr lange herum, und Mäuse, Insekten und Gott weiß was haben ihre Spuren hinterlassen.

Carly schätzt, dass sie etwas über eine Stunde brauchen werden, nur um das Gerümpel hinauszutragen, wo sie es durchsehen und sortieren können. Jen schüttelt die Handschuhe ab, zieht dann auch ihren Hut ab und wischt sich mit dem Ärmel den Schweiß vom Gesicht. Carly lässt ihn einfach laufen.

»Du bist so still«, bemerkt Jen. »Was ist los mit dir?«

»Nichts«, sagt Carly. »Ich denke nur nach.«

* * *

Alvin kommt vorbei, als sie fast mit dem Abendessen fertig sind und Delores gerade ihren Apfelkuchen serviert. Er ist groß genug für eine ganze Kompanie und in einer tiefen, quadratischen Backform zubereitet worden. Er hat eine zweite Kruste, als wäre der Kuchen noch nicht hoch genug.

»Du kommst gerade recht«, sagt Delores.

»Ich hab den Kuchen schon von zu Hause aus gerochen«, erwidert Alvin. Er zieht sich einen Stuhl heran und setzt sich hin. Seine Augen sind rot umrändert und sehen müde aus, als hätte er nicht genug geschlafen. »So, ich hab gehört, ihr Mädchen habt heute meine beiden Lieblingsmenschen kennengelernt.«

Er sucht Carlys Blick, doch sie wendet sich ab.

Jen sagt: »Leo ist total süß!«

»Das find ich auch, aber ich bin auch nicht gerade unvoreingenommen.«

Alvin wartet darauf, dass Carly irgendeinen Kommentar abgibt. Alle scheinen darauf zu warten. Doch Carly sagt nichts. Reden hat ihr heute schon genug Probleme eingebracht.

»Soll ich den Kuchen anschneiden und servieren?«, fragt Alvin Delores.

»Noch kann ich das selbst«, gibt sie zurück. Er diskutiert nicht mit ihr.

Sie gibt Alvin das erste Stück, einen riesigen Brocken.

»Meine Güte, Delores, das ist genug für ein ganzes Abendessen.«

»Iss so viel du kannst.«

Wieder Schweigen. Carly bekommt ebenfalls ein Stück Kuchen hingestellt. Sie macht sich sofort darüber her.

Als alle versorgt sind, setzt sich Delores wieder an den Tisch. Schweigend essen sie einige Bissen.

Dann sagt Alvin: »Carly.« Seine Stimme klingt fest und entschlossen.

Carly erschrickt. »Was?«

»Du bist so still.«

Sie zuckt nur mit den Achseln.

* * *

Als das Geschirr abgeräumt ist und in der Spüle steht, streckt Alvin den Arm aus und legt die Hand auf Carlys Ellenbogen. Sie zieht den Arm weg.

»Lass uns eine Runde spazieren gehen.«

»Warum?«

»Damit wir Gelegenheit haben, uns zu unterhalten.«

»Mir ist nicht nach Spazierengehen. Ich kann mich schon nicht mehr an eine Zeit erinnern, in der ich nicht am Laufen oder Arbeiten war. Ich bin's leid. Ich bin müde. Ich will einfach nur ruhig dasitzen und zur Abwechslung mal gar nichts tun.«

Alvin lehnt sich zurück und seufzt, verschränkt die Arme vor der Brust. »Wir müssen aber reden. So oder so. Ich dachte nur, dass du das vielleicht lieber unter vier Augen tätest.«

Carly sitzt schweigend und reglos da, während sie spürt, wie sie innerlich und äußerlich erstarrt. Mit jeder Sekunde fühlt sie sich schwerer und toter auf ihrem Stuhl. Sie will nicht vorwärts in den nächsten Abschnitt ihres Lebens, und sie kann auch nicht zurück in die Vergangenheit, egal, wie sehr sie es versucht. Doch da, wo sie jetzt ist, fühlt sie sich auch nicht besonders wohl.

Unwillkürlich springt sie auf und geht die sieben kurzen Schritte zur Tür. Dort bleibt sie stehen und dreht sich um. Alvin sitzt noch immer mit verschränkten Armen am Tisch und beobachtet, was sie vorhat.

»Und?«, fragt sie. »Kommst du jetzt oder nicht?«

* * *

Die Sonne geht schon unter, während sie vor sich hin schlendern. Nicht auf der Straße, sondern querfeldein auf die große Hochebene zu, obwohl Carly keine Ahnung hat, warum. Sie gehen mitten ins Nirgendwo. Alvin trägt braune Cowboystiefel. Sie sieht zu, wie er Staub lostritt.

Sie schaut auf und sieht einen dünnen, gräulichen Hund mit einer schmalen Schnauze, der mit großen Sätzen durchs Gestrüpp rennt. Das Tier entdeckt sie, bleibt stehen, senkt den Kopf und beobachtet sie misstrauisch.

»Fort mit dir«, ruft Alvin. Er hebt etwas auf, das letztlich nur eine Handvoll Erde ist, doch als er zielt, wirbelt das Tier herum und rennt davon, als würde es erwarten, mit Steinen beworfen zu werden.

»Wem gehört der Hund?«, fragt Carly.

»Hund? Das ist kein Hund. Das ist ein Kojote. Hast du noch nie einen Kojoten gesehen?«

»Ich glaube nicht.«

Jetzt macht das Tier ihr Angst, obwohl es längst außer Sicht ist. Doch dann fällt ihr ein, dass Alvin da ist. Kein Kojote würde es wagen, sie zu verfolgen, wenn Alvin bei ihr ist.

»Ich will nicht, dass ihr allein von hier weggeht, du und deine Schwester«, sagt er.

Jetzt ist es raus. Sie wusste, dass es irgendwo gelauert und auf sie gewartet hat. Sie hat es gespürt und eine gefühlte Ewigkeit damit verbracht, sich dagegen zu wappnen. Doch nun muss sie sich damit auseinandersetzen.

Carly bleibt stehen. Alvin macht noch einen Schritt, ehe er es bemerkt.

»Ich dachte, du wärst mein Freund.«

Ihre Unterlippe zittert, während ihr wieder Tränen in die Augen steigen. Doch diesmal weint sie nicht. Sie bleibt stark.

»Ich bin dein Freund«, sagt er. »Aber genau deshalb kann ich nicht zulassen, dass ihr den ganzen Weg nach Trinidad allein zurücklegt. Hast du überhaupt eine Ahnung, wie weit das ist, Kleine? Bestimmt nicht. Ich hab nachgesehen. Es sind fast tausendneunhundert Kilometer.«

»Auf keinen Fall. Das kann nicht sein.«

»Und ob das sein kann. Ich hab nachgeschaut. Über die Sierra Nevada kann man nicht mit dem Auto fahren, und zu Fuß kann man sie auch nicht überqueren, also komm nicht auf dumme Gedanken. Man muss nach Süden fahren, bis zur Interstate 40, und dann noch mal mindestens bis nach Bakersfield. Von dort muss man sich nach Norden wenden und einen großen Teil von Kalifornien durchqueren, und Kalifornien ist ein sehr langer Bundesstaat.«

Carly steht noch immer wie angewurzelt da und fühlt eine seltsame Mischung aus Furcht und Starrsinn.

»Ich weiß, dass Kalifornien ein langer Staat ist. Ich hab mein Leben lang in Kalifornien gewohnt.«

»Oh, so lange?«

Sie dreht sich von ihm weg und steuert wieder auf den pinken Wohnwagen zu, der ihr plötzlich vergleichsweise sicher vorkommt.

»Hey. Hey, du«, sagt er und holt sie schnell ein.

»Was?«

»Ist dir aufgefallen, dass ich euch kein einziges Mal nach eurer Mutter gefragt habe? Ich hab euch nie gefragt, ob ihr von zu Hause weggelaufen seid. Hast du das gemerkt?«

Sie bleibt wieder stehen, sieht Alvin aber nicht an. Sie hält den Blick ungefähr auf der Höhe ihrer Stiefel oder auf dem Saum ihrer Hosenbeine. »Und?«

»Weißt du, warum?«

»Nein. Ich weiß überhaupt nichts.« Eine weitreichende Aussage, die vielleicht mehr Wahrheit enthält, als sie zugeben will.

»Weil Eltern ihre Kinder normalerweise wiederhaben wollen, wenn sie von daheim weggelaufen sind. Eine Mutter, deren Töchter ausgerissen sind, würde einiges tun, um sie zu finden. Fotos an die Polizei weitergeben und dergleichen, hundertmal anrufen. Ich hab das überprüft, doch es scheint niemanden zu geben, der dich und deine Schwester wiederhaben will. Aber ein Kind, das vor die Tür gesetzt wurde, nun, das ist was ganz anderes. Wenn eine Mutter so was tut, sollte man dafür sorgen, dass die Kinder nicht wieder in ein solches Zuhause zurückmüssen. Diese Mutter verdient sie nämlich nicht.«

»Es sei denn, sie ist tot.« Im nächsten Moment würde sie sich am liebsten dafür ohrfeigen.

»Ich verstehe«, sagt Alvin. »Nun, das lässt die Geschichte in einem ganz anderen Licht erscheinen. Es tut mir leid.«

»Was sollen wir denn tun? Einfach den Rest unseres Lebens

hierbleiben?«

»Du sollst mir etwas Zeit geben und darauf vertrauen, dass ich mir etwas einfallen lasse.«

Doch Carly hat nicht mehr viel Vertrauen. Die einzigen Menschen, denen sie noch traut, sind Teddy und sie selbst. Und sie ist sich ziemlich sicher, dass es falsch war, sich auch nur ansatzweise auf Alvin zu verlassen. Er wird vielleicht noch einmal versuchen, Teddys Adresse oder Telefonnummer zu bekommen, aber danach wird er sie den Behörden übergeben und es jemand anderem überlassen, sich um sie zu kümmern.

Das tun alle, wenn es hart auf hart kommt. Die ganze Zeit beteuern sie, dass man ihnen etwas bedeutet, dass man wichtig ist. Bis man zu viel Zeit in Anspruch nimmt und ihnen zu sehr zur Last fällt.

»Gut«, sagt sie. »Von mir aus.«

Mit großen Schritten geht sie auf den Wohnwagen zu, wo sie sich sicher fühlt.

»Das ist nicht das, was ich gern von dir hören wollte.«

Sie bleibt abrupt stehen. Abendwind kommt auf, bläst ihr heiß ins Gesicht und fährt ihr durchs Haar. Ihr kommen die Tränen, ganz gleich, wie sehr sie versucht, sie zu unterdrücken.

»Was soll ich denn sagen?«

»Dass ich darauf vertrauen kann, dass du bleibst, wo du bist.«

»Du kannst mir vertrauen. Ich bleibe, wo ich bin.«

Dann rennt sie den ganzen Weg zurück zum Wohnwagen. Er scheint ihr nicht mehr zu folgen. Sie schaut sich auch nicht um.

* * *

Weil sie keine Uhr hat, ist es schwer zu sagen, wie lange sie auf Jen wartet. Es kommt ihr wie drei Stunden vor, doch Carly schätzt, dass es nur halb so lange dauert.

Je länger sie wartet, desto wütender wird sie. Da sitzt sie ganz allein in diesem Wohnwagen herum, während ihre Schwester lieber drinnen bei Delores ist. Unterhalten sich die beiden? Wenn ja, worüber? Wie können sie irgendwelche Gemeinsamkeiten haben? All die Jahre, die sie und Jen eine Familie waren. Carly hat so viel getan, um sie beide in Sicherheit zu bringen. Ist das etwa nichts wert? Sollten sie da nicht eigentlich unzertrennlich sein?

Als Jen endlich durch die quietschende Tür des Wohnwagens tritt, lässt ein Blick in Carlys Gesicht sie innehalten.

»Was?«, fragt Jen.

Carly schnüffelt. Ein neuer Geruch, den Jen mit hereingebracht hat. Einen Moment lang glaubt sie, dass ihre Schwester gekifft hat. Doch der Geruch ist anders, zwar rauchig und streng, aber nicht wie der von Marihuana.

»Was ist das?«, fragt sie Jen.

»Was ist was?«

»Dieser Geruch. Hast du irgendwas geraucht?«

»Ich hab nichts geraucht.«

»Was dann?«

Zuerst scheint Jen gar nicht antworten zu wollen. Doch Carly fixiert sie weiterhin, und schließlich zermürbt sie Jen mit ihrem Blick.

»Es ist weißer Salbei. Aber mehr kann ich dir nicht sagen.«

»Was soll das heißen, du kannst mir nicht mehr sagen? Wer sagt das?«

»Es ist einfach so, Carly. Es ist … was Persönliches. Ein Ritual. Nichts Schlimmes. Es beschützt mich und hilft gegen Kummer. Aber es ist eine Sache zwischen dem Menschen, der sie gibt, und dem, der sie empfängt. Und mehr kann ich dazu nicht sagen.«

»Also hat Delores irgendwelche Magie bei dir angewandt?«

»Keine Magie. Eher etwas … Religiöses.«

»Nicht deine Religion.«

»Doch, wenn ich will.«

»Pack deine Sachen«, sagt Carly ruhig und freundlich. »Wir gehen noch heute Nacht.«

»Aber …«

»Nein«, sagt Carly. »Kein Aber. Es geht nicht anders.« Sie hält die Stimme gesenkt, weil Delores sie sonst hören würde.

Sie steht auf und fängt an, ihre Sachen zusammenzusuchen, nimmt Zahnbürste und Haarbürste von der Ablage in dem kleinen Kabuff, das sie scherzhaft Badezimmer nennen – der Raum hinter der Trennwand im hinteren Bereich des Wohnwagens. Dann nimmt sie ihre Jacke und ihr T-Shirt zum Wechseln aus dem winzigen Wandschrank und stopft alles in ihren Rucksack.

Währenddessen setzt sich Jen aufs Bett.

»Es ist schon dunkel«, sagt Carly fast im Flüsterton. »Komm!«

»Ich gehe nicht«, sagt Jen.

Dann fängt sie an zu weinen.

Carly tritt hinüber zum Bett und schaut auf Jen hinunter, wobei sie sich so weit aufrichtet, wie sie kann, um dieser Herausforderung gewachsen zu sein. Während sie so dasteht, ist es, als würde sie im Körper einer anderen Person stecken oder einen Film anschauen. Als sei es nicht so wichtig, wie diese Szene endet. Nicht wie im echten Leben.

»Du willst uns also auseinanderbringen? Nach allem, was wir zusammen durchgemacht haben?« Bei diesen Worten fängt auch Carly an zu weinen.

»Bleib hier, Carly. Geh nicht. Wenn du nicht gehst, müssen wir uns auch nicht trennen.«

»Wir müssen Teddy finden. Teddy nimmt uns auf. Du weißt doch gar nicht, ob Delores dich hierbleiben lässt.«

»Und du weißt nicht, ob sie es nicht tun wird«, entgegnet

Jen mit festerer Stimme.

Carly sagt nichts, weil sich plötzlich ein ganz ungutes Gefühl in ihr breitmacht. Vielleicht stellt Jen gar keine Vermutungen an. Sie hat viel Zeit mit der alten Frau verbracht. Vielleicht haben sie das schon längst besprochen.

»Ich gehe nicht wieder zurück und wohne bei Teddy«, sagt Jen. »Ich versteh nicht, warum du dir so sicher bist, dass er uns haben will. Warum du glaubst, das wäre der perfekte Plan. Als würden sich alle unsere Probleme lösen, sobald du ihn ans Telefon bekommst, als würde er alles stehen und liegen lassen, um uns zu retten, und dann sind wir glücklich bis an unser Lebensende. Er ist noch nicht mal unser Stiefvater. Du nennst ihn so, aber das ist er nicht. Sie haben nie geheiratet. Er ist nur irgendein Typ, mit dem Mom zusammengelebt hat.«

»Ich bleibe nicht hier, Jen, das weißt du. Ich hasse diesen Ort. Delores mag mich ja nicht mal.«

»Wenn du nicht immer so frech zu ihr wärst, würde sie dich bestimmt mögen.«

Carly steht auf und hebt ihren vollgepackten Rucksack hoch, lässt ein letztes Mal den Blick durch den Raum schweifen, um sich zu vergewissern, dass sie nichts vergessen hat. Dann geht sie zur Tür und legt eine Hand auf die Klinke. Sie weint immer noch.

»Ich mein es ernst. Ich zieh das durch. Ich gehe. Jetzt.«

Sie schaut durch das kleine runde Fenster hinaus. Inzwischen ist es fast völlig dunkel. Nur ein ganz schwacher Lichtstreifen schimmert noch am westlichen Horizont. Im Haus sind alle Lichter aus. Delores geht früh zu Bett. Sie hört Jen weinen, aber sonst hört sie nichts.

»Ich gehe jetzt raus und lasse dich hier. Komm schon, Jen. Das ist kein Spiel. Das ist unser Leben, unser echtes Leben. Und es ist Zeit, dass wir weiterziehen.«

Sie sieht zu, wie Jen weint. Hört ihr zu, hört sich selbst

beim Weinen zu. Dann stößt sie Stück für Stück die Tür auf.

»Warte!«, ruft Jen. »Geh noch nicht. Nimm das hier mit. Das beschützt dich.«

Jen steht auf und rennt die drei Schritte zu Carly hin. Sie zieht etwas aus, was sie um den Hals getragen und unter ihrem Hemd versteckt hat, eine schwarzweiße Feder, etwa zehn Zentimeter lang, auf die mit roter Farbe einige Symbole aufgemalt sind. Ein dünner Lederstreifen ist sorgfältig um den Kiel gebunden und bildet oben eine Schlaufe, die an einem Lederband hängt. Jen legt es Carly um den Hals.

»Trag das unter deinem Hemd, auf der Haut.«

»Ich glaube nicht an diesen Kram.«

»Vielleicht beschützt es dich trotzdem.«

»Vielleicht ist es auch völlig wirkungslos.«

»Also kann es auch nicht schaden.«

Dann geht Jen wieder zurück und setzt sich aufs Bett, die Beine angezogen, die Arme um die Knie geschlungen, ohne Carly noch einmal anzusehen.

Carly öffnet erneut die Wohnwagentür. Vorsichtig. Sie schiebt sich hindurch, ehe sie quietschen kann. Dann ist sie draußen in der Dunkelheit.

Sie geht die Einfahrt entlang zur Straße und schaut dabei immer wieder über die Schulter, weil sie darauf wartet, dass Jen hinterhergerannt kommt.

An der Straße hält sie an, hockt sich hin und wartet.

Es hat kaum abgekühlt, und obwohl die Dunkelheit sie einhüllt, fühlt sie sich alles andere als sicher. Sie muss an Schlangen und Kojoten denken, an wütende Hunde. Mit den Fingerspitzen berührt sie die rote Erde, als wollte sie sich abstützen. Doch sie weiß nicht, ob das wirklich der Grund ist. Vielleicht geht es ihr eher darum, sich zu erden. Lange hockt sie so da, so lange, dass ihre Muskeln schmerzen, gute fünfzehn bis zwanzig Minuten. Die Feder kitzelt sie an der Brust. Das Gefühl ist nicht einmal unangenehm.

Jen folgt ihr nicht.

Da haben wir uns ganz schön was eingebrockt, denkt Carly. Sie erinnert sich an diese Worte, wie Teddy sie sagte. Und als sie sich an Teddys Stimme erinnert, wird sie von Heimweh überwältigt. Trotzdem hat sie nie wirklich vorgehabt, einfach ohne ihre Schwester das Wakapi-Gebiet zu verlassen. Sie ist einfach nicht bereit, diese Möglichkeit zu akzeptieren.

Sie geht zurück zum Wohnwagen und macht die Tür auf.

Jen liegt mit dem Gesicht zur Wand, mit dem Rücken zu Carly. Carly legt alles ab, bis auf ihr T-Shirt, und steigt ins Bett. Ein paar Minuten lang liegen sie schweigend da.

»Ich bin froh, dass du zurückgekommen bist«, sagt Jen. Man hört deutlich, dass sie immer noch weint.

»Morgen geh ich«, erwidert Carly. »Ich gebe dir nur noch ein bisschen mehr Zeit, um zur Vernunft zu kommen. Es ist höchste Zeit, dass du zur Besinnung kommst.«

Beinahe zieht sie die Halskette mit der Feder aus, um sie Jen zurückzugeben. Aber dann könnte ihre Schwester glauben, dass sie doch vorhat zu bleiben, deshalb tut sie es nicht. Bestimmt ist das der Grund. Es sei denn, Carly glaubt irgendwo tief in ihrem Innern, dass sie jeden Schutz brauchen kann, den sie bekommt.

Die ganze Nacht sagt keine von ihnen mehr ein Wort. Doch Carly schläft kaum, und sie hat den Eindruck, dass auch Jen fast durchgehend wach liegt. So ist das, wenn man sich ganz schön was eingebrockt hat. Man kann sich nur noch damit beschäftigen. Die ganze Zeit, die man sonst mit Arbeiten und Essen und Schlafen verbringt, geht dafür drauf. So ein Problem frisst das ganze Leben auf wie ein schwarzes Loch das Sonnenlicht. Und irgendwann hat man dann kein Leben mehr, sondern nur noch ein riesengroßes Problem.

Wakapi-Gebiet, 17. Mai

Carly schlüpft aus dem Bett, während Jen noch schläft. Ihre Augen brennen und fühlen sich wund als, als wäre sie durch einen Sandsturm gelaufen, und ihr ist ein wenig übel.

Leise zieht sie sich an und schleicht aus dem Wohnwagen, wobei sie darauf achtet, Jen nicht zu wecken. Die Sonne ist schon aufgegangen, aber noch nicht lange. Carly macht die Haustür auf, die nicht abgeschlossen ist. Das ist sie nie. In dieser Gegend schließen die Leute ihre Türen nicht ab. Zumindest nicht Delores.

Die alte Frau ist im Wohnzimmer und macht gerade ihr Bett. Es ist das erste Mal, dass Carly einen Eindruck davon bekommt, wo und wie Delores schläft. Ihr Bett wird aus einem Wandschrank geklappt, ähnlich wie ein Bügelbrett. Es ist in die Wand eingebaut. Carly hat schon mal von solchen Betten gehört und müsste sogar wissen, wie man sie nennt. Das Wort muss irgendwo in ihrem Kopf vergraben sein, doch ihr Gehirn kommt heute nicht recht in Gang.

»Kleine. Gut, dass du da bist«, sagt Delores. »Hilf mir mal, dieses verflixte Murphy wieder einzuklappen. Mein Enkel, der Schreiner, hat es für mich gebaut, und er war so stolz darauf, aber langsam macht es mir zu viel Mühe. Ich sag's dir, irgendwann muss ich es einfach unten lassen. Es fällt mir jeden Tag schwerer, ich weiß nicht, wie lange ich das noch schaffe.«

»Okay«, sagt Carly.

Delores' Miene verändert sich. »Oh«, sagt sie. »Du. Ich dachte, du wärst deine Schwester.«

»Tut mir leid, Sie enttäuschen zu müssen«, sagt Carly und versucht gar nicht erst, ihre Gefühle zu verbergen.

»Sie ist nur meistens früher wach.«

»Wir hatten eine schlimme Nacht.«

Carly packt das eine Ende des Betts und hebt es hoch. Sobald sie es halb hochgewuchtet hat, scheint es sich von selbst zu heben und automatisch einzurasten. Sie schließt die Schranktür.

So räumt man Sachen weg, denkt sie. Schön ordentlich. Sodass sie nicht mehr zu sehen sind. So ist sie bisher mit allem umgegangen, aber jetzt kann sie das nicht mehr. Sie hat gelernt, dass man manche Dinge nicht einfach wegstecken kann.

Delores nickt zweimal. Carly nimmt an, dass das ein Danke sein soll.

»Sie können meine Schwester nicht haben«, sagt sie.

Sie könnte mühelos weinen, während sie das sagt. Doch das tut sie nicht. Wenigstens dieses bisschen Gefühl hält sie noch unter Verschluss.

Delores verschränkt die Arme vor der Brust und reckt das Kinn.

»Weißt du, wie lange ich schon auf der Welt bin, Kleine? Ganze zweiundneunzig Jahre. Und in dieser Zeit sind mir viele komische Sachen zu Ohren gekommen. Ja, ich dachte, ich hätte alles schon mal gehört. Aber du hast gerade den Vogel abgeschossen. Denkst du etwa, ich halte sie gegen ihren Willen fest?«

»Nein«, sagt Carly. »Nur gegen meinen.«

»Ach? Ist das so? Nun, vielleicht ist für deine Schwester dein Wille nicht das Maß aller Dinge. Vielleicht sollte uns eher interessieren, was deine Schwester will. Kann man ihr vorwerfen, dass sie nicht wieder bei diesem Mann leben will?«

Carly merkt, dass ihr Mund offen steht. Sie starrt Delores an.

»Ja! Das kann man! Und ich tu's!«

»Dann gibst du den falschen Leuten die Schuld, wenn du es einem armen Kind übel nimmst, dass sie nicht zu einem Mann zurückwill, der versucht hat, sich ihr aufzuzwingen.«

Der Raum schwankt ein wenig. Carly merkt, dass sie die Arme ausstreckt und mit den Fingern den Wandschrank berührt. Nur um sicherzugehen. In Gedanken geht sie einer Spur nach, versucht, sie zurückzuverfolgen. Delores hat ihre Mutter nie kennengelernt. Das hier kann nicht wahr sein. So sollte das nicht ablaufen.

»Wer hat Ihnen das erzählt?«

»Denk doch mal nach, Mädchen. Du nicht. Wer war es dann?«

»Jen hat Ihnen erzählt, dass Teddy versucht hätte, sich ihr aufzuzwingen? Das ist eine glatte Lüge!«

»Warum sollte sie bei so etwas lügen?«

»Ich weiß nicht. Ich weiß nicht. Das ist genau die Frage«, entgegnet Carly und verfällt dabei immer mehr in Panik. »Warum hat sie Ihnen das gesagt?«

Ihre Gedanken drehen sich im Kreis, immer schneller, bis ihr schwindlig wird. Warum verhält sich Jen so? Warum ist alles, was fest und sicher war, auf einmal so ungewiss? Warum steht plötzlich alles kopf, auf was sie sich verlassen konnte?

»Ich glaube nicht, dass das die Frage ist«, sagt Delores. »Ich frage mich eher, warum sie es dir nicht erzählt hat.«

Eine Pause, die ihr wie ein ganzes Zeitalter vorkommt, obwohl sie wahrscheinlich nur ein paar Sekunden andauert. Aber Sekunden können lang sein.

Carly marschiert aus dem Haus, rennt über den Hof zum

Wohnwagen und reißt die Wohnwagentür auf, so laut sie kann. Sie will, dass Jen aufwacht. Doch die ist nicht mal da. Carly geht wieder in den Hof und schaut sich um.

Jen ist gerade dabei, eine Milchkanne und den Melkschemel in den Ziegenpferch zu bringen. Sie muss zur selben Zeit wie Carly aufgewacht sein, oder sie hat überhaupt nicht geschlafen. Vielleicht hat sie auch nur so getan, als ob sie schliefe. Vielleicht täuscht Jen so manches vor. Vielleicht kennt sie Jen gar nicht. Aber wenn sie Jen nicht kennt, dann kennt sie niemanden. Und im Moment liegt das durchaus im Bereich des Möglichen. Carlys Leben könnte alles Mögliche sein, da es ganz offensichtlich nicht so ist, wie sie dachte.

Mit großen Schritten geht Carly hinüber und bückt sich unter dem Zaun des Ziegenpferchs hindurch. Jen merkt es, wendet ihr den Kopf zu und nimmt ihren Gesichtsausdruck wahr. Doch sie reagiert kaum. Vielleicht war die letzte Nacht so schlimm, dass sich Jen schon denken kann, dass die Lage unverändert ist. Unverändert schlimm.

Jen zieht den Schemel an die älteste Ziege heran. »Du bist früh auf.«

»Ich hab nicht geschlafen. Du hast zu Delores gesagt, dass Teddy versucht hat, dich sexuell zu belästigen.«

Es ist keine Frage, deshalb lässt sie es auch nicht so klingen.

Jen fängt an, die Ziege zu melken. Carly hört das typische leise Plätschern, während die Milch an der Wand der Kanne entlangfließt.

»Du antwortest nicht«, sagt Carly.

»Ich dachte, es wäre keine Frage. Fragst du mich?«

»Sicher«, sagt Carly. »Irgendwo müssen wir ja anfangen.«

Jen melkt lange, ohne zu antworten. Erst will Carly ihre Schwester bei den Schultern packen und mit Gewalt zu sich umdrehen, und dann würde sie Jen am liebsten erwürgen.

»Ich hab's gesagt«, sagt Jen und schaut immer noch nicht

von ihrer Arbeit auf.

»Warum? Warum, Jen? Warum würdest du so was tun? Sag's mir. Warum?«

Zuerst sagt Jen nichts. Dann spricht sie doch.

»Weil er's getan hat.«

Eine Weile lang dreht sich die Welt weiter, ohne dass viel passiert. Niemand sagt etwas. Carlys Verstand ist in Starre gefallen. Er liegt brach, während alles stillhält. Es ist eine angenehme Abwechslung. Dann wacht Carly plötzlich auf.

»Wie konntest du so eine Lüge erzählen? Wie kann es dir so wichtig sein, hierzubleiben, dass du dafür lügen würdest? Wir sind gerade mal vier Tage hier. Nicht mal vier Tage. Wie kann dir dieser Ort so viel bedeuten? Warum solltest du lügen?«

»Das würde ich nicht«, sagt Jen.

Carly geht hinüber zu Jen und setzt sich links neben sie. Im Schneidersitz, mitten in den Dreck, nur damit sie nicht umfällt, nur um die Katastrophe abzuwenden. Das Zicklein kommt heran und knabbert an ihrem Haar. Sie scheucht es weg.

Jen weigert sich, sie anzusehen. »Es ist passiert, als du am See warst«, sagt sie. »Ich hab geschlafen, und dann war er plötzlich bei mir im Bett und hat mir den Mund zugehalten. Er war total betrunken. Er hat gesagt, er würde mir nicht wehtun, und dass ich still sein soll. Mom war sowieso nicht zu Hause, aber vielleicht wollte er nicht, dass die Nachbarn mich schreien hören. Ich hab ihn da getreten, wo es wehtut, und dann bin ich aus dem Fenster gesprungen. Ich bin im Schlafanzug den ganzen Weg bis zur Bar gerannt. Ich bin über Hecken geklettert und hab ein paar Hinterhöfe durchquert, damit er nicht sehen konnte, wo ich lang bin. Damit er mir nicht folgen konnte. Es war kalt.«

»Du bist aus dem Fenster im zweiten Stock gesprungen?«

»Ja, und es hat echt wehgetan. Ich hatte richtige Blutergüsse an den Fußsohlen. Die gingen bis auf die Knochen. Sie waren gerade erst am Abheilen, als wir losgelaufen sind.«

»Du hast geträumt.«

»Das glaub ich nicht.«

»Du sagst, du hast tief und fest geschlafen, als es passiert ist. Du hast geträumt, dass er da war. Und dann bist du aufgewacht, als du aus dem Fenster gesprungen bist.«

Jens Hand hört auf, sich zu bewegen. Die Ziege schlägt leicht mit einem ihrer Hinterhufe aus.

»Gut. Glaub doch, was du willst, Carly. Das tust du sowieso immer.«

Und als sie das sagt, kommen ihnen wieder die Tränen, ihnen beiden. Fast gleichzeitig. Carly hat das Weinen satt. Es erschöpft sie. Ständig wartet sie darauf, dass sie sich ausgeweint hat. Es ist so entmutigend, die ganze Zeit darauf zu warten, dass diese unerschöpfliche Quelle versiegt.

»Warum hast du das Mom erzählt und mir nicht?«

Jen weint noch heftiger und fährt sich wild mit der Rückseite ihres Ärmels über die Augen.

»Weil … was glaubst du denn, Carly? Schau doch, was passiert ist, als Mom versucht hat, es dir zu sagen. Du hast sie als Lügnerin bezeichnet. Du bist auf sie los, du hast sie gehasst und ihr nie verziehen. Du hättest mir sowieso nicht geglaubt. Du glaubst nur, was du willst. Also hätte es überhaupt nichts gebracht. Ich wollte nicht, dass du mich auch noch hasst.«

Eine Bewegung erregt Carlys Aufmerksamkeit. Jens anscheinend auch, denn sie schauen beide hoch.

Eine Frau reitet auf einem weißen Pferd in die Einfahrt und führt zwei gesattelte, reiterlose Pferde hinter sich her, an Stricken, die an ihren Halftern befestigt sind. Das eine ist ein großer Brauner, das andere ein alter, vorwiegend brauner Schecke.

»Virginia ist da«, sagt Jen und schnieft. Wieder wischt sie sich die Augen.

Aber Carly wusste bereits, dass es Virginia ist, sie hat sie an ihrem Haar erkannt. Es ist so lang, dass sie es zusammenraffen und über ihrer linken Schulter tragen muss, damit sie sich nicht draufsetzt. Es fällt über ihren Oberschenkel bis auf den Sattel.

Die Frau reitet direkt auf den Zaun zu. Ihr weißes Pferd beugt den Kopf über den Draht, streckt den Hals und kann es anscheinend kaum erwarten, die Ziege kennenzulernen.

»Vielleicht komme ich ungelegen«, sagt Virginia.

Jen schüttelt heftig den Kopf. »Nein, schon in Ordnung, Virginia.« Doch sie versucht gar nicht erst, ihre Tränen zu verbergen.

Vielleicht, denkt Carly plötzlich, erwartet niemand etwas anderes von ihnen. Ihre Mutter ist tot. Teddy ist kaum auffindbar. Sie haben keinen Vater. Sie sind meilenweit weg von daheim. Niemand sollte allzu überrascht sein, wenn sie weinen.

Wenn man zwei Mädchen weinen sieht, fragt man sie normalerweise, was los ist. Doch in ihrem Fall muss man gar nicht erst fragen.

Virginia sagt: »Delores hat Alvin erzählt, ihr Mädchen wärt fast fertig mit euer Arbeit und dass es nicht mehr viel für euch zu tun gäbe. Deshalb dachte ich, dass ihr vielleicht gern einen Ausritt machen wollt. Aber wenn es ein schlechter Zeitpunkt ist …«

»Ja«, sagt Carly, »wir waren gerade dabei, etwas zu besprechen.«

Jen springt auf, erschreckt dabei die Ziege und wirft den Melkschemel um. »Ich geh gern reiten.«

»Ich bin nicht in der Stimmung«, meint Carly.

»Ich schon. Ich geh jetzt.« Jen stapft zum Zaun und taucht darunter hindurch. »Darf ich auf das Paint?«

Es ist eine hässliche Wiederholung der Szene von letzter Nacht. Carly hat immer geglaubt, dass Jen tun würde, was sie sagt, wenn alle Stricke reißen. Doch nun erkennt sie schon zum zweiten Mal, dass sie sich selbst belogen hat. Im Ernstfall tut

Jen immer das, was sie für richtig hält, ohne sich Carlys Meinung auch nur anzuhören. Plötzlich wird ihr bewusst, dass ihr vielleicht wirklich keine andere Wahl bleiben könnte, als Jen hierzulassen.

Sie rappelt sich hoch und klopft sich den Staub von der Jeans.

»Okay, von mir aus«, sagte sie. »Dann geh ich auch reiten.«

Sie trifft diese Entscheidung nur aus Vernunft. Eigentlich hat sie nicht die geringste Lust, auf ein Pferd zu steigen und auf die Antworten zu verzichten, die sie sich aus diesem Gespräch erhofft hat und die sie so dringend braucht. Aber Jen geht, und Carly will sie nicht allein gehen lassen. Sie will, dass sie eine Gelegenheit haben, weiter zu reden, und sie wagt es nicht, die schwache Verbindung zwischen ihnen abreißen zu lassen – das Einzige, was sie in den letzten Tagen noch zusammengehalten hat.

Wenn sie ihre Schwester jetzt gehen lässt, könnte es sein, dass Jen wirklich fort ist, unwiederbringlich, und für immer aus Carlys Leben verschwindet. So zumindest fühlt es sich an.

Das Gefühl ist real genug, um sie dazu zu bringen, auf ein Pferd zu steigen.

Und das will was heißen.

* * *

Zusammen reiten sie nach Osten, Delores' Straße entlang, und verfolgen dabei den Weg zurück, auf dem sie hierher gelaufen sind. Der große Braune trägt Carly durch ein Leben, das einer fremden Person gehören muss. Der Gang des Pferds hat etwas Schaukelndes, das beinahe hypnotisch wirkt.

Carly tastet innerlich nach dem wunden Punkt in ihr, der zutiefst aufgewühlt ist, so wie man mit der Zunge einen entzündeten Zahn berühren muss und die schmerzende Stelle einfach nicht in Ruhe lassen kann. Doch sie hat Mühe, ihn zu finden. Sie hat sich zu stark abgekapselt. Der Schmerz, nach dem sie stochert, ist in ihrem Leben, und sie ist … nun, sie weiß nicht wo. Irgendwo anders.

Jen reitet neben ihr her, so nah, dass ihre hölzernen Steigbügel aneinanderstoßen. Virginia reitet ein Stück voraus.

Jen ist gerade dabei, den Rest ihres Frühstücks zu essen. Delores hat Rührei gemacht und in geröstete Brote eingeklappt, wie ein Frühstückssandwich, das sie jedem der Mädchen hinaufgereicht hat, ehe sie weggeritten sind. Carly hatte ihres schon aufgegessen, ehe sie auch nur am Ende der Einfahrt angekommen sind. Jen hingegen verzehrt ihres genüsslich, mit beiden Händen, während sie freihändig reitet und die Zügel des Paints auf dem Sattelknauf liegen lässt.

Als Jen vorsichtig abbeißt, fällt ein Bröckchen Ei herunter, das vom Sattel abprallt und im Dreck landet.

»Ahhh«, sagt Jen, stellt sich halb auf und dreht sich in den Steigbügeln hin und her, als würde das ihr helfen, es wiederzufinden. Sie scheint sich keine Sorgen zu machen, dass sie das Gleichgewicht verlieren könnte, scheint nicht zu bemerken, wie weit sie vom Boden entfernt ist. Andererseits ist sie auch aus dem zweiten Stock gesprungen.

Carly schiebt den Gedanken wieder weg. Sie hat das nur gehört, sie hat keine Gewissheit, dass es überhaupt jemals passiert ist.

Jen steckt sich den letzten Bissen in den Mund. Carly umfasst den Sattelknauf noch fester.

»Jetzt weiß ich nicht, was ich glauben soll«, sagt sie. Ihre Aussage kommt ihr vollkommen vernünftig vor, doch sie wird nur mit Schweigen quittiert. Mit langem, tiefem Schweigen.

Dann sagt Jen plötzlich: »Du kannst mich mal, Carly.« Sie stemmt dem Schecken die Fersen in die Seiten. Das Pferd fällt in Trab und holt Virginias Pferd ein.

Carly reitet eine Zeit lang hinter ihnen her, etwas unsicher, wie sie den Vorfall deuten soll, aber dann geht ihr ein Licht auf. Die Dinge werden klarer.

Plötzlich ist alles so offensichtlich.

Jen findet, dass Carly ihr hätte glauben müssen.

* * *

Sie reiten eine Schotterpiste entlang, an einem Schulgebäude vorbei. Im Schatten eines Vordachs sind Pferde angebunden, und davor parken ein paar Autos und Pick-ups. Fahrräder lehnen am Zaun. Einige Eltern liefern gerade ihre Kinder ab, während andere Kinder allein zur Schule kommen.

Eine Gruppe von fünf Mädchen rennt im Kreis um sie herum, als sie vorbeireiten.

»Hallo Virginia«, rufen sie fast gleichzeitig. Nur die Kleinste verpasst den Einsatz.

»Sind das Freunde von dir, Virginia?«, fragt ein Mädchen in einem hellgelben T-Shirt.

»Sie sind zu Besuch da. Sagt ihnen Hallo.«

»Hallo Besuch«, sagen die Mädchen, nun nicht mehr ganz zeitgleich.

Carly findet es schön, als Besuch und nicht als Störenfried bezeichnet zu werden.

»Tschüss Besuch«, piepst die Kleine.

Sie reiten weiter die Straße entlang, an einer Viehherde vorbei, die frei grast, ohne von einem Zaun umgeben zu sein. Vorbei an einem umzäunten Hof, in dem fünf Autos stehen, alle mehr oder weniger auseinandergebaut. Vorbei an einem kleinen weißen Holzhaus mit einer Schaukel vor der Tür. Auf der Schaukel sitzt eine Frau, die ihnen zuwinkt.

Carly winkt zurück, doch sie wird das Gefühl nicht los, dass der Gruß jemand anderem galt. Jen reitet immer noch neben

Virginia her, sodass es ihr vorkommt, als würden alle außer ihr sich gut in diese Landschaft einfügen.

Der Weg führt nun langsam bergauf, und dann sieht Carly, dass er eine Kurve macht und sich zur Hochebene hinaufschlängelt. Die Sonne steht jetzt höher und brennt stärker, und langsam rinnt ihr der Schweiß in den Kragen und den Rücken hinunter.

Sie gibt dem Pferd einen Stups, damit es schneller geht, doch das Tier hat es nicht eilig. Es holt nur wenige Meter auf und fällt dann wieder zurück, sobald sie aufhört, es anzutreiben.

In ihrem Kopf fasst sie einen festen Entschluss. Heute Nacht wird sie gehen. Wenn Jen so stur ist, kann sie es sich nicht leisten, schwach zu sein. Wenn Jen tut, was sie für richtig hält, muss Carly das ebenfalls tun.

Sobald es dunkel ist, wird sie gehen, und dieses Mal schaut sie nicht zurück. Und wenn sie in Trinidad ankommt, wird sie das Meer sehen können. Ralph meinte, die Stadt läge direkt an der Küste, also wird es immer Wasser geben, und sie muss einfach nur hinschauen, wenn sie es sehen will. Ihr wird nicht mehr heiß sein, so wie jetzt immer. Sie muss nicht mehr jeden Tag in brütender Hitze verbringen und ihren Schweiß spüren. Und sie wird nie wieder einen Fuß in eine Gegend setzen, die so staubig und trocken und heiß und verlassen ist wie diese hier. Sie wird den Rest ihres Lebens am Meer verbringen, wo es Bäume und eine kühle Brise gibt.

Es ist ein perfekter Plan, der ihr sehr gelegen kommt. Er hat nur einen Haken.

Ihr bleiben gerade mal zwölf Stunden, um Jen dazu zu bringen, ihre Meinung zu ändern.

* * *

»Ihr könnt bis zum Rand reiten«, sagt Virginia, als sie oben auf der Hochebene stehen. »Die Aussicht ist herrlich. Man kann fast bis zur Interstate 40 schauen. Oder zumindest die halbe Strecke dorthin.«

Jen treibt ihr Pferd an. Carly zögert.

»Ist es denn nicht gefährlich, bis zum Rand zu reiten?«

»Pferde sind klug genug, nicht von der Klippe zu springen. Sie sind ja nicht dumm. Sie wollen auch leben.«

Carly tut so, als sei die Aussicht von dort, wo sie sitzt, genauso gut. Sie betrachtet alles um sich herum und versucht, etwas Vertrautes zu entdecken. Sie sieht eine Straße, die wie eine echte Straße aussieht, asphaltiert. Sie führt in gerader Richtung nach Süden, vielleicht auch nach Südwesten, und verschwindet als Punkt am Horizont.

»Was ist das für eine Straße?«, fragt sie Virginia. »Ich dachte, es gäbe in dieser Gegend keine asphaltierten Straßen. Wo führt sie hin?«

»Das ist dieselbe Straße, auf der wir hochgeritten sind«, antwortet Virginia. »Die, an der auch die Schule liegt. Wenn man ihr von Delores' Haus aus in die andere Richtung folgt, ist sie die ersten anderthalb Kilometer eine Schotterpiste. Danach ist sie asphaltiert. Sie führt bis zur I-40. Dort kommst du zwischen Winslow und Flagstaff heraus.«

Carly erinnert sich an Alvins Überzeugungsversuche, dass Trinidad zu weit weg sei. Er hat gesagt, man müsste die Interstate 40 den ganzen Weg bis nach Kalifornien nehmen. Jetzt weiß sie, welcher Straße sie folgen muss, um die Schnellstraße zu erreichen, die sie nach Hause bringen wird.

Sie drückt dem braunen Wallach sanft ihre Stiefelabsätze in die Seiten. Er macht ein paar Dutzend behäbige Schritte, und dann ist sie direkt neben Jen, genau am Rand der Klippe. Zusammen schauen sie in die Ferne.

Carly weiß, dass irgendwo da unten Delores' Haus sein muss, doch sie kann es nicht entdecken. Alles wirkt aus dieser

Entfernung und dem ungewohnten Blickwinkel zu klein. Die wenigen winzigen Häuser sind so weit verstreut, dass sie aussehen wie Stecknadelköpfe auf einer Karte. Die Sonne ist inzwischen hinter einer gesprenkelten Decke aus Schäfchenwolken verschwunden. Weit entfernt sieht sie einen Berg, auf dessen Gipfel sie Schneereste erkennt.

»Die Wolken sehen aus wie Popcorn«, sagt Jen. Es ist das erste Mal, das sie wieder mit Carly spricht, seit die zugegeben hat, dass sie ihr nicht glaubt.

»Ich gehe wirklich heute Nacht«, sagt Carly. »Das ist kein Bluff. Dieses Mal ist es ernst.«

»Ich weiß.«

»Komm mit.«

Jen schüttelt nur den Kopf. Sie weint nicht. Carly wartet darauf. Doch anscheinend ist Jens unerschöpfliche Quelle versiegt.

»Dann geh ich und finde Teddy. Ich finde heraus, was stimmt.«

Eine Zeit lang sagt Jen nichts. Carlys Pferd verlagert unter ihr sein Gewicht und reibt sein Maul an der Innenseite seines Knies, als würde es sich kratzen.

Jen sagt: »Ich weiß schon, was stimmt.«

»Ich komme zurück und hole dich. Sobald ich alles geklärt habe.«

»Es sei denn, du kommst dabei um.«

»Ich sterbe nicht, Jen.«

»Das hoffe ich. Aber du kannst es nicht sicher sagen.«

»Nein. Kann ich wohl nicht. Aber … ich gehe trotzdem.«

»Ich weiß«, sagt Jen.

Es liegt eine gewisse Ruhe in ihren Worten. Der Schmerz ist noch immer genauso stark, doch die Aufregung ist abgeklungen. Anscheinend hat sie es bereits akzeptiert. Anscheinend ist es wirklich so einfach, wenn man Jen ist.

Sie blicken noch etwas länger hinaus auf die Ebene. Die Wolken, die sich über ihnen ballen, stellen eine angenehme Abwechslung zu der sonst so gnadenlosen Sonne dar.

»Ich versteh einfach nicht, wie du all das sehen und es nicht schön finden kannst«, sagt Jen.

Carly versucht, die Aussicht mit neuen Augen zu betrachten. Sie gibt sich wirklich alle Mühe, denn es ist vielleicht die einzige Möglichkeit, die bevorstehende Trennung zu verhindern. Wenn sich Carly plötzlich in die Wüste von Arizona verlieben könnte … wenn sie sie genug lieben könnte, um hierzubleiben.

»Ich seh's nicht.«

»Ich weiß«, sagt Jen. »Und ich versteh's einfach nicht.«

»Hier draußen gibt es nichts.«

»Siehst du, genau das ist dein Problem. Du denkst, wenn es nicht von Menschen gemacht wurde, ist es nichts wert. Du willst nur Einkaufszentren und Autos und Handys. Du siehst einen solchen Himmel und denkst, das wäre nichts.«

Jen wendet den Schecken, als sei sie im Sattel geboren, und reitet zurück zu Virginia.

Carly sitzt noch ein wenig länger auf ihrem Pferd und fragt sich, wie lange Jen schon denkt, dass sie ein Problem hat. Sie dachte immer, dass sie beide gut zusammenpassen würden. Komisch, wie sehr man sich irren kann und wie wenig Zeit es braucht, diesen gewaltigen Irrtum zu erkennen.

* * *

In dieser Nacht liegen sie ungefähr eine Stunde lang im Bett. Carly ist vollständig bekleidet, sie hat sogar ihre Stiefel an. Sie sagt sich, dass sie nur abwartet, um sicherzugehen, dass Delores auch wirklich schläft. Doch sie teilt Jen das nicht mit, weil sie nicht einmal sicher ist, ob sie selbst daran glaubt.

Gut zwanzig Mal sagt sie sich den Satz in Gedanken vor

und macht zweimal den Mund auf, um zu sprechen, doch es kommt nur Schweigen heraus. Schließlich erhöht sie den Druck und zwingt sie beide, sich mit der Frage zu beschäftigen.

»Ich geh jetzt.«

»Sei vorsichtig.«

»Ich wünschte, du würdest es dir anders überlegen, Jen.«

»Ich wünschte, auch du tätest das.«

Carly steigt aus dem Bett und greift nach ihrem Rucksack. Plötzlich wird ihr bewusst, wie wirklich das alles ist und wie schwer ihre Entscheidung wiegt. Beinahe zögert sie. Doch dann denkt sie an Teddy und an einen Ort am Meer. Einen kühlen Ort, mit einem schönen großen Haus. Und mit ihm. Er wird ihr helfen zu verstehen, wie dieses ganze schreckliche Missverständnis zustande gekommen ist. Er wird sie zu einer Wahrheit bringen, mit der sie leben kann. Sie konnte ohnehin nicht hierbleiben. Es war nie ein Thema. Aber jetzt kann sie es erst recht nicht mehr, ohne dass sie Bescheid weiß. Sie muss sich vergewissern.

Sie schiebt die Arme unter die Gurte des Rucksacks und hebt ihn auf ihren Rücken. Er fühlt sich vertraut an, aber es ist trotzdem kein gutes Gefühl.

»Ich komme wieder und hole dich.«

Sie weint nicht. Dafür ist sie zu ausgelaugt.

»Und dann sind wir wieder da, wo wir angefangen haben. Du wirst nicht bleiben wollen, und ich werde nicht mitgehen.«

»Nein, ich krieg das hin. Ich finde heraus, was wirklich passiert ist. Es wird alles in Ordnung kommen. Du wirst schon sehen. Ich glaube, du hast einfach nur geträumt.«

»Das glaub ich nicht. Es hat sich echt angefühlt.«

»Das tun Träume manchmal.«

»Ich hab das Gefühl, dass ich dich vielleicht nie wiedersehe. Als würdest du umkommen, wenn du jetzt da rausgehst.«

»Nein, das werd ich nicht. Sag einfach, ich wäre gegangen,

während du geschlafen hast. Dass du nicht wüsstest, wo ich hin bin.«

Jen schnaubt. »Klar. Als wüssten sie nicht, wo du hinwillst.«

Das erinnert Carly daran, dass sie dringend losmuss, damit sie einen Vorsprung hat, wenn Alvin von ihrer Flucht erfährt. Am nächsten Morgen muss sie weiter weg sein, als er es sich vorstellen kann. Dann wird er nur an den falschen Orten nach ihr suchen, die viel zu nah an diesem Haus sind.

»Bis bald«, sagt Carly.

Doch es klingt ein bisschen, als würde sie krampfhaft versuchen, sich ihre Angst nicht anmerken zu lassen. Sie sagt es nicht so, als würde sie es wirklich glauben oder als würde sie erwarten, dass Jen das tut.

* * *

Der Mond ist noch immer zu mehr als drei Vierteln voll, und Carlys Augen haben sich an das Licht gewöhnt. Es ist so hell, dass sie ganz normal die Schotterstraße entlanglaufen kann, immer in Richtung Süden, bis sie zu einem Asphaltweg wird. Das geschieht früher als erwartet.

Es fühlt sich komisch an, wieder auf einer asphaltierten Straße zu laufen, als hätte sie schon vergessen, dass solche modernen Erfindungen existieren.

Carly hat ein flaues Gefühl im Magen, eine seltsame Unruhe, wie man sie empfindet, wenn bei einer Magendarmgrippe die Übelkeit einsetzt. O Gott, bitte mach, dass ich nicht krank bin, denkt sie. Das ist wirklich das Letzte, was ich jetzt gebrauchen kann.

Ihre Jeanstaschen sind schwer von all den Fünfundzwanzig-Cent-Münzen, die sie mit sich herumträgt. Elf Dollar in Münzen. Sie klimpern in ihren Taschen, während sie ihre Schritte beschleunigt, um schneller voranzukommen, nun, da sie den

Weg deutlich erkennt und die Straße flach ist. Eine Zeit lang rennt sie sogar, joggt die Straße entlang. Ihre Blasen sind fast abgeheilt, ihre Stiefel fühlen sich gut an. Sie ist in Bestform. Die Straße fällt sanft ab, was ihr ein Gefühl von Macht verleiht, wie wenn man auf einem dieser Rollbänder am Flughafen läuft. Man hat das Gefühl, besser laufen zu können, als könnte man alles schaffen. Noch ehe sie vom Rennen müde wird, hört sie hinter sich ein Motorengeräusch.

Ihr wird kalt im Magen. Sie fährt herum und rechnet damit, Alvin zu sehen, der ihr nachgefahren ist. Doch es ist ein anderer Truck, mindestens zwanzig Jahre älter, ein Pritschenwagen mit einem Geländer aus Holzlatten auf beiden Seiten der Ladefläche.

Sie steht da, reglos wie ein Reh im Scheinwerferlicht.

Plötzlich, und ohne auch nur darüber nachzudenken, streckt sie den Daumen aus. Der Truck fährt an ihr vorbei und hält dann polternd an. Carly rennt, um ihn einzuholen.

Ja, sie hat gesagt, dass sie nicht mehr trampen würde. Aber da hatte sie noch Jen bei sich. Sie hatte die Verantwortung dafür, dass Jen nichts zustößt. Aber jetzt ist sie allein, und um sich selbst macht sie sich weniger Sorgen. Vielleicht ist es ihr inzwischen auch einfach egal.

Eine Indianerin mittleren Alters beugt sich aus dem Beifahrerfenster und zeigt auf die Ladefläche hinten. Carly rennt um den Wagen herum zur Rückseite, steigt auf die Anhängerkupplung und zieht sich hoch. Dann lässt sich auf die flache Ladefläche aus Holz fallen.

Sie kriecht näher ans Führerhaus heran, während der Truck wieder anfährt, und nimmt den Rucksack ab. Wirft sich auf den Rücken und benutzt ihren Rucksack als Kopfkissen. Das flaue Gefühl in ihrem Magen ist immer noch da, doch sie versucht, nicht darauf zu achten. Zum ersten Mal, seit sie das Wakapi-Gebiet betreten hat, schaut sie direkt in den Nachthimmel. Er wimmelt nur so von Sternen. Milliarden Sterne, hell und klar. Selbst das starke Mondlicht kann sie nicht vollständig überstrahlen.

Sie muss an Jen denken, die gesagt hat, dass der Himmel hier schöner sei als an jedem anderen Ort. Doch sie redet sich ein, dass der Himmel in Trinidad mindestens genauso schön ist. Schöner.

Nach ein paar Minuten ist sie eingeschlafen.

* * *

Die Indianerin schüttelt sie an der Schulter. Ruckartig setzt sie sich auf. Der Truck steht. Der Mond ist untergegangen, und es ist dunkel, richtig dunkel. Nur die Scheinwerfer des alten Trucks beleuchten einen schmalen Pfad.

»Wir wenden hier«, sagt die Frau. »Willst du zur 40?«

»Ja«, brummt sie, noch immer nicht ganz wach.

»Da lang.«

Carly bedankt sich bei der Frau dafür, dass sie sie mitgenommen hat, und steigt hinunter. Der Truck wendet direkt auf der Schotterstraße. Carly sieht ihm nach, bis er fort ist. Dann schaut sie hoch.

Die Sterne haben etwas Unwirkliches. Sie umgeben sie wie eine Kuppel, und ihr ist, als könnte sie bis in die Tiefe dieses Felds blicken, als wären die Sterne wirklich dreidimensional. Sie sieht sogar einen seltsam verwaschenen, länglichen Flecken, der den Rand der Milchstraße darstellen könnte.

Irgendwo in der Ferne stimmen ein Dutzend oder mehr Kojoten einen Chor an. Gejaul und Geheul. Es jagt ihr einen Schauer über den Rücken, und ihre Nackenhaare richten sich auf. In diesem Moment wird ihr klar, dass sie noch nie so allein war oder so bewusst ihre Einsamkeit erlebt hat.

Die Übelkeit fährt ihr wieder durch den Magen, lässt ihre

Oberschenkel zittern, als könnte sie sich nicht mehr auf den Beinen halten. Sie fällt auf die Knie und auf die Erde, fragt sich, ob sie krank wird. Doch als sie den Tatsachen ins Auge sieht, merkt sie, dass ihr Zustand überhaupt nichts mit Krankheit zu tun hat. Nein, sie hat ganz einfach Angst. Schon seit sie allein losgezogen ist, hat sie entsetzliche Angst. Doch sie konnte nicht zulassen, dass das sie aufhielt. Deshalb konnte sie es sich nicht eingestehen.

Sie hat geglaubt, sie wüsste, wie es sich anfühlt, allein zu sein. Doch damals hatte sie Jen. Nun kommt es ihr vor, als sei sie völlig ahnungslos gewesen. Sie hat geglaubt, das sei schon Alleinsein, nur sie und Jen. Doch das war es nicht.

Erst jetzt ist sie wirklich allein.

Nachdem sie schätzungsweise sechs Kilometer zurückgelegt hat, schläft Carly im Gehen ein. Sie läuft und schläft dabei.

Plötzlich leuchtet die Welt rot auf, und Carly ist schlagartig hellwach, während ihr Herz in ihrer Brust hämmert. Vor ihr, etwa fünfzehn Meter die Straße hinunter, blinken rote Lichter. Polizeiautos, denkt sie. Was könnte es sonst sein? Sie zweifelt nicht daran, dass sie hinter ihr her sind.

Dann hört sie ein rhythmisches Läuten. Ding, ding, ding, ding, ding. Die roten Lichter bewegen sich in einem Bogen zur Straße hin. Zuerst glaubt sie, mit offenen Augen zu träumen. Dann wird ihr plötzlich der Zusammenhang klar, und sie versteht, was die Lichter bedeuten. Es ist eine Bahnschranke. Das ist alles. Eine Bahnstrecke kreuzt hier die Straße. Und der Zug kommt gerade an. Sie sieht ihn in weiter Ferne. Sie hört, wie der Motor ein langgezogenes Pfeifen von sich gibt. Carly fängt an zu rennen, genau auf die lärmende Schranke zu.

Der Zug ist fast da, und er fährt nach Westen.

Es ist, als habe sie Rückenwind. Sie bekommt Beistand. Sie ist unterwegs und reist auf dem kürzesten Weg zu Teddy, und irgendeine Kraft im Universum hilft ihr, voranzukommen, und ebnet ihr den Weg. Erst wird sie von einem Truck mitgenommen und quasi an einer Bahnlinie abgesetzt. Und dann kommt auch noch ein Zug vorbei, der nach Westen unterwegs ist.

Jetzt kann sie die Lichter des Zugs deutlich erkennen, noch immer weit entfernt. Sie läuft schneller. Dann stolpert sie im Dunkeln und schlägt der Länge nach hin, landet auf dem Bauch und auf ihren Handballen. Ihr Atem stockt, und ihre plötzliche Zuversicht ist wie weggeblasen. Doch sie rappelt sich hoch und steht wieder auf. Ihre Hände brennen und sind feucht, wahrscheinlich von Blut. Sie stützt sich auf den Knien ab und blutet auf ihre Jeans, bis sie wieder Luft bekommt. Dann rennt sie erneut los.

Als sie sich endlich unter der klappernden, leuchtenden Schranke hindurchbückt, ist der Zug schon fast vorbeigefahren. Sie sieht einen letzten geschlossenen Güterwagen vorüberziehen, doch die Tür steht nur einen Spalt offen, kaum weit genug, um die Hand hineinzustecken. Sie weiß, dass man auf einen Zug aufspringen kann, aber sie hat keine Ahnung, wo sie sich festhalten muss. Wie man dieses Ding anpackt.

Der Begleitwagen fährt polternd vorbei. Im roten Blinklicht glaubt Carly, eine Leiter auf der Rückseite zu erkennen. Sie rennt dem Zug hinterher, schickt ein Stoßgebet zum Himmel und springt. Wenn sie sich geirrt hat und danebenspringt, steht ihr erneut eine harte Landung bevor. Sie macht sich schon darauf gefasst, als ihre blutenden Hände Metall umfassen. Eine Leitersprosse aus Metall. Gott sei Dank sind ihre Handflächen oben trocken, sodass ihre Finger gut zupacken können. Ihre Füße schwingen hinterher und suchen Halt, dann landen sie ebenfalls auf einer Leitersprosse.

Sie schiebt einen Arm durch die Leiter und hakt sich fest darin ein, damit sie nicht aus Versehen loslässt. Nach und nach beruhigt sich ihr Herzschlag, und ihr Atem ist schon fast wieder normal. Sie ist nach Westen unterwegs und sieht zu, wie scharfkantige Felsen und riesige Kakteen vorbeirauschen, Schemen in der Dunkelheit. Jetzt muss sie nichts anders mehr tun, als sich festzuhalten und nicht einzuschlafen.

Sie muss an Jen denken. Schläft sie gerade tief und fest, oder liegt sie wach und macht sich Sorgen? Was wird Delores sagen, wenn sie am nächsten Morgen feststellt, dass Carly fort ist?

Plötzlich kommt ihr ein beunruhigender Gedanke. Vielleicht werden Delores und Alvin Jen ans Jugendamt ausliefern. Schließlich hatte Jen niemanden außer ihrer großen Schwester, und jetzt hat sogar Carly sie im Stich gelassen.

Jen wird bestimmt sagen, dass es nicht so war. Aber vielleicht glauben sie ihr nicht.

Beinahe lässt Carly los, um entlang der Gleise wieder zu den Wakapi zurückzugehen. Dann fällt ihr auf, dass sie schon an einem Dutzend kleiner Straßen vorbeigefahren sind, die genauso aussehen wie die, die Carly entlanggekommen ist.

Es ist zu spät, um den Weg zurück zu finden.

TEIL VIER

Scheint so lange her

New Mexico, Weihnachten

»Verdammt noch mal. Weihnachten sollte eigentlich ein Tag sein, an dem man frühmorgens im warmen Haus aufwacht und im Schlafanzug die Treppe runterrennt, um zu sehen, was für Geschenke mit dem eigenen Namen drauf unter dem Baum liegen.«

»Hmm«, machte Jen. »Das kriegen wir aber nicht. Also lass uns nachsehen, was wir stattdessen kriegen.«

Sie waren gerade frierend in einem Zelt auf einem Nationalpark-Campingplatz aufgewacht. Wer hätte gedacht, dass es in New Mexico so kalt werden kann?, fragte sich Carly. Sie hatte damit gerechnet, dass es heiß sein würde, heißer noch als in Tulare. Doch sie hatten immer mehr Höhenmeter zurückgelegt.

Sie hätte gern gefragt, ob ihr neues Zuhause in den Bergen lag. Aber dann hätte sie mit ihrer Mutter sprechen müssen, oder, Gott bewahre, mit Wade.

»Bist du so weit?«, fragte sie Jen.

»Jep.«

Sie krochen hinaus in die kalte tiefe Stille.

Wade und ihre Mutter schliefen auf der Ladefläche von Wades Truck, der hinter dem Auto ihrer Mutter geparkt war und an dem ein großer, gemieteter Anhänger befestigt war. In den Autos und in der näheren Umgebung regte sich niemand. Es regte sich überhaupt nirgendwo jemand. Auf dem Campingplatz herrschte derzeit nicht viel Betrieb, denn die meisten Leute verbrachten die Feiertage lieber daheim bei ihrer Familie. Die wenigen, die hier waren, schliefen anscheinend alle noch.

Jen zeigte hinauf zu den Nadelbäumen, die am Rande des Campingplatzes wuchsen. »Weihnachtsbäume«, sagte sie ohne allzu viel Begeisterung. Als hätte sie sich gedacht, es sei einen Versuch wert, ihre Lage positiv zu sehen.

»Ich vermisse die kitschige Weihnachtsdeko, mit der Teddy unser Haus vollgehängt hat«, sagte Carly.

Jen schwieg.

* * *

»Redest du immer noch nicht mit mir?«, fragte Carlys Mutter.

Sie saßen in einer Nische in einem billigen Restaurant an der Schnellstraße, in dem es Pfannkuchen gab. Carly sah zu, wie Wade versuchte, einen Parkplatz für seinen Riesentruck zu finden, zusammen mit dem Anhänger, in dem sich fast alle ihre Habseligkeiten befanden. Das Wenige, was sie noch besaßen. Beim Packen hatte sich Carly die ganze Zeit anhören müssen, wie klein das Haus sei, in das sie ziehen würden. Sie hatten viel dalassen müssen.

Gott sei Dank fährt er nicht mit uns im Auto, dachte Carly zum zwanzigsten Mal.

»Carly«, sagte Jen. »Es ist Weihnachten.«

Als wäre ihnen das nicht allen klar. Aber natürlich verstand Carly, was Jen damit sagen wollte. Man kann nicht an Weihnachten seine Mutter ignorieren. Carly schwieg weiterhin. Sie war anderer Meinung. Vielleicht bezweifelte sie sogar, dass dieser Tag es überhaupt verdient hatte, Weihnachten genannt zu werden.

Ein Auto fuhr vom Parkplatz, sodass Wade seinen Truck quer über drei Parkplätze stellen konnte. Verdammt, dachte Carly. Gleich kommt er zu uns.

»Wade sagt, dass wir heute Nachmittag ankommen werden«, erklärte Carlys Mom. »Also können wir zumindest heute Abend ein anständiges Weihnachtsessen haben, wenn schon der Morgen nicht allzu weihnachtlich ist. Na ja, keinen Truthahn oder so was. Aber wir können irgendwo anhalten und Dosenschinken und ein paar Brötchen kaufen und in unserem neuen Haus essen.«

Sie fixierte Carly abwartend. Carly nahm sie aus dem Augenwinkel wahr, erwiderte den Blick aber nicht. Stattdessen beobachtete sie, wie Wade mit großen Schritten auf das Restaurant zukam. Selbst von drinnen hörte sie, wie seine Stiefelabsätze auf dem Gehweg klackerten.

»Wann dürfen wir unsere Geschenke aufmachen?«, fragte Jen.

Unbehagliches Schweigen folgte.

Dann sagte ihre Mutter: »Es gibt da ein kleines Problem.«

Jen seufzte. »Du warst mit dem Umzug beschäftigt und hast uns deshalb keine kaufen können. Wir haben dir aber welche gekauft.«

»Nein, ich hab eure Geschenke schon vor längerer Zeit gekauft. Schon vor Wochen.«

»Was ist dann das Problem?«

Carly hatte das Gefühl, dass Jen versuchte, sie ins Gespräch einzubeziehen, indem sie Carlys Gedanken aussprach, dabei jedoch einen diplomatischen Ton anschlug.

Wade nahm am Tisch Platz. Jen wünschte ihm einen guten Morgen. Carly sagte nichts und achtete auch darauf, nicht in seine Richtung zu sehen.

»Ich … hab euch Mädchen Geschenkgutscheine von eurem Lieblingsladen geholt«, sagte ihre Mutter.

»Oh«, machte Jen. Ein niedergeschlagener Laut.

Sie hatten beide eins und eins zusammengezählt. Ihr Lieblingsladen war natürlich in Tulare.

»Sagst du nicht guten Morgen, wenn ich mich setze?«

Wade. Sie hörte, wie unheilvoll seine Stimme klang. Aus Erfahrung wusste sie, welchen Ausdruck seine Augen dabei hatten. Sie kannte ihn schon und brauchte nicht hochzusehen, um sich ihre Einschätzung bestätigen zu lassen.

»Lass das Kind in Ruhe, Wade. Wisst ihr was, wir geben euch Mädchen einfach ein bisschen Geld. Viel geht leider nicht, ihr wisst ja, unsere derzeitige Situation … Aber dann könnt ihr in die Stadt gehen – die neue Stadt – und euch dort umsehen und euch was aussuchen. Es kann nichts allzu Großes sein, aber dafür tausche ich später die Gutscheine um, und dann bekommt ihr noch mehr Geschenke.«

»Okay«, sagte Jen.

Carly sagte nichts, sondern betrachtete eine Frau mit einem Collie an der Leine, die ihren Hund aus dem Auto ließ, damit er auf dem Parkplatz herumschnüffeln konnte. Sie sah zu, wie der Hund an einem Busch das Bein hob.

»Es wird langsam langweilig.«

»Du sollst sie in Ruhe lassen, Wade.«

»Nein. Ich sag jetzt, was ich denke. Es ist Weihnachten, und deine Mutter hat dir gerade erzählt, was sie alles tut, um für euch Mädchen das Fest zu retten, obwohl es finanziell gerade eng ist, und du hast überhaupt nichts dazu zu sagen?«

»Wade, halt dich raus. Sie ist meine Tochter, nicht deine. Lass es sein.«

»Verdammt noch mal!« Wade schlug mit der Hand auf den Tisch.

Im Lokal wurde es ganz still. Alle verrenkten sich die Hälse, um zu sehen, was an ihrem Tisch los war. Carly sah, wie der Koch aus der Küche kam, ein breitschultriger Mann mittleren Alters. Er stand einfach nur da und beobachtete Wade, bis klar wurde, dass kein weiterer Wutausbruch drohte. Dann verschwand er kopfschüttelnd wieder durch die Schwingtür.

»Ich würde nicht zulassen, dass meine Tochter mich so behandelt«, sagte Wade.

»Was du nichts sagst. Das hätte ich nie gedacht, wenn du es mir nicht schon ungefähr hundertfünfzig Mal erzählt hättest. Und was sag ich dir jedes Mal?«

»Dass ich meine eigene Tochter behandeln kann, wie ich will, aber das hier ist deine.«

»Richtig. Du hast gut zugehört.«

Die Kellnerin erschien an ihrem Tisch, Stift und Notizblock in der Hand. »Frohe Weihnachten. Was darf ich Ihnen bringen?«

Sie schaute zuerst Jen an.

»Zwei gut durchgebratene Spiegeleier mit Pfannkuchen, bitte.«

Als Nächstes wandte sich die Kellnerin Carly zu.

»Rührei mit Speck und dazu Vollkorntoast. Bitte. Und Ihnen auch frohe Weihnachten.«

»Ah«, meinte Wade. »Es spricht.«

»Genug, Wade«, sagte Carlys Mutter. »Ich nehme zwei Pfannkuchen mit Sirup. Wade, Schatz, was nimmst du?«

»Steak mit Eiern, nur kurz umgedreht. Und eine neue Stieftochter.«

Die Kellnerin lächelte gezwungen oder versuchte es zumindest. »Nun, Steak mit Eiern kann ich Ihnen bringen.«

Sie ging eilig davon.

»Steak mit Eiern?« Carlys Mutter ließ Wade ihren gesamten Zorn spüren. »Du musst also unbedingt das teuerste Gericht auf der Karte bestellen? Ich wollte den Mädchen jeweils fünfundzwanzig Dollar Weihnachtsgeld geben, und du allein hast die Summe gerade auf zwanzig reduziert.«

»Ich esse gern Steak mit Eiern. Ich wollte das essen. Verdammt noch mal, es ist Weihnachten, und was bekomme ich? Steak mit Eiern ist wirklich nicht zu viel verlangt.«

Wieder wandten einige Gäste die Köpfe.

»Gut, wir reden später darüber. Halt einfach den Mund, ehe sie uns hier rausschmeißen. Das hier ist wahrscheinlich das einzige Lokal im Umkreis, das geöffnet hat. Vielleicht das einzige im ganzen Bundesstaat. Also sei still und verdirb uns das nicht.«

Um Wade herum schien sich eine so dunkle Wolke zusammenzuballen, dass Carly unwillkürlich die Schultern einzog, um aus der Schusslinie zu kommen.

* * *

Später, nach dem Frühstück, als sie zusammen über den Parkplatz gingen, beugte sich Wade zu ihrer Mutter und sagte mit verhaltener Stimme, die ihr dennoch eine Gänsehaut verursachte: »Und du verbietest mir nie wieder den Mund.«

* * *

»O Gott!«, kreischte Jen, als sie durch das Tor in dem weißen Lattenzaun fuhren und dabei dem Anhänger folgten. »Das nennt ihr klein?«

Carly sah hoch. Das Haus hier war doppelt so groß wie das Haus, das sie in Tulare gemietet hatten.

»Das Haus da gehört Wades Bruder«, sagte ihre Mutter. »Er lässt uns im Gästehaus wohnen, bis wir genug Geld beisammen haben, um uns etwas Besseres zu leisten.«

»Oh«, machte Jen.

Sie hielten hinter Wade in der Einfahrt. Wade hupte und wartete dann ab.

Kurz darauf kam ein Mann aus dem Haus. Das musste Wades Bruder sein. Tatsächlich sah er sogar aus wie sein eineiiger Zwilling.

»So ein Mist«, flüsterte sie Jen zu. »Es gibt ihn gleich zweimal!«

»Das hab ich gehört.«

Carly begegnete dem Blick ihrer Mutter im Rückspiegel und schaute dann wieder weg.

Jen ließ das Fenster herunterfahren. Die Luft schien dünn zu sein und fühlte sich kalt an. Beiläufig überlegte Carly, ob es hier manchmal schneite.

Sie sah zu, wie Wade auf seinen Bruder zuging, mit ausgebreiteten Armen, als wollte er ihn an sich ziehen. Wade Zwei, wie sie ihn in Gedanken schon nannte, streckte seine Rechte aus, um Wade die Hand zu geben. Aber wer gibt schon seinem Bruder die Hand?, dachte Carly. Vor allem, wenn es Zwillinge sind. Aber diese beiden taten es tatsächlich. Wade ließ die Arme wieder sinken und ergriff die Hand.

»Ich wollte nur mal Hallo sagen«, begann er. »Wir rücken dir auch gleich wieder von der Pelle, damit du in Ruhe Weihnachten feiern kannst.«

»Ja, das wär gut«, meinte Wade Zwei. »Die Tür ist nicht abgeschlossen.«

Dann wandte er sich ab und ging wieder zurück in das große Haus.

»Liegt wohl in der Familie«, flüsterte Carly Jen zu.

»Das hab ich nicht gehört«, sagte ihre Mutter. »Aber ich will nicht, dass du mit deiner Schwester tuschelst. Ich bin mir ziemlich sicher, dass es mir nicht gefallen würde.«

»Mit wem feiert er denn da drinnen Weihnachten?«, fragte Jen ihre Mutter. »Hat er eine große Familie?«

»Das glaub ich nicht. Wade meinte, seine Frau und seine Kinder hätten ihn verlassen. Ich weiß nicht, warum er für sich sein will.«

Carly wechselte einen Blick mit Jen, verkniff sich aber jeden Kommentar. Was musste man dazu schon noch sagen?

* * *

»Es gibt nur ein Schlafzimmer?«

Carly warf die Worte in den Raum, ohne irgendjemanden direkt anzusprechen. Dann, als ihr klar wurde, dass sie gerade fast mit ihrer Mutter geredet hätte, setzte sich in der Ecke auf den Fußboden und sagte nichts mehr.

Jen stand mitten im Wohnzimmer und ließ den Blick schweifen. »Das heißt wohl, ihr bekommt das Schlafzimmer.«

»Natürlich, Schatz. Du weißt, dass wir ein wenig Privatsphäre brauchen.«

»Und wir natürlich nicht«, sagte Carly fast tonlos. Niemand außer ihr sollte die Worte mitbekommen, und tatsächlich schien sie auch keiner gehört zu haben.

»Und wo schlafen wir?«, fragte Jen, in einem Ton, der deutlich machte, dass sie der Verzweiflung nahe war.

»Wades Bruder leiht uns eine Ausziehcouch.«

»Ich muss mir mit Carly das Bett teilen?«

»Das bringt dich nicht um, Jen. Es ist nicht auf Dauer.«

»Verdammt, das wird nicht leicht«, sagte Wade. »Wir müssen den Fernseher in unser Schlafzimmer stellen. Ich werd mich total eingesperrt fühlen, und wenn ich hier draußen bei den Kindern sitzen muss, komm ich mir noch mehr wie ein Gefangener vor. Das Haus ist gerade groß genug für zwei.«

Jen kam herüber und setzte sich auf den Boden, wobei sie mit der Hüfte gegen Carly stieß. Sie duckte sich, weil sie das herannahende Gewitter spürte.

»Wir sind aber nicht zu zweit, Wade. Als ich dich kennengelernt habe, hab ich dich da etwa angelogen und behauptet, ich wäre kinderlos?«

»Nein, aber …«

»Dann halt einfach den …« Carlys Mutter hielt sich zurück. Das war eigentlich nicht ihre Art, doch die Erinnerung an Wades Ton, als er ihr gesagt hatte, sie sollte ihm nie wieder den Mund verbieten, ließ sich nicht so leicht verdrängen. »Lass uns einfach noch schön Weihnachten feiern. So gut wir können. Schöne Rest-Weihnachten.«

»Du willst ein schönes Fest? Dann gib den Mädels ihr Geld und schick sie in die Stadt. Ich bekomme jetzt schon keine Luft mehr.«

»Glaubst du, heute hat irgendwas offen?«

»Mir egal. Sie können sich die Schaufenster anschauen.«

»Dann hol wenigstens ihre Fahrräder raus. Es ist zu weit, um zu Fuß zu gehen.«

»An die Räder komm ich grad nicht dran. Die sind ganz vorn im Anhänger.«

»Dann können sie eben nicht in die Stadt gehen.«

»Ich dreh durch, wenn ich versuche, die Sachen auszuladen, während die beiden hier rumstehen. Überall, wo ich hingehe, sind sie mir im Weg.«

»Sie wohnen hier, Wade. Hörst du? Sie wohnen auch hier.«

»Und ich sag dir, ich wünschte, sie wären nicht da.«

Jen sprang auf. »Wir laufen«, sagte sie. »Gib uns einfach unser Weihnachtsgeld. Wir gehen zu Fuß in die Stadt.«

»Das sind fast fünf Kilometer, Schatz.«

»Mir egal.«

»Hin und zurück.«

Jen schaute hinunter zu Carly, um zu sehen, ob sie einverstanden war. Carly nickte. Natürlich war sie bereit, zehn Kilometer zu Fuß zu gehen, selbst wenn sie das noch nie getan hatte. Sie wünschte sich nur, am Ende anderswo anzukommen als hier.

»Okay. Es ist euer Leben.« Carlys Mutter reichte Jen zwei Zwanzig-Dollar-Scheine. »Der eine ist für deine Schwester, die nicht mit mir spricht. Wünsch ihr von mir frohe Weihnachten.«

Jen ging hinüber zu Carly, die noch immer im Schneidersitz auf dem Boden saß, auf dem Parkett im leeren Zimmer. Ein leeres Haus konnte kaum klein wirken, aber dieses Haus tat es.

Jen hielt Carly den Zwanziger hin. »Sie wünscht …«

»Ich hab's gehört.«

Sobald sie zur Tür hinaus waren, hörte Carly, wie Wade sagte: »Gott sei Dank sind sie weg. Keinen Augenblick zu früh.«

* * *

»Was hast du dir gekauft?«, fragte Jen, als sich wieder bei der Eisdiele trafen. »Wieso wusstest du schon, was du haben willst?«

Carly nahm ihr Geschenk aus der Tasche und zeigte es Jen.

»Eine Telefonkarte?«

»Jep.«

»Man kriegt schon für zwanzig Dollar eine Telefonkarte?«

»Es gab sogar noch billigere. Aber ich wollte so viel Guthaben wie möglich.«

»Willst du deine Freunde in Tulare anrufen?«

»Ja«, sagte Carly. »Das hab ich vor.«

»Ich hol mir von meinem Geld einen richtig großen Schokoeisbecher. Ich weiß noch nicht, wofür ich den Rest ausgebe. Aber ich will auf jeden Fall einen Eisbecher. Damit ich genug Kraft hab, den ganzen Weg wieder zurückzulaufen.«

»Ich komm dann zu dir in die Eisdiele«, sagte Carly.

Sie ging zur Telefonzelle am Ende der Straße. Ihre Füße waren schon geschwollen, und ihre Schuhe drückten. Sie waren nicht für so lange Fußmärsche gedacht, doch sie hatte keine besseren. Sie hatten noch einen langen Rückweg vor sich.

Wenn sie sich überhaupt dazu überwinden konnte, zurückzugehen.

Sie gab die Kartennummer ein und wählte dann Teddys Handynummer.

Es klingelte sechsmal.

»Hallo, hier ist Ted …«

»Teddy?«

»Ich kann gerade nicht ans Telefon gehen, aber ihr könnt mir eine Nachricht hinterlassen.«

»Oh«, sagte Carly. »Ich dachte, du wärst es wirklich. Mist. Teddy, hier ist Carly. Ich ruf an, um dir frohe Weihnachten zu wünschen. Ich bin in New Mexico. Wir sind jetzt in dem neuen Haus. Ich hätte mir die Adresse aufschreiben sollen, aber ich weiß sie noch nicht. Ich werd noch mal anrufen. Ja … das ist, glaub ich, alles. Ich wollte dir nur frohe Weihnachten wünschen. Und dir sagen, dass du mir fehlst.«

Carly legte auf. Eine Weile stand sie einfach vor dem Telefon und starrte es an, als könnte es ihr noch mehr bieten. Dann humpelte sie zurück zur Eisdiele. Jen stand draußen, schaute durchs Fenster hinein und hauchte an die Scheibe.

»Ich hätte mir denken können, dass sie zuhaben«, sagte Jen. »Das ging aber schnell.«

»Es war keiner da.«

»Ach so. Wahrscheinlich wegen Weihnachten.«

»Das hier ist mit Abstand das schlimmste Weihnachten, das wir je hatten.«

»Es ist wirklich ziemlich schlimm. Aber sie hat sich Mühe gegeben. Sie wusste ja nicht, dass wir an Weihnachten nicht mehr in Tulare wohnen würden, als sie uns diese Gutscheine gekauft hat. Wenigstens hat sie's versucht.«

»Sie hat's versaut. Wie sollen wir mit ihr und Wade in diesem Schuhkarton wohnen, ohne ein eigenes Zimmer oder irgendeinen Rückzugsort?«

»Vielleicht ist es nicht für lange.«

»Wir halten es da bestimmt nicht mal einen Abend aus.«

»Ach Mist, ich kann doch auch nichts tun, Carly. Sie gibt sich Mühe.«

»Vergebens.«

»Du musst irgendwann wieder mit ihr reden, Carly.«

»Denkst du.«

Weil sie nichts Besseres zu tun hatten, machten sie sich auf den langen Weg nach Hause. Zumindest kam der Weg ihnen damals lang vor.

New Mexico, 28. Februar

Carly saß am Tisch und aß Cornflakes zum Abendessen, weil niemand etwas gekocht hatte. Dabei las sie, was auf der Packung stand, obwohl es sie eigentlich nicht interessierte. Wenn jemand sie gefragt hätte, was sie gerade gelesen hatte, hätte sie es tatsächlich nicht einmal sagen können.

Wade kam aus dem Schlafzimmer und stöpselte die Kaffeemaschine in die Steckdose. Seltsam, wie sehr ihre abendlichen Rituale einer Morgenroutine ähnelten.

Er nahm am Tisch Platz. Carly achtete darauf, dass ihr Blick auf die Cornflakes-Packung gerichtet blieb. Als sie schließlich aufsah, starrte er sie dennoch an. Es war beunruhigend.

»Was ist? Ich esse Cornflakes.«

»Es kommt mir vor, als wärst du immer hier. Egal, wo ich in diesem Haus hingehe, immer bist du mir im Weg.«

»In dieser Besenkammer, meinst du? Abgesehen davon bin ich so gut wie nie hier. Ich fahre mit dem Fahrrad von der Schule zum Internetcafé und sitze dort stundenlang rum, weil ich nicht hier sein will.«

»Ich weiß nur, dass ich dich jedes Mal sehe, wenn ich hochschaue.«

»Du, es ist nicht meine Schuld, dass wir nach zwei Monaten immer noch in dieser Sardinenbüchse wohnen. Wenn du dir endlich mal einen Job suchen würdest, wie du es immer wieder ankündigst …«

Sie verkniff sich den Rest und fragte sich, ob sie zu viel gesagt hatte. Dann riskierte sie einen Blick in Wades Augen. Ja, las sie darin, sie war zu weit gegangen. Doch er sprach es nicht aus.

»In meiner Branche gibt es keine Jobs.«

»Dann such dir doch eine andere Branche.«

»Ich mach nicht einfach irgendwas.«

»Meine Mom tut das auch. Glaubst du, ihr macht es Spaß, an der Kasse zu sitzen und Bestellungen aufzunehmen? Sie nimmt jeden Job an, den sie kriegen kann. Sogar zwei auf einmal, wenn es sein muss.«

Wades Blick verdüsterte sich weiter. »Als du stumm warst, hast du mir besser gefallen.«

Carlys Mutter kam mit großen Schritten aus dem Schlafzimmer.

»Wo ist Jen?«, fragte sie.

Carly starrte einfach weiterhin die Cornflakes-Packung an und las zum dritten Mal den gleichen Satz. Dass die Cornflakes mit Liebe zubereitet würden. Sie stellte sich eine große Fabrik vor, wo allen Leuten die Füße wehtaten und jeder nur darauf wartete, endlich Pause machen zu können. Liebe. Na klar. Wer's glaubt.

»Deine Mutter redet mit dir«, sagte Wade. Obwohl er sich bemühte, mit ruhiger Stimme zu sprechen und seine Wut zu kaschieren, war sie deutlich zu spüren.

»Vergiss es, Wade. Lass sie in Ruhe. Ich geh jetzt, damit ich vor der Arbeit noch einkaufen kann. Wenn ich heute Nacht heimkomme, erwarte ich, dass du mir hilfst, die Einkäufe reinzutragen.«

»Sag deiner Mutter, dass du ihr hilfst«, sagte Wade.

Von wegen in Ruhe lassen. Carly nickte.

Hinter Carlys Mutter fiel die Tür ins Schloss. Carly hörte, wie ihr Auto ansprang.

Auf einmal hatte Wade ihr linkes Handgelenk gepackt.

»Au!«, schrie sie. »Hey! Au!« Je mehr sie schrie, desto mehr verdrehte er ihr den Arm. »Hey! Du tust mir weh!«

»Ich hab noch nicht mal richtig angefangen«, sagte er und wirkte dabei vollkommen ruhig.

Sie waren beide aufgesprungen, und Carly wich zurück, während sie versuchte, sich aus seinem Griff zu winden. Je mehr sie zog, desto fester hielt er sie und zerrte an ihr. Carly wartete darauf, ihren Arm brechen zu hören, doch das widerliche Geräusch blieb aus.

»Lass … mich … los!«

Das tat er. Zu plötzlich. Mit einem heftigen Stoß, der Carly rückwärts taumeln ließ, gegen die Backsteinwand der Kaminattrappe. Die Steinkante schlug hart gegen die rechte Seite ihres Rückens. Ihr Kopf entging nur um wenige Zentimeter demselben Schicksal.

Sie schaute hoch, um zu sehen, ob er ihr hinterherkam, aber Wade sah sie nicht einmal an. Er blickte zur Haustür.

»Wie lange stehst du schon da?«, fragte er.

Carly folgte seinem Blick und sah Jen, die wie erstarrt in der offenen Eingangstür stand und die Kälte hereinließ. Ihr Mund stand offen, doch sie brachte kein Wort heraus. Ihre Augen waren weit aufgerissen.

Carly nutzte die Chance, um zu flüchten, und drängte sich an Jen vorbei. Sie schnappte sich ihr Rad, das an der Wand des Gästehauses lehnte, schwang sich rennend in den Sattel und trat in die Pedale, in Richtung Stadt. Bei jedem Tritt tat ihr rechtes Bein weh. Sehr. Aber sie fuhr trotzdem weiter. Während sie fuhr, sah sie ihren Atem aufsteigen.

Unterwegs ließ sie ihren Tränen freien Lauf, damit Teddy sie nicht weinen hörte, falls er dieses Mal ans Telefon ging. Es war unwahrscheinlich, schließlich hatte er auch die anderen neun Male, die sie angerufen hatte, nicht abgehoben. Aber irgendwie glaubte sie, dass er es dieses Mal vielleicht tun würde. Weil sie ihn so dringend brauchte.

Dann wurde ihr klar, dass sie ihre Telefonkarte nicht dabeihatte. Aber das machte nichts. Sie wusste die Kartennummer und die PIN auswendig.

»Hier ist Ted …«

Carly brach innerlich zusammen. Sie hatte den tiefsten Punkt erreicht, den sie sich vorstellen konnte. Sie saß auf dem Fahrrad vor dem Kartentelefon, die Füße auf dem Gehsteig, und versuchte, die Enttäuschung zu verkraften. Sie zitterte leicht und brauchte einen Moment, um zu merken, dass die Begrüßung noch nicht zu Ende war. Der zweite Satz war ihr entgangen.

»Hallo? Hier ist Ted. Ist da jemand?«

»Teddy?«

»Ja. Wer ist da?«

»Teddy, ich bin's. Carly.«

»Carly? Warum warst du eben so still? Warum hast du nicht Hallo gesagt?«

»Ich dachte, du wärst die Mailbox. Auf deiner Mailbox sagst du genau das Gleiche. In genau dem gleichen Ton.«

»Oh. Wirklich? Das wusste ich nicht. Ist wohl Gewohnheit.«

Schweigen. Eine der jungen Verkäuferinnen aus der Eisdiele winkte Carly zu, als sie vorbeikam, und ihre Absätze klapperten auf dem Asphalt. Jeder in der Stadt kannte Carly, weil sie hier so viel Zeit totschlug, während sie versuchte, nicht nach Hause zu gehen.

Ihr fiel auf, dass es bereits dämmerte. Sie würde im Dunkeln heimfahren müssen – falls sie sich überhaupt nach Hause traute.

Sie ergriff wieder das Wort, weil Teddy es nicht tat.

»Es tut mir leid, dass ich so oft angerufen hab. Du sollst nicht denken, dass ich spinne oder dass ich dich stalke. Normalerweise würd ich dich einfach bitten, mich zurückzurufen, aber das geht nicht.«

»Nein, das wäre wirklich nicht sehr klug. Danke, dass du mir deine neue Adresse gegeben hast. Ich hab sie auf der Mailbox gehört. Trotzdem mach ich mir Sorgen, weil du mich so oft angerufen hast. Was ist, wenn deine Mom das auf der Rechnung sieht?«

»Ich rufe aus einer Telefonzelle an. Mit einer Telefonkarte.«

»Oh. Gut. Das ist schlau. Sie würde mir Ärger machen, wenn sie wüsste, dass du anrufst.«

»Ich weiß.«

Erneutes Schweigen.

»Ist mit dir alles in Ordnung, Carly? Du hörst dich nicht besonders gut an.«

»Ich kann hier nicht bleiben«, sagte sie. Bei den letzten Worten brach ihre Stimme. »Ich bin hier nicht sicher. Ich kann nicht mal heute Abend zurück nach Hause, Teddy. Ich weiß nicht, was ich tun soll.«

Sie konnte die Tränen nicht länger unterdrücken, also weinte sie stumm.

»O Gott, Carly. Ich weiß gar nicht, was ich sagen soll. Ich würde dir ja gern helfen. Ich wünschte, ich könnte. Aber wenn du von daheim wegläufst, kannst du nicht hierher. Hier ist ein denkbar schlechter Ort für dich. Sie würden dich hier als Erstes suchen.«

»Oh«, sagte Carly. »Stimmt.«

Wieder ein Verlust, mit dem sie klarkommen musste. Tief in ihrem Innern hatte sie wirklich geglaubt, dass Teddy sie retten würde, wenn er nur ans Telefon ging. Dass sie dann einfach durchs Telefon verschwinden und in Tulare ankommen könnte. Und dass er dafür sorgen würde, dass ihr nie wieder etwas zustieß. Aber er hatte recht. Sie konnte nicht zu ihm. Sie würden sie finden und zurückbringen. Teddy würde Ärger bekommen, und es wäre allein ihre Schuld.

Und dennoch … kam sie sich schon ein bisschen gerettet vor. Ein klein wenig. Schon seine Stimme konnte sie retten. Wenigstens für einen Augenblick. Ihr war nicht mal mehr kalt.

»Und … wo wohnst du?«, fragte sie.

»Ach, nirgends.«

»Wie kannst du nirgends wohnen?«

»Na ja. Ich wohne schon irgendwo. Das heißt, ich hab einen Schlafplatz. Aber der gehört mir nicht. Im Moment bin ich quasi am Couchsurfen und schnorr mich so durch.«

»Arbeitest du wieder?«

»Ja. Ich muss. Mir bleibt nichts anderes übrig.«

»Wie geht's deinem Rücken?«

Ihre Fragen gefielen ihr nicht. Sie klangen wie Smalltalk. Aber sie wusste auch nicht, wie sie das ändern sollte.

»Nicht gut. Aber ich kann's mir nicht leisten, nicht arbeiten zu gehen. Deshalb bin ich wieder bei Ralph. Er gibt mir zwei oder drei Tage die Woche. Mehr hat er zurzeit nicht übrig. Du weißt schon. Wegen der Wirtschaftskrise.«

»Klar. Sicher.«

»Ist mit dir wirklich alles in Ordnung? Ist das hier vielleicht … so was wie ein Notfall?«

Carly verlagerte ihr Gewicht auf dem Fahrradsattel und streckte sich ein wenig, als wollte sie einschätzen, wie viel Schaden ihr Rücken genommen hatte. Sie erstarrte fast vor Schmerz. Ihr entfuhr ein leiser Schrei.

»Was war das, Carly?«

»Nichts. Mich hat nur was überrascht.«

Sie konnte es ihm nicht sagen. Er hatte nicht mal ein eigenes

Haus, und selbst wenn, hätte sie dort nicht hingekonnt. Er war gar nicht in der Lage, ihr zu helfen. Also wäre es auch nicht fair gewesen, ihm zu sagen, wie dringend sie Hilfe brauchte.

»Weißt du was … in anderthalb Jahren bin ich achtzehn. Dann geh ich zurück nach Tulare. An meinem achtzehnten Geburtstag. Noch am selben Tag. Ich zieh wieder zurück und such mir einen Job und wohne ganz in deiner Nähe, okay? Und vielleicht kann ich dich dann die ganze Zeit sehen.«

»Das wäre schön, Carly.« Es klang aufrichtig, so als würde es ihm wirklich etwas bedeuten. Die Gefühle sickerten durchs Telefon und hüllten sie ein, beruhigten sie.

»Ja?«

»Ja, das wär toll. Ich würd total gern mit dir rumhängen. Nach der Arbeit würd ich bei dir vorbeikommen und sagen: ›Hey du. Wollen wir uns ein paar Burger holen?‹ Und dann könnten wir uns darüber beklagen, was für einen schlechten Tag wir hatten oder dass unser Boss so ein Arsch ist. Obwohl … Ralph ist eigentlich ein ganz netter Kerl. Du könntest dich über deinen Boss beklagen. Ich würde was anderes finden.«

»Du fehlst mir so sehr, Teddy.«

Aus dem Augenwinkel nahm Carly eine Bewegung wahr. Vorsichtig rutschte sie nach hinten und entdeckte Jen, die ebenfalls auf ihrem Rad saß, vielleicht drei Meter entfernt. Nah genug dran, dass sie jedes Wort gehört hatte. Jen hatte wieder diesen Gesichtsausdruck. Denselben, den sie auch gehabt hatte, als sie vorher zu Hause in der Tür gestanden hatte.

»Teddy?« Jens Lippen formten das Wort.

Carly ignorierte die Frage und winkte ab. Dann wurde ihr klar, dass sie Teddys Antwort nicht gehört hatte. Fehlte sie ihm auch?

»Du, ich muss auflegen«, sagte sie. »Aber wenn du wieder eine richtige Adresse hast, mail sie mir doch bitte. Okay?«

»Hast du immer noch diesen uralten Laptop?«

»Nein, der ist hin. Aber es gibt hier ein Internetcafé, und in der Bibliothek kann man auch an den Computer. So kann ich meine Mails checken, ohne dass es jemand mitbekommt.«

Sie warf erneut einen Blick auf Jens entsetztes Gesicht und sah dann wieder auf den Bürgersteig.

»Okay«, sagte Teddy. »Abgemacht.«

»Versprochen?«

»Ja, versprochen.«

»Ich hab dich lieb, Teddy.«

»Hey, du kommst klar, oder?

»Denke schon. Ich muss ja. Was bleibt mir anderes übrig?«

»Es ist kein echter Notfall? Ich hör nämlich, dass was nicht stimmt.«

»Nee. Kein echter Notfall.«

»Okay. Wenn du jemals in der Patsche sitzen solltest, bin ich für dich da.«

»Ich weiß, Teddy. Das weiß ich. Deshalb hab ich dich auch so lieb.«

»Pass auf dich auf, Carly.«

»Tschüss, Teddy.«

Sie legte sacht den Hörer auf, drückte ihn wieder in die Halterung, als sei er zart und verletzlich. Als bräuchte der Telefonhörer Liebe und Schutz, nicht sie.

Sie sah auf zu Jen, die ihr Fahrrad zu ihr herüberschob.

»Mom würde dich umbringen, wenn sie wüsste, dass du mit Teddy geredet hast.«

»Ich weiß. Sag ihr nichts.«

»Alles in Ordnung mit dir?«

»Nein.«

»Wie geht's deinem Rücken?«

»Schlecht.«

»Kann ich mal sehen?«

»Nein.«

»Bitte.«

Seufzend beugte sich Carly vor. Jen schob ihr T-Shirt hinten hoch und sog scharf die Luft ein, keuchte laut auf.

»Es ist total aufgeschürft, und dein Oberteil ist hinten voller Blut. Und du hast jetzt schon riesengroße Blutergüsse.«

»Erzähl Mom nichts.«

»Von Teddy?«

»Von allem.«

»Oh. Ähm … tut mir leid, Carly. Ich hab ihr schon erzählt, dass du verletzt bist. Ich hab sie auf der Arbeit angerufen und es ihr gesagt. Sie will, dass wir dort hinkommen und nicht nach Hause gehen. Es tut mir leid, ich hab nicht gedacht, dass du was dagegen haben könntest. Warum hast du was dagegen?«

»Ich fürchte einfach, dass die Sache mit Wade dann noch schlimmer werden könnte.«

»Aber ich hab ihn doch verpetzt, nicht du. Ich werd ihm sagen, dass ich es war. Sie wird's ihm auch sagen.«

»Wenn du meinst.«

»Komm. Wir gehen zu Mom.«

* * *

Carly radelte hinter Jen her und versuchte, nicht zurückzufallen. Doch der Schmerz, den sie bei jedem Tritt in die Pedale spürte, war überwältigend. Hatte sie jetzt so viel stärkere Schmerzen als während der Fahrt in die Stadt? Oder hatte sie es wirklich geschafft, das alles so lange zu unterdrücken, damit es sie nicht belasten konnte?

In diesem Moment schaute sie hinunter auf ihr linkes Handgelenk. Es war auf die zwei- bis dreifache Dicke angeschwollen. In den frischen violetten Blutergüssen erkannte sie mühelos Wades Fingerabdrücke.

Carlys Mutter schob sie in den Pausenraum im hinteren

Bereich des Supermarkts und hielt sie dabei am Ellenbogen fest. Jen eilte hinterher.

»Tut mir leid, Lara«, sagte ihre Mutter zu der anderen Mitarbeiterin, die sich gerade im Raum befand. »Ich weiß, dass sie hier eigentlich nicht rein darf …«

»Schon gut«, sagte Lara. »Was sein muss, muss sein.«

»Es ist der Rücken«, sagte Jen.

»Und was ist hiermit? Ist das etwa nichts?« Ihre Mutter hielt Carlys linken Arm hoch und zeigte ihn Jen.

»Oh. Das hab ich nicht gesehen.«

Carly spürte, wie sie herumgedreht wurde und erneut jemand ihr T-Shirt hinten hochschob.

»Scheiße«, flüsterte ihre Mutter und atmete dabei tief aus.

Carly hörte, wie auch Lara die Luft einsog, ähnlich wie Jen zuvor.

»Carly.« Ihre Mutter wirbelte sie wieder herum und packte sie fest an den Schultern. Es tat weh. Schultern und Rücken taten weh. »Hör zu. Muss ich dich ins Krankenhaus bringen?«

Carly schüttelte den Kopf.

Ihre Mutter kniff die Augen zu.

»Ich hab die Augen zu, Carly. Ich seh dich nicht. Ich seh dich auch nicht nicken oder den Kopf schütteln. Also musst du mit mir reden. Wenn du mich danach wieder anschweigen willst, ist das okay. Aber jetzt red mit mir. Müssen wir dich in die Notaufnahme bringen oder einen Krankenwagen rufen?«

»Nein«, sagte Carly.

»Sicher?«

»Nein.«

Carlys Mutter öffnete die Augen wieder.

»Du bist dir nicht sicher?«

»Ich denke, dass es mir bald wieder gut geht, aber ich bin mir nicht sicher.«

»Dann frag ich dich morgen noch mal. Okay?«

Carly nickte bloß.

»Scheiße. Jetzt schweigt sie mich wieder an.«

»Musst du nach Hause, Jocelyn?«, fragte Lara. »Willst du dich um sie kümmern? Wir kommen klar.«

»Das wäre dir und Tom gegenüber nicht fair.«

»Wir kriegen das hin. Wirklich.«

»Ich kann's mir trotzdem nicht leisten.«

»Jocelyn. Ich glaube, das hier hat jetzt Vorrang.«

»Oh. Ja. Ja, natürlich. Du hast recht. Das hier hat Vorrang.«

* * *

»Sie drehen sich die ganze Zeit nur im Kreis«, sagte Jen.

Sie lagen nah beieinander auf einem Doppelbett in der Ecke des kleinen Hauses, hinter einem Wandschirm. Sowohl der Wandschirm als auch das Bett waren Leihgaben von Wade Zwei. Die Ausziehcouch hatten sie nicht nehmen können, weil sie nicht hinter den Wandschirm gepasst hatte.

Carly wusste nicht, wie lange sie schon dem Streit im Schlafzimmer zuhörten. Bestimmt schon zwanzig Minuten.

»Warum hören sie nicht einfach auf, wenn sie sich eh nichts Neues zu sagen haben?«

»Weil sie ihn wegen dieser Sache nicht verlassen will«, sagte Carly. »Also muss sie es so hindrehen, dass es kein Grund zum Schlussmachen ist. Und das hat sie bis jetzt nicht geschafft.«

»Hast du wirklich getan, was er da behauptet? Ihn wegen seiner Arbeitslosigkeit geärgert?«

»Er hat angefangen.«

»Mensch, Carly. Willst du, dass er dich umbringt?«

»Er hat die ganze Zeit rumgestichelt und mich provoziert. Bis ich genug hatte. So wie ich das angeblich bei ihm getan habe. Aber als ich die Beherrschung verloren hab, hab ich nur was gesagt.«

»Ich weiß, dass er gelogen hat, als er meinte, du wärst einfach nach hinten gefallen. Ich hab gesehen, wie er dich geschubst hat.«

»Hast du ihr das gesagt?«

»Ja. Aber sie meinte die ganze Zeit, es wäre schwer, den Unterschied zu erkennen, wenn man nur zuschaut.«

»Toll. Siehst du? Was hab ich dir gesagt? Sie wird ihn deshalb nicht verlassen.«

Nach einer weiteren halben Stunde gedämpften Geschreis und einigen Augenblicken, in denen gespenstische Stille herrschte, kam Carlys Mutter zu ihnen ins Zimmer gestampft, schob den Wandschirm beiseite und schaltete die Lampe neben ihrem Bett ein.

Carly zuckte zusammen und hielt sich die Augen zu.

»Ich sehe jetzt, dass das zur Hälfte auf dein Konto geht. Was zum Teufel hast du dir nur dabei gedacht, so mit ihm über seine Jobsituation zu reden? Ist dir denn nicht klar, dass sich Männer nicht wie Männer fühlen, wenn sie nicht arbeiten gehen können? Wenn jemand anders für sie aufkommen muss? Du trägst zumindest die Hälfte der Schuld, Fräulein. Aber trotzdem hab ich ihm unmissverständlich klar gemacht, dass er nie wieder Hand an dich legen darf. Und wenn er es doch tut, sind wir weg.«

»Das wissen wir«, sagte Jen. »Wir haben jedes Wort gehört.«

»Halt dich da raus, Jen. Ich kenne dich, Carly. Und ich weiß, dass du das ausnutzen könntest, um deinen Willen zu bekommen. Also sieht die Sache folgendermaßen aus: Du sagst kein Wort mehr zu Wade. Kein einziges. Zu keinem Thema. Kapiert? Wenn du diese Regel brichst, stehst du allein da. Solange du den Mund hältst, pass ich auf dich auf. Okay?«

Carly sagte nichts.

»Nicken reicht.«

Carly nickte kaum wahrnehmbar.

»Natürlich. Wer hätte das gedacht. Den Mund halten kann Carly am besten.«

Sie stampfte wieder davon.

»Mach das Licht aus, Jen, ja? Es blendet mich.«

»Okay, Carly. Möchtest du ein Aspirin?«

»Ja. Danke.«

»Komisch, dass Mom nicht daran gedacht hat.«

»Eigentlich nicht«, sagte Carly. »Mich überrascht das kein bisschen. Mom denkt eben nur an Männer. Alles andere kümmert sie herzlich wenig.«

New Mexico, 30. April

Carly wurde schlagartig wach. Im Dunkeln setzte sie sich auf und schaute neben sich, zu Jen, die bereits auf war. Sie saß auf der Kante des schmalen Doppelbetts.

Im Schlafzimmer war irgendetwas polternd zu Boden gefallen.

»Wie lange streiten sie schon?«, fragte Carly.

»Ich glaube, sie haben einen neuen Rekord aufgestellt. Unglaublich, dass du dabei schlafen konntest.«

»Hast du mitbekommen, worum es geht?«

»Nicht richtig. Alles, was ich bisher verstanden habe, ist, dass Mom Wade für einen Bastard hält und dass er sich völlig im Recht fühlt. Ich kann immer noch nicht genau sagen, warum sie findet, dass er ein Bastard ist.«

»Stand das denn je zur Debatte?«

Jen antwortete nicht. Sie lachte auch nicht, lächelte nicht einmal.

»Weißt du, wie spät es ist?«

»Das letzte Mal, als ich in der Küche war, war es halb zwei. Also ist es jetzt vielleicht zwei.«

Carly setzte sich neben ihre Schwester auf die Bettkante und lauschte.

Auf einmal ging die Schlafzimmertür auf und knallte gegen die Wand. Beide Mädchen schreckten zurück und rutschten sofort auf die andere Seite des Betts. Der Wandschirm nahm ihnen die Sicht, deshalb wussten sie nicht, was sich da gerade lautstark auf sie zubewegte. Aber sie hörten es.

Der Schirm flog beiseite und fiel mit einem alarmierenden Krach zu Boden.

Ihre Mutter stand über das Bett gebeugt.

»Zieht euch an, Mädels, und sucht so schnell wie möglich eure Sachen zusammen. Wir gehen.«

»Nein«, sagte Wade. »Das tut ihr nicht.«

Sie schauten alle drei hoch und sahen ihn mit dem Rücken zur Tür stehen. Wieder strahlte er diese gespenstische Ruhe aus, die ihnen durch Mark und Bein ging. Im Licht, das aus dem Schlafzimmer fiel, konnte Carly gerade so viel von seinem Gesicht erkennen, dass sie Eiseskälte überkam.

Nichts bewegte sich, und lange Zeit sagte niemand ein Wort. Zumindest kam es ihnen sehr lang vor. Carly schaute ihre Mutter an und sah Furcht in ihrem Gesicht. Sie versuchte sich zu erinnern, ob sie ihre Mutter jemals verängstigt erlebt hatte, aber ihr fiel keine Situation ein.

»Soll das eine Drohung sein, Wade? Willst du mir damit sagen, dass du mir oder meinen Mädchen etwas antust, wenn wir versuchen, durch diese Tür zu gehen?«

Alles schien sich in Zeitlupe abzuspielen, sodass Carly nicht sagen konnte, ob fünf Sekunden oder fünf Minuten vergangen waren. Wahrscheinlich waren es nur fünf Sekunden, die sich endlos hinzogen.

»Jocelyn«, sagte Wade. »Süße. Ich bin's doch, Süße. Wir! Geh nicht. Wir haben uns so viel zusammen aufgebaut. Wir bedeuten einander so viel. Ich kann nicht glauben, dass du einfach so gehen willst. Wir müssen nur mal in Ruhe miteinander reden.«

»Wir reden schon seit Stunden, Wade.«

»Nein, wir haben uns angeschrien. Gib mir nur eine Stunde, in der wir uns ruhig unterhalten können. Dann kann ich dich daran erinnern, wie viel wir einander bedeuten. Danach – ich schwör's dir – werd ich dir nicht im Weg stehen, wenn du durch diese Tür gehen willst.«

Wieder stand die Zeit still.

Tu's nicht, dachte Carly. Tu's nicht, tu's nicht. Fast hätte sie es laut gesagt. Doch sie hielt sich zurück, damit Wade nicht ausflippte. Sie spürte, wie Jen erstarrte, nur wenige Zentimeter zu ihrer Rechten.

Carly sah zu, wie ihre Mutter langsam ausatmete, wie sie erschlaffte und weicher wurde. Sie sank auf die Couch.

»Dann sag, was du zu sagen hast.«

»Nicht vor den beiden.«

»Wo dann?«

»Lass uns im Auto eine Runde drehen. Wie früher. Weißt du noch, wie wir immer zusammen durch die Gegend gefahren sind und dabei geredet haben?«

Eine Minute lang regte sich nichts. Dieses Mal zählte Carly die Sekunden, damit sie sich nicht in der Zeit irren konnte. Sie zählte bis siebenundfünfzig.

Ihre Mutter stand auf.

»Mädchen, ich fahre eine Runde mit Wade. In einer Stunde bin ich zurück. Während ich weg bin, packt ihr alle eure Sachen zusammen und macht euch reisefertig. Ich weiß, wir haben keine Kartons und auch keine richtigen Koffer, also nehmt Mülltüten aus der Küche oder stapelt die Sachen, sodass man sie leicht ins Auto tragen kann. Okay?«

»Ja, Mom«, sagte Jen.

»Okay«, sagte Carly.

Wade und ihre Mutter gingen zur Tür hinaus.

* * *

»Gott, das ist so deprimierend«, meinte Jen. »Ist das wirklich alles, was von unseren Sachen übrig geblieben ist? Was ist mit dem Rest passiert?«

»Wir haben ziemlich viel in Tulare lassen müssen. Und ich glaube, Wade hat einiges weggeschmissen. Ich hab einmal mitgekriegt, wie er zu Mom meinte, dass er unser Zeug wegschmeißt, wenn wir es rumliegen lassen, und dass wir es nicht mal merken würden.«

»Mein Gott. Zum Glück sind wir bald hier weg.«

»Vielleicht«, sagte Carly. »Ich glaub es erst, wenn ich es sehe.«

»Sie würde uns nicht sagen, dass wir unsere Sachen packen sollen, wenn sie nicht wirklich vorhätte zu gehen.«

»Wir werden sehen.«

»Ich bin so müde. Ich halt's nicht mehr aus. Ich geh wieder ins Bett.«

»Ja, mach das. Wie spät ist es überhaupt? Es kommt mir schon viel länger vor als eine Stunde.«

»Weiß nicht. Schau in der Küche nach.«

Carly schielte nach der Uhr über dem Herd. Es war schon fast halb fünf.

* * *

Carly saß hellwach und stocksteif im Bett. Durch die Fenster auf der Vorderseite fiel Licht. Der Wandschirm lag noch immer auf dem Boden, und die Schlafzimmertür stand offen. Noch immer war niemand im Zimmer.

Sie rüttelte Jen wach.

»Hmm? Was ist?«

»Jen, wach auf.«

Jen setzte sich auf und blinzelte. »Was? Wie spät ist es?

»Ich weiß nicht. Aber es ist schon hell, und sie sind immer noch nicht zurück.«

Lange Zeit geschah nichts. Keine von ihnen sagte etwas. Carly wusste nicht, wie es Jen ging, aber sie brauchte eine Weile, um verschiedene Szenarien Revue passieren zu lassen, bis irgendwann der Groschen fiel.

Jen sprach zuerst. »Sie ist nicht einfach weggefahren und hat uns hier zurückgelassen, oder?«

»Nein. Das würde Mom nicht tun. Oder?«

»Glaub ich auch nicht. Aber wo sind sie dann?«

»Ich weiß es nicht, Jen.«

»Was sollen wir tun?«

»Ich weiß nicht.«

»Sollen wir in die Schule gehen?«

»Ich gehe nicht. Es sei denn, sie sind bis dahin aufgetaucht.«

Doch das geschah nicht.

* * *

Es war schon Mittag vorüber. Sie saßen am Tisch und aßen Sandwiches mit Erdnussbutter, zumindest Carly. Jen spielte die meiste Zeit nur damit herum. Sie schälte die obere Scheibe Toast ab und sah zu, wie sich die klebrige Erdnussbutter zerteilte, wieder und wieder.

Jen hatte bisher nicht viel gesagt. Als sie sich plötzlich doch zu Wort meldete, versetzte sie Carly einen Schreck.

»Was machen wir, wenn sie niemals wiederkommen?«

»Ich glaube, darüber sollten wir noch nicht reden.«

»Okay«, sagte Jen. »Tut mir leid, Carly.«

»Vielleicht sollten wir die Krankenhäuser abtelefonieren. Oder bei der Autobahnpolizei anrufen und fragen, ob es irgendwo einen Unfall gegeben hat. Vielleicht liegen sie im Krankenhaus und können nicht mehr herkommen.«

Jen hatte sich angewöhnt, auf ihrem rechten Daumennagel herumzukauen. Sie fing wieder damit an, sobald sie ihren Satz beendet hatte.

»Aber wenn sie im Krankenhaus wären, würden sie uns doch von dort aus anrufen. Oder?«

»Wenn sie könnten«, sagte Jen.

»Ich hab schon drüber nachgedacht, irgendwo anzurufen. Aber ich hab Angst davor. Angenommen, wir rufen an, und es stellt sich heraus, dass es einen Unfall gegeben hat. Wir lassen die Leute dort wissen, dass wir minderjährig und ganz allein zu Hause sind. Dann könnte es sein, dass sie vorbeikommen und uns in ein Heim stecken oder so was in der Art.«

»Du könntest anrufen und so tun, als ob du schon älter wärst.«

»Aber am Telefon halten die Leute mich meistens für noch jünger.«

»Oh«, machte Jen. »Ja, stimmt.«

»Ich glaube, wir sollten einfach abwarten.«

»Wie lange?«

»Weiß ich noch nicht«, sagte Carly. »Jedenfalls noch länger.«

* * *

»O mein Gott, da kommt Wade!«, kreischte Jen.

Sie hatte stundenlang am Fenster gesessen. Viele Stunden. Es war schon nach sieben, und die Sonne war fast untergegangen. Carly war gerade im Bad und konnte nicht gleich herauskommen.

»Aber ich seh Mom nicht. Warum kommt er ohne Mom zurück? Moment. Das ist nicht Wade. Das ist Wade Zwei. Er hat viel längere Haare.«

»Wade Zwei?«

Carly machte schnell ihren Reißverschluss zu und rannte ans Fenster, ohne sich noch die Hände zu waschen.

Zusammen beobachteten sie, wie Wade Zwei den Weg zum Gästehaus entlangkam. Sie sprachen beide kein Wort. Beiden Mädchen war etwas klar, das keiner Worte bedurfte. In den vier Monaten, die sie nun schon im Gästehaus lebten, war Wade Zwei niemals an ihre Tür gekommen. Nicht ein Mal, aus keinem einzigen Grund.

Sie sahen, wie er die Hand hob, um anzuklopfen.

»Ich hab ein ganz mieses Gefühl«, sagte Carly.

Er klopfte.

»Bestimmt sind sie nur verletzt.«

»Ich hoff's.«

»Komm, mach ihm auf, Carly.«

Carly öffnete die Tür und starrte ins Gesicht von Wades Zwillingsbruder, der ihren Blick erwiderte. Er sah nicht glücklich aus. Allerdings hatte er nie anders ausgesehen, die ganzen drei Male, die Carly ihn aus der Ferne gesehen hatte. Doch in diesem Augenblick erschien er ihr unglücklicher denn je.

»Setzt euch, Mädels«, sagte er fast völlig emotionslos.

Beide taten wie geheißen. Sie sanken aufs Sofa, die Gesichter zur Tür gewandt. Seltsamerweise kam Wade Zwei nicht herein, sondern blieb im Türrahmen stehen.

»Ich muss euch etwas Schlimmes mitteilen. Ich tu's ungern, aber irgendjemand muss es machen. Also sag ich's ohne Umschweife. Es hat einen Unfall gegeben.«

»Was für einen Unfall?«, fragte Carly, während kribbelnde Hitze ihre Brust durchfuhr.

»Wades Truck. Er ist oben in den Bergen von der Straße abgekommen.«

»Geht es den beiden gut?«

»Nein.«

Eine Sekunde lang hatte Carly das Gefühl, eine Statue zu sein. Sie kam sich wie versteinert vor. Eine innere Stimme sagte: Du hast es gewusst. Du hast es längst gewusst. Aber es gibt Wissen und Gewissheit. Letztere war schlimmer.

»Es ist an einer Klippe passiert«, sagte Wade Zwei. »Das haben sie mir jedenfalls am Telefon erzählt. Die Polizei, oder wer auch immer mich angerufen hat. Es ist schwer, in so einer Situation noch richtig zuzuhören. Man hört kaum was außer der schlechten Nachricht.«

In Carly ballte sich etwas zusammen. Langsam fand sie ihre Sprache wieder.

»Sie sagen also, dass Wade mit unserer Mutter den Berg hoch und dann eine Klippe runtergefahren ist.«

Wade Zwei zeigte nun eine angespannte Miene, während sich ein verärgerter Ausdruck wie ein Panzer um seine Trauer schloss. Als sei Carly eine lästige Stechmücke oder ein Moskito, der zu nah an seinem Gesicht herumschwirrte.

»Es war keine Absicht.«

»Woher wissen Sie das?«

Seine Züge verhärteten sich noch mehr, sonst zeigte er keine Reaktion. Es erschütterte Carly, in das Gesicht eines Mannes zu sehen, der genauso aussah wie Wade.

»Ich hab meinen Job getan. Ich hab's euch gesagt.« Er wandte sich ab und ging zwei Schritte auf sein Haus zu. Dann blieb er noch einmal stehen und schaute Carly über die Schulter an. »Ich ruf jetzt an, damit jemand kommt und sich um euch Mädchen kümmert.«

Carly rannte zur offenen Tür. »Warten Sie. Was meinen Sie? Sich wie um uns kümmert?«

»Das weiß ich nicht. Die Behörden werden's wissen. Sicher gibt es da einen festen Ablauf. Habt ihr einen Vater, bei dem ihr wohnen könnt? Ach, egal. Ihr braucht's mir nicht zu sagen.

Ich ruf bei der Behörde an, die für Kinder zuständig ist. Denen könnt ihr's dann sagen.«

»Es ist schon zu spät«, rief Carly. Es platzte fast aus ihr heraus.

»Zu spät?«

»Die haben sicher schon zu.«

»Nun … ich glaube, das macht nichts«, sagte er. »Wenn ein Kind in Gefahr ist und es ein Notfall ist, kommt bestimmt trotzdem jemand und nimmt sich der Sache an.«

»Aber wir sind nicht in Gefahr, und es ist auch kein Notfall. Ich meine, jedenfalls nicht heute Abend. Wir sind alt genug, um allein zu Hause zu bleiben. Wir sind andauernd allein zu Hause. Ich bin alt genug, um auf jüngere Kinder aufzupassen. Wir müssen die Leute doch nicht so spät durch die Gegend fahren lassen, wenn wir ebenso gut in unseren eigenen Betten schlafen können. So wie immer.«

Carly sah, wie er kurz auf der Innenseite seiner Wange herumkaute. Ein plötzliches Schwindelgefühl überkam sie, als würde sie auf einem Drahtseil wandeln. Ihr war, als könnte ein einziger Fehler im Gleichgewicht dazu führen, dass sie endgültig abstürzte.

»Gut, dann ruf ich morgen früh an. Ihr Mädchen versucht ein bisschen zu schlafen.«

Er ging davon. Carly sah ihm hinterher. Sie wusste, dass sie sich gleich umdrehen und Jen gegenübertreten musste, aber sie wollte nicht. Sie drückte sich davor, so lange sie konnte.

Jen saß noch immer auf dem Sofa. Völlig reglos, als sei sie wirklich zu Stein erstarrt.

»Jen?«

»Was sollen wir tun, Carly?«

»Wir gehen zu Teddy und wohnen bei ihm. Und jetzt komm. Hol deinen Rucksack und sortier deine Sachen. Nimm nur das mit, was auch in deinen Rucksack passt. So als würden wir zelten gehen. Wir gehen heute Nacht.«

Carly war schon halb durchs Zimmer geeilt, um ihren eigenen Rucksack zu holen, als sie einen leisen, dumpfen Aufprall hörte. Sie drehte sich um und sah Jen, die mitten auf dem Boden zusammengesackt war.

»Auf, Jen. Hoch mit dir.«

Sie rührte sich nicht.

»Komm, ich helf dir.«

Doch Jens Knochen schienen nur noch aus Wackelpudding zu bestehen.

Also setzte sich Carly ebenfalls auf den Boden, Schulter an Schulter mit ihrer Schwester. Ungefähr eine Stunde lang verharrten sie so. Sie dachte darüber nach, wie schön es wäre, jetzt zusammenzubrechen, doch das durfte sie nicht. Eine von ihnen musste schließlich die Nerven behalten, und Carly war diejenige, der diese Aufgabe zugefallen war.

Es gab nicht viel, was sie unter diesen Umständen tun konnte, doch das Mindeste war wohl, einigermaßen die Fassung zu wahren und sich dem Zusammenbruch zu verweigern.

TEIL FÜNF

Wieder im Jetzt

Arizona, 18. Mai

Es ist auf jeden Fall schon früher Morgen, obwohl Carly nicht feststellen kann, wie spät es ist. Sie weiß nur, dass es ihr immer schwerer fällt, wachzubleiben.

Sie hält sich jetzt schon gefühlte drei Stunden an dieser Metallleiter fest, in die sie sich mit einem Arm eingehakt hat, damit sie nicht auf ihre Hände vertrauen muss. Damit ihre Hände nicht abrutschen können.

Seltsam, wie manche Dinge erst der Himmel auf Erden sein können und sich dann so schnell in eine Hölle verwandeln. Die dunkle Landschaft ist inzwischen eintönig und ermüdend geworden. Wieder und wieder wird sie von Felswänden überrascht, die plötzlich wenige Zentimeter neben ihrer rechten oder linken Schulter auftauchen Oder es tut sich plötzlich ein Tunnel auf. Es ist schwer zu erkennen, was vor sich geht, wenn der Zug in einen Tunnel einfährt.

Aber nicht das macht diese Fahrt so höllisch. Es ist die Tatsache, dass sie sich nicht ausruhen kann. Und es wird immer schwerer wachzubleiben.

Tatsächlich ist es inzwischen fast unmöglich.

Sie versucht, die Leiter weiter hochzuklettern, weil sie glaubt, dass sie sich vielleicht auf den Waggon hinaufziehen kann. Aber sie kann nicht erkennen, worauf sie treten würde, und sie hat zu große Angst, dass es zwischen der Oberseite des Zugs und dem Tunneldach nicht genügend Abstand gibt.

Sie denkt darüber nach, einfach loszulassen, aber sie sieht nicht, wo sie landen oder ob sie in irgendetwas hineinfallen würde. Der Zug könnte nur wenige Zentimeter von einer Felskante entfernt sein, ohne dass sie es merken würde. Und selbst wenn sie unverletzt unten landen würde – wo sollte sie dann hin? Sie weiß nicht, wie man von hier zur Interstate 40 kommt, wo auch immer »hier« ist. Wenn sie doch einfach nur der Asphaltstraße gefolgt wäre. Jetzt könnte sie sich mitten im Nirgendwo verlaufen. Für immer. Auch wenn »für immer« in ihrem Fall nur wenige Tage bedeuten würde.

Sie sitzt also fest und kann weder hoch noch runter. Zurück kann sie auch nicht mehr, dafür ist es zu spät. Doch sie hat nur eine vage Ahnung, was auf sie zukommt, wenn sie weiterhin am Zug hängen bleibt. Fahren die Züge, die westwärts unterwegs sind, die ganze Zeit nach Westen, oder halten sie sich irgendwann auch nach Norden oder Süden? Sie hat keine Ahnung. Dieses Wissen war für sie nie wichtig, deshalb hat es sie auch nicht interessiert.

Sie versucht, sich auf eine Leitersprosse zu setzen, doch dabei baumeln ihre Beine herab. Trotzdem ist sie verzweifelt genug, um es zu versuchen.

Sekunden später wird sie schlagartig wieder wach und hängt nur noch an ihrer lädierten rechten Armbeuge. Sie muss die linke Hand zur Hilfe nehmen, um wieder Halt zu finden, und währenddessen bewahrt sie nur ihre sture Weigerung, ihren gebeugten rechten Arm zu entspannen, vor dem Sturz. Mit dem linken Arm hält sie sich fest, doch ihr restlicher Körper hängt noch immer lose da und baumelt am Zug. Vorsichtig streckt sie den rechten Arm aus und packt dann mit der rechten Hand die Leiter an der Seite. Beide Arme zittern vor Anstrengung, und ihr Herz hämmert wie wild. Sie muss sich hochziehen, um die Füße wieder auf die Leiter zu bekommen. Beinahe versagen ihre Arme ihr den Dienst. Sie will einfach nur noch loslassen, und der Rucksack macht es noch schlimmer – er ist eine Last, die sie nach hinten zieht. Sie schaut hinunter. Nichts als Schwärze. Unmöglich festzustellen, was passiert, wenn sie stürzt.

Sie nimmt all ihre Kraft zusammen und zieht sich hoch, mit zitternden Armen, während ihre strapazierten Muskeln entsetzlich wehtun. Dann erwischt ihr Fuß eine Leitersprosse. Wieder zieht sie sich an die Leiter heran und umklammert sie mit den Armen, wobei sie am ganzen Leib schlottert. Sie versucht, ihren Herzschlag zu beruhigen.

Sie muss wach bleiben. Jetzt geht es wirklich um Leben und Tod.

Plötzlich muss sie an Jen denken, wie sie gesagt hat: »Ich hab Angst, dass du losziehst und dabei umkommst.« Das waren ihre Worte. Sie war sich so sicher, dass Jen damit unrecht hatte. Jetzt muss sie es ihr beweisen.

Der Zug hält. Es erscheint ihr fast zu schön, um wahr zu sein, doch Carly hört das Kreischen der Bremsen, das Geräusch von Metall auf Metall. Dann stehen sie still.

Sie klettert hinunter auf die Gleise.

Sie zittert noch immer an den Armen, weniger vor Angst – obwohl sie mächtig Angst hat –, sondern vor Überanstrengung, als könnte sie nicht einmal mehr eine Feder anheben, ohne sich vorher fünf oder sechs Tage lang auszuruhen und wieder zu Kräften zu kommen. Doch sie hat keine Zeit, darüber nachzudenken. Sie hat keine Ahnung, wie lange der Zug hält. Sie scheinen sich noch immer in der Wildnis zu befinden. Irgendwie muss sie in den Zug kommen, anstatt sich wieder dranzuhängen, damit sie sich ein wenig ausruhen und schlafen kann.

Im Dunkeln tastet sie sich an den hintersten Güterwagen

heran, dessen Tür einen Spalt offen steht. Sie packt die Tür mit beiden Händen und versucht sie aufzuschieben, doch sie ist zu schwer. Ihre Arme gehorchen ihr kaum noch, deshalb nutzt sie das Gewicht ihres Körpers. Mit den Fingern hält sie sich fest und wirft ihren Körper in die Richtung, in die sich die Tür bewegen soll. Sie bewegt sich einige Zentimeter. Dasselbe Manöver wendet sie noch fünf Mal an und gewinnt immer einige Zentimeter dazu.

Langsam setzt sich der Zug wieder in Bewegung.

Sie zieht ihren Rucksack aus und wirft ihn in den Waggon, bereut diese Entscheidung aber sofort. Falls sie es nicht schafft, in den Zug zu springen, ist sie ihn für immer los.

Sie muss aber unbedingt hinein.

Sie nimmt drei Schritte Anlauf und wirft sich dann durch die Öffnung, wobei sie sich die Hüfte fest an der Kante der Schiebetür stößt. Es reicht nicht. Sie liegt nur mit dem Oberkörper auf dem Boden des Waggons und rutscht schon wieder nach hinten.

»Scheiße!«, ruft sie laut.

Ihre Taille biegt sich, das Gewicht ihrer Beine zieht sie hinunter und nach innen, und anstatt rückwärts und vom Zug weg zu fallen, ist sie kurz davor, in einer Hakenbewegung abzustürzen und genau unter die Räder zu kommen. Es gibt keine Möglichkeit gegenzusteuern, und nichts, woran sie sich festhalten kann.

Jen hatte recht. In diesem winzigen Sekundenbruchteil sieht sie dem sicheren Tod ins Auge. Das ist der entscheidende Moment.

Aus dem Waggon greifen zwei Hände nach ihr und packen ihre Handgelenke.

Ihr entfährt ein schwacher Laut, fast ein Schrei. Instinktiv versucht sie, sich aus dem Griff zu winden.

»Nicht loslassen!«, sagt eine Stimme. Die Stimme gehört

einem Mann, aber einem sehr jungen Mann. Einem Teenager. »Ich zieh jetzt. Lass mich dich hochziehen. Versuch auf deinem Bauch reinzurutschen.«

Er zieht fest, und es tut Carly am Bauch und an der Hüfte weh, während sie über den Boden des Güterwagens schrammt. Sie streckt sich, so gut sie kann, und hebt mühsam die Beine, ehe sie über die Dielen robbt. Als ihre Knie Holz berühren, weiß sie, dass sie doch nicht sterben wird. Sie sackt zusammen und ringt nach Luft.

Sie hat keine Ahnung, wer mit ihr im Wagen ist, aber da sie eben noch so gut wie tot war, ist es ihr ziemlich egal. »Danke«, sagt sie. »Wer auch immer du bist.«

»Da sollte man echt nicht runterfallen. Das ist das Schlimmste, was einem passieren kann. Man kann direkt unter die Räder geraten. Manche Leute haben dabei schon ihre Beine verloren. Oder wenn er genau über einen drüber fährt … na ja … reden wir nicht davon. Du hast's ja geschafft.«

Sie will noch etwas sagen, ihm irgendwie ihre Dankbarkeit ausdrücken, doch sie bringt nichts heraus. Sie hat nicht mehr genügend Kraft, um Worte zu finden und Sätze zu bilden.

Eine tiefe Männerstimme fragt: »Was ist, Davis? Was soll der Krach?«

»Nichts, Dad. Geh wieder schlafen. Es ist nur ein Mädchen. Ein Mädchen ist auf den Zug aufgesprungen.«

»Ein Mädchen? Ganz allein? Warum springt ein Mädchen ganz allein auf den Zug?«

»Ich weiß es nicht, Dad, aber es ist schon okay. Schlaf einfach weiter.«

Ein paar Sekunden später hört Carly ein tiefes, grollendes Schnarchen aus dem vorderen Teil des Wagens.

»Er ist nicht wirklich wach gewesen«, sagt Davis. »Wenn er wach ist, ist er nett. Aber er schläft immer wie ein Stein. Deshalb sagt er solches Zeug, aber eigentlich schläft er dabei die ganze Zeit. Wenn er wach ist, ist er wirklich nett und höflich. Und, wo willst du hin?«

»Hast du meinen Rucksack gesehen?«, fragt Carly. Eigentlich wollte sie etwas anderes sagen, doch die Worte entschlüpfen ihr einfach ohne ihr Zutun.

»Ja, hier ist er.«

Sie hört, wie der Rucksack über den Holzboden schleift, spürt, wie ihre Hand dagegen stößt. Sie zieht ihn an sich und bettet den Kopf darauf.

»Kalifornien«, sagt sie und schafft es nicht einmal, das Wort deutlich auszusprechen.

»Oh«, sagt Davis. »Wir fahren zum Lake Havasu. Da soll's richtig schön sein. Vielleicht bleiben wir sogar eine Weile dort. Den ganzen Sommer. Wenn's klappt, geh ich dort im Herbst noch ein Halbjahr zur Schule.«

Carly versucht noch etwas zu entgegnen, doch es gelingt ihr nicht mehr. Sie ist so ausgelaugt, dass sie sich fast fühlt, als ob sie betrunken wäre. Sie kann nur noch lallen.

Im nächsten Moment ist sie eingeschlafen.

* * *

Als sie aufwacht, ist es noch immer dunkel. Sie setzt sich auf. Davis' Vater schnarcht immer noch.

Die Tür auf der anderen Seite des Waggons steht halb offen, und Davis sitzt auf der Wagenkante, lässt die Beine baumeln und schaut zu, wie Arizona an ihnen vorbeizieht. Links am Himmel zeigen sich erste Spuren der aufgehenden Sonne. Carly kann schon fast Umrisse in der Landschaft ausmachen. Seine Silhouette lässt Carly vermuten, dass Davis ein paar Jahre jünger ist als sie. Älter als Jen, aber jünger als sie.

Der Wind, der hereinweht, ist angenehm kühl. Es ist eine typische kalte Wüstennacht. Aber ... irgendwie frischer. Als wären sie schon in einer ganz anderen Gegend. Das hier ist nicht mehr das Wakapi-Gebiet. Das spürt sie.

Sie denkt wieder an Jen und was wohl mit ihr passieren wird, wenn herauskommt, dass Carly verschwunden ist. Sie beruhigt ihren flauen Magen, indem sie sich einredet, dass Teddy Jen da wieder herausholen kann, selbst wenn sie sie in Carlys Abwesenheit in ein Heim stecken sollten. Es gibt noch weitere Ängste, die sie quälen, doch sie tut alles, um sie zum Schweigen zu bringen.

Sie stemmt sich und fällt beinahe wieder hin, als ihre Arme nachgeben. Vorsichtig wankt sie hinüber zu der halb offenen Tür und setzt sich im Schneidersitz auf den Boden, in sicherem Abstand vom Rand.

Sie weiß genau, warum sie das tut. Weil sie sich an das Gefühl erinnert, das sie hatte, als sie letzte Nacht unter dem weiten Sternenhimmel stand. An diese völlige Einsamkeit. Sie will nicht allein sein, wenigstens für kurze Zeit.

»Hi«, sagt sie.

»Oh. Hi.«

Er scheint überrascht zu sein, dass sie wach ist.

»Ich glaube, du hast mir vorhin das Leben gerettet.«

»Kann sein. Vielleicht hättest du dich auch selbst reingezogen.«

»Glaub ich nicht. Ich war schon fast runtergefallen. Jedenfalls wollte ich Danke sagen. Vorhin. Aber es war seltsam. Ich war einfach so fertig, dass ich nicht mal mehr die Kraft dafür hatte. Also, danke.«

»Hast du doch schon.«

»Was?«

»Du hast dich schon bedankt.«

»Oh. Echt? Ich kann mich nicht mehr dran erinnern.«

»Doch, doch. Egal, gern geschehen. Kein Problem.«

Eine Weile sitzen sie schweigend da. Carly ist unsicher, was sie noch sagen könnte. Falls es überhaupt etwas zu sagen gibt. Sie muss wieder an Jen denken und fragt sich, ob sie in Schwierigkeiten steckt, dort, wo Carly sie zurückgelassen hat. Auf einmal wird ihr klar, dass Jen diejenige ist, die den Federanhänger haben sollte, damit er sie beschützt. Nicht dass Carly wirklich daran glaubt, aber trotzdem.

Sie zieht ihn unter ihrem T-Shirt hervor und betrachtet ihn im Dämmerlicht, um zu sehen, ob sie ihn beschädigt hat. Der Federkiel ist etwas verbogen, und sie biegt ihn wieder gerade, so gut sie kann.

»Hübsch«, meint Davis. »Sieht indianisch aus.«

»Ist es.«

»Ist das echt?«

»Ja.«

»Navajo? Zuni?«

»Wakapi.«

Carly rechnet damit, dass er sagt, davon habe er noch nie gehört.

Stattdessen ruft er: »Oh! Die sind total selten. Hast du wirklich einen Wakapi getroffen? Wie cool. Es gibt fast keine mehr.«

»Du hast von ihnen gehört?«

»Ja, ich hab mal für die Schule ein Referat über indigene Kulturen gehalten. Darüber, wie wichtig es ist, sie zu erhalten. Die Wakapi sind ein perfektes Beispiel dafür. Sie geben ihre Geschichte mündlich an ihre Nachkommen weiter, aber wenn die jungen Leute das Reservat verlassen, geben sie sie vielleicht nicht mehr an ihre Kinder weiter. Und was, wenn es dann einfach aufhört? Kannst du dir vorstellen, was das für ein Verlust wäre?«

»Ja. Schon.«

»Schon? Es ist eine ganze Kultur, die da verloren geht! Und das Problem ist nicht nur, dass die Kinder das Reservat verlassen, das Problem sind wir und dass wir versucht haben, ihre Kultur auszulöschen, indem wir den Eltern ihre Kinder weggenommen und sie in Internate gesteckt haben und ihre Namen geändert haben und ihnen verboten haben, ihre Sprache zu sprechen. – Hier, ich hab 'nen Apfel. Magst du die Hälfte?«

Carly ist überrascht, weil sich das Gespräch so plötzlich in eine andere Richtung entwickelt hat. Gerade hat sie begonnen, sich für diese kulturellen Fragen zu interessieren. Hat Delores die Geschichte der Wakapi an Jen weitergegeben? Könnte Jen sie auch an ihre Kinder weitergeben, selbst wenn diese keine Wakapi wären? Oder vielleicht würde Jen sagen, dass sie Wakapi sein könnten, wenn sie es wollte.

»Äh, ja. Klar. Wenn du nichts dagegen hast. Ich meine, es ist dein Apfel. Vielleicht willst du ihn ganz.«

»Ich geb dir gern was ab.«

Carly rückt ein Stückchen näher, um ihm zuzusehen. Davis klappt ein kleines Taschenmesser auf und schneidet den Apfel in zwei gleich große Hälften. Er scheint sehr genau darauf zu achten, dass sie auch wirklich gleich groß sind. Tatsächlich setzt er am Ende sogar das Messer am Stiel an und halbiert ihn mit.

»Hier«, sagt er und reicht ihr das Geschenk.

»Danke. Das ist echt nett.«

Sie nimmt es ihm ab und beißt hinein. Der Apfel schmeckt wie ein Red Delicious. Aber vor allem schmeckt er wie der beste Apfel, den Carly je im Mund hatte, das Beste, was sie je gegessen hat. Und sie weiß auch, warum. Weil sie eben fast gestorben wäre und nicht geglaubt hat, überhaupt noch einmal etwas zu schmecken.

Sie schaut hinaus zum Sonnenaufgang, und er ist schöner, als sie je geahnt hat – aus genau demselben Grund.

Ihr wird klar, dass dieses Gefühl mit der Zeit nachlassen wird, und das macht sie traurig. Sie will es festhalten, einrahmen und in goldener Schrift darunter schreiben: »So fühlt es sich an, am Leben zu sein.« Aber sie lebt schon die ganze Zeit ihr Leben, nur ist es ihr bislang nicht sonderlich bemerkenswert vorgekommen.

Sie beißt erneut in den Apfel.

Dann lehnt sie sich ein wenig zurück, holt eines der vielen Fünfundzwanzig-Cent-Stücke aus ihrer Tasche und legt es zwischen ihre wunde Hüfte und Davis.

»Hier«, sagt sie.

Er schaut es sich genauer an, hebt es auf und hält es vor sich.

»Du musst mir für den Apfel kein Geld geben. Ich hab ihn dir geschenkt. Umsonst.«

»Ich weiß. Ich will dir auch nichts zahlen. Ich wollte dir nur auch was geben. Weil du mir was gegeben hast. Aber leider hab ich nichts anderes als das hier.«

»Oh«, sagt Davis. »Okay. Danke.«

Er steckt die Münze in die Brusttasche seiner Jeansjacke.

»Ich weiß, es ist ein bisschen doof«, meint sie. »Fünfundzwanzig Cent sind ja nicht viel.«

»Na ja, für dich ist es wahrscheinlich eine ganze Menge. Du hast bestimmt nicht viel.«

Das ist so wahr, dass Carly gar nicht darauf eingehen will, wie recht er hat. Also sagt sie einfach gar nichts.

Eine Zeit lang sitzen sie schweigend da, essen den Apfel auf und sehen zu, wie im Dunkeln die Welt vorüberzieht. Weit im Osten beginnt der Himmel kupferfarben zu leuchten, und Carly sieht Lichter, die auf irgendeine Art von Zivilisation hindeuten, als würden sie sich einer Stadt nähern. Mit einem Arm hüllt sie sich fester in ihre Jacke.

»Ich bin schon fast beim Kerngehäuse«, sagt Carly. »Weil ich nichts verschwenden will.«

»Ich ess das Kerngehäuse mit«, sagt Davis.

»Echt?«

»Ich ess alles, bis auf den Stiel. Die Kerne sind ein bisschen zäh, aber nicht schlecht.«

Carly zieht den halbierten Stiel heraus und steckt sich den Rest des Apfels in den Mund. Das Kerngehäuse ist ein wenig hart, schmeckt aber dennoch nach Apfel. Sie werfen die Stielhälften hinaus in die Welt, in genau demselben Augenblick, und dann lachen sie darüber, wie perfekt sie sich zufällig aufeinander abgestimmt haben.

»Hast du eine Ahnung, wo der Zug hinfährt?«, fragt sie ihn.

»Mein Dad und ich springen runter, sobald wir den Colorado River sehen. Das ist nämlich die Grenze zwischen den Bundesstaaten. Genau am Colorado River wird Arizona zu Kalifornien. Genau in der Mitte des Flusses. Ich weiß nicht, wo der Zug danach hinfährt. Wahrscheinlich weiter nach Kalifornien rein. Mein Dad weiß es bestimmt. Wir wollen zum Lake Havasu.«

»Warum fahrt ihr mit dem Güterzug?«

»Wir fahren fast überall mit dem Güterzug hin. Oder per Anhalter. Eins von beidem.«

»Schon immer? Dein ganzes Leben lang?«

»Nicht immer. Nur die letzten paar Jahre. Seit mein Vater arbeitslos geworden ist und wir unser Haus verloren haben. Das heißt, nicht seit er arbeitslos ist. Nur seit wir kein Haus mehr haben. Er hat seinen Job verloren und dann ein paar Monate lang versucht, einen neuen zu finden, aber in seiner Branche gab es keine Jobs. Und dann hat er beschlossen, dass wir wenigstens was von der Welt sehen sollten, wenn wir schon kein Haus haben können. Er sagte, er könnte es aushalten, mich in Armut großzuziehen, aber nicht an einer Straßenecke oder in irgendeiner Obdachlosenunterkunft. Wir könnten zumindest frei sein und ein bisschen was erleben.«

»Gefällt dir das? Die ganze Zeit auf Reisen zu sein?«

»Es ist in Ordnung. Wir haben ein paar echt schöne Orte gesehen. Es ist einfach anders, als wenn man ein Haus hat. Teilweise ist es nicht so gut. Aber irgendwie ist es schon okay.«

»Was ist dein Dad von Beruf?«

»Ingenieur.«

»Für Eisenbahnen?«

»Für Luft- und Raumfahrt.«

»Oh.«

»Was ist mit dir?«

»Oh. Ich. Also …«

Carly nimmt sich einen Augenblick Zeit, um zu entscheiden, was sie ihm erzählen will. Sie fängt am Anfang an, als sie Teddy verlassen mussten. Von dort an wird die Geschichte immer ausführlicher, und als sie ihm schließlich alles erzählt hat, ist die Sonne über den Bergen aufgegangen und scheint ihnen ins Gesicht.

Davis hat zottliges Haar und unreine Haut, aber er hat auch große braune Augen und einen freundlichen Blick. »Ich hoffe, du findest ihn«, sagt er.

»Das hoff ich auch.«

»Glaubst du, er hat es wirklich getan?«

Carly setzt zu einer Antwort an, und plötzlich kommt ihr ein Gedanke, den sie zu Ende denken muss. Wenn Teddy es getan hätte, würde das alles erklären. Jens unbegreifliches Verhalten wäre vollkommen verständlich. Wenn.

»Vielleicht«, sagt sie.

Sie ist ein wenig verblüfft, sich das sagen zu hören. Es kommt ihr fast vor, als habe sich ihre Meinung zu diesem Thema rückwirkend geändert, und zwar ohne sie auch nur davon in Kenntnis zu setzen.

Allerdings würde das bedeuten, dass Teddy es wirklich getan hat. Und das ist ebenso unbegreiflich. Das bedarf ebenso dringend einer Erklärung.

»Bleibst du bei ihm, wenn ja?«

»O nein. Ich glaub, das könnte ich nicht.«

»Was würdest du dann tun?«

»Keine Ahnung.«

Ein paar Minuten lang starren sie schweigend den Sonnenaufgang an. Es ist keine unangenehme Stille, nur ein Augenblick, in dem nichts gesagt werden muss.

Dann meint Carly: »Ich weiß gar nicht, warum ich dir das alles erzählt habe.«

»Ich schon. Weil du mich nie wiedersehen wirst. Es kommt andauernd vor, dass Fremde mir und meinem Vater Dinge erzählen. Wichtige Dinge, die sie nicht einmal ihrer Familie verraten. Bei Fremden fällt es den Leuten leichter. Sie wissen nicht einmal, wer man ist, also schadet es auch nicht.«

»Ich glaube, ich versuch noch ein bisschen zu schlafen«, sagt sie. Sie ist gerade ein wenig aus der Fassung geraten und sucht nach einem Grund, sich zurückzuziehen, aber sie ist auch wirklich sehr müde. In den letzten zwei Tagen hat sie vielleicht zwei oder drei Stunden Schlaf bekommen. »Wenn ich wieder aufwache, sind wir vielleicht schon in Kalifornien.«

»Vielleicht. Wenn du aufwachst und wir sind weg, hast du die Grenze überquert.«

»In dem Fall war es schön, dich kennenzulernen. Aber es wird auch schön sein, wieder nach Kalifornien zu kommen.«

Allerdings nicht so schön, wie es ihr vor Kurzem noch vorgekommen ist. Ehe sie begriffen hat, dass Jen wahrscheinlich die Wahrheit gesagt hat.

Carly döst ein wenig. Schwer zu sagen, ob es Minuten oder Stunden sind.

Dann setzt sie sich auf, weil sich ein unbehagliches Gefühl in ihr ausbreitet. Vieles von dem, was sie in der letzten Zeit beiseitegeschoben hat, beginnt sich wieder in den Vordergrund zu drängen. Das kann nicht gut sein.

Davis sitzt noch immer in der offenen Tür des Waggons und schaut zu, wie der Morgen verstreicht. Vielleicht wartet er auch darauf, dass der Fluss in Sicht kommt. Oder beides.

Inzwischen ist es wärmer geworden. Carly steht mühsam auf. Sie ist wund am ganzen Körper, und alles tut ihr weh, entweder weil sie sich gestoßen hat, oder vor Überanstrengung. An manchen Stellen ist es beides. Sie fühlt sich, als sei sie im Schlaf von einem Auto angefahren worden.

Davis schaut halb über die Schulter, als sie sich wieder neben ihn setzt.

»Unter der Bedingung, dass ich dich nie wiedersehe«, sagt sie, »gibt es noch was, das ich dir sagen muss.«

Dann hält sie kurz inne und überlegt, um was es sich handelt. Sie ist tatsächlich im Begriff, Davis etwas zu erzählen, das sie sich selbst noch nicht eingestanden hat.

»Okay«, sagt er.

»Ich muss darüber nachdenken, wie ich es sage.« Sie weiß ein bisschen über das, was sie sagen will, weil sie weiß, wie es sich anfühlt. Aber Worte zusammenzustellen, die die richtige Bedeutung tragen, könnte schwierig werden. »Ich glaub, egal wie ich's formuliere, es wird sich falsch anhören.«

»Sag es einfach so, wie du kannst.«

»Warum hat er sie genommen?«

»Du meinst … nicht die Schwester von jemand anderem?«

»Ich meine, warum nicht mich?«

In der darauffolgenden Stille hat Carly die Chance zu erleben, wie falsch sich diese Frage wirklich anhört.

Davis sagt: »Du wolltest doch nicht, dass er …«

»Nein! Natürlich nicht. So hab ich das gar nicht gemeint. Wenn er das getan hat, wobei ich mir im Moment nicht mal sicher bin, ob es so ist, hätte er sich überhaupt niemanden dafür aussuchen sollen. Ich meine, niemand so junges. Aber er hat sich sie ausgesucht. Warum sie und nicht mich? Ach Mist. So meinte ich das nicht. Was mein ich nur?«

»Vielleicht wolltest du einfach, dass er dich am liebsten

hat. Obwohl … du wahrscheinlich auf eine andere Art von ihm gemocht werden wolltest.«

»Kann sein. Das klingt auf jeden Fall besser als das, was ich gesagt hab. Du hältst mich bestimmt für total krank.«

»Nein. Tu ich nicht. Echt nicht. Du solltest mal hören, was uns andere schon erzählt haben.«

»Erzähl das niemandem.«

»Werd ich nicht.«

»Ich würde es abstreiten.«

»Wem sollte ich es erzählen? Ich weiß nicht mal, wer du bist. Das war doch der Sinn der ganzen Sache.«

Dann, als Carly gerade wieder in die wesentlich angenehmere Wirklichkeit zurückfindet, stößt Davis plötzlich einen lauten Schrei aus.

»Da ist er! Dad! Da!«

»Hmm?«, murmelt sein Vater.

»Der Colorado River! Ich seh ihn! Dad, steh auf. Wir müssen gleich raus.«

Carly vermisst Davis jetzt schon, und vielleicht sogar seinen Vater. Obwohl die beiden noch gar nicht ausgestiegen sind.

Still und so tapfer wie möglich gewöhnt sie sich wieder daran, allein zu sein. Ihr einziger Trost ist das Wissen, dass sie von hier aus die Grenze nach Kalifornien sehen kann.

Davis' Vater beugt sich über sie. Er ist ein großer, kräftiger Mann mit breiten Schultern.

»Der Zug hält wahrscheinlich in Needles«, sagt er zu ihr. »Da gibt es ein Zugdepot. Wenn der Zug im Depot anhält, springst du raus, und zwar schnell. Es gibt da nämlich einen Wachmann, der den ganzen Zug abläuft und die Waggontüren öffnet. Du darfst dich nicht erwischen lassen. Schau auf beiden Seiten raus, damit du siehst, auf welcher Seite der Mann sich gerade befindet. Dann springst du auf der anderen Seite raus und läufst zur Hauptstraße.«

»Wie komm ich dann weiter nach Westen?«

»Per Anhalter. Die Hauptstraße von Needles verläuft direkt neben dem Depot. Ich glaube, sie heißt Broadway. Eine Seitenstraße der I-40, mit Büros und Geschäften. Fast alle, die diese Straße entlangfahren, fädeln sich danach auf der Interstate ein.«

»Dad, komm«, sagt Davis. »Wir müssen los.«

»Stell dich nicht an die Schnellstraße«, sagt sein Vater. »Die Autos können da nicht halten. Stell dich an den Broadway.«

»Danke«, sagt sie.

Aber sie weiß nicht, ob er es überhaupt gehört hat. Er steht schon an der weit geöffneten Wagentür und passt den Augenblick ab, in dem sie rausspringen müssen. Mit der rechten Hand zieht er einen riesigen Rucksack hinter sich her, dessen Inhalt wahrscheinlich für mehrere Tage reicht.

Davis taucht ab. Sein Vater wirft ihm den Rucksack hinterher, ehe er ebenfalls verschwindet.

Carly rennt zur Tür, doch der Zug fährt gerade in eine Kurve, und sie sieht nicht einmal, wo sie gelandet sind. Sie sind einfach verschwunden.

* * *

Carly erwacht von dem lauten, krachenden Geräusch, mit dem die Waggontüren aufgestoßen werden.

Sie rappelt sich auf und schaut zur Tür hinaus, auf der Seite, wo sie eingestiegen ist. Die Seite, auf der sie fast gestorben wäre. Die Tür steht noch immer nur wenige Zentimeter offen. Sie sieht sich suchend um, in Richtung Lok, und entdeckt den Wachmann. Zum Glück ist er noch sehr weit weg am vorderen Teil des Zugs. Er muss noch ein gutes Stück gehen, bis er hinten bei ihr ankommt.

Sie schnappt sich ihren Rucksack und springt auf der anderen Seite hinaus, wobei sie vergisst, wie lädiert ihre Muskeln sind. So fällt sie mit dem Gesicht in den Kies, schürft sich das Kinn und ihre wunden Hände auf und prellt sich dabei auch noch praktisch ihre gesamte Vorderseite. Sie braucht einen Augenblick, um sich zu sammeln, ehe sie wieder aufspringt. Noch immer hört sie das Krachen der Türen, die gerade aufgestoßen werden.

Sie schafft es, über den Hof zu hasten, und schaut sich nach beiden Seiten um, während sie stolpernd einige Gleise überquert. An einem Bahnhof, nur wenige Hundert Meter von ihr entfernt, steht ein silbern glänzender Amtrak-Zug, dessen Ziel in westlicher Richtung liegt. Carly würde alles darum geben, mitfahren zu können. Wenn sie nur genug Geld hätte.

Sie zwingt sich, sich wieder darauf zu konzentrieren, unbemerkt durch das Depot zu kommen, bleibt kurz stehen und überlegt. Dann beschließt sie, auf den Amtrak-Bahnhof zuzulaufen.

»Hey! Du da!«, ruft eine laute Männerstimme.

Carly dreht sich um und riskiert einen Blick über die Schulter. Der Wachmann starrt durch einen offenen Güterwaggon zu ihr hinüber und hat sie genau im Visier.

Sie rennt los, doch immer wieder tauchen Züge vor ihr auf, die ihr den Weg versperren. Hier halten so viele Züge auf parallel verlaufenden Schienen, dass es sich anfühlt, als hätte sie sich in einem Labyrinth verirrt. Als sie schließlich das Ende des letzten Zugs erreicht, der sie noch von der Straße fernhält, glaubt sie, der Freiheit nahe zu sein. Doch zwischen ihr und der Hauptstraße verläuft ein Maschendrahtzaun von etwa zwei Metern Höhe, der oben auch noch mit Stacheldraht verstärkt ist.

Das hat Davis' Vater nicht erwähnt.

Einen Moment lang überkommt sie wieder dieses Gefühl, das sie hatte, als sie beinahe unter den Zug gefallen wäre. Es kommt ihr vor, als wäre alles vergebens gewesen.

»Nein«, sagt sie laut. Nein. Sie ist noch nicht am Ende.

Keuchend vor Anstrengung umrundet sie ein Gebäude, erreicht einen Parkplatz und entdeckt dort ein offenes Tor. Sie rennt hindurch, der Freiheit entgegen, und wird nicht langsamer, bis sie an einer Ecke der Hauptstraße ankommt.

Dort hält sie inne und schaut hinter sich. Der Bahnhof ist überhaupt nicht umzäunt. Irgendwie hat sie sich auf ein angrenzendes Grundstück verirrt und ist so auf den einzigen Zaun weit und breit gestoßen. Das erscheint ihr so typisch für die Art, wie ihr Leben derzeit verläuft, dass es kaum auszuhalten ist.

Außerdem stellt sie fest, dass sich der Wachmann gar nicht erst die Mühe gemacht hat, sie zu verfolgen.

Es ist heiß. Wenn sie sich recht erinnert, liegt Needles in der Mojave-Wüste.

Steifbeinig geht sie die Straße entlang, auf der Suche nach einer Tankstelle. Ein Leuchtschild an einem Bankgebäude, an dem sie vorbeikommt, verrät ihr die Uhrzeit und die Temperatur: 09:23, sechsunddreißig Grad Celsius.

Sie hat noch immer keine Kopfbedeckung, denn sie ist nicht auf die Idee gekommen, Delores' alten Gartenhut mitzunehmen. Wenn es ihr in den Sinn gekommen wäre, hätte sie es trotzdem nicht getan – schließlich wäre es Diebstahl gewesen. Doch sie hat ohnehin nicht daran gedacht.

Als sie die erste Tankstelle sieht, humpelt sie hinüber und verschwindet auf der Damentoilette. Die Tür ist nicht abgeschlossen, und das Innere des Raums ist sehr dreckig, aber das macht Carly nichts aus. Sie wäscht sich am Waschbecken Hände und Gesicht und schaut dann hoch in den Spiegel. Sie blutet am Kinn, weil sie kopfüber im Kies gelandet ist. Die Seife brennt auf der Haut. Auf ihrem T-Shirt sind ebenfalls frische Blutflecken, und ihre Hosenbeine sind an den Knien mit getrocknetem Blut verschmiert.

Sie holt sich etwas Klopapier und einige Papiertücher und

stopft sie in ihren Rucksack. Ein Papiertuch hält sie sich ans Kinn, um die Blutung zu stillen.

Schließlich beugt sie sich übers Waschbecken und trinkt Wasser aus dem Hahn, bis kein Tropfen mehr in ihren Magen passt.

Dann geht sie ums Gebäude herum zum Tankstellenladen und kauft sich einen Schokoriegel und eine Tüte Erdnüsse. Im Kopf rechnet sie die Summe zusammen. Sie macht ungefähr zwanzig Prozent ihrer Ersparnisse aus. Dafür hat sie wohl auch schon den halben Weg zurückgelegt – vielleicht allerdings auch nur ein Drittel der Strecke, aber der Gedanke behagt ihr nicht. Sie will lieber davon ausgehen, dass sie schon die Hälfte hinter sich hat.

Die Frau an der Kasse gibt mit ihren langen, rosa lackierten Fingernägeln die Preise ein.

»Ich will nach Westen«, sagt Carly, während sie sich noch immer das Papiertuch ans Kinn hält. »Liegt das in dieser Richtung?« Sie zeigt mit dem Finger die Straße hinunter.

Die Frau nickt, als sei ihr Reden zu anstrengend.

Carly tritt wieder hinaus in die brütende Hitze der Mojave-Wüste und wirft auf dem Weg noch das Papiertuch in einen Mülleimer.

Eigentlich will sie zuerst die Erdnüsse essen, doch dann fällt ihr ein, dass der Schokoriegel in ihrer Tasche oder in ihrem Rucksack schmelzen wird. Also reißt sie die Verpackung auf und beißt ein Stück ab, ehe sie sich an den Straßenrand stellt. Dabei schaut sie sich aufmerksam nach Polizeiautos um. Als ein großes Wohnmobil vorbeirauscht, streckt sie den Daumen aus.

Ein paar Meter entfernt hält es an. Es hat blaugrüne und weiße Querstreifen, zwei in jeder Farbe, und sieht aus, als hätte es gut zwanzig Jahre auf dem Buckel. Auf dem abgedeckten Reservereifen steht »Lazy Daze«. Hinten am Wohnmobil hängt eine Leiter, die in ihr unangenehme Erinnerungen an die schlimmsten Stunden der letzten Nacht weckt.

Sie hat schneller eine Mitfahrgelegenheit gefunden, als sie ihren Schokoriegel essen konnte. Während sie zu dem großen albernen Fahrzeug läuft, denkt sie darüber nach, dass sie schon den ganzen Weg über Rückenwind hatte. Der Truck, der Zug, das Wohnmobil, alle sind genau in dem Moment aufgetaucht, als sie sie gebraucht hat. Dann fällt ihr wieder ein, dass sie fast gestorben wäre, als sie versucht hat, auf den Zug aufzuspringen, und wie Davis sie an den Handgelenken gepackt und an Bord gezogen hat. Sie beschließt, ihre Nahtoderfahrung ebenfalls als etwas zu verbuchen, das sie weitergebracht hat.

Noch ehe sie das Wohnmobil erreicht hat, fährt es wieder an und rollt einige Meter weiter.

Verdammt, denkt sie. Falsch gedacht. Sie halten nicht für mich.

Das Fahrzeug hält erneut. Eine ältere Frau streckt den Kopf aus dem Fenster. »Komm schon, Kleine«, ruft sie Carly zu.

Carly fällt wieder in Trab.

Das Wohnmobil ruckelt noch ein paar Meter vorwärts.

Das ist nicht witzig, denkt Carly und bleibt auf dem brütend heißen Gehsteig stehen. Sie spürt, wie die Wüstensonne auf ihren Scheitel herunterbrennt.

Der Motor des großen Wohnmobils erstirbt, Stille tritt ein. Dann öffnet sich die Beifahrertür, und die Frau beugt sich heraus, einen klingelnden Schlüsselbund in der Hand.

»Komm, Kleine«, sagt sie. »Tut mir leid wegen meinem Mann. Wenn ich ihm nicht die Schlüssel abnehme, fährt er einfach immer weiter.«

Carly geht ein paar Schritte, unsicher, ob die Frau sie auf den Arm nehmen will.

»Meine Güte«, entfährt es der Frau, »bist du jung. Weißt du denn nicht, dass es gefährlich ist, in deinem Alter per Anhalter zu fahren? Und was ist mit deinem Kinn passiert? Du solltest hier draußen nicht allein unterwegs sein.«

Bei diesen Worten steigt Ärger in Carly auf, doch sie geht dennoch näher heran. Sie spürt die kühle Luft, die aus der Fahrzeugtür strömt, und will diese Chance nicht verpassen. Falls es wirklich eine Chance ist und sie sich nicht getäuscht hat.

»Haben Sie nur angehalten, um mir das zu sagen?«, fragt sie die Frau.

Die Frau hat weißes Haar und ist bestimmt schon über siebzig. Ihre Augen sind hellblau und von Lachfältchen umrahmt. Wie bei Teddy, nur noch ausgeprägter. Nur ein paar Jahrzehnte später.

»Nein, Kleine, wir nehmen dich mit. Komm.«

Die Frau steigt rückwärts wieder die drei Stufen ins Innere hoch, in den Wohnbereich. Carly folgt ihr hinein. Im Wohnmobil ist es herrlich kühl.

»Es ist angenehm hier drinnen«, sagt Carly. »Danke, dass sie mich mitnehmen.«

»Normalerweise nehmen wir keine Anhalter mit, aber du bist noch so jung, und ich hab mir Sorgen gemacht. Wenn du magst, kannst du dich hier aufs Sofa setzen. Du kannst dich auch gern hinlegen und schlafen. Siehst müde aus.«

»Bin ich auch.«

»Hast du Durst?«

»Nein, Ma'am, ich hab gerade was getrunken. Trotzdem danke.«

»Gut.«

Das Gespräch bricht ab, als gäbe es sonst nichts mehr zu sagen.

Die Frau schließt sorgfältig die Beifahrertür und verriegelt sie. Carly schaut nach ihrem Mann, der am Steuer sitzt. Er hat sich nicht einmal umgedreht, um zu sehen, wer eingestiegen ist. Er starrt nur durch die Windschutzscheibe, als habe er es eilig, weiterzufahren.

Erst als Carlys Gastgeberin auf dem Beifahrersitz Platz genommen und sich angeschnallt hat, reicht sie dem Fahrer wieder die Autoschlüssel.

»Okay, Malcolm«, sagt sie. »Jetzt kannst du fahren.«

Carly ist schon fast auf der erstaunlich bequemen Couch eingeschlafen, als die Stimme der Frau sie noch einmal hochschrecken lässt.

»Bevor du dein Nickerchen hältst, Mädchen, sag uns lieber noch, wo du hinwillst.«

Carly setzt sich auf. Sie fühlt sich müde und benebelt, als hätte sie schon zwölf Stunden geschlafen. »So weit nach Westen wie möglich. Wo fahren Sie hin?«

»Wir müssen erst nach Westen und dann nach Norden.«

»Ich auch!«, ruft Carly aufgeregt.

Rückenwind, ganz klar.

»Wo genau musst du hin?«

»Trinidad.«

»Trinidad?«, wiederholt die Frau. »Wo ist das? Nie gehört.«

Malcolm, der Fahrer, murmelt etwas, allerdings so leise, dass Carly es nicht versteht.

Seien Frau beugt sich zu ihm hinüber und gibt ihm einen Klaps auf den Arm.

»Malcolm, manchmal regst du mich wirklich auf. Weißt du was?«

»Was hab ich denn getan?«, fragt Malcolm etwas lauter.

Er hat nicht einmal den Blick von der Straße abgewandt. Carly hat noch immer nicht sein Gesicht gesehen.

»Jeden dritten Tag muss ich dich daran erinnern, dass ich Lois heiße, nach neunundvierzig Jahren Ehe, aber du kannst dir den Namen von irgendeinem Kuhkaff in der Nähe von Crescent City merken, das kein Mensch kennt. Verdammt noch mal.«

»Eureka«, sagt Carly.

»Was ist, Liebes?«, entgegnet Lois.

»Es ist in der Nähe von Eureka.«

»Oh. Ich dachte, du meintest, dass dir etwas eingefallen ist.«

Malcolm murmelt wieder irgendwas.

»Er sagt, es liegt in der Mitte«, meint Lois. »Nördlich von Eureka und südlich von Crescent City. Verdammt, es regt mich auf, dass du das weißt. Du weißt nicht mal meinen Namen.«

»Lois!«, verkündet er stolz.

»Na klar. Jetzt, wo ich ihn dir verraten habe.« Dann dreht sie sich in ihrem Sitz um und wendet sich wieder an Carly. »Leg dich ruhig hin, Liebes. Wir wecken dich, wenn wir zu Hause in Fresno sind, falls du dann immer noch schläfst. Wir sollten rechtzeitig zum Abendessen da sein.«

Fresno. Zum Abendessen.

Carly streckt sich auf dem Sofa aus und versucht sich an die Einzelheiten ihrer langen Reise zu erinnern. Sie ist letzte Nacht aufgebrochen … nein, das stimmt nicht, es war die Nacht davor. Nein. Es war wirklich erst letzte Nacht. Es kommt ihr nur viel länger vor. Und rechtzeitig zum Abendessen wird sie in Fresno, Kalifornien sein.

Wenn das kein Rückenwind ist. Solange Malcolm nicht vergisst, wie man nach Fresno fährt, läuft alles besser, als sie es sich je hätte träumen lassen.

* * *

Carly wacht auf, blinzelt und richtet sich auf dem Sofa des großen alten Wohnmobils auf. Es ist Nachmittag, vielleicht auch später Nachmittag. Sie hat lange geschlafen. Ihr Magen knurrt. Ihre Blase drückt von all dem Wasser, das sie heute Morgen getrunken hat.

Das Wohnmobil bewegt sich nicht.

Lois und Malcolm sitzen in der Essnische und essen Sandwiches. Es ist das erste Mal, dass Carly ihn richtig zu Gesicht bekommt. Er ist mindestens so alt wie Lois, aber er scheint groß und fast gut aussehend zu sein. Er hat volles dunkles Haar, das nur an den Seiten ein wenig ergraut ist, und sieht aus, als sei er die meiste Zeit seines Lebens ein starker Mann gewesen. Doch seine Augen blicken abwesend. Er sieht nicht ein Mal zu Carly hinüber. Vielleicht hat er ihr beim Schlafen zugeschaut und schon genug gesehen, aber irgendwie glaubt sie das nicht. Wahrscheinlich interessiert sie ihn einfach nicht.

Carly sieht und riecht das Essen. Thunfisch auf Weißbrot. Es riecht wundervoll, und ihr Magen krampft sich schmerzhaft zusammen. Wenigstens hat sie noch die Erdnüsse.

Lois schaut zu ihr herüber, merkt, dass Carly wach ist, und springt sofort auf. Kauend eilt sie zum Kühlschrank und holt ein weiteres Sandwich heraus, das fertig auf einem Pappteller liegt und mit sauren Gurken und Kartoffelchips garniert ist.

Sie stellt es auf den Tisch.

»Für mich?«, fragt Carly und kann ihr Glück kaum fassen.

»Natürlich für dich«, sagt Lois. »Glaubst du, wir essen dir hier was vor, während du am Verhungern bist? Wenn du keinen Thunfisch magst, geb ich es Malcolm und mach dir eins mit Erdnussbutter und Traubengelee.«

»Ich mag Thunfisch. Sehr sogar. Danke. Das ist sehr nett von Ihnen.«

»Magst du Limo?«

»Ja, Ma'am. Danke. Dürfte ich vor dem Essen noch ihre Toilette benutzen?«

Lois zeigt ihr die Tür, obwohl es eigentlich nur einen kleinen abgetrennten Bereich im Wohnmobil gibt, der als Minibadezimmer durchgehen könnte.

Carly schlurft hinüber und öffnet die Tür. Tatsächlich kommt der Raum ihr groß vor, weil sie das Bad in Delores' Wohnwagen gewöhnt ist.

Vorsichtig lässt sie sich auf der Toilette nieder – noch immer tut ihr jeder Muskel und jeder Bluterguss weh –, und ihre Knie streifen dabei fast die Tür. Sie fragt sich, wie Malcolm hier reinpasst. Innen an der Tür ist ein Spiegel eingelassen, und was sie darin sieht, gefällt ihr gar nicht. Die Kratzer an ihrem Kinn sehen fast schwarz aus, und die verbrannte Haut auf Stirn und Nase schält sich schon. Ihr Haar sieht aus, als hätte sie es seit Wochen nicht gekämmt.

Ich sehe aus, als wäre ich obdachlos, denkt sie. Dann wird ihr plötzlich bewusst, dass sie tatsächlich obdachlos ist.

Mit einem Tritthebel auf dem Boden betätigt sie die Klospülung und wäscht sich dann im Waschbecken die Hände. Es gibt auch eine Dusche, und sie fragt sich, ob ihre Gastgeber ihr wohl erlauben würden, sie zu benutzen. Eine Dusche würde ihr sicher guttun. Delores hatte in ihrem Haus nur eine Badewanne, und Carly hat sie nur einmal benutzt. Sie mussten das Badewasser mit Eimern von der Pumpe am Brunnen holen, und dann mussten sie zwei Eimer voll auf dem Propangasherd erhitzen. Meistens haben sie sich mit einem Schwamm im Wohnwagen gewaschen.

Sie setzt sich zu Lois und Malcolm an den Tisch. Lois lächelt sie an. Malcolm schaut nicht mal auf.

Als Erstes trinkt sie die Limonade und ist überrascht, dass sie so natürlich schmeckt. »Die ist ja hausgemacht«, sagt sie.

»Natürlich. Denkst du etwa, ich würde dir irgendeine Fertigbrause vorsetzen?«

»Ich weiß nicht. Sonst hab ich das immer bekommen. Wo sind wir?«

»In Bakersfield«, sagt Malcolm und schaut sie immer noch nicht an.

Eine Weile essen sie schweigend. Das Essen beruhigt Carly und holt sie langsam wieder in die Wirklichkeit zurück.

Dann sagt Lois: »Wir fühlen uns nicht wohl damit, dass

du den ganzen Weg nach Trinidad per Anhalter fahren willst.«

Als hätte sie sich das ausgesucht, denkt Carly.

Wieder einmal droht sie der Mut zu verlassen. Sie fühlt sich an Alvin erinnert, wie er zu ihr sagte: »Ich will nicht, dass ihr allein von hier weggeht.« Dieser entscheidende Moment, in dem ein Erwachsener beschließt, fortan über ihr Leben zu bestimmen.

»Ich muss aber hin. Und es kann nicht mehr weit sein.«

»Es sind noch mal fast achthundert Kilometer.«

Carly wird schwer ums Herz. Sie lässt die Hand mit dem halb aufgegessenen Sandwich sinken, bis es wieder auf dem Teller liegt.

»Nein. Das kann nicht sein. Von Fresno? Oder von hier?«

»Von Fresno.«

»Unmöglich.«

Lois steht auf und holt einen großen Autoatlas, der genauso aussieht wie der, den Alvin ihr gezeigt hat.

»Der sieht aus wie …«, eigentlich wollte sie sagen »der von Alvin«, aber sie beschließt, Alvin nicht zu erwähnen, obwohl sie sich nicht sicher ist, warum. »Ein Freund von mir hat genau denselben.« Und als das Wort »Freund« ihr einen Stich versetzt, weiß sie den Grund. Eine schöne Freundin war sie Alvin. Hat ihm ins Gesicht gelogen, als sie ihm versprochen hat, bei Delores zu bleiben.

Carly schlägt die Karte von Nordkalifornien auf und findet Fresno. Mit dem Finger fährt sie die Küste entlang, bis hoch nach Eureka und weiter. »Meine Güte, der Staat ist wirklich lang«, sagt sie. »Aber … egal, ich muss da hin. Ich bin nicht so weit gekommen, um jetzt aufzugeben.«

»Wir bringen dich zum Busbahnhof in Fresno.«

»Oh«, sagt Carly, »Okay.«

Das sorgt dafür, dass ihr Appetit zurückkehrt, und sie beißt noch ein paarmal in das Sandwich.

Das ist in Ordnung. Natürlich hat sie nicht genug Geld für den Bus, aber das muss Lois nicht wissen. Vielleicht kann sie die Nacht im Bahnhofsgebäude verbringen und dann am Morgen wieder auf eigene Faust weiterziehen. Es wird niemand da sein, der das Ruder an sich reißen oder ihr Grenzen setzen kann.

Wenn es irgendetwas gäbe, das sie nicht schaffen könnte, wäre sie jetzt nicht hier. Wenn die anderen das doch nur ebenso gut wüssten wie sie.

* * *

Lois besteht darauf, sie in den Bahnhof zu begleiten, was Carly ganz und gar nicht eingeplant hat.

»Ich bin gleich wieder da«, sagt sie zu Malcolm. »Gib mir die Schlüssel.«

Ein paar Sekunden lang sitzt Malcolm reglos auf dem Fahrersitz, die Hände auf zehn und zwei am Steuer. Der Motor läuft noch. Dann fährt er hinaus in den Verkehr und schaut dabei aufmerksam in den Seitenspiegel.

»Malcolm, halt an. Nein, warte. Halt nicht an. Jetzt sind wir zu weit weg. Wir müssen einmal ums Karree fahren. Was dachtest du, wo wir hinwollen, Malcolm?«

»Nach Hause«, sagt er.

»Wir bringen diese junge Dame zum Busbahnhof.«

»Oh.«

»Und wir waren schon dort.«

»Oh.«

»Fahr hier rechts.«

»Ich weiß, wie man um den Block fährt.«

Nachdem sie noch zweimal rechts abgebogen sind, halten sie auf der anderen Seite des Bahnhofs. Die Sonne steht schon tief im Westen. Die Zeit fürs Abendessen ist bereits vorbei, es ist bestimmt schon sieben oder halb acht.

»Jetzt halt an, Malcolm«, sagt Lois. »Schalt den Motor aus.«

Malcolm seufzt, parkt das Auto und dreht den Schlüssel um.

Lois greift hinüber und zieht den Schlüssel heraus, als habe sie das jahrelang geübt.

»Komm, Kleine«, sagt sie zu Carly. »Schauen wir uns den Fahrplan an.«

Sie steigen zusammen zur Seitentür hinaus. Die Hitze des Tages wirkt noch immer nach. In Fresno muss es heute sehr heiß gewesen sein, dieselbe Art von Hitze, die Carly aus Tulare kennt, was nicht weit von hier liegt.

Carly erwägt, einfach davonzurennen, um die Sache hinter sich zu bringen. Sie schaut sich um und entscheidet sich dagegen. Sie bleibt. Vorerst.

Vielleicht geht Lois nur mit ihr hinein, schaut auf den Fahrplan und lässt sie dann dort. Das wäre gut.

Sie gehen den Bürgersteig entlang und biegen zusammen um die Ecke.

Carly sagt: »Ich will nicht unhöflich sein, aber … ist es sicher, ihn fahren zu lassen?«

»O ja. Malcolm fährt ausgezeichnet. Er wendet nie den Blick von der Straße und verfährt sich nie.«

»Haben Sie keine Angst, dass er es verlernen könnte?«

»Kleine, es wäre schön, wenn dieser Mann vergessen könnte, wie man Auto fährt. Leider hat er nur alles andere vergessen.«

Sie hält Carly die Bahnhofstür auf. Ein Schwall kühler Luft schlägt ihr entgegen, als sie hineingeht.

»Ein paarmal hat er sogar mich vergessen«, sagt Lois. »Ehe ich so schlau war, jedes Mal die Schlüssel an mich zu nehmen. Einmal hat er mich an einer Tankstelle in Seligman, Arizona sitzen lassen. Er wusste noch, wie man wegfährt, aber an mich konnte er sich nicht mehr erinnern, und als ich ihn tausendmal angerufen habe, hatte er vergessen, was man mit dem Handy macht, wenn es klingelt. Ich sag dir, das war ein Schlamassel. Aber in den letzten sechzig Jahren hat er nicht ein Knöllchen bekommen. Wenn es eines gibt, was dieser Mann kann – und wenn es das Einzige ist, was er noch kann – dann, dieses Monster fahren.«

Lois geht zum Schalter. Carly lässt sich auf einer harten Bank nieder und wendet ihrer Gastgeberin und deren Angelegenheiten den Rücken zu. Schließlich geht es sie eigentlich nichts an. Sie ist nicht diejenige, die der Meinung ist, sie könne nicht per Anhalter fahren. Das hat nur wieder eine fremde Erwachsene entschieden.

Es dauert lange. Sie hört, wie Lois mit einem Mann am Schalter spricht, hält sich aber absichtlich fern, damit sie nicht hört, was sie sagen.

Einmal schaut sie hinter sich und glaubt, einfach durch die Tür davonhuschen zu können. Aber dann ruft Lois vielleicht die Polizei, um sie suchen zu lassen. Es ist besser, wenn sie wartet. Lois wird sie bestimmt hier lassen, damit sie auf den Bus warten kann. Vielleicht kann sie sich über Nacht hier einschließen lassen. Morgen ist sie dann wieder allein und kann weiterziehen.

Sie schaut hoch zu Lois, die vor ihr steht.

»Okay, hier ist dein Ticket, Kleine. Der Bus fährt nicht die ganze Strecke bis nach Trinidad, sondern nur nach Arcata. Das ist ungefähr fünfundzwanzig Kilometer entfernt. Kann auch sein, dass es zweiundzwanzig sind, ich bin mir nicht mehr ganz sicher, was der Mann gesagt hat. Jedenfalls meinte er, es gäbe einen Nahverkehrsbus, und dass du dort am Bahnhof umsteigen könntest. Er ist fast wie ein Stadtbus, nur dass er die kleinen Städte an der Küste abfährt. Frag einfach im Bahnhof in Arcata nach, die können es dir sagen. Allerdings fährt der Bus von hier erst morgen früh.«

Carly starrt lange auf das Ticket in ihrer Hand.

»Sie haben mir ein Ticket gekauft?«

»Wie sollen wir dich denn sonst dort hin befördern?«

»Woher wussten Sie, dass ich kein eigenes Geld habe?«

»Kleine … ernsthaft … niemand ist so dumm, bei sechsunddreißig Grad in der prallen Sonne in der Mojave-Wüste zu stehen und auf eine Mitfahrgelegenheit zu warten, wenn er genug Geld hat, um sich irgendeinen Fahrschein leisten zu können.«

Carly nickt ein paarmal. All ihre großen Worte, dass sie noch eine Nacht allein klarkommen und weitere achthundert Kilometer hinter sich bringen könnte, schwinden dahin. Sie ist nur noch von Dankbarkeit überwältigt, dass sie es nicht muss.

»Das ist sehr nett von Ihnen«, sagt sie. »Ich weiß das zu schätzen. Aber Sie müssen mir dafür Ihren Namen und Ihre Adresse in mein Büchlein schreiben, und wie viel Sie für das Ticket bezahlt haben. Damit ich Ihnen das Geld wiedergeben kann, sobald es mir möglich ist.«

Sie macht ihren Rucksack auf und fängt an, nach ihrem Buch zu wühlen.

»Das ist nicht nötig, Kleine. Wir kommen zurecht.«

»Nein, wirklich. Es ist mir wichtig. Ich will es Ihnen zurückzahlen, sobald ich kann.«

Lois zuckt die Achseln. »Okay, wenn du willst.«

Carly findet das Buch und zieht es heraus. Lois setzt sich neben sie und schreibt ihre Kontaktdaten in einer so kleinen, geschwungenen und ordentlichen Schrift auf, wie Carly es noch nie gesehen hat.

Dann klappt Lois das Buch zu und gibt es ihr zurück.

»Jetzt komm zurück ins Wohnmobil, und wir sehen zu, dass wir heute Nacht noch eine Mütze voll Schlaf bekommen.«

»Ich kann hier im Bahnhof schlafen.«

»Nein, das geht nicht. Um zehn wird hier zugemacht.«

»Wollen Sie denn nicht nach Hause?«

»Liebes, wir sind zu Hause. Das Wohnmobil ist unser

Zuhause. Wenn wir daheim ankommen, parken wir es lediglich auf dem Crestview-Campingplatz. Wir wohnen dann immer noch in der alten Karosse, nur die Kulisse hat sich verändert. Und jetzt komm.«

* * *

Im Traum springt Carly zum zweiten Mal durch den schmalen Türspalt in den Güterwaggon, genau wie beim ersten Mal. Sie kommt auch genauso weit, stößt sich genauso fest die Hüfte. Dann fällt sie wieder nach hinten, unter die Räder des Zugs.

Niemand hält sie fest.

Sie schlägt hart auf den Rücken und prallt auf die Metallschienen. Sie sieht, wie sich das Rad, das sie in Stücke schneiden wird, im Dunkeln auf sie niedersenkt.

Dann sitzt sie plötzlich aufrecht da und stößt einen ohrenbetäubenden Schrei aus.

Sie hat die Augen offen und schaut sich um. Sie ist in dem alten Wohnmobil bei Malcolm und Lois, auf dem Sofa gegenüber der Essnische. Sie schaut zum Schlafzimmer im hinteren Teil des Wohnmobils und fürchtet, die beiden geweckt zu haben. Doch sie hört nichts. Vielleicht war der laute Schrei, den sie im Traum von sich gegeben hat, in Wirklichkeit nur ein Atemstoß.

Es ist das zweite Mal in zwei Tagen, dass sie stirbt – nicht in Wirklichkeit, aber in ihrem Kopf, in ihrer Wahrnehmung. Langsam ist sie das Sterben leid. Sie hat genug von diesem Augenblick, in dem angeblich das ganze Leben an einem vorbeizieht, denn sie hat beide Male überhaupt nichts gesehen. Ihr Herz beruhigt sich schnell wieder, doch sie kann nicht aufhören zu zittern. Tatsächlich schaudert sie, schlottert am ganzen Leib, als würden hier drinnen Minusgrade herrschen. Selbst ihre Zähne klappern. Es fühlt sich an, als lägen ihre Nerven blank.

Als würde das Leben ihnen zusetzen, selbst hier, mitten in der Nacht, im Dunkeln, wo sie wirklich nichts zu befürchten hat.

Es war nur ein Traum, ermahnt sie sich, doch noch während sie das denkt, weiß sie, dass es keinen Unterschied macht. Sie hat keine Angst vor dem, was hinter ihr liegt. Es ist die Zukunft, die ihr Sorgen bereitet.

Sie schläft nicht wieder ein.

Kalifornien, 19. Mai

Lois steht noch vor dem Morgengrauen auf. Es ist erst vier. Carly weiß das, weil über dem Tisch in der Essnische eine kleine batteriebetriebene Uhr hängt, deren Ticken sie gehört hat.

»Warum sind Sie schon so früh wach?«, fragt sie Lois.

»Oh, ich steh jeden Tag um vier auf. Schon immer. Mein Leben lang. Jedenfalls seit ich erwachsen bin. Ich musste immer um vier aufstehen, um zur Arbeit zu gehen. Jetzt bin ich zwar schon seit zwölf Jahren im Ruhestand, aber irgendwie bin ich es gewohnt. Und du? Warum bist du so früh wach?«

»Ich hab nicht wirklich geschlafen.«

»Alles in Ordnung mit dir?«

»Ja, klar«, sagt sie, obwohl das nicht stimmt. »Mein Schlafrhythmus ist nur ein bisschen durcheinander.« Das ist zumindest die halbe Wahrheit.

Lois setzt sich neben Carly aufs Sofa und rückt ziemlich dicht an sie heran. Sie hat noch immer kein Licht angemacht. Sie drückt ihre Hand gegen Carlys Handfläche. Zuerst denkt Carly, die alte Frau wolle Händchen halten, was sie ein wenig beunruhigt. Dann spürt sie, dass Lois ihr einige Geldscheine in die Hand gedrückt hat. Sie weiß nicht, was für Scheine es sind oder wie viele. Es fühlt sich an, als seien es drei oder vier.

»Der Bus kommt heute Nacht spät an, und ich will sichergehen, dass du eine Bleibe findest.«

»Ich kann bei meinem Stiefvater wohnen«, sagt Carly.

Aber sie ist sich nicht ganz sicher, ob das stimmt. Während sie wach gelegen hat, sind ihr tausend Gründe eingefallen, warum Teddy nicht in der Lage sein könnte, sie aufzunehmen. Oder warum sie es vielleicht nicht wollen könnte.

»Ich mach mir einfach Sorgen, dass es spät werden könnte und du in der ersten Nacht vielleicht nirgendwo hingehen kannst. Ich würde mich besser fühlen, wenn du genug Geld bei dir hättest, um dir ein Zimmer zu mieten.«

Jetzt weiß Carly, dass es keine Ein-Dollar-Scheine sind, und auch keine Fünfer.

»Okay, danke«, sagt sie. »Aber das schreib ich mir in mein Büchlein. Und ich zahl es Ihnen zurück.«

»In Ordnung«, sagt Lois.

Dann sitzen sie einen Augenblick da, ohne zu reden. Carly will etwas sagen, aber sie weiß nicht, wie sie es ausdrücken soll. Ihr fallen keine Worte ein, die ihren Gefühlen gerecht werden und nicht einen völlig falschen Eindruck erwecken. Dann wird ihr klar, dass sie öfter solche Schwierigkeiten hat. Eigentlich fast immer.

»Ich weiß es wirklich zu schätzen, dass Sie so nett zu mir sind«, sagt sie. »Aber ich weiß nicht, warum. Ich freue mich darüber, aber ich verstehe nicht, warum Sie all diese Dinge für mich tun. Sie kennen mich doch nicht mal.«

Carly hört Lois seufzen. Es ist noch immer fast völlig dunkel. Ihre Augen haben sich so gut an die Dunkelheit gewöhnt, dass sie sehen kann, dass die ältere Frau ihr langes, weißes Haar offen trägt. Weiche, dünne Strähnen fallen ihr über die Schultern. Lois wirkt älter und viel verletzlicher.

»Meine Eltern sind gestorben, als ich noch sehr jung war«, sagt Lois. »Jünger als du.«

Schlagartig steigen Carly die Tränen in die Augen. Weil ihre Mutter tot ist. Und ihr wird klar, dass sie jedes Mal, wenn ihr die Tränen kamen, seit sie New Mexico verlassen haben, in Wirklichkeit um ihre Mutter geweint hat, ganz gleich, was sie für die eigentliche Ursache hielt.

»Ich bin dann zu meinem Großvater gekommen. Das war auch ganz in Ordnung. Ich hatte Glück, dass er da war. Aber er war schon ziemlich gebrechlich, deshalb hab ich mich oft sehr allein gefühlt.«

Es kommt Carly vor, als hätte das Leben der armen Lois übel mitgespielt. Und das gleich zweimal.

»Wahrscheinlich fühlen Sie sich jetzt auch so«, sagt Carly und bereut diese Worte sofort. »Entschuldigung. Ich hab Mist geredet. Es tut mir wirklich leid. Ich wollte das nicht so sagen.«

»Schon in Ordnung«, erwidert Lois, sodass sich Carly schon weniger befangen fühlt. »Du hast völlig recht. Ich wollte einfach sagen, dass es mir sehr nahe gegangen ist, dich so zu sehen. Das verstehst du, oder?«

»Ja, Ma'am.«

»Lois.«

»Ja, Lois. Das versteh ich. Ich bin auch nicht gern allein.«

»Ich glaube, das geht jedem so.«

Aber manche Leute kommen besser damit zurecht als andere, denkt Carly. So wie Jen. Jen hat keine Schwierigkeiten, für sich selbst zu sorgen. Doch das sagt Carly nicht.

Als sie über Jen nachdenkt, wird ihr schmerzlich bewusst, wie sehr sie sie vermisst.

Ihr fällt auf, dass sie Lois nicht einmal erzählt hat, dass sie eine Schwester hat. Tatsächlich hat diese ältere Frau, der sie innerlich vorgeworfen hat, über ihr Leben zu bestimmen, ihr bisher nur sehr wenige Fragen gestellt.

»Bleib noch ein Weilchen sitzen«, sagt Lois. »Ich mach dir jetzt ein paar Bratkartoffeln mit Eiern und Speck und pack dir auch noch ein bisschen Essen für unterwegs ein.«

Der Gedanke, dass Lois all das für sie tun will – nein, die bloße Tatsache, dass überhaupt jemand da ist, der das für sie tun kann – sorgt dafür, dass sie wieder weinen muss.

* * *

Sie betreten zusammen den Bahnhof. Carly fühlt sich wach und erfrischt, weil sie in dem kleinen Badezimmer im Wohnmobil geduscht hat. Lois reicht ihr eine braune Papiertüte mit dem Essen, das sie ihr für die Busfahrt eingepackt hat. Die Tüte fühlt sich an, als wäre genug für eine ganze Familie darin.

Carly weiß nicht, was sie sagen soll.

Also sagt sie: »Wenn Sie daheim ankommen, versucht er dann immer noch, wegzufahren?«

»Oh, nein. Wenn er daheim ist, ist er daheim. Dann schließt er das Abflussrohr und die Wasserleitung an, spült alle Tanks aus, stellt den Strom an und deckt die Reifen ab. Alles, was man nach einer Reise tun muss. Er weiß, dass er danach nicht mehr fahren darf.«

»Und … was tut er stattdessen?«

Lois denkt einen Augenblick nach.

»Gar nichts«, sagt sie.

Nun sieht sie aus, als sei ihr das Gespräch unangenehm. Carly geht es nicht anders.

»Es stört dich nicht, wenn ich nicht mit dir warte, oder?«, fragt Lois. »Er ist jetzt nämlich wach, und dann will er immer gleich los.«

»Nein«, sagt Carly. »Überhaupt nicht. Ich komme gut zurecht. Sie haben so viel für mich getan. Danke.«

Einen Moment lang stehen sie verlegen da.

Dann stürzt Carly auf Lois zu und schließt sie in die Arme. Sie hat es nicht vorgehabt, es ist einfach passiert. Lois wirkt überrascht und ein wenig fassungslos. Sie steht einfach nur da, mit hängenden Armen. Doch irgendwann tätschelt sie Carly den Rücken und den Kopf.

Carly lässt sie los.

»Gute Reise«, sagt Lois.

Sie verlässt schnell den Bahnhof.

Carly hört, wie der laute Motor des Wohnmobils anspringt. Sie tritt ans Fenster und sieht zu, wie es davonfährt.

Jetzt ist sie allein. Das weiß sie ebenso gut wie in der Nacht, als sie unter dem Sternenhimmel auf dem Gebiet der Wakapi allein war. Im Busbahnhof ist es hell, und es sind ein paar Leute unterwegs, doch das macht alles keinen Unterschied. Carly weiß inzwischen, wie es ist, allein zu sein.

Sie holt das Geld aus der Tasche und betrachtet es im Licht. Seit Lois es ihr gegeben hat, wollte sie es zählen, doch es kam ihr unhöflich vor, während ihre Gastgeberin danebenstand.

Es sind vier Zwanziger.

Wenn man schon allein ist, denkt Carly, dann ist es besser, achtzig Dollar, eine Busfahrkarte und eine große Tüte Essen dabei zu haben.

Sie weiß, dass es ihr schon schlechter gegangen ist.

* * *

Nachdem sie einige Stunden im Bus geschlafen hat, wird Carly plötzlich wach. Ihr Nacken tut weh, und ihr Gesicht ist zerknautscht und verschwitzt, weil sie es die ganze Zeit gegen die Scheibe gedrückt hat. Doch der Rest ihres Gesichts fühlt sich kühl an, da unter dem Fenster eine Klimaanlage angebracht ist, die zu ihr hinaufbläst.

Der Bus hat den Abschnitt des Highway 101, der durch das flache, heiße Inland führt, hinter sich gelassen. Nun fahren sie durch eine Waldgegend. Carly schaut zum Fenster hinaus und wünscht sich, auf der anderen Seite zu sitzen. Auf der linken Seite. Sie weiß nicht, wie lange es noch dauert, bis das Meer in Sicht kommt, aber links hat man den besten Blick, da sie nach Norden unterwegs sind. Zu schade, dass sie daran nicht früher gedacht hat.

Sie hat noch nie das Meer gesehen, und bis vor Kurzem hat sie auch nicht viel darüber nachgedacht. Aber jetzt hat sie das Gefühl, dass es ihr Leben verändern wird, wenn sie es endlich zu Gesicht bekommt – wann auch immer das sein mag. Sie versucht, auf der anderen Seite des Busses zum Fenster hinauszuschauen, in der Hoffnung, einen Blick darauf zu erhaschen, doch der Mann neben ihr scheint zu denken, dass sie ihn anschaut, was ihnen beiden peinlich ist.

Carly macht die Tüte auf, die Lois ihr mitgegeben hat.

Darin ist ein Sandwich aus einem großen Baguettebrötchen, in Frischhaltefolie gewickelt. Als sie es sich genauer anschaut, sieht Carly, dass es mit hausgemachtem Geflügelsalat belegt ist. Es reicht locker für zwei Mahlzeiten. Darunter liegen eine Orange, eine Banane, eine Flasche Apfelsaft und ein Schokopudding aus dem Supermarkt. Außerdem hat Lois ihr noch einen Plastiklöffel und zwei Papierservietten eingepackt.

Carly muss wieder weinen.

Liegt es immer noch daran, dass ihre Mutter gestorben ist?

Ihr wird klar, dass das ein Grund ist. Aber sie weint auch, weil ihre Mutter so etwas nie getan hat, selbst als sie noch am Leben war. Sie hat sich nie so gut um sie gekümmert. Manchmal hat sie ihr Geld mitgegeben, damit sie sich in der Schule etwas zu essen kaufen konnte. Aber nur, wenn Carly sie nachdrücklich daran erinnert hat.

Sie fragt sich, ob Lois' Mutter ihr Essen eingepackt hat und wie Lois' Eltern wohl gestorben sind.

Plötzlich, mit einem Mal, kommt ihr der Gedanke, dass Lois sie bei sich aufnehmen könnte, wenn Teddy das nicht tut.

Oder wenn sie es nicht zulassen kann. Und Jen. Sie könnte zurückgehen, Jen holen und sie nach Fresno bringen. Lois will nicht allein sein. Und Carly hat ihre Adresse.

Dann wird sie sich der Fakten bewusst und steht wieder da, wo sie angefangen hat. Lois und Malcolm wohnen in einem Wohnmobil, kaum groß genug für zwei. Außerdem sind sie Fremde, und es ist seltsam, dass sie auch nur auf die Idee kommt, bei ihnen einzuziehen. Was ist nur los mit ihr?

Nein, entweder geht sie zu Teddy, oder sie hat niemanden. Es gibt keinen Plan B.

Die Erkenntnis führt dazu, dass sie wieder zu zittern beginnt. Jetzt zittert und weint sie schon in aller Öffentlichkeit, mitten im Bus, während ein erwachsener Mann direkt neben ihr sitzt. Bestimmt fragt er sie gleich, was mit ihr los ist, und das will sie nicht. Er wendet den Blick ab und tut so, als würde er nichts sehen oder hören. Da wünscht sich Carly, er hätte sie gefragt.

* * *

Carly schläft ganz hinten im Bus, in der letzten Reihe, wo die Sitze eine Bank bilden, die von einem Fenster zum anderen reicht. Der Bus ist inzwischen leerer, weil viele Leute ausgestiegen sind, aber nur noch wenige zusteigen.

Sie wacht auf, setzt sich auf und blickt zum Fenster hinaus. Draußen ist es dunkel. Sie fragt sich, ob sie bald da sind, oder ob sie vielleicht ihre Haltestelle verpasst hat. Aber das kann nicht sein, Arcata ist die Endstation. Oder?

Sie weiß, dass sie unmöglich verschlafen haben kann. Das Universum würde es nicht zulassen. Irgendjemand hilft ihr und passt auf sie auf. Wie sonst hätte sie innerhalb von zwei Tagen tausendneunhundert Kilometer zurücklegen können, mit kaum einem Cent in der Tasche?

Und plötzlich wird ihr noch etwas klar. Wenn ihr jemand hilft, nach Hause zu Teddy zu gelangen, dann muss es richtig sein, dass sie dort hinwill. Würde das Universum dafür sorgen, dass sie schneller und leichter vorankommt, wenn ihre Reise sie zu einem Kinderschänder führen würde? Natürlich nicht. Sie ist auf einem guten Weg. Das merkt sie daran, dass alles wie am Schnürchen läuft.

Sie ist sich so sicher wie noch nie, erfüllt von einer inneren Gewissheit, von der sie immer dachte, dass nur andere Leute sie empfinden könnten.

Dann, im Halbschlaf, merkt sie, dass der Bus nicht mehr weiterfährt.

Sie steht auf und späht durch die Windschutzscheibe.

Der Bus befindet sich auf einem schmalen, zweispurigen Abschnitt der Schnellstraße. Auf ihrer Spur, die nach Norden führt, gibt es nichts als rote Schlusslichter, so weit das Auge reicht. Allerdings ist die Straße kurvig, deshalb kann man nicht allzu viel sehen, nur etwa sieben Autos weit. Aber sie stehen eindeutig alle still.

Auf der Spur, die nach Süden verläuft, gibt es hingegen nichts. Es fließt kein Verkehr, die Spur ist leer.

Ganz gleich, wie lange Carly hinten im Bus steht und Ausschau hält, es kommen keine Autos vorbei, die nach Süden unterwegs sind.

Sie sieht nur ungefähr ein Dutzend Köpfe von anderen Passagieren im Bus, und sie scheinen alle zu schlafen.

Sie geht nach vorn zum Busfahrer. Er zuckt zusammen, als habe sie ihn erschreckt, als sie plötzlich neben ihm aufgetaucht ist. Als hätte er ebenfalls geschlafen.

»Was ist los?«, fragt sie.

»Ein paar Kilometer vor uns ist ein Truck umgestürzt. Ein großer Langholzlaster.«

»Haben Sie eine Ahnung, wie lange wir hier feststecken?«

»Nicht die geringste. Wir sind ziemlich weit draußen. Es hängt davon ab, wie lange sie brauchen, um ein paar Hilfsfahrzeuge herzuschaffen, die die Straße freiräumen. Erst müssen sie den Truck aus dem Weg schaffen und dann die Baumstämme. Hast du schon mal gesehen, was das für Oschis sind? Uralte Riesenmammutbäume. Wenn man sechs von denen geladen hat, ist der Truck voll. Die wiegen Tonnen. Keine Ahnung, wie sie die hier wieder wegschaffen wollen. Wahrscheinlich müssen sie 'nen leeren Truck hochschaffen, und dazu 'ne richtig große Winde.«

»Wie weit ist es noch bis Arcata?«

»Kommt drauf an, wann wir weiterfahren können. Wenn wir freie Fahrt hätten, wären wir wahrscheinlich in anderthalb Stunden da.«

Plötzlich fällt Carly ein, dass nachts vielleicht kein Linienbus mehr nach Trinidad fährt.

»Ich hoffe, ich verpasse nicht den letzten Bus hoch nach Trinidad.«

Der Busfahrer schüttelt betrübt den Kopf.

»Wir stehen schon seit über einer Stunde hier rum. Selbst wenn wir gleich wieder losfahren könnten, kann ich mir nicht vorstellen, dass du den letzten Bus noch erwischst. Tut mir leid.«

Carly seufzt. Dann bedankt sie sich, geht den Gang entlang und setzt sich wieder auf die Rückbank. Ihr Kopf ist leer, aber sie achtet nicht darauf. Es ist sinnlos, jetzt über irgendetwas nachzudenken.

Sie schaut zum Fenster hinaus. Einige der Bäume, die die Straße säumen, haben Stämme, die fast so dick sind wie der Bus. Zu ihrer Linken befindet sich ein steiler Abhang, an dessen Fuß sie Wasser entdeckt, das im Mondlicht schimmert. Aber es ist nicht das Meer. Es sieht eher nach einem breiten Bach oder einem kleinen Fluss aus. Wieder fragt sie sich, wann sie endlich das Meer sehen kann.

Sie legt sich hin.

Einige Notfallfahrzeuge fahren vorbei und rasen entgegen der Fahrtrichtung die leere Spur entlang, die nach Süden führt. Keine Sirenen, nur Lichter. Sie sieht zu, wie die roten Lichter die riesigen Mammutbäume anstrahlen.

Dann sieht sie nichts mehr.

Kalifornien, 20. Mai

Der Busfahrer rüttelt Carly sacht an der Schulter und sagt ihr, dass sie in Arcata angekommen sind.

Sie setzt sich auf und reibt sich die Augen.

Sie stehen vor einem kleinen hellbraunen Gebäude mit einem Hängeschild aus Holz, auf dem steht: »Arcata Mad River Transit«. Carly hat noch nie von einem Ort gehört, der Mad River heißt, und sie ist sich ganz und gar nicht sicher, ob sie ihn kennenlernen möchte.

Außer ihr und dem Fahrer ist niemand mehr im Bus.

»Wie spät ist es?«, murmelt sie.

»Halb eins. Kannst du heute Nacht irgendwo unterkommen? Es tut mir leid, dass wir so viel Verspätung haben. Kannst du irgendwo schlafen? Das Bahnhofsgebäude ist leider schon zu.«

Sie denkt an die achtzig Dollar in ihrer Tasche. Sie könnte sich ein Motel suchen. Aber es kommt ihr wie eine ziemliche Verschwendung vor, so viel Geld auszugeben, um dann doch die ganze Nacht wach zu liegen. Sie hat schon den ganzen Tag geschlafen. Inzwischen hat sie wirklich einen völlig verdrehten Schlafrhythmus.

»Ich komme klar«, sagt sie und greift nach ihrem Rucksack.

»Ich brauch nur eine Telefonzelle.«

»Vor dem Bahnhof gibt es ein Telefon.«

»Gut. Dann ruf ich einfach meinen Stiefvater an. Er fährt von Trinidad her und holt mich ab.«

Das Letzte, was sie gebrauchen kann, ist noch ein Erwachsener, der ihre Schritte überwacht.

Sie schlurft den Gang entlang und steigt aus dem Bus.

Auf dem Weg zur Telefonzelle wirft sie einen Blick über die Schulter. Der Busfahrer schaut ihr immer noch hinterher.

Sie greift in ihre Tasche und holt eine ihrer Fünfundzwanzig-Cent-Münzen heraus. Einen Moment lang ist sie verrückt und verschlafen genug, sie fast durch den Schlitz zu werfen. Als sei sie in einem Traum versunken, in dem sie Teddy wirklich anrufen kann und er sie abholen kommt. Sie fängt sich gerade noch rechtzeitig und tut nur so, als würde sie mehrere Fünfundzwanzig-Cent-Münzen einwerfen.

Kurz darauf wendet sie dem Busfahrer den Rücken zu und dreht sich zum Telefon. Als hätte am anderen Ende der Leitung jemand abgehoben, mit dem sie in Ruhe sprechen möchte.

Sie liest den Schriftzug an der Scheibe des Bahnhofsgebäudes. »Kein Aufenthalt. Kein Alkoholkonsum. Rauchen verboten im Umkreis von sechs Mete« – das ist alles, kein »rn« – »Kein Marihuana-Konsum in der Öffentlichkeit.« Dieses Verbot findet sie besonders seltsam. »Keine Hunde.«

Sie schaut neben sich und entdeckt eine Gruppe von Obdachlosen, die beim Bahnhofsgebäude sitzen und mit dem Rücken an der Wand lehnen. Einige sehen ebenfalls zu ihr hinüber. Sie sind alle jung. Nicht so jung wie sie, aber doch ziemlich jung. Sie fragt sich, ob sie kurz davor steht, genauso zu enden. Oder ob sie vielleicht tatsächlich schon so tief gesunken ist.

Über die Schulter sieht sie noch einmal nach dem Busfahrer, aber er ist inzwischen verschwunden.

Hinter sich hört sie Autos vorbeifahren. Schnell, nicht sehr regelmäßig. Es herrscht kein durchgehender Verkehr, doch sie merkt, dass die Schnellstraße ganz in ihrer Nähe verläuft.

Sie dreht sich um.

Hinter ihr, auf der anderen Straßenseite, befindet sich eine Backsteinmauer, die höchstens einen Meter hoch ist und auf deren Krone ein Maschendrahtzaun angebracht wurde. Allerdings ist der Zaun nicht sehr hoch, vielleicht anderthalb Meter. Darüber gibt es nichts, was es ihr erschweren könnte, dieses Hindernis zu überwinden. Nur noch einen waagrechten Draht, der dafür sorgt, dass der Zaun nicht durchhängt, falls jemand versuchen sollte, darüberzuklettern.

Sie legt noch nicht einmal auf, sondern lässt einfach den Telefonhörer fallen, schaut sich ein letztes Mal um und weicht dabei den Blicken der Obdachlosen aus.

Dann rennt sie auf den Zaun zu und braucht nur vier Bewegungen, um ihn zu überwinden. Ihr Körper ist noch immer wund, und immer wieder durchfährt sie ein brennender Schmerz. Doch sie ignoriert ihn und lässt sich nicht davon aufhalten.

Sie fällt neben der Schnellstraße ins Gebüsch. Die Straße ist vierspurig, jeweils zwei Spuren in jede Richtung, mit einem breiten Grasstreifen – oder eher einem Unkrautstreifen –, der dazwischen verläuft. Sie ist nicht allzu gut beleuchtet, es sei denn, ein Auto fährt vorbei. Wenn das geschieht, duckt sich Carly ins Gebüsch und kauert am Boden, für den Fall, dass es die Polizei ist. Bestimmt ist es verboten, auf der Schnellstraße zu laufen.

Sie schlägt die einzige Richtung ein, in die sie gehen kann, ohne die Straße zu überqueren.

Sie weiß nicht einmal, ob sie nach Norden oder nach Süden unterwegs ist, doch nach ein paar Minuten stößt sie auf ein Schild, das ihr verrät, dass sie der 101 nach Süden folgt. Also muss sie die Schnellstraße überqueren und wieder zurückgehen. Es herrscht ohnehin kein Verkehr.

Es ist kalt, erstaunlich kalt. Und neblig. Je länger sie läuft, desto nebliger wird es. Und sie kann immer noch nicht das Meer sehen. Es könnte genau vor ihrer Nase liegen, links unter ihr, und sie würde es nicht einmal merken. Sie kann fast nichts mehr sehen. Die ganze Welt ist schwarz, bis das nächste Auto vorbeifährt. Dann erstrahlt sie kurz in gleißendem Weiß.

Doch das alles spielt keine Rolle. Es sind nur noch fünfundzwanzig Kilometer bis Trinidad, und wenn es eines gibt, was Carly kann, dann laufen. Fünfundzwanzig Kilometer sind ein Klacks. Die ganze Nacht zu laufen, ist für sie ein Kinderspiel.

Wenigstens ist es das letzte Stück. Endlich.

Wind kommt auf. Carly hat noch nie einen solchen Wind gespürt, jedenfalls nicht in einer so ungeschützten Position, wo sie seiner ganzen Kraft ausgesetzt ist. Es kommt ihr vor wie ein kleiner Hurrikan.

Sie merkt, dass sie sich vorbeugt, um besser dagegen anzukommen. Das muss sie, um überhaupt weitergehen zu können. Wenn sie aufhört, sich voranzukämpfen, drängt der Wind sie zurück.

Der Nebel ist jetzt noch dichter, und es kommt ihr vor, als sei die Welt ausgelöscht worden, und das Einzige, was noch existiert, ist ein windiges, weißes Weltall. Der Wind peitscht ihr den Nebel ins Gesicht. Ihr Gesicht ist nass, ihr Haar ebenso. Ihre Jacke ist völlig durchweicht. Nach und nach dringt ihr die Nässe bis auf die Haut. Sie spürt, wie Wasser von der Feder um ihren Hals auf ihren Bauch rinnt.

Es ist kalt, sehr kalt.

In ihren Wimpern sammelt sich die Feuchtigkeit, und es tut weh, wenn der Wind ihr Tröpfchen in die Augen treibt. Es fällt ihr immer schwerer, die Augen offen zu halten.

Carly erreicht den Pfeiler einer Überführung und bleibt

eine Weile hinter dem Betongebilde stehen, während sie blinzelt und nach Atem ringt. Es kostet sie so viel Kraft, bei dem Gegenwind zu laufen, dass es ihr vorkommt, als würde sie bergsteigen. Sie will sich am liebsten hier verkriechen und sich vor den Naturgewalten da draußen in Sicherheit bringen, aber es sind nur noch ungefähr zwanzig Kilometer bis Trinidad.

Sie ist nicht so weit gekommen, um sich von einem Sturm aufhalten zu lassen. Nichts und niemand kann sie jetzt noch stoppen.

Sie denkt an Jen und fragt sich, ob sie im Wohnwagen liegt oder vielleicht sogar bei der alten Frau im Haus schläft. Ob sie im Schlaf lächelt, oder ob sie vielleicht gar nicht mehr dort ist. Das erinnert Carly daran, dass sie sich besser beeilen sollte.

Sie tritt wieder hinaus in den Wind und den feuchten Nebel, der ihr entgegenschlägt, und wandert noch einige Kilometer durch dieses Jammertal. Soweit sie weiß, könnte sie überall und nirgends sein.

Sie ist sich nicht einmal sicher, ob sie sich noch auf der Erde befindet.

Nach einer Weile steigt die Straße steil an. Es ist ein langer, erbarmungsloser, schmerzhafter Anstieg, mit nichts als Mammutbaumwald auf beiden Seiten. Aber wenigstens sieht sie jetzt noch etwas anderes als nur einen weißen Vorhang. Nur mühsam kann sie die Bäume ausmachen, doch in diesem Nebel sehen sie eher wie Baumgeister aus.

Noch immer geht sie weiter. Sie hat längst keine Energie mehr, und es ist nur noch reine Sturheit, die sie vorantreibt. Nichts kann sie jetzt noch aufhalten, und dennoch kommt es ihr vor, als hätte sich die ganze Welt gegen sie verschworen, um es zu versuchen. Es scheint, als biete sie alle ihre Kräfte auf, nur um Carly zurückzuhalten.

Es kommt ihr vor, als würde sie im Gehen träumen, als sie plötzlich Alvins Gesicht klar und deutlich vor sich sieht. Er spricht mit ihr. Das heißt, ihre innere Stimme spricht, doch irgendwie hört sie sich genauso an wie die von Alvin.

»Sieh's ein, Carly. Du hast keinen Rückenwind mehr.«

»Das war doch Schwachsinn«, sagt sie laut. Der Wind reißt ihr die Worte vom Mund. »Es war bescheuert, so zu tun, als könnte ich richtig und falsch daran unterscheiden, wie lange ich brauche, um irgendwo hinzukommen.«

»Aber diese Theorie hat dir gut gepasst«, sagt er, »als alles noch nach deinem Willen ging.«

Dieser Satz holt Carly schlagartig in die Wirklichkeit zurück.

Sie ruht sich noch einmal hinter einem Pfeiler einer anderen Verkehrsüberführung aus. Schlotternd vor Kälte versucht sie, die Tränen zu unterdrücken, die die Enttäuschung ihr in die Augen treibt, während sie den Rest des Mittagessens, das Lois ihr eingepackt hat, aus dem Rucksack zieht und die andere Hälfte ihres Geflügelsalatsandwichs isst.

Dann stellt sie sich wieder dem Wind und dem Nebel und geht weiter.

Auf einmal kommt ihr ein Gedanke. Es ist eher ein Gefühl. Sie kann es nicht recht in Worte fassen, aber … all die Erwachsenen, die der Meinung waren, sie könnte nicht allein in der Welt bestehen … die fanden, dass sie zu jung ist … zu klein, und die Welt zu groß … Plötzlich kommt es ihr vor, als hätten sie alle recht gehabt.

* * *

Der Wind hat sich schon fast gelegt, als die Ausfahrt nach Trinidad vor ihr auftaucht. Aber der Nebel ist noch genauso dicht, und sie sieht das Schild erst, als sie schon fast davor steht. Vor Erschöpfung zittert sie am ganzen Körper, doch das ist jetzt bedeutungslos.

Bald geht die Sonne auf. In all dem Nebel ist sie kaum zu erkennen, aber es wird eindeutig langsam heller.

Sie geht den Seitenstreifen der Ausfahrt entlang und folgt einem Schild nach Trinidad State Beach. Irgendwo im Hinterkopf weiß sie, dass sie davor ein Schild gesehen hat, auf dem stand, wie viele Einwohner Trinidad hat, und es waren nur dreihundertelf. Aber sie weiß nicht mehr, wie lange das her ist oder wo es war.

Es kann doch nicht so schwer sein, unter dreihundertelf Einwohnern eine Person zu finden.

Sie geht eine kurvige kleine Straße entlang, durch einen Ort, der ihr zu klein vorkommt, um echt sein zu können. Der Nebel, der ihr das Gefühl gibt, blind zu sein, und der jedes Gebäude verhüllt, bis sie fast schon davorsteht, verstärkt diesen unwirklichen Eindruck noch.

Sie kommt an einer Wohnwagensiedlung vorbei, wo große amerikanische Flaggen im Wind flattern. Bitte mach, dass Teddy nicht dort lebt. Sie will ihn sich in einem großen Haus mit Meerblick vorstellen. Doch dann erinnert sie sich, dass er zurzeit nicht mal arbeiten geht.

Was, wenn er die Stadt verlassen hat, um sich anderswo etwas zu suchen?

Sie zwingt sich, ihre Gedanken wieder den wesentlichen Dingen zuzuwenden. Sie kann es sich nicht leisten, jetzt in Panik zu verfallen. Sie … nun, sie ist hier. Aber wo ist hier? Inwiefern hilft ihr das weiter? Wann kann sie stehen bleiben? Was soll sie als Nächstes tun?

Die Straße macht eine Kurve und führt an einer Grundschule vorbei. Daneben ist ein Spielplatz, und Carly bleibt einen Augenblick stehen und schaut über den Parkplatz durch den Zaun. Sie stellt sich vor, dass Jen dort spielt, ganz allein. Das Bild ist zu deutlich. Fast so deutlich, wie sie Alvin vor Augen hatte, als sie der Schnellstraße gefolgt ist. Als würde sie langsam den Bezug zur Wirklichkeit verlieren.

Sie wendet den Blick ab. Kurz darauf kommt sie an einer kleinen Bücherei vorbei, in der anscheinend auch das Polizeirevier untergebracht ist. Vor dem Gebäude stehen Statuen von einer Meerjungfrau und einem Delfin, die nebeneinander auf jeweils einer Metallwelle reiten.

Danach passiert sie ein grellrotes Haus, in dem sich die freiwillige Feuerwehr befindet. Es ist wirklich leuchtend rot.

Auf dem ganzen Weg begegnet ihr keine Menschenseele. Es ist noch zu früh, und die Straßen sind völlig verlassen. Trinidad wirkt wie eine Geisterstadt oder eine Filmkulisse. Es gibt nur die Gebäude und Carly und den Nebel.

Inzwischen ist es schon fast hell, und sie schaut zum Ende der Straße und entdeckt etwas, das wie eine Leuchtturmspitze aussieht. Ein weißer Leuchtturm mit einem roten Dach.

Sie bleibt endgültig stehen und lauscht, bis ihr klar wird, dass sie das Meer hört. Es ist nicht direkt ein Wellenrauschen. Es klingt eher so, als würde jemand atmen. Ein und aus.

Sie fängt an zu rennen.

Am Ende der Straße bleibt sie am oberen Ende der Treppe stehen, die hinunter zum Leuchtturm führt.

Vor ihr erstreckt sich das Meer, vielleicht fünfundvierzig Meter unterhalb einer jäh abfallenden Klippe. Eine verschlafene Bucht, in der Dutzende Boote im Nebel ankern. Felsen ragen aus dem Wasser auf wie natürliche Pyramiden. Manche sind so groß wie ein Bus, andere so hoch wie ein Haus, manche haben sogar die Größe eines Mehrfamilienhauses. In der Ferne hört sie den dumpfen Ton einer Glocke. Sie scheint im Rhythmus der Wellen zu läuten.

Carly saugt scharf die Luft ein und kneift die Augen zu.

Bitte, denkt sie. Bitte lass es noch immer da sein, wenn ich wieder die Augen aufmache. Sie hat das Gefühl, dass der Anblick zu atemberaubend ist, um echt zu sein, und dennoch kann sie auch nicht glauben, dass er nur ein Produkt ihrer Fantasie sein soll.

Sie öffnet die Augen. Es sieht alles noch genauso aus.

Sie setzt sich eine Weile auf eine Bank und sieht zu, wie es immer heller wird. Die Bank ist nass und kalt, aber sie ist selbst nass, daher macht es ihr nichts aus.

Es ist Morgen. Sie ist die ganze Nacht gelaufen und muss jetzt schlafen.

Sie denkt darüber nach, sich mit ihren achtzig Dollar ein Zimmer zu mieten, aber vielleicht sollte sie das Geld lieber für einen echten Notfall sparen. Sie will ohnehin zunächst einmal diesen Weg hinuntergehen, durch den gepflegten kleinen Park rund um den Leuchtturm, um zu sehen, was es hier sonst noch gibt.

Sie findet eine lange, steile Treppe, die zum Strand führt. Sie ist aus Eisenbahnschwellen gebaut und von Beerenranken und Bäumen umgeben.

Vor dem letzten Treppenabschnitt hält sie an. Sie hört Möwengeschrei und dasselbe Glockenläuten wie zuvor, ebenso wie den Atem der Bucht. Weit rechts von sich sieht sie eine Art Anlegestelle, doch in all dem Nebel kann sie sie nicht gut erkennen. Sie könnte weiter hinunter zum Strand gehen, aber was soll sie dort? Man kann ans eine Ende gehen und dann noch einmal ans andere. Aber wenn man die Nacht damit verbracht hat, fünfundzwanzig Kilometer zu laufen, ist ein Strandspaziergang keine allzu verlockende Vorstellung. Sie will einfach nur irgendwo schlafen, an einem Ort, wo man sie in Ruhe lässt und sie unbeobachtet ist.

Sie schaut nach rechts, und ohne lange darüber nachzudenken, verschwindet sie zwischen den Beerenranken im dichten Gebüsch. Kleine Dornen zerkratzen ihr die Hände und das Gesicht, verfangen sich in ihrem Haar und in ihrer Jacke. Aber sie zieht sie einfach heraus, so gut sie kann, und geht dann weiter. Die Dornen bedeuten nur, dass sonst niemand mutig genug ist, diesen Platz aufzusuchen.

Im feuchten Laub rollt sie sich zusammen und legt die Hände auf ihren Rucksack. Dabei lauscht sie den Möwen und dem Meeresrauschen.

Kurz darauf ist sie fest eingeschlafen.

* * *

Als sie aufwacht, hat sich der Nebel verflüchtigt, und der Himmel ist blau. Durch die Bäume und Beerenranken sieht sie ihn kurz aufblitzen. Sie schaut nach Westen, ins Sonnenlicht, das als langes, silbernes Band auf der Meeresoberfläche glitzert. Die Sonne hat sich schon recht stark geneigt, was bedeutet, dass sie fast den ganzen Tag geschlafen hat.

Sie kämpft sich wieder hinüber zur Treppe und zerkratzt sich dabei noch mehr an den Dornen.

Als sie aus dem Gebüsch auftaucht, erschreckt sie eine junge Mutter mit ihrem kleinen Sohn. Bei ihrem Anblick schnappt die Frau nach Luft und zieht das Kind näher zu sich heran. Dann eilt sie mit dem Jungen die Treppe hoch und dreht sich dabei noch zweimal nach ihr um.

Carly kann nicht anders, als sich gekränkt zu fühlen. Zuerst hat sie gedacht, dass sie die Frau bloß erschreckt hat, weil sie so plötzlich und unerwartet aufgetaucht ist, und das wäre ja noch verständlich. Aber alles, was danach passiert ist, kommt ihr nur noch übertrieben vor.

Langsam und vorsichtig geht sie die Treppe hinauf.

Die Frau mit dem kleinen Jungen hätte sich überhaupt keine Sorgen machen müssen. Die fünfundzwanzig Kilometer, die sie zurückgelegt hat, machen sich inzwischen bemerkbar. Ihre Muskeln sind steif geworden und fühlen sich an, als wären sie kaum noch zu gebrauchen. Dort, wo die Eisenbahnschwellen nah beieinander liegen und niedrige Stufen bilden, ist es nicht so schlimm. Aber an manchen Stellen sind die Stufen höher, sodass Carly sie nicht erklimmen kann, ohne beide Hände zu Hilfe zu nehmen. Dabei stößt sie jedes Mal ein leises, schmerzerfülltes Wimmern aus.

Als sie wieder bei dem kleinen Park ankommt, der den Leuchtturm umgibt, weiß sie noch nicht genau, was sie als Nächstes vorhat. Wahrscheinlich sollte sie in ein paar Geschäfte gehen und nach Teddy fragen, um jemanden zu finden, der ihn kennt. Aber nach der Erfahrung mit der Mutter auf der Treppe beschließt sie, dass sie lieber erst einmal eine öffentliche Toilette aufsuchen und einen Blick in den Spiegel werfen sollte.

* * *

Der Anblick ist ziemlich erschreckend.

Carly steht in der Tankstellentoilette ans Waschbecken gelehnt, während sie einfach nur ihr Spiegelbild betrachtet.

Ihr Kinn ist fast vollständig mit schwarzem Schorf bedeckt, und die Blasen, die sie sich in der Sonne geholt hat, haben eine Reihe von Narben auf ihrer Stirn und ihrer Nase hinterlassen. Das war ihr klar. Aber an die Kratzer hat sie nicht gedacht. Als sie sie sich zugezogen hat, kamen sie ihr nicht schlimm vor, doch nun hat sie gut dreißig Kratzer im Gesicht, alle rot und blutig. Schlimmer noch, sie sind angeschwollen. Und ihr Haar sieht fast so aus, als hätte sie Dreadlocks, weil es so verfilzt ist.

Sie greift hinein und zieht ein paar Beerenranken heraus.

Dann beschließt sie, dass es nichts bringt, untätig herumzustehen und sich anzustarren. Sie wäscht sich Hände und Gesicht, holt die Haarbürste aus ihrem Rucksack und entwirrt sich so gut es geht das Haar. Es tut weh, und sie reißt sich einiges heraus. Aber es muss sein. Danach schaut sie wieder in den Spiegel. Viel hat sich nicht verändert, aber mehr kann sie nicht tun. Alles andere lässt sich so schnell nicht in Ordnung bringen.

* * *

»Kennen Sie Teddy Thacker?«, fragt sie die Kassiererin.

Sie steht an der Kasse des einzigen Supermarkts in der Stadt – jedenfalls ist es der einzige, an dem sie bis jetzt vorbeigekommen ist –, in der Hand eine kleine Flasche Orangensaft.

Die junge Frau neigt den Kopf, wie ein Hund, der ein Geräusch hört, das er nicht richtig einordnen kann.

»Teddy Thacker. Nein, nicht dass ich wüsste. Wohnt er hier?«

»Ja, er wohnt hier. Er hat eine Freundin namens Linda.«

»Linda Litnipski?«

»Ich … ich kenne ihren Nachnamen nicht.«

»Ich kenne eine Linda Litnipski. Aber ich glaube nicht, dass sie einen Freund hat.« Sie reckt den Hals, um einem Mann in der Gemüseabteilung zuzurufen: »Hey, Kurt. Hat Linda Litnipski zurzeit einen Freund?«

»Ich hab gehört, dass sie wieder jemanden hat, ja. Vor ein oder zwei Monaten meinte jemand zu mir, sie hätte einen Neuen. Aber ich hab ihn noch nicht kennengelernt.«

»Heißt er Teddy?«

»Ich weiß nicht, wie er heißt.«

»Tut mir leid, Kleine«, erwidert die Kassiererin. »Sag mal, wo hast du dir denn so das Gesicht zerkratzt? Ist alles in Ordnung?«

Carly antwortet nicht. Sie schiebt bloß die Flasche mit dem Orangensaft näher an die Frau heran, die den Wink versteht und kommentarlos den Preis eintippt. Carly zahlt mit Fünfundzwanzig-Cent-Münzen. Es fühlt sich gut an, ein paar davon loszuwerden. Sie liegen in ihrer Tasche wie Bleigewichte.

Auf dem Weg zur Tür hinaus spürt sie, wie sich eine Hand auf ihre Schulter legt. Sie fährt herum, bereit, sich zu verteidigen.

Es ist der Mann aus der Gemüseabteilung.

»Wenn du Linda und ihren Freund suchst, geh heute Abend in die Whale Tail Lounge.«

»Woher wissen Sie, dass sie heute Abend dort sind?«

»Nun ja … Linda ist jeden Abend da, und das schon ihr ganzes Leben lang. Ich wüsste nicht, warum es heute anders sein sollte.«

* * *

Carly geht zur Whale Tail Lounge, obwohl es noch lange nicht Abend ist. Sie liegt draußen an der Patrick's Point Road, einer langen Asphaltstraße, an deren Rändern riesige Mammutbäume wachsen. Links von sich hört sie das Meer atmen.

Zuerst kommt es ihr vor, als gäbe es an dieser Straße nichts als Bäume, aber hin und wieder kommt sie an halb verborgenen Einfahrten vorbei, deren Tore meistens geschlossen sind. Hier und da entdeckt sie auch einige Wohnwagensiedlungen und Ferienhäuser, ab und zu auch Gasthöfe. Sie ist jedes Mal ein wenig überrascht, sie zu sehen, weil ihre Augen ihr immer wieder weismachen wollen, es gäbe hier nur Wald.

Sie ist schon fast anderthalb Kilometer gelaufen, als ihr klar wird, dass es ein weiter Weg zu diesem Lokal ist. Vermutlich hätte sie lieber noch eine Weile in der Stadt warten sollen, und wahrscheinlich lassen sie sie ohnehin nicht rein, wenn es sich um eine Bar handelt. Sie wird noch einmal den ganzen Weg zurück in die Stadt laufen müssen, um etwas zu essen zu besorgen, und dann muss sie heute Abend wieder zu Fuß zur Whale Tail Lounge gehen. Aber sie hat keine Ahnung, wie viel Uhr »heute Abend« bedeutet. Sie weiß noch nicht mal, wie spät es ist.

Nach weiteren achthundert Metern sieht sie sie: die Whale Tail Cottages, in deren Anbau sich die Whale Tail Lounge befindet.

Als sie sich die Speisekarte durchliest, die im Fenster hängt, wird ihr zweierlei klar: Erstens, dass sie großen Hunger hat, und zweitens, dass das hier ein Restaurant ist und nicht nur eine Bar. Also wird man sie wohl hineinlassen.

Drittens, die Preise. Sie kann es sich nicht leisten, hier zu essen.

Also geht sie den ganzen Weg zurück in die Stadt.

* * *

»Ist es hier immer so windig?«, fragt sie den Kellner.

Er ist um die zwanzig und hat ein so sanftmütiges Gesicht, dass sie sich in seinen Augen verlieren und nie wieder auftauchen möchte.

»Findest du es windig?«

»Nein, jetzt nicht mehr. Ich meine letzte Nacht. Oder eher heute früh.«

»Letzte Nacht hatten wir nicht mehr Wind als sonst.«

»Wow. Das heißt, das ist hier ganz normal? Mir kam es vor wie ein Hurrikan.«

»Hier in der Stadt?«

»Nein, nicht ganz. Ich bin letzte Nacht von Arcata zu Fuß hierhergekommen, und der Wind war so stark, dass ich kaum dagegen ankam.«

»Hmm. Hier oben hatten wir nicht so viel davon. Jedenfalls nicht dass ich wüsste. Vielleicht hab ich es auch einfach nur verschlafen.«

Dann entfernt er sich, um ihre Bestellung weiterzugeben. Eine Muschelsuppe und ein Glas Eistee. Sie hat sich fest vorgenommen, nicht mehr auszugeben als die Fünfundzwanzig-Cent-Stücke in ihrer Tasche.

Während er fort ist, schaut sie hinaus aufs Meer. Die Bucht – von hier aus kann sie sie sehen. Das Lokal liegt nicht direkt an der Klippe, aber wenn sie aus dem richtigen Winkel über die Straße sieht, kann sie ein kleines Stück Wasser zwischen der Klippe und dem Horizont entdecken. Es ist ein gutes Gefühl, in einem geschlossenen Raum zu sein und das Meer betrachten zu können, ohne dabei von den Elementen gequält zu werden.

Wie machen das die Leute, die obdachlos sind?, fragt sie sich. Gewöhnt man sich daran? Könnte sie sich je daran gewöhnen, kein festes Dach über dem Kopf zu haben und immer den Naturgewalten ausgesetzt zu sein?

Kalte Angst steigt in ihr auf, die an Panik grenzt. Zuerst weiß sie nicht, warum, doch dann kommt ihr die Erkenntnis. Sie wird bald herausfinden, ob sie obdachlos ist oder nicht. Die Frage ist nicht einmal mehr, ob sie und Jen obdachlos sind, denn Jen scheint ein Zuhause gefunden zu haben. Nur Carly ist offenbar allein auf der Welt.

Der Kellner kommt mit ihrer Suppe zurück.

»Ich hab den Koch gefragt«, sagt er. »Der fährt nämlich jeden Morgen von Eureka hier hoch. Er meinte, es gab eine Art Scherwind. Dieser kleine Sturm, der nach ein paar Kilometern verschwunden war. Manchmal macht das Wetter so was. Dann entsteht ein Kleinklima. An der einen Stelle stürmt es, und fünfzehn Kilometer weiter herrscht absolute Ruhe. Oh, und übrigens, er kennt Teddy auch nicht. Aber er wohnt ja auch in Eureka …«

»Oh«, sagt sie. »Na ja, trotzdem danke, dass du ihn gefragt hast. Ich hab noch nie was von Scherwinden gehört. Und auch nicht von Kleinklima. Jedenfalls bin ich froh, dass es hier nicht immer so ist. Ich hoffe nämlich, dass ich bald hier wohnen kann.«

»Dann hoffe ich mal, dass das klappt«, sagt er und schenkt ihr Eistee ein.

Ihr Magen krampft sich zusammen, und ihr wird wieder kalt im Bauch.

Ja, ich hoffe auch, dass das klappt.

Stundenlang sitzt sie dort, starrt aufs Meer hinaus und hält sich an ihrem Glas fest. Sie trinkt einen Eistee nach dem anderen, weil sie sonst nirgendwo hingehen kann. Der Kellner kommt immer wieder vorbei und füllt ihr Glas auf, und als sie sich entschuldigt, dass sie so lange den Platz belegt, beruhigt er sie und versichert ihr, dass es in Ordnung sei, da im Moment ohnehin nicht viel los sei.

Es bedeutet Carly viel, einen Ort zu haben, an dem sie sich willkommen fühlt. Sie versucht, nicht daran zu denken, dass es nur ein billiges Fischlokal für Touristen ist, damit sie sich nicht wieder schlecht fühlen muss.

Als sie ein weiteres Mal an der Whale Tail Lounge ankommt, weiß sie nicht genau, wie spät es ist. Wahrscheinlich ist es zu früh, schätzungsweise sieben oder halb acht. Was, wenn diese Linda – irgendwie kostet es sie zu viel Überwindung, dabei an Teddy zu denken – nicht vor neun in die Lounge kommt? Oder sogar erst um zehn oder noch später? Oder überhaupt nicht?

Wahrscheinlich kann sie nicht hineingehen, da sie kein Geld verschwenden will, indem sie irgendetwas bestellt. Sie wird sich draußen ein Plätzchen suchen müssen, von wo aus sie die Eingangstür im Blick behalten kann. Doch als Erstes riskiert sie einen Blick hinein. Dann macht sie zwei Schritte durch die Tür.

Die Bar befindet sich auf der linken Seite, doch der Winkel, in dem die Stammgäste an der Bar in einer Reihe sitzen, versperrt ihr die Sicht auf die meisten. Also geht sie direkt in den Barbereich, um besser sehen zu können. Sie wird sofort erwischt.

Ein Kellner tippt ihr auf die Schulter und sagt: »Es tut mir leid, aber Sie müssen mindestens einundzwanzig sein, um sich hier aufhalten zu dürfen.«

Sie antwortet ihm nicht, denn genau vor sich, im Spiegel hinter dem Barkeeper, sieht sie klar und deutlich Teddys Gesicht. Schnell kneift sie die Augen zu, so wie sie es auch getan hat, als sie Trinidad Bay zum ersten Mal gesehen hat. Als sie sie wieder öffnet, ist Teddys Spiegelbild noch immer zu sehen.

Sie öffnet den Mund, um ihm etwas zuzurufen. Sie will ihm sagen: »Hast du irgendeine Ahnung, wie weit ich gereist bin, um dich zu finden? Weißt du eigentlich, wie oft ich mir diese Szene vorgestellt habe?«

Der Kellner tippt ihr wieder auf die Schulter, doch sie beachtet ihn nicht. Sie ruft nach Teddy. Aber alles, was sie herausbringt, ist dieses eine Wort: »Teddy!«

Sie ist viel zu laut. Alle Restaurantbesucher und alle Kneipengäste verstummen und drehen die Köpfe, um sie anzusehen.

»Ich muss Sie leider bitten zu gehen«, sagt der Kellner.

»Ich muss Teddy sehen.«

Und dann ist Teddy plötzlich da, steht vor ihr und schaut auf sie hinunter.

»Carly?«, fragt er, so als wäre er sich nicht sicher, ob sie es wirklich ist. Als könnte sie auch irgendeine Hochstaplerin sein, die sich als Carly ausgibt, nur um ihn aufs Kreuz zu legen.

Sie fällt ihm um den Hals und hält ihn so fest, dass er nach Luft schnappt.

»Carly, was machst du hier?«

Doch sie bringt kein Wort heraus. Sie bekommt nicht einmal mehr den Mund auf.

»Ted, was zum Teufel soll das?«, fragt eine Frauenstimme.

Carly braucht gar nicht erst aufzuschauen, um zu wissen, dass sie gleich Linda Litnipski begegnen wird.

Der Kellner verliert langsam die Geduld. Carly hört es an

seiner Stimme.

»Klär das draußen, Ted«, sagt er. »Egal, um was es geht.«

Teddy windet sich aus ihrer Umarmung und führt sie hinaus, zurück in die kalte, neblige Luft. Wie kann es Ende Mai noch so kalt sein? Es kommt ihr komisch vor, jetzt darüber nachzudenken, und dennoch beschäftigt sie die Frage.

Linda Litnipski folgt ihnen. Sie ist blond, ungefähr so groß wie Teddy, vielleicht sogar größer. Grobknochig, mit einem länglichen Pferdegesicht, das nicht allzu attraktiv aussieht.

»Ich hoffe, du hast dafür eine gute Erklärung, Ted«, sagt sie.

»Es ist nichts«, erwidert Teddy.

Die Worte treffen Carly wie ein Schlag ins Gesicht.

Sie erinnern sie an Delores Watakobie, die dasselbe über sie zu den beiden kleinen Wakapi-Mädchen gesagt hat: »Es ist nichts.« Es kann auch sein, dass Delores gesagt hat: »Es ist egal.« Doch das Gefühl ist dasselbe. Kurz sieht sie sogar das Gesicht der alten Frau vor sich. Das Bild ist zu deutlich. So wie Alvins Bild, während sie die Schnellstraße entlanggelaufen ist. Wie das Bild von Jen, die neben der Grundschule von Trinidad auf dem Klettergerüst gespielt hat.

»Erklär mir das«, verlangt Linda.

»Das ist nur die Tochter von einer Frau, die ich mal kannte. Es nicht das, was du denkst, Linda. Ich schwör's dir.«

»Und was will sie dann hier?«

»Ich hab eine Idee«, sagt Teddy. »Fragen wir sie doch einfach. Carly, was machst du hier? Wo ist deine Mom?«

»Sie ist nicht mehr da, Teddy.«

»Sie ist ohne euch abgehauen?«

»Sie ist tot.«

Langes Schweigen. Nicht einmal Linda Litnipski wagt es, etwas zu sagen.

»Tot?«

»Sie ist mit diesem Idioten losgefahren. Wade. Und jetzt ist sie tot.«

Erneute Stille, die sich hinzieht. Carly spürt, wie ihr der Nebel in die Knochen kriecht und bis ins Mark vordringt.

»Mein Gott, das tut mir leid, Carly.«

»Aber …«, setzt Linda an.

»Aber …«, sagt Teddy. »… warum bist du dann hier?«

»Ich wollte dich finden.«

»Mich? Warum mich?«

»Warum dich? Teddy – ich musste einfach jemanden finden. An wen hätte ich mich denn sonst wenden sollen? Wen hab ich denn überhaupt noch, an den ich mich wenden könnte?«

Carly hört, wie sich in der Stille, die jetzt einkehrt, die Wellen an den Felsen brechen. In ihrem Magen ballt sich etwas zusammen, ohne dass sie es kontrollieren könnte. Ein sicheres Gefühl, dass sich diese Szene nicht so abspielt, wie sie sollte.

Linda Litnipski ist diejenige, die das Schweigen bricht. »Wenn du auch nur mit dem Gedanken spielst, dieses Kind in mein Haus holen zu können, Ted Thacker, dann irrst du dich gewaltig. Sag mir, dass du nicht so dumm bist, auf eine solche Idee zu kommen.«

»Kannst du dich bitte mal abregen? Wir besorgen ihr eine Unterkunft.«

»Ja? Von wessen Geld? Ich wüsste nicht, was du dazu beitragen könntest.«

Carly schaut zu, hört zu und denkt: Warum hat Teddy sich nur so eine Frau ausgesucht? Dann wird ihr klar, dass ihre Mutter genauso war. Ihre Mutter hat Teddy ganz ähnlich behandelt. Nicht ganz so schroff, doch es ging eindeutig in dieselbe Richtung.

»Ich hab Geld«, sagt Carly. »Ich kann mir heute Nacht ein Zimmer nehmen. Ich hab achtzig Dollar.«

»Achtzig Dollar?«, wiederholt Linda, als würde sie die Nase rümpfen. Als hätte Carly zwanzig Cent gesagt. »Kleine, wir sind am Meer. Für achtzig Dollar kriegt man hier nicht viel.«

»Moment«, sagt Teddy. »Jetzt warte mal. Wir suchen ihr einfach das billigste Hotel am Ort und schauen nach, was es dort kostet.«

»Und wer kommt für die Differenz auf?«

»Hört auf!«, ruft Carly.

Sie halten inne. Alles hält inne. Jetzt fühlt sie sich schon mutiger, also redet sie weiter.

»Hört auf, über mich zu reden, als wäre ich nicht da. Hört auf, euch wegen mir zu streiten, verdammt noch mal. Ich kann auf diesen Scheiß verzichten. Ich komm gut allein klar. Haltet euch einfach raus. Ich muss nur mit Teddy reden. Ich geh erst wieder, wenn ich mit Teddy geredet hab.«

Carly wartet darauf, dass etwas passiert. Doch es tut sich nichts. Sie hat es wirklich geschafft, die Frau zum Schweigen zu bringen. Noch nie hat sie vor anderen das Wort »Scheiße« benutzt, aber es war ein gutes Gefühl.

»Teddy«, fragt Carly, »wann kann ich mit dir reden?«

»Komm, steig ins Auto«, sagt er. »Wir suchen dir eine Bleibe.«

»Mit meinem Auto?«, fragt Linda.

Teddy stößt einen tiefen Seufzer aus. »Na schön. Dann nehm ich eben nicht dein Auto. Gut. Carly, kannst du einen Augenblick hier sitzen bleiben und auf mich warten? Ich lauf schnell nach Hause und hole mein Auto. Und dann suchen wir dir eine Unterkunft.«

»Du kannst mein Auto nehmen«, sagt Linda. »Es ist keine große Sache. Ich wollte dich nur daran erinnern, dass du mich vorher um Erlaubnis bitten solltest.«

Teddy seufzt wieder. »Linda, hast du etwas dagegen, wenn ich dein Auto benutze?«

Sie wühlt in ihrer Handtasche herum und wirft ihm dann den Autoschlüssel zu. Die Bewegung ist fahrig und lässt erkennen, dass sie schon einiges getrunken hat. Der Schlüssel landet ein paar Meter entfernt auf dem Boden. Dann macht sie auf dem Absatz ihres roten Cowboystiefels kehrt und verschwindet schwankend wieder in der Lounge.

Carly schaut Teddy an, und Teddy erwidert ihren Blick. Sie sieht, wie sich sein Mund zu einem Lächeln verzieht, während sich die Fältchen in seinen Augenwinkeln zeigen. Doch es ist ein furchtbar trauriges Lächeln.

»Das ist echt verrückt. Ich hab damit überhaupt nicht gerechnet.«

Sie denkt: Es käme nicht so unerwartet, wenn du mir deine neue Adresse gegeben hättest. So wie versprochen.

Sie sagt: »Tut mir leid. Ich wusste nicht, wo ich sonst hingehen sollte.«

Teddy holt die Schlüssel.

»Jocelyn ist tot?«

»Meinst du, ich denk mir so was aus?«

»Nein, ich weiß. So hab ich das nicht gemeint. Es ist nur schwer zu fassen.«

»Wem sagst du das. Ich glaube, dieses Arschloch hat sie umgebracht.«

»Hast du das der Polizei gesagt?«

»Nein. Was hätte das gebracht? Er hat sich selbst ja auch getötet. Es ist zu spät, ihn ins Gefängnis zu bringen, selbst wenn ich recht habe. Er hat sie beide eine Klippe runtergefahren. Die einzige Frage ist, ob er's mit Absicht getan hat. Das werden wir wohl nie herausfinden. Aber sie wollte ihn verlassen. Deshalb glaube ich, dass es Absicht war. Ich kann's nicht beweisen. Aber trotzdem glaub ich es.«

»Mein Gott«, sagt Teddy. Er legt ihr den Arm um die Schulter und bringt sie hinüber zu Lindas Auto. Es ist ein Oldtimer, ein Jaguar XKE, perfekt restauriert. Sie hat Geld. Linda hat Geld.

Er macht ihr die Tür auf, und sie lässt sich in den tiefen Sportsitz fallen.

»Au«, sagt sie, als sie dabei ihre Beinmuskeln beanspruchen muss.

Teddy geht ums Auto herum und steigt ein, aber er startet den Motor nicht. Er sitzt einfach nur da, die Hände am Lenkrad.

»Jocelyn hat sich immer die Falschen ausgesucht. Das fanden alle.«

»Sie hat sich dich ausgesucht.«

»Sag ich doch.« Eine lange Pause tritt ein. Dann schaut er hinüber zu Carly und mustert sie. »Was ist mit deinem Gesicht passiert?«

»Welcher Teil?«

»Weiß nicht. Fang irgendwo an.«

»Nun. Die Schramme am Kinn hab ich mir geholt, als ich kopfüber von einem Güterzug in den Kies gesprungen bin. Die Narben sind von dem Sonnenbrand, den ich bekommen hab, weil ich ohne Hut durch halb Arizona gelaufen bin, nachdem uns die Sonnencreme ausgegangen ist. Und die Kratzer stammen von der Brombeerhecke, in der ich letzte Nacht geschlafen hab.«

Teddy sitzt eine weitere Minute da, ehe er das Auto anwirft. Der Motor hat einen kräftigen Klang, der sich fast wie ein Raubtierknurren anhört.

Er scheint nicht darauf eingehen zu wollen, was sie ihm gerade erzählt hat.

»Ich muss mich für Linda entschuldigen. Sie ist ein bisschen eigen, was ihr Haus angeht. Sie lebt sehr … zurückgezogen. Hat nicht gern Leute im Haus. Oder in der Nähe. Und in Bezug auf meine Exfreundinnen ist sie ziemlich misstrauisch. Aber sie ist nicht so schlimm, wie sie vorhin rübergekommen ist.«

»Kann ich mir auch nicht vorstellen«, sagt Carly.

Zu ihrer großen Erleichterung verspürt sie nicht länger das Bedürfnis, höflich zu sein.

Er fährt vom Parkplatz und folgt dann der Patrick's Point Road zur Stadt hinaus.

»In dieser Richtung gibt es eine Pension, die ganz gute Preise hat. Wenn es mehr kostet, als du hast, leg ich noch was drauf. Nicht dass es wirklich mein Geld ist, aber ich nehm's auf meine Kappe. Morgen früh fährt sie für eine Weile weg. Dann komm ich bei dir vorbei und wir reden. Okay?«

»Ja. Denke schon.«

Inzwischen ist sie nur noch müde. Als hätte sie sich die ganze Zeit an einer schwachen Ranke festgehalten, um nur nicht abzustürzen. Aber sie hat sich zu lange festgehalten. Sie ist bereit, den Sturz in Kauf zu nehmen, wenn sie nur endlich loslassen kann. Es fühlt sich so gut an, loszulassen.

Sie hätte sich wirklich keinen Augenblick länger halten können. Jeder Mensch hat eine Belastungsgrenze. Vor allem, wenn man früher oder später sowieso fällt.

»Wenn es mein Haus wäre, wär das was anderes. Es tut mir wirklich leid, Carly. Wenn ich allein wäre, würde ich alles mit dir teilen, was ich hab. Das tu ich ja bereits. Das Problem ist nur, dass ich so gut wie gar nichts habe. Aber morgen reden wir, versprochen. Morgen früh komm ich als Allererstes bei dir vorbei. Ich weiß nicht, was ich tun kann, um dir zu helfen, aber ich werde versuchen, was ich kann. Okay?«

»Warum können wir nicht heute Abend reden?«

»Bitte, Carly. Warte, bis sie weg ist. Wenn ich heute Abend nicht direkt wieder zu ihr zurückfahre, wirft sie es mir den ganzen Abend vor. Ich komme morgen vorbei.«

Er biegt auf den Kiesparkplatz des Redwood Inn ein. Auf dem Schild steht: »Die besten Preise in der ganzen Stadt«. Und: »Zimmer frei«.

Teddy geht mit ihr an die Rezeption.

Ein alter Mann, der nur noch einen schmalen Haarkranz hat, wendet den Blick von seinem lauten Fernseher ab.

»Hey, Ted«, sagt er.

»Was kostet das billigste Zimmer, das du meiner jungen Freundin hier geben kannst?«

»Hmm, weil du's bist … nur vierzig Dollar extra. Nein, Scherz. Fünfundachtzig, und da sind mehr als zehn Prozent Rabatt drin.«

»Gebongt.«

Carly will das Geld aus ihrer Tasche holen, aber Teddy hält ihr Handgelenk fest.

»Behalt das mal lieber«, sagt er. »Falls du es später noch brauchst.«

Er zieht eine Kreditkarte aus seinem Portemonnaie und zahlt für das Zimmer.

Carly ist hin- und hergerissen. Teddy übernimmt für sie das Ruder und kümmert sich um alles, genau wie sie es erwartet hat. Einerseits freut sie sich darüber. Andererseits deuten seine Worte darauf hin, dass sich morgen nicht alle ihre Probleme lösen werden. Was ihr ohnehin schon ziemlich klar war.

Er zieht sie an sich, und sie vergräbt das Gesicht in seiner Jacke. Dann umschlingt sie ihn mit den Armen und hält sich an ihm fest, während sie die Augen zukneift. Stumm atmet sie die Wärme ein. Sie hat so lange ohne sie auskommen müssen.

»Morgen früh komm ich vorbei. Versprochen. Jetzt muss ich zurück. Aber sobald sie morgen weg ist, komme ich schnurstracks hierher.«

Er küsst sie auf den Kopf, drückt die Lippen fest auf ihren Scheitel und lässt sie einen langen Augenblick dort ruhen.

Carly spürt den Abdruck noch immer, lange nachdem er zur Tür hinausgegangen ist.

* * *

Sie nimmt ein ausgiebiges heißes Bad und wäscht ihre schmutzige Kleidung im Waschbecken.

Ihr Zimmer ist klein, aber recht hübsch. Es hat zwar keinen Meerblick, doch sie hört trotzdem die Wellen, selbst wenn Türen und Fenster geschlossen sind. Noch besser hört sie sie allerdings, wenn sie draußen auf der kleinen Terrasse sitzt. Deshalb wickelt sie sich in beide Decken ein – die Bettdecke und die, die zusammengefaltet im Kleiderschrank lag – und sitzt fast die ganze Nacht draußen.

Es ist zu neblig, um den Mond zu sehen, doch sie kann ihn am Himmel erkennen, weil der Nebel an dieser Stelle heller ist. Sie schläft nicht viel, und sie vermeidet es auch, sich irgendwelche Gedanken zu machen.

Zwei klare Gedanken bilden sich dennoch in ihrem Kopf. Gegen drei Uhr nachts fällt ihr auf, dass Teddy sie kein einziges Mal gefragt hat, wo Jen ist. Diese Erkenntnis zieht einen zweiten Gedanken nach sich. Er ist nicht ganz neu. Er ist ihr schon durch den Kopf geschossen, als sie beschlossen hat, sich weiterhin am Güterzug festzuhalten und nicht zu Jen zurückzugehen. Doch sie hat ihn so lange beiseitegeschoben, dass er ihr fast fremd vorkommt.

Ihr ursprünglicher Plan sah so aus, dass sie zu Fuß das Wakapi-Reservat verlassen und die Asphaltstraße entlanggehen wollte, die auf Delores' Schotterstraße folgt, bis sie an der I-40 ankommt. Dort wollte sie sich sorgfältig die Kreuzung notieren, damit sie die Straße nachher wiederfinden könnte. Doch stattdessen ist sie in völliger Dunkelheit auf einen Güterzug aufgesprungen. Jetzt ist sie sich nicht einmal sicher, ob sie selbst noch weiß, wo Jen ist.

Trinidad, Kalifornien, 21. Mai

Gegen sieben Uhr morgens legt sich Carly ins Bett und schläft ein, obwohl sie das nicht vorhatte. Um zehn nach acht reißt das Telefon sie aus dem Schlaf.

Sie sitzt stocksteif da, während ihr Herz wild klopft. Sie braucht einen Augenblick, um sich daran zu erinnern, was ein Telefon ist und was sie damit anfangen soll. Während sie noch darüber nachgrübelt, klingelt es wieder und erschreckt sie erneut. Das Klingeln ist laut. In Carlys Vorstellung bedeutet Lärm Ärger. Er erinnert sie an Sirenen und daran, wie die Polizei bei einem an die Tür klopft und Entwicklungen in Gang setzt, die keinem gefallen.

Sie hebt ab, ist jedoch zu verunsichert, um zu sprechen.

Sie hört ein zögerndes: »Hallo?«

»Oh. Teddy. Du bist's.«

»Hab ich dich geweckt?«

»Kann sein. Weiß nicht.«

»Also … hör zu, Kleine. Leider gibt es eine Planänderung. Auf dem Weg zur Haustür hat sie mir gesagt, dass wir eine sehr wichtige Lieferung erwarten und dass ich hier sein muss, um sie entgegenzunehmen. Es ist wirklich sehr wichtig. Wenn ich sie verpasse, bringt sie mich um. Nicht nur das, sie wird mich umbringen, mir die Haut abziehen und meine Eingeweide anzünden. Und ich hoffe nur, dass sie es auch in dieser Reihenfolge tut.«

Carly reibt sich die Augen, als würde das helfen.

»Das heißt, du kommst nicht?«

Ehe sie auch nur sagen kann: »Aber du hast es versprochen«, schaltet sich Teddy wieder ein. Doch sie hätte es auf jeden Fall gesagt, wenn er ihr etwas mehr Zeit gelassen hätte.

»Ich weiß, ich weiß. Ich hab's dir versprochen. Also machen wir Folgendes: Ich setze jetzt mein Leben aufs Spiel und lasse dich hierher ins Haus kommen. Aber du darfst ihr das niemals sagen. Und lass auch ja nichts fallen und hinterlass keine Fingerabdrücke und schau dich auch nicht zu viel um oder …«

»Darf ich atmen?«

Schweigen.

»Ich weiß, dass das schwierig ist, Carly, aber bitte komm mir da entgegen. Hilf uns beiden, das Ganze durchzustehen.«

»Warum landest du immer wieder bei Frauen, die dich rumkommandieren?«

Erneutes Schweigen. Seine Stimme klingt gereizt, als er sagt: »Du solltest mich so was nicht fragen.«

»Warum nicht?

»Weil Erwachsene auch nicht alle Antworten kennen. Hör zu. Kannst du zu Fuß hierherkommen? Es sind ungefähr fünfhundert Meter.«

»Hm. Ich weiß nicht. Fünfhundert Meter, das ist echt ein weiter Weg.«

»Gut, ich hol dich, aber stell dich draußen an die Straße …«

»Teddy. Das war ein Witz.«

»Oh. Richtig. Das hatte ich vergessen. Du bist durch halb Arizona gelaufen. Darüber können wir uns später noch unterhalten. Also … pack einfach deine Sachen zusammen …«

»Das wird nicht lange dauern.«

»… und wenn du aus dem Haus kommst, wendest du dich nach links, weg von der Stadt. Ich stell mich an die Straße, dann siehst du mich. Wenn wir dabei irgendjemandem begegnen, müssen wir das Manöver abbrechen und es später noch mal versuchen.«

»Okay.«

Einen Augenblick lang starrt sie das Telefon an und fragt sich, ob sie Tschüss sagen soll. Dann hält sie den Hörer wieder ans Ohr. Teddy hat bereits aufgelegt.

Das Ganze hat etwas Surreales. Tatsächlich erinnert es sie viel zu sehr an einen Traum.

Im Traum würde sie Teddy mitten auf der Straße stehen sehen, in einem leuchtend grünen Wald aus makellosen, riesigen Bäumen. Und natürlich wäre sie zu Fuß unterwegs. Wenn man fünfundzwanzig bis dreißig Kilometer am Tag läuft, träumt man davon. Und er würde ihr zu lange zu weit weg vorkommen, so als käme sie einfach nicht nah genug heran, um ihn zu erreichen.

Im Traum würde irgendetwas dazwischenkommen, ehe sie ihn erreichen könnte. Er würde einfach verschwinden, oder die Szene würde plötzlich wechseln.

Aber anscheinend ist das hier kein Traum. Carly geht direkt zu ihm hin und schaut ihm ins Gesicht. Er wendet den Blick ab. Dann sieht er sich hastig um und schiebt sie schnell durchs Gartentor, ehe er hinter ihnen abschließt.

Carly betrachtet die Umgebung und lässt sie auf sich wirken.

Das Haus liegt am Meer, wie sie es sich erhofft hat. Dann fragt sie sich, warum es eine Rolle spielen sollte, da sie anscheinend ohnehin nicht die Chance bekommen wird, hier zu wohnen.

Es war mal ein schönes Haus, vor langer Zeit. Naturbraune

Holzschindeln, die gut zu den Mammutbäumen passen. Es ist direkt an die Klippe gebaut. Doch es ist in schlechtem Zustand, und überall liegt Gerümpel herum. Alte Matratzen und ein Sofa, die vor der Tür verrotten, und Bettgestelle und irgendetwas anderes, das unter einer blauen Abdeckplane verborgen ist. Ein Traktor. Wofür braucht man auf einem so kleinen Grundstück einen Traktor? Ein alter Zaun liegt auch herum. Warum werfen die Leute ihre alten Zäune nicht einfach weg, wenn sie sie abgerissen haben?

Der Jaguar steht vor der Garage, neben einem neueren Mercedes und Teddys Firebird.

»Man könnte es sich hier schön machen«, sagt sie. »Warum räumt sie nicht auf?«

»Das musst du sie fragen. Aber tu's lieber nicht. Du bist nämlich nie hier gewesen.«

»Warum räumst du nicht auf?«

»Sie wüsste es nicht zu schätzen. Sie mag es nicht, wenn andere Leute ihre Sachen anfassen.«

»Es ist Müll.«

»Sie mag's nicht, wenn andere ihren Müll anfassen. Und jetzt komm rein. Man kann uns immer noch vom Tor aus sehen, wenn wir hier stehen bleiben.«

Er öffnet die Haustür.

Drinnen sieht es ein bisschen besser aus. Die Möbel sind ein wenig abgenutzt, und auf dem Tisch vor der durchgesessenen alten Couch stehen elf Bierflaschen. Carly fragt sich kurz, warum Teddy sie nicht schnell noch in die Recyclingtonne geworfen hat, ehe sie hier ankam. Dann zieht das große Panoramafenster ihren Blick auf sich. Die Scheibe ist mit Gischt bespritzt, deshalb geht sie näher heran, als könnte sie so besser hindurchsehen. Ihr bietet sich ein Anblick, der sie sehr an die Szenerie erinnert, die sie gesehen hat, als sie in die Stadt gekommen ist. Nur dass hier keine Boote ankern. Sie sieht Felsen, die so groß sind wie Häuser und an deren Fuß sich schäumend die Wellen brechen. Einer der Felsen ist so groß, dass darauf Bäume wachsen, als wäre er eine Insel.

Carly kann sich nicht sattsehen.

Dann entdeckt sie einen alten Kotflügel, der auf der Klippe liegt und ihr die Aussicht verdirbt. Und wieder fragt sie sich, wie man so leben kann und warum man es zulässt. Wenn dieses Haus ihr gehören würde, würde sie es erst einmal gründlich auf Vordermann bringen. Vor allem würde sie die Fenster putzen.

Sie streckt die Hand aus und berührt mit den Fingerspitzen beinahe die Scheibe. Dann fällt ihr ein, dass Teddy ihr gesagt hat, sie dürfe keine Fingerabdrücke hinterlassen. Vielleicht hat er es scherzhaft gemeint oder zumindest halb scherzhaft. Vielleicht aber auch nicht.

Sie steckt die Hände tief in die Taschen.

»Womit ist sie weggefahren?«, fragt sie und schaut immer noch aufs Meer hinaus. Noch immer versucht sie, den alten Kotflügel auszublenden. »Ihr Auto steht noch hier.«

»Sie hat drei Autos.«

»Warum stellt sie die nicht in die Garage? Sie sind doch ziemlich wertvoll.«

»Weil … sie in der Garage andere Wertsachen aufbewahrt. Schau, deshalb hat sie nicht gern Leute hier. Ich will ehrlich zu dir sein. Sie hat ein paar Sachen hier im Haus, die ziemlich viel Geld wert sind. Deshalb ist sie beim Thema Besuch so komisch.«

»Denkt sie etwa, ich würde was klauen?«

»Nein. Ich meine, sie weiß es nicht. Sie kennt dich ja nicht. Aber sie denkt nicht, dass jeder sie bestehlen will. Sie hat Angst, dass die Leute reden. Und dass dann früher oder später jemand vorbeikommt und klaut.«

In der entstehenden Gesprächspause hört Carly der Brandung zu, als es nichts anderes mehr gibt, auf das sie lauschen kann. Sie dreht sich zu Teddy um. Er sitzt auf dem alten Sofa und hat den Blick von ihr abgewandt, doch dafür sieht sie seinen Hinterkopf. Die kahle Stelle wirkt nun wesentlich größer. Vielleicht liegt es daran, dass er das Haar jetzt kürzer trägt.

»Wie ist sie an das Haus gekommen? Und wo bekommt sie das ganze Geld her? Was macht sie beruflich?«

»Das sind ganz schön viele Fragen, Carly.«

»Nur drei.«

»Drei sind viele.«

»Dann such dir eine aus.«

»Ihr Vater hat es ihr hinterlassen, als er gestorben ist.«

Das könnte erklären, warum sie sich so wenig darum kümmert. Vielleicht kümmern sich die Leute nur um Dinge, für die sie hart arbeiten mussten. Vielleicht kümmern sie sich nicht um das, was ihnen einfach in den Schoß gefallen ist.

Sie sieht wieder über die Schulter zu Teddy hin, als er gerade einen großen Schluck aus einer halbleeren Bierflasche nimmt.

»Wenn du so ein Haus hättest, würdest du es Jen und mir hinterlassen?«

»Du vergisst, dass ich eine Tochter habe.«

»Oh. Stimmt. Das hatte ich vergessen. Aber du siehst sie nie.«

»Trotzdem ist sie meine Tochter. Linda hatte ihren Vater das letzte Mal gesehen, als sie sechs war, und trotzdem war sie seine Tochter. Blutsbande sind was Besonderes. Sie halten ewig.«

Carly schaut schweigend aus dem Fenster und lauscht dem Nachhall dieser Worte, während sie sie wie Pfeile im Bauch spürt. Als hätte sie etwas Falsches gegessen. Etwas, das ihr irgendwann wieder hochkommen wird. Damit sie weitermachen kann. Weiterleben.

»Das ist eine ziemlich klare Botschaft«, sagt sie.

Nichts ist so, wie sie dachte. Carly hat sich in allem geirrt. Es ist eindeutig. Sie hat sich in jedem Punkt getäuscht. Tatsächlich weiß sie das schon eine ganze Weile, aber bis zu diesem Augenblick hat sie geglaubt, dass Teddys Liebe zu ihnen davon ausgenommen wäre. Aber sie hat sich geirrt. Auch in diesem Punkt. In allem.

Jetzt steht Teddy Schulter an Schulter mit ihr am Fenster, nur dass seine Schulter höher ist als ihre.

»Wenn es irgendetwas gäbe, das ich tun könnte, würde ich es tun«, sagt er.

Aber das stimmt nicht. Sie hat ihn gerade gefragt, ob er ihnen ein Haus hinterlassen würde, wenn er könnte. Und er hat Nein gesagt.

»Was soll ich jetzt machen, Teddy?«

»Nun. Ich weiß nicht. Oh. Ich weiß. Es gibt staatliche Behörden, die sich um Kinder wie dich kümmern. Sie in Pflegefamilien unterbringen und so.«

»Mein Gott, warum bin ich darauf nicht gekommen?«

Langes Schweigen. Das einzig Gute ist das Geräusch der Wellen.

Dann sagt Teddy: »Ich weiß nicht, was du von mir willst, Carly.«

Sie weiß es auch nicht mehr – bis sie sich selbst die Worte sagen hört.

»Ich will, dass du mir erzählst, was in dieser Nacht passiert ist. Als ich oben am See war. Und ich will, dass du mir die Wahrheit sagst.«

»Ja. Natürlich. Natürlich tu ich das. Komm, setz dich.«

Er setzt sich wieder aufs Sofa. Carly setzt sich ihm gegenüber in einen gepolsterten Ohrensessel mit abgeschabten Armlehnen. Sie will sein Gesicht sehen, um besser beurteilen zu können, ob er die Wahrheit sagt.

Ehe er zu reden beginnt, nimmt er seine Bierflasche in die Hand und leert sie ganz. Er trinkt dabei fast die halbe Flasche.

»Ich bin diese Sache so leid«, sagt er. »Aber ich weiß es zu schätzen, dass du meine Seite hören willst. Dass du nicht gegen mich eingestellt bist. Es war ein totales Missverständnis, aber ich gebe Jen nicht die Schuld. Jen ist ein tolles Mädchen. Sie kann nichts dafür. Aber sie hat geträumt. Das ist alles. Du warst oben am See, und eure Mom war in der Bar, und es waren nur Jen und ich zu Hause. Und sie hat in ihrem Zimmer geschlafen. Dann hab ich gehört, wie sie ein paar Laute von sich gegeben hat, als hätte sie einen Albtraum. Deshalb bin ich in ihr Zimmer und hab versucht, sie aufzuwecken. Ich hab eine Hand an ihre Wange gelegt – ich dachte, so könnte ich sie wecken, ohne dass sie erschrickt, weißt du? Aber sie hat die Augen aufgemacht und mich angestarrt und geschrien, als würde sie mich nicht mal kennen. Ich kann mir das nur so erklären, dass sie immer noch geträumt hat. Dann ist sie aus dem Fenster gesprungen.«

Carly beobachtet ihn die ganze Zeit, um sich ein Urteil bilden zu können. Und er sieht aus, als würde er die Wahrheit sagen, und es fühlt sich auch so an. Ihr wird klar, dass sie es längst wusste. Sie wusste es die ganze Zeit. Teddy ist nicht so. Er mag chaotisch und zu nachgiebig sein, aber so was würde er niemals tun.

»Ich hab mir schon gedacht, dass es so abgelaufen ist. Ich hab Jen gesagt, dass sie bestimmt geträumt hat.«

»Ich hab versucht, deiner Mom meine Seite der Geschichte zu erzählen. Aber ich denke, sie wollte Jen glauben, damit sie mich wegen dieses Kerls verlassen konnte.«

»Warum hast du mir nicht deine Adresse gegeben, nachdem du hierhergezogen warst?«

Teddy steht auf und geht in die Küche, als hätte er die Frage nicht gehört. Oder als hätte er beschlossen, nicht zu antworten. Er kommt mit einer weiteren offenen Bierflasche zurück und lässt sich hart aufs Sofa fallen.

»Ich dachte, ihr wärt ohne mich besser dran«, sagt er.

Ehe Carly den Mund öffnen kann, um etwas zu sagen,

ertönt in der Ferne eine Klingel. Es hört sich an, als würde der Ton von der Straße vor dem Haus kommen.

»Das ist die Lieferung«, sagt Teddy. »Bitte rühr dich nicht vom Fleck. Bleib einfach hier sitzen. Tu gar nichts. Das hier ist wichtig. Ich bin gleich wieder da.«

Sobald er zur Tür hinaus ist, geht Carly durchs Haus in Richtung Garage. Sie will nachsehen, ob es im Haus eine Tür gibt, die in die Garage führt. Ja, er hat ihr gesagt, sie dürfe das nicht, aber dadurch hat er ihre Neugier erst recht angestachelt. Sie muss mit eigenen Augen sehen, was so wertvoll sein kann, dass niemand sich der Garage nähern darf. Sie schwört sich still, dass sie nicht darüber sprechen wird. Wenn sie nichts stiehlt und auch nichts erzählt, richtet sie auch keinen Schaden an.

Sie öffnet eine Tür, hinter der sich ein Wäscheschrank verbirgt, und macht sie wieder zu. Die zweite Tür führt in ein schmutziges Badezimmer, in dem die Toilettenspülung läuft. Sie schließt sie ebenfalls wieder. Die dritte Tür führt in die Garage.

Carly blinzelt, weil es dort drin unerwartet hell ist.

Lange, helle Wachstumsleuchten mit vollem Spektrum hängen aufgereiht von der Decke und tauchen gut zweihundert junge Hanfpflanzen in gleißendes Licht.

Carly macht die Tür wieder zu und legt die Stirn daran.

Das erklärt einiges, denkt sie sich.

Sie lehnt mit fest geschlossenen Augen an der Tür, bis Teddy plötzlich wieder da ist, viel früher, als sie erwartet hat.

Sie dreht sich um und stellt sich seinem Blick, der von nackter Panik zeugt.

»Carly«, zischt er, kaum lauter als ein Flüstern, »du hast in die Garage geschaut?«

»Keine Angst. Ich sag's niemandem.«

»Hier ist gerade die absolute Katastrophe im Gange«, flüstert er.

»Teddy, ich sag's keinem.«

»Da ist ein Polizist, der nach dir sucht.«

Die Worte treffen sie wie eine Elektroschockwaffe in den Unterleib und versetzen ihr einen schmerzhaften Schlag. Sie kann nicht mal mehr richtig atmen.

»Ein Polizist? Was will der hier? Wieso weiß überhaupt jemand, dass ich hier bin?«

»Ich hab keine Ahnung, Carly.«

»Hast du ihm gesagt, dass ich hier bin?«

»Nein. Ich hab gesagt, du wärst nicht hier. Aber dann hat er mir seine Dienstmarke unter die Nase gehalten und darauf bestanden, hereinzukommen. Er will sich hier nach dir umsehen. Also hab ich beschlossen, dass du doch hier bist.«

»Ich geh zur Hintertür raus.«

»Nein!«, sagt er. Er sagt es zu laut und zuckt deswegen selbst zusammen. »Nein. Dann durchsucht er das Haus. Geh raus und sieh nach, was er will.«

»Du weißt, was er will, Teddy. Er wird mich in eine Pflegefamilie stecken.«

Teddy packt sie fest an den Schultern und schaut ihr direkt in die Augen. »Es tut mir leid, Kleine. Aber da wärst du sowieso hingekommen.«

Einen Moment lang hasst sie ihn. Es ist ein seltsames Gefühl, so abwegig und fehl am Platz, dass es eigentlich nicht sein kann.

Sie reißt sich los, holt einmal tief Luft und geht dann ins Wohnzimmer, während ihr Herz so heftig hämmert, dass es ihr in den Ohren dröhnt.

Dort steht Alvin. Mitten im Zimmer, in der einen Hand seinen Hut.

»Alvin?«, fragt sie.

Alvin schaut zu Carly und dann, über ihre Schulter hinweg, zu Teddy.

»Haben Sie nicht gesagt, sie wäre nicht hier?«

»Ja«, sagt Teddy. »Das ist ‘ne komische Geschichte. Es hat sich herausgestellt, dass ich zwischenzeitlich nicht mehr wusste, wo sie ist.«

Alvins Gesichtsausdruck lässt deutlich erkennen, dass er das überhaupt nicht komisch findet. Dann wendet er sich wieder an Carly und wirft ihr einen scharfen Blick zu.

»Du siehst aus, als wärst du im Krieg gewesen. Ich dachte, ich könnte darauf vertrauen, dass du bleibst, wo du bist.«

»Ich weiß. Es tut mir leid.«

»Du kannst dir gar nicht vorstellen, was für Sorgen ich mir um dich gemacht hab. Vor allem, nachdem ich das hier herausgefunden hatte.« Er zieht ein zusammengefaltetes Stück Papier aus seiner Brusttasche und wedelt vor ihr damit herum. Als würde sie instinktiv wissen, was es ist. »Weißt du, ich hab die ganze Zeit Nachforschungen angestellt, um dir zu helfen. Nicht weil ich irgendjemanden in Schwierigkeiten bringen wollte. Ich wollte nur diesen Kerl für dich finden. Dann komm ich eines Morgens ins Büro und finde das hier in meinem Fax.« Er schwenkt wieder das Stück Papier. »Ich bin sofort rüber zu Delores gerast, um dir zu sagen, dass du dich ihm nie wieder nähern sollst, und finde heraus, dass du schon längst weg bist. Bei Nacht und Nebel abgehauen wie ein Dieb, nachdem du mich angelogen und gesagt hast, du würdest das nicht tun. Kannst du dir vorstellen, was wir uns alle für Sorgen gemacht haben?«

Carly ist so erschüttert von seiner Sorge, dass ihre Neugier, was auf dem Zettel steht, erst einmal zweitrangig erscheint.

»Du bist den ganzen Weg bis hierher gefahren, weil du dich um mich gesorgt hast?«

Teddy sagt: »Moment mal. Ihr beide kennt euch?«

Niemand antwortet ihm.

»Ich weiß nicht, warum das so schwer zu glauben sein soll«, sagt Alvin. Er sagt es zu ihr, nicht zu Teddy.

Carly fehlen die Worte. Sie ist zu bewegt, um etwas zu sagen. Stattdessen fragt sie: »Was ist das? Dieser Zettel, mit dem du da herumwedelst?«

»Sein Führungszeugnis. Oder besser gesagt, die Zeugenaussage, die die Polizei dem Opfer und seiner Familie abgenommen hat, als er das letzte Mal festgenommen wurde.«

»Wegen was?«

»Kindesmissbrauch.«

»Moment mal. Meine Mutter hat ihn angezeigt?«

»Nein. Nicht deine Mutter. Die Mutter von jemand anderem. Er hat zweiundzwanzig Monate im Staatsgefängnis in Chino gesessen. Und ich hab zwar noch nicht alle Einzelheiten beisammen, aber … es scheint nicht das erste Mal gewesen zu sein.«

Im Zimmer wird es ganz still, bis auf ein nerviges Brummen, das Carly nicht einordnen kann. Im nächsten Moment wird ihr klar, dass es das Blut ist, das in ihren Ohren rauscht.

»Ich kann das nicht glauben«, sagt sie.

»Dann hör dir das mal an.« Alvin schüttelt den Zettel auseinander und liest ihn ihr vor. »›Das Opfer gibt an, der Verdächtige sei mitten in der Nacht in ihrem Bett aufgetaucht und habe sie aufgeweckt, wobei er ihr mit einer Hand den Mund zuhielt. Er sagte zu ihr, dass er ihr nicht wehtun würde, aber dass sie still sein müsse.‹ Kommt dir das irgendwie bekannt vor?«

Carly lässt sich schwer in den Sessel fallen. Sie schaut über den Sofatisch und das Meer aus Bierflaschen in Teddys Gesicht. Er ist wieder aufs Sofa gesunken und hält die frisch geöffnete Bierflasche in der Hand. Sie sucht seinen Blick, doch er dreht sich weg. Dann stellt er die Bierflasche ab und vergräbt das Gesicht in den Händen.

»Teddy. Du hast mich angelogen?«

Keine Antwort. Er reibt sich nur mit beiden Händen das Gesicht.

»Du hast mir einfach ins Gesicht gelogen?«

»Ich wollte nicht, dass du so von mir denkst.« Seine Stimme ist leise. Teddy wird immer kleiner und schwächer.

Carly hingegen wird größer und stärker, das spürt sie.

»Ich wollte nicht, dass du mich für jemanden hältst, der so was tun würde.«

»Das bist du aber!«, ruft sie und erhebt sich dabei halb, weil ihre Stimme so unerwartet laut und kraftvoll klingt. Sogar Alvin zuckt ein wenig zusammen. »Wie konntest du das nur tun?«

»Ich war betrunken, Carly. Verstehst du? Ich hatte gerade rausgefunden, dass Jocelyn tatsächlich eine Affäre mit diesem Kerl hatte, von dem ich gehofft hatte, dass sie nur mit ihm flirten würde. Ich war aufgewühlt und hatte zu viel getrunken. Ich war nicht mehr Herr meiner selbst.«

Carly schaut hinunter auf die volle Bierflasche, die vor ihm auf dem Sofatisch steht.

»Dann hör auf zu trinken!«, brüllt sie.

Beim Wort »trinken« hebt sie den rechten Arm und fegt mit dem Handrücken die Flasche vom Tisch. Es tut weh, sehr sogar. Die Flasche prallt gegen die Wand, zerbricht jedoch nicht. Sie landet auf dem Teppich, und das Bier schäumt, während es in den schmutzig grauen Flor einsickert.

»Wie kannst du dasitzen und um neun Uhr morgens schon trinken, während du mir erzählst, du wärst nicht für das verantwortlich, was du tust, wenn du besoffen bist?«

Teddy antwortet nicht. Er steht bloß auf, um sich um das verschüttete Bier zu kümmern, hebt die Flasche auf und bringt sie in die Küche. Als er wiederkommt, hat er ein Geschirrtuch dabei.

»Wollen Sie mich wegen irgendwas verhaften?«, fragt er Alvin. »Ich hab meine Strafe abgesessen für das, was Sie da in der Hand haben. Es gibt nichts Neues, oder? Sie sind hierhergekommen, um Carly zu holen, weil Sie glauben, dass es für sie nicht mal sicher sei, sich in meiner Nähe aufzuhalten. Würden Sie sie dann bitte einfach mitnehmen und gehen? Wenn es keine konkreten Anklagepunkte gibt, wäre ich jetzt gern allein. Bitte.«

Carly schaut Alvin an, und Alvin erwidert ihren Blick.

»Bist du jetzt bereit, nach Hause zu gehen?«

Carly nickt, obwohl der Ausdruck »nach Hause« ihr in diesem Zusammenhang merkwürdig vorkommt. Als hätte sie ein Zuhause. Sie nimmt sich vor, Alvin später noch einmal darauf anzusprechen, aber erst mal folgt sie ihm zur Tür.

Ehe die Tür hinter ihnen zufällt, sagt Teddy: »Ich hab dich lieb gehabt, Carly.«

Sie steckt noch einmal den Kopf hinein: »Was?«

Dabei hat sie ihn gehört.

»Ich hab dich lieb gehabt. Und Jen auch.«

Carly merkt, dass er die Vergangenheitsform verwendet, doch sie erwähnt es nicht.

Sie sagt nur: »Warum hast du mich dann nicht gefragt, wo sie ist?«

Keine Antwort. Sie ist nicht sonderlich überrascht.

* * *

Carly folgt Alvin durch den Vorgarten wie ein noch nicht stubenreines Hündchen, das gerade mit einer zusammengerollten Zeitung bestraft worden ist. Das Tor steht halb offen, und sie folgt ihm auf die Straße, wo sie erwartet, seinen blauen Pick-up zu sehen. Stattdessen geht er zu einem silbernen Zweitürer-Cabrio. Er entriegelt die Beifahrertür und hält sie ihr auf.

»Warum haben alle so viele Autos?«, fragt sie, obwohl sie weiß, dass Alvin diesen Satz wahrscheinlich nicht verstehen wird.

»Das Auto gehört Pam. Ich finde es total unpraktisch, aber sie findet es toll. Und sie hat einen langen Weg zur Arbeit, also wer bin ich, etwas dagegen zu sagen? Die Sitzbänke in Pick-ups eignen sich nicht für lange Autofahrten. Ich muss zugeben, dass der hier ein bisschen bequemer ist.«

»Ist Jen …?« Doch dann kann sie sich nicht dazu überwinden, den Satz zu beenden.

Alvin steht noch immer da und hält die Tür weit auf. Und Carly steigt noch immer nicht ein.

»Was soll mit Jen sein?«

»Du weißt schon.«

»Ehrlich gesagt, nein.«

»Geht es ihr gut?«

»Kommt mir genauso vor, wie sie war, als du sie verlassen hast. Es scheint ihr gut zu gehen.«

Carly setzt sich steif in den weichen Schalensitz, und er macht die Tür hinter ihr zu. Einen Augenblick lang spürt sie nichts als Erleichterung, weil Jen immer noch dort ist, wo sie sie zurückgelassen hat, und weil es eine lange Fahrt bis zu Delores' Haus ist, mindestens zwei Tage. Aber jetzt trägt jemand anders die Verantwortung. Es ist nicht länger Carly, die sich Gedanken darüber machen muss, was sie als Nächstes tun soll.

Südlich von Eureka, auf einer der vielen Brücken, wo sich immer wieder der Eel River unter der Schnellstraße hindurchschlängelt, bricht Carly endlich das Schweigen.

»Wie konnte ich nur so dumm sein?«

»Soll ich dir diese Frage wirklich beantworten?«

»Wahrscheinlich nicht. Aber mach nur.«

»Mir kommt es vor, als wärst du ein Mensch, der feste Vorstellungen davon hat, wie die Welt sich verhalten soll. Du versuchst immer, dir die Welt so zurechtzubiegen, wie es dir gefällt, anstatt dich an die Wirklichkeit anzupassen. Und wenn du dir erst mal eine Meinung gebildet hast, wie etwas zu sein hat, verlierst du die Tatsachen aus den Augen.«

»Du willst sagen, ich glaube nur, was ich glauben will.«

»Ja, so könnte man es zusammenfassen.«

»Jen hat mir immer gesagt, dass ich nur das glaube, was ich glauben will.«

»In meinen Augen hat das nichts mit Dummheit zu tun. Eigentlich halte ich dich für ziemlich clever. Dein Problem ist, dass du glaubst, Gutes von Schlechtem unterscheiden zu können. Aber das kannst du nicht.«

Sie haben jetzt die Brücke überquert und fahren gerade in ein Waldgebiet. Carly starrt eine Weile aus dem Fenster und wartet darauf, dass sie einen Sinn in seinen Worten erkennt. Doch das geschieht nicht.

»Jeder kennt doch den Unterschied zwischen gut und schlecht.«

»Das stimmt nicht. Kaum jemand tut das. Du dachtest, Teddy wäre gut für dich.«

»Na ja. In dieser Hinsicht lag ich falsch, aber …«

»Und du dachtest, dich nachts aufs Wakapi-Gebiet zu verirren und mit Delores Watakobie aneinanderzugeraten, wäre das Schlechteste gewesen, was dir hätte passieren können. Vielleicht weißt du noch gar nicht, wie falsch du da gelegen hast. Aber das wirst du schon noch herausfinden.«

Sie wartet darauf, dass sich die alte Carly zu Wort meldet und sich entrüstet zeigt. Dieser Vorgang, der ihr so natürlich vorkommt, wenn sich ihr Bauchgefühl meldet und in ihr den Drang weckt, ihre Sicht der Dinge zu verteidigen. Als nichts geschieht, versucht sie, es zu erspüren. Doch da ist nichts als Leere. Entweder ist die alte Carly verschwunden, oder sie ist einfach zu verletzt und müde, um sich noch zu verteidigen.

»Es war gut für Jen«, sagt sie.

»Weil Jen es zugelassen hat.«

Lange sprechen sie kein Wort.

Dann sagt Alvin: »Du musst dich doch zumindest mit der Möglichkeit auseinandergesetzt haben, dass es wahr sein könnte.«

»Eigentlich nicht«, meint Carly.

»Kein einziges Mal?«

»Eigentlich nicht.«

»Kannst du mir sagen, wie so was geht?«

»Eigentlich nicht«, erwidert Carly.

Sie weiß nur, dass es wahrscheinlich nie wieder gehen wird.

* * *

Carly wacht auf dem Beifahrersitz auf und schaut sich um. Die Schnellstraße ist zweispurig und sehr kurvenreich. Alvin muss öfter das Tempo drosseln.

»Willkommen zurück, Dornröschen«, sagt er.

»Mein Schlafrhythmus ist total durcheinander. Wo sind wir?«

»Wir scheinen uns gerade … mitten im Nirgendwo zu befinden.«

Sie kann noch immer nicht fassen, dass sie Alvin so sehr am Herzen liegt, dass er fast zweitausend Kilometer gefahren ist, um sie zurückzuholen. Noch immer findet sie keine Worte, um ihren Gefühlen Ausdruck zu verleihen.

Also sagt sie: »Es tut mir leid, dass ich dich angelogen hab und behauptet habe, du könntest mir vertrauen.«

»War dir schon bewusst, dass du mich anlügst, als du das gesagt hast?«

»Ja. Es tut mir leid.«

»Würde es dir auch leidtun, wenn ich nie dahintergekommen wäre? Wenn du dich nie dafür hättest rechtfertigen müssen?«

»Ja. Das würde es. Das weiß ich. Ich hatte nämlich deshalb schon ein schlechtes Gewissen. Diese eine Frau, die mich in ihrem Wohnmobil mitgenommen hat, hatte genau so einen

Autoatlas wie du. Ich hab ihr erzählt, dass ein Freund von mir denselben hätte. Und dann hab ich mich richtig mies gefühlt. Weil ich dir überhaupt keine gute Freundin gewesen bin.«

Schweigen. Vielleicht wartet er nur ab, ob sie noch mehr sagen will.

»Wenn du darauf wartest, dass ich dir widerspreche, hoffe ich nur, dass du was zu lesen mitgebracht hast.«

Das lässt erahnen, wie wütend er auf sie ist, und sie spürt, wie ihr flau im Magen wird und Übelkeit in ihr aufsteigt. Sie wird das schlechte Gefühl nicht wieder los.

»Du hast also eine Mitfahrgelegenheit gefunden«, sagt er. »Ich hab mich schon gewundert, wie du so schnell dort hingekommen bist. Du musst ein Riesenglück mit deinen Mitfahrgelegenheiten gehabt haben, um so schnell da zu sein. Ich dachte, mir blieben noch mindestens ein bis zwei Tage, bis du auftauchen würdest. Wenn ich gedacht hätte, dass du mir so weit voraus sein könntest, hätte ich sofort die Polizei in Trinidad verständigt …«

»Es überrascht mich sowieso, dass du das nicht getan hast. Nur um dir diese lange Fahrt zu ersparen.«

»Die hätten dich dem Jugendamt übergeben.«

»Ich weiß.«

»Ich wollte dafür sorgen, dass diese Geschichte für dich ein besseres Ende nimmt – falls du das noch nicht bemerkt hast. Weil ich weiß, dass du Angst hast, dass Jen und du getrennt werden könntet, und ich weiß, wie viel es dir bedeutet. Ich hab versucht, dir das zu sagen. Aber du hast mir nicht geglaubt. Du hast nicht darauf vertrauen können, dass es mich wirklich kümmern könnte, was aus dir wird.«

»Nein«, sagt sie.

»Warum nicht?«

»Weil es sonst auch allen egal war.«

»Und weil du immer glaubst, du wüsstest besser Bescheid

als alle anderen.«

»Nein«, sagt sie. »Das tu ich nicht. Jedenfalls nicht mehr. Früher hab ich das vielleicht. Aber jetzt kann ich das nicht mehr, nach allem, was passiert ist. Das wäre unmöglich. Jetzt kommt es mir vor, als wüsste ich eigentlich gar nichts.«

»Gut«, sagt Alvin.

Carly schnaubt. »Wie kann es gut sein, nichts zu wissen?«

»Es ist gut, zu wissen, dass man nichts weiß. Du weißt nicht weniger als vorher. Aber jetzt weißt du, was du alles nicht weißt. Das ist doch ein Fortschritt.«

Sie braucht eine Weile, um das auf sich wirken zu lassen. Dann sagt sie: »Ja. Kann sein.«

Wieder fahren sie einige Minuten schweigend weiter. Hin und wieder sieht Carly gelbe Warnschilder, die den Umriss eines Trucks zeigen, der in einer engen Kurve umfällt. Das erinnert sie an den umgekippten Langholzlaster.

Als ihr dieser Gedanke durch den Kopf geht, sieht sie einen voll beladenen Langholzlaster in die entgegengesetzte Richtung vorbeifahren. Er ist nach Norden unterwegs. Der Anhänger besteht nur aus zwei Stahlschellen auf Rädern, um die riesigen Baumstämme zu fassen. Er hat etwa acht Stämme geladen. Carly fragt sich, wie viele Mammutbäume man fällen kann, bis die Schönheit der Natur hier für immer ausgelöscht ist.

»Kannst du mir je verzeihen?«, fragt sie zu ihrer beider Überraschung.

Alvin antwortet nicht gleich. Schließlich sagt er: »Nicht ohne Weiteres. Ich kann nicht einfach einen Schalter im Kopf umlegen. Worte sind leicht dahingesagt. Aber wenn du weiterhin zu dem stehst, was du während dieser Fahrt gesagt hast, kann uns das weiterbringen.«

* * *

Als sie durch Sacramento fahren, wacht Carly wieder auf.

»Wie lange kannst du noch?«, fragt sie ihn.

»Wir müssen mindestens eine Nacht Pause machen.«

»Ich kann auch fahren.«

»Netter Versuch.«

»Was soll ich jetzt machen, Alvin?«

Alvin seufzt.

»Mir scheint, du hast mehrere Möglichkeiten.«

»Welche denn?«

»Du könntest zum Beispiel eine emanzipierte Minderjährige werden, wenn du nachweisen könntest, dass du eine eigene Unterkunft hast und deinen Lebensunterhalt verdienst. Mit sechzehn bist du dafür alt genug. So, wie die Dinge liegen, gibt es ohnehin niemanden mehr, der dir dabei im Weg stehen würde. Allerdings bist du noch nicht alt genug, um die Vormundschaft für deine Schwester zu übernehmen. Aber in anderthalb Jahren kannst du das. Und da, wo sie jetzt ist, geht es ihr auch gut.«

»Denkst du, Delores würde mich auch bei sich wohnen lassen?«

»Das musst du sie fragen.«

»Bestimmt sagt sie Nein. Sie hasst mich.«

»Nein, sie hasst dich nicht. Ganz und gar nicht.«

»Sie verhält sich aber so.«

»Du verhältst dich auch so, als würdest du sie hassen. Tust du das?«

»Zuerst kam es mir so vor. Aber so ist es nicht. Nein, ich hasse sie nicht.«

»Das Problem mit dir und Delores ist, dass ihr euch zu ähnlich seid.«

»Soll das ein Witz sein? Wir sind uns kein bisschen ähnlich.«

»Ihr seid euch so ähnlich, dass es schon fast komisch ist.

Deshalb vertragt ihr euch auch schlechter als Hund und Katz. Ihr seid beide so dickköpfig. Zwei sture Frauen, die sich gegenseitig an Sturheit überbieten wollen. Du darfst niemandem verraten, dass ich das gesagt hab, weil Delores zu unseren Ältesten gehört und ich eigentlich nur Respekt vor ihr haben sollte. Ich hab auch jede Menge Respekt, aber ich bin nicht blind. Und wenn du dich verhältst, als wüsstest du schon alles, trägt das auch nicht dazu bei, die Situation zu entspannen. Oh, ich vergaß. Du weißt ja gar nichts mehr. Vielleicht verbessert das euer Verhältnis ein wenig. Schlimmer kann es auf keinen Fall werden.«

Carly beißt sich auf die Lippe. Sie zieht den Federanhänger unter ihrem T-Shirt hervor und sieht nach, ob er Schaden genommen hat. Er sieht ein bisschen mitgenommen aus, wenn auch bei Weitem nicht so schlimm wie sie selbst. Doch sie haben beide überlebt. Sie schaut hoch und merkt, dass Alvin sie beobachtet.

»Wo hast du das denn her?«

»Jen hat ihn mir gegeben.«

»Und wo hat Jen ihn her? Ach, vergiss es. Dumme Frage. Wenn wir wieder auf Wakapi-Gebiet sind, lass dich bloß nicht damit sehen. Ein traditioneller Wakapi würde dir das wegnehmen.«

»Warum? Es war ein Geschenk. Was ist dagegen einzuwenden?«

»Das ist Wakapi-Medizin. Sie steht nicht jedem zu. Das ist nicht böse gemeint, aber es gibt klare Regeln dafür, wer in diesen Kreis aufgenommen werden darf und in diese alten Weisheiten eingeweiht werden kann. Aber Delores … nun, sie ist wirklich ein Original. Weißt du, dass ihr Wakapi-Name so was wie ›stur‹ bedeutet? Das ist schwierig zu übersetzen. Am besten lässt es sich wohl als ›die, die auf ihren eigenen Rat vertraut‹ ausdrücken. Die unausgesprochene Fortsetzung dieses Gedankens ist dann natürlich, dass sie alle anderen Ratschläge ignoriert. Verstehst du jetzt, warum ich finde, dass ihr beide vom gleichen Schlag seid?«

* * *

Als sie wieder aufwacht, ist es schon fast dunkel. Sie halten. Sie haben bei einer Raststätte geparkt, und Alvin steht draußen vor dem Auto und streckt sich.

Carlys Handrücken tut weh, da, wo sie ihn gegen die Bierflasche geschlagen hat. Es ist seltsam, dass der Schmerz jetzt plötzlich zu ihr durchdringt. Sie weiß, dass er nicht eben erst begonnen hat, es hat ihr schon den ganzen Tag wehgetan. Aber erst jetzt hat sie davon Notiz genommen. Es ist seltsam, seine eigenen Gefühle nicht wahrzunehmen. Vielleicht lag es daran, dass andere Teile von ihr noch mehr geschmerzt haben.

Sie knipst das Licht über ihrem Kopf an und sieht sich die Verletzung genauer an. Ihre Hand ist stark geprellt und so geschwollen, dass es ihr Sorgen bereitet. Sie schaut hoch und sieht, wie sich Alvin wieder in den Fahrersitz fallen lässt.

»Deine Hand sieht nicht allzu gut aus«, sagt er.

Sie hält sie ihm hin, damit er sie näher untersuchen kann.

»Kann sein, dass du ein paar Haarrisse im Knochen hast. Ich kann's nicht genau sagen. Wenn wir zu Hause sind, solltest du vielleicht mal zum Arzt gehen.«

Schon wieder benutzt er den Ausdruck ›zu Hause‹. Aber Carly braucht so dringend ein Zuhause, dass sie seine Worte nicht anzweifeln will.

»Bist du müde?«, fragt sie ihn.

»Sehr. Ich überlege gerade, ob ich uns ein Motel suchen soll oder ob ich einfach die Rückenlehne nach hinten stelle und ein Nickerchen mache. Ich glaube, das mach ich. Mal schauen, wie viel das bringt. Und vielleicht … nun, wenn es hell wird, kannst du mich vielleicht doch eine Weile ablösen. Hast du einen Führerschein?«

»Nein, aber eine vorläufige Fahrerlaubnis.«

»Für Kalifornien?«

»Ja.«

»Gut, dann machen wir das bald. Ehe wir die Grenze überqueren.«

Seufzend kurbelt er seine Rückenlehne nach hinten und legt sich den Hut aufs Gesicht.

Carly hält noch einen Augenblick ihre Hand fest und reibt sie sich. Dann fragt sie: »Warum hat er sich sie ausgesucht?«

»Teddy?«, dringt es fragend hinter dem Hut hervor.

»Ja, Teddy.«

»Warum Teddy sich Jen ausgesucht hat?«

»Ja.«

»Und nicht …?«

»Mich.«

Es ist ihr nicht einmal mehr unangenehm, diese Frage zu stellen. Sie ist zu müde, und es kommt ihr zu anstrengend vor, sich noch für irgendetwas zu schämen.

Alvin späht unter seinem Hut hervor. »Du fragst dich das wohl ganz allgemein. Vielleicht denkst du, dass er Jen in irgendeiner Weise lieber gemocht haben muss, weil er sich sie ausgesucht hat, und nicht dich. Ich weiß, dass du nicht meinst, er hätte so was stattdessen bei dir versuchen sollen.«

»Ja, genau. So hab ich das nicht gemeint. Danke, dass dir das klar ist.«

»Trotzdem versetzt es dir irgendwie einen Stich, nicht wahr?«

»Irgendwie schon. Ist das nicht total krank?«

»Ich glaube, das ist ganz menschlich.«

Dann lässt er sich den Hut wieder über die Augen fallen.

Carly schaut ihn an, obwohl es eigentlich nicht viel zu

sehen gibt. Er liegt einfach nur da und hat sich den Hut übers Gesicht gezogen. Anscheinend hat er nicht vor, ihre Frage zu beantworten, aber das sollte sie wohl nicht überraschen. Auf diese Frage gibt es wahrscheinlich keine Antwort.

Doch dann hebt er seinen Hut wieder ein Stück an und sagt: »Teddy ist ein Kinderschänder.«

»Das ist keine Antwort, Alvin.«

»Doch, ist es. Du verstehst nur noch nicht, worauf ich hinauswill. Teddy ist ein Kinderschänder. Und Jen ist ein Kind.«

Carly sagt nichts, weil es wirklich nichts mehr zu sagen gibt.

Kalifornien, 22. Mai

»Das war eine nette kleine Stadt«, meint Alvin. »Hübsch.«

Die Kellnerin serviert ihnen gerade das Frühstück. Carly hat Rührei mit Speck bestellt, und Alvin isst ein Gemüse-Omelett mit Salsa. Er ergreift die Tabasco-Flasche, schraubt den Deckel ab und schüttelt ungefähr zwölf Tropfen Tabasco in die Salsa.

»Du machst Tabasco auf deine Salsa?«

»Ich mag meine Salsa eben gern scharf.«

»Welche Stadt meintest du?«

»Welche Stadt? Was für eine komische Frage.«

»Na ja, wir sind schließlich durch einige durchgefahren.«

»Ich meine nicht die, durch die wir durchgefahren sind. Ich meine die, in der wir waren.«

»Oh. Trinidad.«

»Ja. Trinidad. Es war hübsch dort, findest du nicht?«

Carly nimmt einen Bissen von ihrem Rührei. Es schmeckt gut. Es gibt nichts daran auszusetzen. Es schmeckt, wie Rührei eben schmeckt. Aber sie will, dass es trotzdem nach mehr schmeckt, deshalb macht sie die Ketchup-Flasche auf und hält sie über ihren Teller. Sie wartet, doch es kommt nicht heraus.

»Schon«, sagt sie. »Als ich sie das erste Mal gesehen hab, hat sie mir sehr gefallen. Bei der Abreise fand ich sie nicht mehr ganz so schön. Außerdem war mir die ganze Zeit über kalt. Von dem ganzen Wind und Nebel war ich bis auf die Knochen durchgefroren, und danach ist mir nicht mehr richtig warm geworden.«

»Und als du auf Wakapi-Gebiet warst, hast du dich ständig beklagt, dass es dir zu heiß ist.«

»Oh. Stimmt. Das ist dann wohl ein Problem.«

Carly schlägt mit dem Handballen auf den Boden der Ketchup-Flasche, und es landet ungefähr dreimal so viel Ketchup auf dem Speck, wie sie eigentlich haben wollte, und zwar genau dort, wo sie ihn nicht haben wollte.

»Ja, für dich«, sagt Alvin.

Einige Minuten lang essen sie schweigend.

Carly sieht durchs Fenster zu, wie Leute aus ihren Autos steigen und den Imbiss an der Schnellstraße betreten. Ein altes Pärchen, das auf dem Weg nach drinnen an einem Zeitungsspender stehen bleibt, um dort eine Zeitung zu kaufen. Eine Familie mit drei kleinen Kindern, die zwei Buggys zusammenklappen und sie am Eingang stehen lassen müssen. Dafür bekommen sie Kindersitze.

Es sieht so aus, als hätten sie alle eine Routine. Was wohl ein anderes Wort für Leben ist. Sie kommt nicht umhin, sich zu fragen, wie sich das anfühlen würde.

»Ich weiß es zu schätzen, dass du mir das Essen ausgibst«, sagt sie.

»Ich kann dich ja nicht verhungern lassen.«

»Aber ich muss dir dazu was sagen. Ich hab tatsächlich achtzig Dollar. Diese nette alte Frau, die mich im Auto mitgenommen hat, hat mir das Geld geliehen. Aber sie hatte sehr genaue Vorstellungen, wofür ich es ausgeben sollte. Sie hat mir das Geld gegeben, falls ich mir ein Zimmer nehmen müsste. Falls es Nacht wäre und ich nirgendwo unterkommen könnte. Aber dafür hab ich es dann doch nicht gebraucht. Und es kam mir nicht richtig vor, es für irgendwas anderes zu verwenden.

Es war schließlich nur dafür gedacht. Für ein Zimmer. Und der Grund, warum ich dir nicht erzählt hab, dass ich das Geld habe, war, weil ich fand, dass ich es ihr jetzt zurückschicken sollte.«

»Okay«, sagt Alvin.

Sie wartet und rechnet halb damit, dass er noch mehr sagen wird.

»Vielleicht könnten wir in Fresno Halt machen, damit ich es ihr zurückgeben kann.«

»Wir sind leider schon an Fresno vorbei.«

»Echt? Ich hab gar nicht gemerkt, dass wir durchgefahren sind.«

»Sind wir auch nicht. Wir haben die I-5 genommen. Das ist schneller.«

»Oh«, macht Carly, »okay.« Sie isst noch einige Bissen. »Es ist nur so … ich wollte ihr irgendwie sagen, dass es mir wahnsinnig viel bedeutet hat, dass sie das getan hat. Aber ich kann ihr ja auch einen Brief schreiben und das Geld darin einwickeln und es mit der Post schicken.«

Sie wartet ab, ob er noch etwas hinzuzufügen hat. Offenbar nicht.

»Und ich wollte dir sagen, wie viel es mir bedeutet, dass du den ganzen weiten Weg dort hoch gefahren bist, um mich zu holen. Aber irgendwie hab ich noch nicht die richtigen Worte gefunden.«

»Die hier reichen«, sagt er, ohne von seinem Teller aufzusehen.

»Aber ich will nicht weiterhin auf deine Kosten essen. Ich möchte, dass du mir aufschreibst, wie viel du für mein Essen ausgibst. In mein kleines Büchlein. Dann zahl ich es dir zurück, sobald ich kann. Wenn ich rausgefunden hab, wie ich ein bisschen Geld verdienen kann.«

»Das sollte nicht allzu schwer sein«, sagt Alvin. »Du arbeitest hart und kommst auch so rüber. Wenn du bereit bist, dich reinzuhängen, kannst du dir immer ein bisschen was dazuverdienen. Da wir gerade davon sprechen, ich muss auf meinem Grundstück einen neuen Zaun bauen. Wenn du vorbeikommst und mir dabei hilfst, haben wir das an einem Tag erledigt, und dann sind wir quitt, was das Essen angeht.«

»Ja, gut. Danke. Trotzdem schulde ich ihr noch was für die Busfahrkarte, selbst wenn ich ihr die achtzig Dollar zurückgebe.«

»Ah. Nun erfahre ich also doch noch mehr darüber, wie du es geschafft hast, vor mir da zu sein. Und ich dachte schon, du könntest zaubern und wärst einfach hingeflogen. Oder hättest die Augen zugemacht und dich von einem Ort zum anderen gebeamt. Ganz schnell und mühelos.«

»Das wäre schön gewesen.«

»Widersprichst du mir, wenn ich sage, dass du mehr freundlichen Menschen begegnet bist, als du je erwartet hättest? Diese unerwartete Freundlichkeit hat einen ganz eigenen Zauber. Er ist nicht sofort sichtbar und wirkt oft alltäglicher, als er ist.«

* * *

Sie wartet darauf, dass er ihr die Autotür aufhält, wie er sonst immer getan hat. Stattdessen hält er ihr die Schlüssel hin.

»Magst du von hier bis zur Staatsgrenze fahren?«

»Und ob!«

Sie nimmt auf der Fahrerseite Platz und schnallt sich an. Alvin steigt neben ihr ein.

»Können wir das Verdeck aufmachen?«

Alvin drückt auf einen Knopf auf dem Armaturenbrett. Irgendwo surrt ein kleiner Motor, und das Verdeck fährt zurück, ganz von allein.

»Wie sich die Dinge ändern«, sagt er. »Als ich damals zur Uni gegangen bin, hatte ich auch ein Cabrio. Kein neues, ein ziemlich altes Ding. Wenn man da das Verdeck öffnen wollte, musste man es selbst aufmachen. Mit den Händen.«

Carly legt den Gang ein und blickt sich um. Sie schaut in beide Seitenspiegel und in den Rückspiegel, obwohl sie vorwärts fahren will. Sie tut das, um Alvin damit zu beeindrucken, wie umsichtig sie sein kann.

»Das einzige Problem ist, dass du immer noch keinen Hut hast«, sagt er, während sie vom Parkplatz fährt. »Du wirst dir wieder einen Sonnenbrand holen.«

»Ich glaube, das ist es mir wert.«

Alvin schüttelt nur den Kopf.

Kurz darauf, während sie mit hundert Stundenkilometern auf der I-40 nach Osten fahren, den Wind im Haar, sagt er: »Wir müssen irgendwo anhalten und dir einen anständigen Hut besorgen. Dieser Omahut passt einfach nicht zu dir.«

Carly knurrt nur, um ihren Abscheu auszudrücken.

»Ich glaube, sie hat das mit Absicht getan. Weil sie wusste, dass ich ihn hassen würde.«

Einen Augenblick lang sagt er nichts, deshalb wirft sie ihm einen Seitenblick zu und sieht die Andeutung eines schiefen Lächelns auf seinem Gesicht.

»Erstens bin ich mir sicher, dass sie keinen anderen Hut hatte, den sie dir hätte geben können. Zweitens würde ich nicht ausschließen, dass du trotzdem recht hast.«

»Wenn du mir einen Hut kaufst, musst du das in mein Notizbuch schreiben.«

»Weißt du was? Lass uns heute Abend an einem Motel Halt machen. Wir nehmen uns jeder ein Zimmer. Was wäre dir lieber? In einem richtigen Zimmer zu schlafen? Oder wieder im Auto zu schlafen und dafür einen Hut bekommen?«

»Ich hätte lieber den Hut. Aber du musst es trotzdem aufschreiben.«

»Carly. Es ist ein Geschenk. Ich möchte dir etwas schenken. Wenn jemand dir ein Geschenk machen will, solltest du es annehmen und Danke sagen. Siehst du, genau das hab ich gemeint, als ich sagte, dass du und Delores euch so ähnlich wärt, dass es fast schon lustig ist. Wenn ihr jemanden um Hilfe bittet oder euch so verhaltet, als wärt ihr für etwas Hilfe dankbar, kommt es euch vor, als wäre das ein Eingeständnis, dass ihr Hilfe gebraucht habt. Was glaubst du, warum Delores Jen so gern bei sich im Haus hat? Sie ist fast blind, falls du es noch nicht gemerkt hast. Trotzdem kann sie sich nicht dazu durchringen zu sagen, dass sie nicht mehr allein leben sollte. Aber schau nur, wie froh sie jetzt ist, dass sie es nicht mehr muss. Wenn jemand dir etwas geben möchte, was du brauchst, sag einfach Danke. Vor allem dann, wenn du nicht darum bitten musstest.«

»Gut«, sagt Carly. »In Ordnung. Danke.«

»Üb das noch ein bisschen«, sagt Alvin. »Mit der Zeit fällt es dir bestimmt leichter.«

Wakapi-Gebiet, 23. Mai

Als Alvin gerade in Delores' lange Schottereinfahrt einbiegt, sagt Carly: »Vielleicht hätten wir vorher anrufen sollen. Du weißt schon. Irgendjemandem Bescheid sagen, dass du mich gefunden hast und wieder mitbringst. Dann hätte jemand es Delores sagen können.«

Wieder umspielt dieses wissende Lächeln Alvins Mundwinkel, das Carly in letzter Zeit bei so vielen Menschen sieht und nie ganz versteht. Er bremst vor dem Hühnerstall, parkt das Auto und zieht die Handbremse an.

»Wenn ich daran nur gedacht hätte«, sagt er.

»Du meinst … du hast daran gedacht?«

»Ich hab Pam gleich am ersten Morgen angerufen und ihr gesagt, dass wir auf dem Rückweg wären und dass sie rüber zu Delores fahren und ihr sagen soll, dass sie sich keine Sorgen mehr machen muss.«

»Wo war ich da?«

»Du hast geschlafen.«

»Stimmt. Mein Schlafrhythmus war so durcheinander.«

»Kann sein, dass du das schon mal erwähnt hast. Oder auch zehnmal.«

»Hat sie sich wirklich Sorgen gemacht?«

»Frag sie doch selbst.«

Er wendet den Kopf in Richtung Haus. Delores steht in der Tür, als sei sie noch unschlüssig, ob sie sich wirklich die Mühe machen soll, ihnen entgegenzukommen.

Carly steigt aus in die Backofenhitze und setzt ihren wundervollen neuen Hut auf. Sie erspart Delores jede weitere Mühe, indem sie zu ihr hingeht.

»Sieh an«, meint Delores. »Die verlorene Tochter. Vorlaut wie immer?«

Carly weiß nicht, was sie sagen soll, also sagt sie gar nichts. In der Stille hört sie, wie Alvin von hinten an sie herantritt.

»Was ist das?«, fragt Delores und hebt den Arm, um Carlys neuen Hut zu berühren. »Darf ich mir den mal ansehen?«

Carly zieht ihn ab und reicht ihn der alten Frau. Noch immer hat sie kein Wort gesagt, was ihr schmerzlich bewusst ist.

Delores hält sich den Hut näher ans Gesicht und fährt mit den Händen über den Filz, ertastet die Form des Kopfteils und das Gewebe des Hutbands.

»Das ist ein schönes Stück. War bestimmt nicht billig. Wo hast du so einen guten Hut her?«

»Alvin hat ihn mir geschenkt«, sagt Carly.

Delores gibt Carly den Hut zurück, die ihn sich wieder aufsetzt. Er fühlt sich gut an. Sie gefällt sich damit.

»So ein Mist«, entfährt es Delores. »Jetzt muss ich das schlappe alte Ding selber tragen. Ich hasse diesen Hut. Ein schickes Geschenk hast du ihr da gemacht, Alvin. Kann mich nicht erinnern, dass du mir je so was Nettes mitgebracht hättest, und wie lange kennen wir uns jetzt schon? Dein ganzes verdammtes Leben, nicht wahr?«

Alvin sagt etwas, und Carly merkt, wie tröstend seine Stimme inzwischen auf sie wirkt. Sie spürt sie tief in ihrem Bauch, wie eine Wärmflasche oder den ersten Schluck von einem heißen Getränk, wenn man friert. Wenn Nebel und

Wind einem bis in die Knochen gekrochen sind und einem einfach nicht mehr warm werden will.

»Du möchtest also einen besseren Hut, Delores? Ich besorg ihn dir gern.«

»Wag es ja nicht, junger Mann«, sagt sie und zeigt mit einem ihrer fleckigen Finger ungefähr in seine Richtung. »Du weißt, dass ich mich selbst versorgen kann. Ich hab mich immer selbst versorgt, und wenn ich einen neuen Hut will, flechte ich ihn mir. Ich kann immer noch flechten, das weißt du. Dafür muss ich nicht gut sehen können. Wenn ich je darauf angewiesen sein sollte, dass andere mir einen Hut mitbringen, kann ich mich auch gleich einsargen lassen.«

Sie dreht sich um und schlurft zurück ins Haus.

Carly schaut Alvin an. Er hat wieder dieses schiefe kleine Lächeln aufgesetzt, das er auch ihr gezeigt hat.

»Verstehst du, was ich meine? Vom gleichen Schlag.«

»Nur dass ich irgendwann den Mund gehalten und den Hut angenommen hab.«

»Stimmt. Sag, wollen wir uns übermorgen daranmachen, den Zaun zu bauen? Ich komm vorbei und hol dich ab.«

»Okay.«

Er tippt sich zum Abschied an den Hut.

Sie stürzt auf ihn zu und fällt ihm um den Hals, sodass ihr neuer Hut in den Dreck fällt. Sie umklammert Alvin, wie sie Teddy in der Whale Tail Lounge umklammert hat. Aber Alvin keucht nicht, als ob er gleich ersticken würde. Tatsächlich gibt er gar keinen Laut von sich, sondern scheint es gut aushalten zu können. Er erwidert ihre Umarmung. Wenn sie sich recht erinnert, hat Teddy das nie getan.

Dann tippt sich Alvin erneut an den Hut, steigt in Pams Auto und fährt rückwärts aus der Einfahrt. Carly steht noch immer vor dem Haus und schaut ihm nach. Sie hebt die Hand und winkt, doch Alvin schaut nicht zurück.

Carly steht da und schaut sich um. Sie atmet tief ein, als wollte sie den Geruch der Wakapi-Landschaft in sich aufnehmen. Als würde sie zulassen, dass die trockene Luft mehr als nur ihre Lungen füllt. Für einen kurzen Moment nimmt sie wahr, wie die Sonne die große Hochebene hinter dem Haus anstrahlt.

In den paar Tagen, die sie fort war, hat sich etwas verändert. Delores' alter Pick-up parkt draußen hinter dem Hühnerstall und ist mit einer riesigen blauen Plane bedeckt. Er steht nicht an seinem üblichen Platz unter dem Carport, und auf der offenen Seite des Carports ist in einem Halbkreis ein neuer Zaun angebracht. Dünne Metallpfosten, zwischen die drei lange Drähte gespannt sind. Zwischen die Pfeiler des Carports hat jemand ebenfalls drei Drähte gespannt, sodass das Ganze wie eine halb überdachte Koppel aussieht. Jetzt kann man nicht mehr mit dem Pick-up dort hineinfahren. Carly fällt das auf, doch sie versteht es nicht. Tatsächlich versucht sie es gar nicht erst.

Stattdessen geht sie zu Delores ins Haus. Drinnen ist es angenehm. Kühler. Nicht so kalt wie in einem klimatisierten Raum, aber doch sehr viel angenehmer als draußen. Die alte Frau steht in der Küche und gießt Wasser aus dem Kühlschrank in ein Glas. Carly kommt nicht auf die Idee, dass Delores es für sie einschenken könnte und nicht für sich selbst.

Carly nimmt ihren Hut ab und hält ihn in der Hand.

Roscoe trommelt mit dem Schwanz auf den Teppich, steht jedoch nicht auf.

»Setz dich«, sagt Delores und stellt das Glas mit kaltem Wasser auf den Tisch, an den Platz, wo Carly immer beim Essen gesessen hat. Damals, als sie noch hier gegessen hat. Es kommt ihr vor, als sei das schon lange her.

»Danke«, sagt sie. Sie setzt sich hin und trinkt, während der Hut auf ihrem Schoß liegt. »Es ist angenehm hier drinnen. Kühl.«

»Ich hab den Verdunstungskühler angemacht.«

Daher kommt also dieses Geräusch, denkt sie.

»Wo ist Jen?«

»Noch in der Schule.«

»Schule?«

»Sag nicht, du hast vergessen, was das ist.«

»Ich dachte nur nicht, dass Jen hingeht. Ich meine … schon so bald. Ich kann gar nicht glauben, dass Sie sie so schnell in der Schule angemeldet haben.«

»Na ja. Ich hab sie nicht direkt angemeldet. Aber sie geht hin. Und die Lehrerin stört es nicht, wenn sie erst mal dabeisitzt. Wir haben alle versucht, sie zu überreden, dass sie bis zum nächsten Schuljahr warten soll. Dieses ist ja fast vorbei. Aber sie wollte hingehen und hat sich nicht davon abbringen lassen. Meinte, sie wollte aufholen, was sie verpasst hat. Ich glaub, sie will vor allem ein paar Freunde in ihrem Alter finden. Damit sie den Sommer über ein bisschen Gesellschaft hat, weißt du?«

»Oh. Ja. Das ist gut. Es wäre schön, wenn sie ein paar Freunde finden würde.«

Delores sagt nichts. Sie steht noch immer neben der Küchenanrichte, ohne etwas zu tun. Sie lehnt einfach nur dort und sieht nachdenklich aus. Als würde sie abwägen, wie viel Carlys Worte wert sind.

Als Carly es langsam müde ist, darauf zu warten, dass sich die alte Frau zu Wort meldet, fragt sie: »Haben Sie sich wirklich Sorgen um mich gemacht?«

»Du hättest auf hundert verschiedene Arten umkommen können.«

»Ich weiß. Wär ich auch fast.«

»Na, jetzt ist ja alles in Ordnung mit dir. Das ist wohl das Wichtigste.«

Delores watschelt hinüber ins Wohnzimmer und setzt sich aufs Sofa, wobei sie einen Laut von sich gibt, der halb wie ein Grunzen und halb wie ein Seufzer klingt. Roscoe hebt kurz den

Kopf, schaut über die Schulter zu Delores und legt dann die Schnauze wieder auf dem Teppich ab.

»Darf ich mein Glas mit in den Wohnwagen nehmen? Ich bring's auch wieder zurück. Ich bin müde von der langen Fahrt, und es wär schön, mich eine Weile hinzulegen.«

»Der Kühlung im Wohnwagen ist jetzt auch repariert. Chester ist vorbeigekommen und hat sich drum gekümmert. Er hat eine Kette, die in der Mitte des Zimmers herunterhängt. Du musst nur fest dran ziehen. Das Ding ist ziemlich laut, aber so kannst du den Wohnwagen schnell wieder runterkühlen.«

Carly will ihre Zweifel daran äußern, dass Chester so etwas tatsächlich tun würde. Doch es kommt ihr sinnlos vor, da er es ja bereits getan hat.

* * *

Nachdem sie lange geschlafen hat, erwacht Carly im kühlen Wohnwagen. Es ist kühler als im Haus, wahrscheinlich weil der Wohnwagen so viel kleiner ist.

Sie setzt sich auf.

Das Fenster, das die ganze Zeit keine Scheibe hatte, ist mit einem Stück Plexiglas repariert worden, das so zurechtgeschnitten wurde, dass es genau hineinpasst. An den Rändern ist es mit Klebeband befestigt. So kann man noch immer hindurchsehen, doch es kommt keine Kälte mehr herein oder hinaus.

Einen Augenblick glaubt Carly, in der Ferne ein Geräusch zu hören, das wie langsames, sanftes Hufgetrappel klingt. Dann beschließt sie, dass sie sich das nur eingebildet hat.

Sie steht auf und wäscht sich das Gesicht über einem Eimer, der neben dem Waschbecken steht, hinter der Trennwand am hinteren Ende des Wohnwagens. Als sie wieder herauskommt, ist das Geräusch lauter geworden, und tatsächlich ist es keine Einbildung.

Sie schaut aus dem Fenster und sieht Jen, die auf Virginias braun geflecktem Schecken die Straße entlanggeritten kommt. Carly sinkt aufs Bett und sieht zu. Jen reitet ohne Sattel, nur eine gewebte Decke liegt zwischen ihr und dem Pferd. Ihre Zügel bilden eine Schlaufe, die an einem Seilhalfter festgebunden ist. Ihre Beine baumeln frei in der Luft. Noch immer trägt sie den Cowboyhut aus Stroh, den Delores ihr gegeben hat. Er steht ihr. Carly hat es die ganze Zeit gewusst. Sie wollte es nur nicht zugeben.

Es ist ein wirklich beeindruckender Anblick.

Carly nimmt ihren Hut von der Kommode und tritt hinaus in die Hitze. Das laute Quietschen der Tür erschreckt sie nicht mehr, und es macht ihr auch nichts mehr aus. Es ist einfach nur etwas, an das sie sich erinnern kann.

Sie stellt sich ans Ende der Einfahrt.

Zuerst schaut Jen in die Ferne, zur Hochebene. Doch dann wendet sie den Kopf zum Haus. Carly erkennt den Moment, in dem Jen sie entdeckt, obwohl sie zu weit voneinander entfernt sind, um Gesichter wahrzunehmen. Dennoch merkt sie es.

Jen stößt dem Pferd leicht die Fersen in die Seiten. Sie hat noch immer die Turnschuhe an, die Carly in New Mexico für sie mitgenommen … ausgeliehen hat. Der Schecke fällt in eine Art Trab, und Jen hält sich mit einer Hand an seiner Mähne fest.

Dann zieht sie an den Seilen, die die Zügel bilden, und sitzt ein paar Sekunden reglos auf dem Tier, etwa sechs Meter von Carly entfernt. Sie wirft ihr Bein geschmeidig rückwärts über die Kruppe des Pferds und lässt sich zu Boden fallen, dann rennt sie auf Carly zu und hält auch nicht an, als sie sie erreicht hat. Jen rennt gegen sie wie ein fahrender Zug und wirft sie beinahe um, sodass sie fast im Staub landet. Sie schlingt die Arme um Carlys Brustkorb und drückt sie fest an sich.

Jen weiß, wie sie den Kopf drehen muss, damit ihr Hut,

dessen Krempe sich an den Seiten hochrollt, nicht hinunterfällt. Carly fragt sich, ob das bedeutet, dass sie viele Leute umarmt hat, seit sie ihn trägt.

Carly legt ebenfalls die Arme um Jen, wobei der steife Strohhut über ihr vernarbtes Kinn scheuert. Nach einer Weile denkt sie, dass es vielleicht an der Zeit wäre, loszulassen. Doch Jen lässt nicht los, also hält auch Carly sie weiterhin fest.

Nachdem einige Sekunden so verstrichen sind, fragt Carly: »Willst du das Pferd nicht anbinden?«

»Anoaki läuft nicht weg. Er ist ganz brav.« Doch Jen streckt sich und lässt Carly los. »Schöner Hut!«

»Danke. Alvin hat ihn mir geschenkt.«

»Er steht dir! Du siehst aus, als würdest du hier hingehören.«

Jen wartet, ob Carly dazu irgendetwas zu sagen hat, aber Carly lässt die Aussage lieber unkommentiert. Die Worte wirken einfach zwischen ihnen nach, ohne dass sie etwas damit anzufangen weiß. Also nimmt sie sie hin.

Jen geht wieder zu ihrem Pferd, das sich nicht von der Stelle gerührt hat. Sie packt es an den Zügeln und führt es zu dem neuen Zaun, der an den Carport angebaut ist. Sie biegt ein Drahtstück zur Seite, von dem Carly nicht einmal bemerkt hat, dass es als Tor dient. Dann zieht sie dem Pferd die Decke vom Rücken und hängt sie über den Zaun, knotet das Seilhalfter auf und zieht es dem Pferd aus. Es baumelt an den Zügeln, die Jen noch immer festhält. Schließlich tritt sie zur Seite, und Anoaki geht durch das Tor in den Schatten des Carports. Jen hängt das Halfter an einen der Zaunpfähle und hakt das Tor wieder ein. Dann geht sie um den Carport herum zur Rückseite und kehrt wenig später mit einem Armvoll Heu zurück. Über den Zaun wirft sie es dem Pferd zu und kommt dann zurück zu Carly, die noch immer in der Nachmittagssonne steht.

»Virginia hat dir das Pferd also geschenkt?«

»Nicht direkt. Sie meinte, es wäre geliehen. Aber ich glaube nicht, dass sie es zurückhaben will, es ist nämlich schon im Ruhestand. Sie setzt ihn nur noch selten ein. Aber er kann mich zur Schule und wieder nach Hause bringen – das ist für fast kein Pferd zu viel. Ich bin so froh, dass du zurückgekommen bist, Carly. Ich hab echt Todesängste ausgestanden. Ich dachte, du würdest sterben.«

»Bin ich aber nicht«, sagt sie.

Sie beschließt, für sich zu behalten, wie oft sie dem Tod von der Schippe gesprungen ist.

»Bleib hier, Carly. Bitte. Nur für ein paar Monate. Tu's für mich. Damit ich dir zeigen kann, wie gut es hier ist. Wenn du dann immer noch weggehen willst, kannst du das tun. Bitte.«

»Ich weiß nicht, ob Delores mir erlaubt, hierzubleiben.«

»Fragst du sie?«

»Ja«, sagt Carly. »Ich frag sie.«

* * *

Als Carly durch die Tür das Haus betritt, zieht sie wieder den Kopf ein, und sie weiß immer noch nicht, warum sie das tut.

Delores sitzt auf dem Sofa und ist gerade damit beschäftigt, einige feste, steife, braune Strohhalme um einen Rahmen aus dickerem Stroh zu flechten. Sie schaut nicht hin, während sie das tut. Ihr Blick ist in die Ferne gerichtet, als würde sie zum Fenster hinausschauen. Doch Carly glaubt nicht, dass sie das tut. Die alte Frau kann bestimmt nicht mehr so weit sehen. Wahrscheinlich starrt sie einfach nur vor sich hin.

Carly setzt sich auf den einzigen Stuhl im Raum, Delores gegenüber. Roscoe klopft mit dem Schwanz.

»Machen Sie einen Korb?«

»Ich mache mir einen neuen Hut.«

Dann sagt eine Weile keine von ihnen etwas. Das ist es, was

sie laut Alvin üben soll. Zuzugeben, dass sie etwas braucht und dass sie es zu schätzen wüsste, wenn man es ihr gibt.

Also gibt sie sich forsch und bringt die Worte mit Nachdruck vor.

»Jen möchte, dass ich eine Weile hierbleibe. Sie glaubt, dass ich dann anfangen würde, mich hier wohlzufühlen. Sie glaubt, wenn ich ihr ein paar Monate Zeit gebe, kann sie mir zeigen, warum sie diesen Ort so sehr liebt.«

Zunächst geschieht nichts, und die Stille bewirkt, dass Carly das Herz in die Hose rutscht. Mein armes Herz, denkt sie, weniger aus Selbstmitleid, sondern eher, weil sie endlich etwas Mitgefühl für das arme, geschundene Organ aufbringt. Wie oft kann es noch abstürzen, ohne kaputtzugehen?

»Und was willst du?«, fragt Delores schließlich.

»Ich würde gern hierbleiben. Wenn Sie mich hier haben wollen. Und ehrlich gesagt bleibt mir auch kaum etwas anderes übrig. Ich kann sonst nirgendwo hin.«

»Das überrascht mich«, sagt Delores. Ihre Hände bewegen sich weiterhin, flechten den Hut. »Wir dachten, du würdest dich dafür entscheiden, allein zu leben.«

»Alleinsein ist ziemlich beängstigend«, erwidert Carly. Es kommt ihr vor, als fiele es ihr leichter, ehrlich zu sein, nachdem sie erst einmal damit angefangen hat. »Mir ist klar geworden, dass ich doch nicht so groß und stark bin, wie ich dachte. Vielleicht bin ich wirklich noch zu jung.«

»Stell dir vor«, meint Delores, »ich bin zweiundneunzig Jahre alt, und ich bin auch nicht so groß und stark, wie ich dachte.«

Langes Schweigen setzt ein. Carly kann sich noch immer nicht recht entspannen, denn Delores hat nicht direkt Ja gesagt.

Als sie es nicht mehr aushält, fragt sie: »Heißt das …?«

»Ich kann hier noch ein bisschen Hilfe gebrauchen.«

Carly lässt einen Stoßseufzer hören, obwohl sie nicht einmal gemerkt hat, dass sie die Luft angehalten hat. »Ich helfe. Versprochen. Ich werde hart arbeiten und netter und umgänglicher sein.«

»Nein, du wirst immer noch dieselbe sein«, meint Delores. »Aber das ist in Ordnung. Ich werde auch nicht netter und umgänglicher. Wir müssen uns eben zusammenraufen. Du könntest eines tun, was mir eine wirklich große Hilfe wäre. Du könntest lernen, mit einer Handschaltung zu fahren. Wenn du meinen alten Pick-up benutzen könntest, wäre ich nicht mehr darauf angewiesen, dass mir jemand Sachen bringt. Du könntest einfach rausfahren und uns die Sachen holen, die wir brauchen.«

»Das kann ich machen. Ich geh auch vorsichtig mit Ihrer Kupplung um.«

»Eigentlich wollte ich versuchen, Alvin dazu zu bringen, dich mit seinem Wagen üben zu lassen.« Sie hält inne, doch ehe Carly den Mund aufmachen kann, um etwas zu entgegnen, sagt Delores: »Nein, vergiss es. Du kannst mit meinem üben. Er bringt mir sowieso nichts mehr, wenn ich nicht fahren kann. Am Steuer hab ich einfach nichts mehr verloren, nie wieder. Das wissen wir beide.«

Carly erhebt sich. Es kostet sie einige Anstrengung, weil ihr Körper sich noch immer so abgespannt und malträtiert anfühlt.

»Danke«, sagt sie.

Delores nickt nur.

Aber immerhin hat Carly es gesagt. Und beim zweiten Mal ist es ihr schon etwas leichter gefallen, ganz wie Alvin es ihr prophezeit hat.

* * *

Nach dem Abendessen sitzt Carly im kühlen Wohnwagen auf dem Bett und schaut aus dem Fenster. Sie sieht zu, wie sich das

Licht auf der Hochebene verändert und immer rötlicher wird, während sich die Sonne dem Horizont zuneigt.

Sie versucht, sich mit der Vorstellung anzufreunden, dass dieser Ort ihr Zuhause sein könnte, und es gelingt ihr noch immer nicht recht. Doch es erinnert sie daran, wie sie in dem Touristen-Lokal in Trinidad saß und Eistee getrunken hat und sich gefragt hat, wie es wohl wäre, niemals in einem Haus Schutz suchen zu können, ganz gleich, wie schlimm das Wetter wütet. Jetzt ist sie in einem geschlossenen Raum, und es ist kühl. Es gibt Strom und Wasser, selbst wenn man das Wasser mit einem Eimer draußen aus einem Brunnen holen muss. Sie hat ein Bett und einen Platz, an dem sie ihre wenigen Habseligkeiten unterbringen kann. Plötzlich wird ihr klar, dass das Grundelemente eines Zuhauses sind. Vielleicht, denkt sie, muss man alles andere selbst schaffen.

Sie sitzt noch eine weitere Stunde oder länger so da und fragt sich, wann Jen wohl kommt, damit sie schlafen gehen können. Jen ist noch bei Delores im Haus. Carly kommt sich ein wenig ausgeschlossen vor, obwohl sie weiß, dass sie auch ins Haus gehen könnte, wenn sie wollte. Sie müsste nur hineingehen und sich dazugesellen.

Sie nimmt sich vor, das morgen zu versuchen.

* * *

Es ist schon dunkel, als Jen hereingehüpft kommt.

»Ich wollte nur gute Nacht sagen«, sagt sie.

»Schläfst du nicht hier?«

»Nein, ich schlafe im Haus auf dem Sofa. So bin ich in der Nähe, falls Delores nachts irgendwas braucht.«

»Oh. Okay.«

»Dann … gute Nacht.«

»Gute Nacht«, sagt Carly.

Aber Jen geht noch nicht. Carly hat das Gefühl, dass noch nicht genug gesagt worden ist, und sie fragt sich, ob Jen es genauso empfindet.

Dann entscheidet sie, dass sie jetzt an der Reihe ist, da in der Regel sie diejenige ist, die nicht genug sagt.

»Es tut mir leid, dass ich dir nicht geglaubt hab.«

»Oh. Diese Sache. Hast du denn wirklich … wirklich nie in Erwägung gezogen, dass es tatsächlich passiert sein könnte?«

»Kein einziges Mal. Nicht einmal ansatzweise. Ist schwer zu erklären.«

»Oh«, meint Jen. »Schon in Ordnung. Du brauchst es nicht zu erklären. Das heißt, in Ordnung ist es nicht. Es hat mich verletzt. Aber es ist trotzdem okay, weil … ich irgendwie verstehen konnte, warum du das tust. Und ich weiß, dass es dabei nicht wirklich um mich ging. Das war mir klar. Ich weiß, wie lieb du ihn hattest.«

»Danke«, sagt Carly und denkt sich, dass sie in dieser kurzen Zeit recht gut darin geworden ist, dieses Wort zu benutzen. »Aber weißt du … Es tut mir auch leid, dass ich Mom nicht geglaubt hab. Und jetzt ist es ein bisschen zu spät, um es Mom gegenüber wiedergutzumachen.«

Langes Schweigen. Carly wird klar, dass sie gehofft hat, Jen hätte darauf irgendeine Antwort. Es ist ein komisches Gefühl, von seiner kleinen Schwester zu erwarten, dass sie die Lösung für ein Problem hat, das man selbst nicht in den Griff bekommt.

»Vielleicht hat sie auch irgendwie gewusst, warum.«

»Ich hoffe es«, sagt Carly.

»Teilweise war es meine Schuld. Du hast geglaubt, sie lügt, weil ich mich nicht getraut hab, dir zu sagen, dass sie die Wahrheit sagt. Ich bin mit schuld. Ich fühl mich auch schlecht deswegen.«

»Ich kann dir leichter verzeihen als mir selbst.«

»Geht mir genauso.«

Carly weiß nicht, was sie sagen soll, deshalb sagt sie gar nichts.

»Wir sehen uns morgen früh. Es sei denn, du möchtest ausschlafen. Dann bin ich in der Schule.«

»Hast du schon Freunde gefunden?« Carly merkt nicht, dass sie schon anfängt, wie Delores zu klingen, bis es zu spät ist und die Worte aus ihrem Mund gekommen sind. Es ist beinahe komisch.

»Jede Menge«, antwortet Jen.

»Gut. Das ist gut.« Carly greift in ihren Kragen und zieht den Federanhänger heraus. »Hier. Den sollte ich dir wohl zurückgeben. Er hat seinen Zweck erfüllt.«

»Nein, schon in Ordnung«, meint Jen. »Behalt ihn. Mir geht's gut.«

Dann schlüpft sie wieder durch die laute Tür hinaus, und Carly bleibt allein in einem Wohnwagen aus rosa Metall, mit dem Nötigsten versorgt und mit Blick auf den Mond, der nun sichelförmig über einer langen Hochebene aufgeht.

Es ist nicht viel. Aber es ist mehr, als sie seit Langem hatte.

Sie schläft lang und fest.

Wakapi-Gebiet, 25. Mai

»Kann ich das Ding benutzen, um den Zaunpfahl einzuschlagen?«, fragt Carly Alvin.

»Nur zu.«

Sie fällt fast um, als sie das Werkzeug entgegennimmt, so schwer ist es.

Sie ist bei Alvin zu Hause, wo sie noch nie gewesen ist. Sein Haus liegt ungefähr drei Kilometer weiter die Straße entlang in derselben Richtung, wo auch Chester wohnt. Tatsächlich haben Chesters Hunde sie angebellt, als Carly vorbeigefahren ist.

Ja, sie durfte Alvins Pick-up fahren. Als sie es erst einmal geschafft hatte, den ersten und dann auch den zweiten Gang einzulegen, nachdem Alvin es ihr kurz erklärt hatte und sie ein bisschen üben konnte, war es eigentlich ganz einfach.

Mit großer Anstrengung hebt sie das Werkzeug hoch und bringt es in Position. Es hat auf jeder Seite einen Griff. Man setzt es oben auf den T-Pfosten, hebt es dann an und lässt es schwungvoll wieder hinunterkrachen. Das Gewicht des Werkzeugs treibt den Pfosten in die Erde, jedes Mal ein Stückchen tiefer. So zumindest hat es bei Alvin funktioniert. Bei ihm sah es einfach aus. Er meinte, das Gerät hätte eine Feder, sodass man es nicht jedes Mal bis in die Zehen spürt, wenn man damit zuschlägt.

Carly ist entschlossen, diese Aufgabe zu erfüllen, obwohl ein Teil von ihr sich bewusst ist, dass sie sich damit eindeutig übernommen hat. Sie lässt das Werkzeug ein paarmal hinunterkrachen, so fest sie kann, und gibt sich dabei Mühe, nicht jedes Mal aufzuschreien, wenn es ihr an der rechten Hand wehtut. Der T-Pfosten bewegt sich kaum, obwohl Alvin die Erde an dieser Stelle lange mit einem Schlauch gewässert hat.

Schließlich hört sie auf, weil sie nicht mehr kann.

Sie atmet so schwer, als wäre sie gerade einen Marathon gelaufen. Mit der einen Hand nimmt sie ihren Hut ab und wischt sich mit dem Ärmel den Schweiß aus dem Gesicht.

Alvin lässt den Schlauch fallen und kommt zu ihr herüber. Er nimmt das eine Ende des schweren Werkzeugs.

»Wir tauschen«, sagt er.

»Ist gut.«

»Hast du dir damit an der Hand wehgetan?«

»Ja, ein bisschen.«

»Bist du sicher, dass du damit nicht zum Arzt gehen willst?«

»Aber es ist doch gar nicht mehr so geschwollen.«

»Gut, aber dann machst du jetzt eine Pause. Das ist das Mindeste, was du für deine Hand tun kannst. Ich hätte daran denken sollen. Tut mir leid.«

»Es ist nicht deine Schuld«, sagt sie.

»Ich hab's einfach vergessen. Sonst hätte ich gar nicht zugelassen, dass du es versuchst.«

Sie hebt den Gartenschlauch und Alvins Maßband auf. Dann misst sie ungefähr einen Meter achtzig von dort, wo er gerade arbeitet, und wässert die nächste Stelle.

»Es ist heißer geworden, während ich weg war.«

»Ja. Der Sommer ist bald in vollem Gange. Lässt sich nicht aufhalten.«

»Ich fühl mich wirklich schlecht wegen meiner Mom. Ich

muss die ganze Zeit darüber nachdenken.«

Alvin hört auf zu hämmern. Carly schaut weiterhin auf die Erde und meidet seinen Blick. Aus dem Augenwinkel sieht sie, dass er sie beobachtet.

»Komm«, meint er. »Gönnen wir uns eine Pause.«

* * *

Sie sitzen zusammen auf der Veranda im Schatten auf zwei Hohlstühlen mit geraden Lehnen. Carly nimmt den Hut ab und legt ihn sich aufs Knie, wo sie ihn ansehen kann.

Eine Wakapi-Frau, die Carly noch nie gesehen hat, kommt auf einem Fahrrad die Schotterstraße entlanggefahren, gefolgt von einer kleinen roten Staubwolke. Sie hebt eine Hand, um zu winken, und Alvin erwidert die Geste. »Hey, Alvin«, ruft die Frau. »Hey, Carly.«

Dann fährt sie weiter.

»Wie kommt es, dass sie meinen Namen kennt?«

»Oh, du bist hier eine ziemliche Legende geworden, während du weg warst. So, was ist mit deiner Mom?«

Carly stößt einen langen, unglücklichen Seufzer aus.

»Ich dachte, dass sie in dieser Sache mit Teddy gelogen hätte, damit sie ihn wegen diesem anderen Kerl verlassen konnte, mit dem sie sowieso schon eine Affäre hatte. Deshalb hab ich nicht mehr mit ihr gesprochen. Ich hab zu ihr gesagt, dass ich sie hasse und dass sie eine Lügnerin wäre. Dass ich ihr nie verzeihen würde. Und danach hab ich ewig nicht mit ihr geredet. Bestimmt vier oder fünf Monate. Dann ist sie mit diesem Kerl los und dabei umgekommen. Und jetzt finde ich heraus, dass sie überhaupt nicht gelogen hat. Meine Mom hat viel falsch gemacht, aber in diesem Punkt hatte sie recht. Und ich wusste nicht, dass es meine letzte Chance war, jemals wieder mit ihr zu sprechen. Jetzt hab ich das Gefühl, dass ich den Rest meines Lebens damit klarkommen muss.«

»Das musst du auch«, meint Alvin.

»Danke. Ich wollte, dass du mir irgendwas Aufbauendes sagst.«

»Willst du, dass ich dich anlüge?«

»Nein.«

Eine Zeit lang sitzen sie schweigend da. Carly legt eine Hand auf ihren Hut, der noch immer auf ihrem Knie liegt. Er sieht aus, als wäre er dort genau richtig, solange sie ihn nicht trägt.

»Wir sind so schnell abgehauen, dass ich nicht mal weiß, wo man sie beerdigt hat.«

»Möchtest du, dass ich versuche, es herauszufinden?«

»Ja. Das wäre schön. Danke.«

»Siehst du? Inzwischen bist du ganz gut darin. Ich hab dir doch gesagt, dass du nur ein bisschen Übung brauchst.«

Alvin steht auf und schlendert ins Haus. Er kommt mit zwei Tonbechern voll Eiswasser wieder, die fast so groß sind wie kleine Eimer. Einen davon reicht er ihr.

»Danke«, sagt sie und nimmt einen langen Schluck.

»Okay. Ich versuch dir was Aufbauendes zu sagen. Wir haben zu unseren Ahnen eine andere Beziehung als die Leute, bei denen du aufgewachsen bist. Wir bekommen noch immer Rat und Hilfe von den Verstorbenen. Als wären sie nur auf eine Weise tot, doch in anderer Hinsicht sind sie weiterhin da. Uns wird nicht beigebracht, dass wir von unseren Ahnen abgeschnitten sind und sie einfach tot sind und das war's.«

»Ich wünschte, mir wäre das auch beigebracht worden.«

»Man ist nie zu alt, um dazuzulernen«, sagt Alvin. »Die Frage ist, ob du lange genug bei uns bleibst, um dir etwas Neues anzueignen.«

Carly beantwortet die Frage nicht. Sie schaut nur in die Ferne zu der langen, niedrigen Bergkette und erfreut sich daran, wie das Licht darauffällt. Sie mag die Art, wie der leichte Wind auf halbem Weg dorthin Muster ins trockene Gras bläst, und wie die Pferde auf einer Weide auf der anderen Straßenseite grasen, während die Wolken an den marineblauen Rändern des Himmels dahinlenzen.

Es ist ein guter Himmel.

Der Grund, warum sie nicht antwortet, ist, dass sie sich noch mehr Zeit nehmen möchte, um nachzudenken, ehe sie eine so weitreichende Zusage gibt. Dennoch ist sie sich ziemlich sicher, dass sie die Antwort schon weiß.

Hinweis der Autorin

Es gibt keinen Stamm amerikanischer Ureinwohner, der sich Wakapi nennt. Sie sind rein fiktiv.

Die Gegend, in der ich sie angesiedelt habe, ist jedoch real. Sie liegt in Arizona, so wie es auch im Roman dargestellt ist. Dort befindet sich die Painted Desert mit einer der eindrucksvollsten Landschaften, die ich kenne. Es ist eine unvergessliche Gegend, einfach, unberührt und in meinen Augen unglaublich schön. Jedes Mal, wenn ich an diesen Ort komme, bin ich von Ehrfurcht ergriffen und fühle mich unbedeutend und inspiriert zugleich. Ich habe diese Gegend schon einige Male besucht oder bin hindurchgefahren.

In Wirklichkeit gehört das Land dort den Navajo, den Hopi und den Apachen.

Ursprünglich hatte ich vor, für diesen Roman einige fiktive Mitglieder eines real existierenden Stamms darzustellen und habe mich mit ebenso viel Eifer in die Recherche über diesen Stamm gestürzt, wie ich für meinen Roman »Second Hand Heart« über Transplantchirurgie recherchiert habe. Dabei ist mir Folgendes bewusst geworden:

Ein chirurgischer Eingriff ist etwas Endliches. Und letztlich ist die Chirurgie nur eine Sache – kein menschliches Wesen, keine reiche Geschichte oder Kultur. Eine Operation hat Grenzen und folgt jedes Mal den gleichen Grundprinzipien. Ihre Komplexität ist nichts im Vergleich zu der eines Volkes.

Nachdem mir das klar geworden war, habe ich den Stamm der Wakapi erfunden, um so meinen immensen Respekt vor der Kultur der amerikanischen Ureinwohner und ihrer Lebensweise auszudrücken. Denn am Ende war ich der Ansicht, dass es von mehr Respekt zeugt, offen zuzugeben, dass ich keinen der Stämme der Ureinwohner gut genug kenne, um dessen Geschichte zu erzählen, oder auch nur die Geschichte von einem oder mehreren seiner Mitglieder. Der Kultur der amerikanischen Ureinwohner ist durch Außenstehende schon viel Schaden zugefügt worden. Ich hoffe, in keiner Weise zu diesem Schaden beizutragen. Letztlich bin ich zu dem Schluss gekommen, dass ich mein Ziel am besten erreiche, wenn ich mich dieser Kultur von außen nähere.

Mir ist klar, dass das Leben amerikanischer Ureinwohner in meiner Darstellung sehr allgemein gehalten ist. Wahrscheinlich kann ich aus meiner Warte als Außenstehende nicht darüber schreiben, ohne dass mir dabei Fehler unterlaufen, doch ich hoffe, dass es mir einigermaßen gelungen ist und dass meine Achtung für sie deutlich wird.

22768068R00251

Printed in Poland
by Amazon Fulfillment
Poland Sp. z o.o., Wrocław